La reina sin espejo

AF000928

Novela
Crimen y Misterio

Biografía

Lorenzo Silva (Madrid, 1966) es uno de los grandes referentes de la literatura contemporánea y sus novelas policiacas e históricas suman más de dos millones de lectores. Ha escrito, entre otras, *La flaqueza del bolchevique* (finalista del Premio Nadal 1997), *Carta blanca* (Premio Primavera 2004), *Recordarán tu nombre*, la «Trilogía de Getafe», *Castellano*, *Nadie por delante* y su reciente *Púa*. Es autor del libro de viajes *Del Rif al Yebala. Viaje al sueño y la pesadilla de Marruecos* y de *Sereno en el peligro* (Premio Algaba de Ensayo). Suya es también la serie protagonizada por los investigadores Bevilacqua y Chamorro; *El alquimista impaciente* (Premio Nadal 2000), *La marca del meridiano* (Premio Planeta 2012) y *La llama de Focea* son algunas de las novelas que la integran. Junto con Noemí Trujillo, firma una nueva serie policiaca que han iniciado con *Si esto es una mujer* y continuado con *La forja de una rebelde* y en 2024 con *La Innombrable*.

 @VilaSilva

Lorenzo Silva
La reina sin espejo

DESTINO

El papel utilizado para la impresión de este libro está calificado como **papel ecológico** y procede de bosques gestionados de manera **sostenible**.

No se permite la reproducción total o parcial de este libro,
ni su incorporación a un sistema informático, ni su transmisión
en cualquier forma o por cualquier medio, sea éste electrónico,
mecánico, por fotocopia, por grabación u otros métodos,
sin el permiso previo y por escrito del editor. La infracción
de los derechos mencionados puede ser constitutiva de delito
contra la propiedad intelectual (Art. 270 y siguientes del Código Penal).
Diríjase a CEDRO (Centro Español de Derechos Reprográficos) si necesita
fotocopiar o escanear algún fragmento de esta obra. Puede contactar
con CEDRO a través de la web www.conlicencia.com
o por teléfono en el 91 702 19 70 / 93 272 04 47

© Lorenzo Silva, 2005
www.lorenzo-silva.com
© Editorial Planeta, S. A., 2005, 2023
Ediciones Destino, un sello editorial de Editorial Planeta, S. A.
Avda. Diagonal, 662-664, 08034 Barcelona (España)
www.edestino.es
www.planetadelibros.com

Ilustración de la cubierta: © Ángel Mateo Charris
Fotografía del autor: © Joan Tomás
Primera edición en esta presentación en Colección Booket: marzo de 2011
Segunda impresión: septiembre de 2011
Tercera impresión: enero de 2013
Cuarta impresión: marzo de 2014
Quinta impresión: abril de 2015
Sexta impresión: abril de 2017
Séptima impresión: junio de 2018
Octava impresión: febrero de 2019
Novena impresión: septiembre de 2020
Décima impresión: mayo de 2021
Undécima impresión: junio de 2022
Duodécima impresión: abril de 2023
Decimotercera impresión: noviembre de 2025

Depósito legal: B. 31.917-2011
ISBN: 978-84-233-4330-0
Impreso en España

*Para Laura, Pablo, Judith y Noemí,
que me acompañan en el camino, de Barcelona y de la vida.*

Advertencia usual

La experiencia enseña que conviene advertirlo, en esta ocasión como en otras: aunque algunos de los lugares que aparecen en este libro están inspirados, siempre libremente, en lugares reales, los personajes, así como los hechos narrados, son por completo fruto de la invención.

Esta piedra es fallada en muchos logares, et en muchas maneras. De natura es calient et seca en el cuarto grado, et a en si muy grand quemamiento. Et la estrella que es delantera delas dos tenebrosas, que son en el arco septentrional dela Corona, a poder en esta piedra, et della recibe la uertud.

Alfonso X,
Lapidario.

Capítulo 1

UNA IMAGEN TAN BRUTAL

Cuando el forense, con la sobrecogedora parsimonia de su oficio, comprobó el funcionamiento de la sierra circular que se disponía a aplicar sobre el cráneo de Neus Barutell, reparé en que aquélla era la primera vez que presenciaba la autopsia de alguien a quien había tenido la oportunidad de ver con vida. También mi compañera, la cabo Chamorro, que asistía conmigo a la operación, guardaba alguna memoria del ser humano que ya no habitaba aquel cuerpo. Podía, tanto como yo mismo, recordar el sonido de su voz, la expresión de sus ojos, los movimientos que antaño describieran aquellos miembros que ahora reposaban yertos y azulados sobre la mesa de autopsias. En situaciones de cierta intensidad suele suceder que sólo podemos pensar simplezas. La que yo cavilé en aquel momento fue que el espectáculo cambiaba radicalmente al conocer algo de la persona que había habido tras la carne que desmantelaban delante de uno. Sólo el forense, que tampoco ignoraba quién era Neus Barutell, parecía mantener cierta neutralidad ante la circunstancia, mientras concentraba toda su atención en la maniobra que iba a ejecutar. Pero en su mente, al menor descuido, debían de abrirse paso reflexiones no muy distintas de las mías.

—Vamos allá —dijo antes de proceder, con un afán por normalizar el acto que no hizo sino ratificar mi suposición.

Fue entonces, mientras miraba los cincuenta y pocos kilos de materia orgánica inerte en que se había convertido aquella inquieta criatura humana, cuando recordé la primera vez que había visto el rostro de Neus Barutell. Sobreponiéndome al desasosiego que producía la imagen del cuerpo frío y desvalido, sobre el que los útiles del forense trazaban ya las líneas que permitirían acceder a su triste secreto y ocultar luego a los parientes la ferocidad de la agresión, retrocedí una década, a aquella otra época mucho mejor para ambos. Ella estaba a la sazón en su plenitud, y mi propia vida era un proyecto de satisfacciones y alegrías aún no sometidas a la implacable rebaja que el tiempo, auxiliado por nuestras torpezas, se complace en aplicar a cualquier ensueño redentor. Diez años antes de aquella tarde en que yacía sin vida, Neus había alcanzado el estrellato como conductora de un programa de éxito en la televisión catalana. En aquellos días yo estaba destinado en Barcelona, y solía ver su programa y algunos otros para irle cogiendo mejor el aire al idioma local. Desde el principio, aquella presentadora me pareció una persona notable; sin duda ambiciosa, oportunista, vanidosa y a menudo tan superficial como todos los que le hacían la competencia, pero con algo que la hacía distinta, una capacidad de ser o parecer verdadera que me inclinaba a mirar su programa con cierto interés, frente a lo que me sucedía con los de otros, que sólo podía soportar como el peaje indispensable para mi aprendizaje lingüístico. Quise recuperar del fondo de mi memoria el eco de esa Neus primera, quizá en una tentativa paralela de recobrar el sabor perdido de aquella etapa barcelonesa y de la quebradiza felicidad de que había disfrutado mientras la vivía. Hube de esforzarme, sin embargo, porque a cada momento se me imponía la huella más reciente de la otra Neus: la que, después de dar el salto a una cadena de televisión nacional, se había convertido en una de las periodistas más populares e influyentes del país.

Eso era lo más desconcertante de aquella situación. A los que allí estábamos la difunta siempre se nos había aparecido como un ser luminoso e impecable. Ante las cámaras, Neus vestía exquisitamente, con prendas que cabía suponer hechas a medida para ella por los modistas más cotizados. Gracias a la esmerada labor de peluquería y al pulquérrimo maquillaje, su cabello resplandecía como si la luz brotase de él y su piel nunca dejaba de verse tersa, lozana y uniforme. Pero ahora, de pronto, era una muerta más. Con su olor acre, su lóbrega desnudez, su piel llena de accidentes y despojada de cualquier aderezo favorecedor. Tuve otra idea estúpida: cuánto habrían pagado las revistas, cuánto habrían suspirado tantos espectadores por poder echarse a la cara a Neus así como se exponía ahora, sin ropa alguna. Con un sentimiento de culpa tal vez absurdo, porque no había más razones para experimentarlo con ella que con las otras muchas muertas que había tenido la ocasión y el deber de examinar, me fijé en el pequeño tatuaje en forma de dama de ajedrez que lucía en cierto lugar íntimo. Pero no me sentí distinguido por la fortuna al acceder a aquel secreto vedado al resto de los mortales. No gratificaba los sentidos, ni la imaginación, verla tal y como la habían dejado. Antes de abrir, el forense pudo contar hasta veintisiete puñaladas, en cuello, brazos, tórax y abdomen.

—El que fuera, le tenía ganas —apostilló, al completar la cuenta.

No dudaba de la saña, desde luego, ni era por esclarecer eso por lo que habíamos decidido entrar a la autopsia, cosa que ni mucho menos hacemos en todos los casos, en general por la sencilla razón de que a los investigadores de la unidad central suelen pasarnos los muertos cuando ya llevan tiempo bajo tierra. La inspección del cadáver en el lugar del crimen, que esta vez sí habíamos podido realizar, me había suscitado incertidumbres respecto de otros extremos de cierta importancia, que eran los que esperaba que el forense nos aclarase y los que me interesaba poder comprobar también de primera mano.

Las autopsias no son rápidas: van por partes y en su orden, para no perjudicar la utilidad de sus resultados y para después recomponer el cuerpo de la mejor manera posible. Pero el forense llegó al fin a los dos puntos que me intrigaban. Tras examinar los pulmones, y sin titubear, formuló la conclusión que a mí mismo, como profano en la ciencia médica, me sugería la experiencia de otros casos:

—Murió por asfixia. Si sumamos la trayectoria perpendicular de casi todas las puñaladas, y el volumen moderado de la hemorragia, tenemos razones para presumir que la acuchillaron post mórtem.

El segundo detalle, el más desagradable y ominoso, el forense lo contrastó y certificó con la voz más fría que se escuchó aquella noche en aquella sala, que ya de por sí transmitía una gelidez insuperable:

—Semen en vagina y en recto.

Tomó varias muestras, tan ensimismado y metódico como si estuviera recogiendo cualquier fluido sin mayor interés, y las fue depositando en los recipientes apropiados para remitirlas al análisis genético. Miré a Chamorro de reojo. Permanecía impasible. Me entretuve en imaginar cuál habría sido su reacción varios años antes, cuando se iniciaba en el lúgubre negocio que compartíamos. Le habría costado mucho impedir que sus emociones la traicionasen, mantener la máscara impenetrable que la protegía ahora. Le habría costado, también, no expresar en palabras, tan pronto como tuviera oportunidad, aquello que sentía. Pero una vez acabada la autopsia, cuando salimos del tanatorio y nos encontramos de nuevo solos en el coche, su única observación fue:

—Por lo menos es un gilipollas que deja la firma.

No le respondí en seguida. Hay quien cree que los policías nos volvemos perros insensibles, y es cierto que uno debe aprender a no absorber todo el dolor que le circunda, pero yo no he conseguido ni creo que sea demasiado útil prescindir de los sentimientos. Me hacía cargo de que en mi compañera, como mujer, lo que habíamos estado viendo producía efectos particulares dignos de mi consideración.

—Si el homicida es quien tuvo relaciones con ella —precisé.

Chamorro me observó con cautela. Años atrás, pensé de nuevo, habría respondido más irreflexivamente a mi objeción. Pero ahora también ella se tomó su tiempo antes de volver a abrir la boca.

—Vale —admitió—. No hay desgarros y no tiene por qué ser una relación forzada con violencia. Pero pudo haber intimidación. Y tampoco una relación consentida excluye un posterior...

—Desde luego que no —concedí—. Tienes razón, alguien ha firmado y eso es algo, que bien podríamos no tener nada. Son las once, camarada. ¿Volvemos a la escena del crimen o nos tenemos piedad y dejamos de jugar por hoy a los policías? No sé tú, pero yo estoy reventado.

—La escena del crimen está vista —dijo Chamorro—. Los que ahora tienen que lucirse allí son los de criminalística, levantando buenas huellas si las hay. ¿O es que piensas echarles una mano en eso?

Parecía haber hecho una pregunta inocente, sin ninguna intención. Pero, al cabo del tiempo, podía percibir la mordacidad de mi compañera aun cuando la manifestara veladamente, como era el caso.

—Ya me conoces, Virginia. Sólo me gustan los trabajos meticulosos cuando tienen algo artístico. No me tira mucho limpiar manchas.

—Pues entonces...

—No vas a chivarte del escaqueo, ¿no?

—¿Para qué? Podrían ponerme a trabajar con un jefe todavía más rancio y más machista que tú, así que no creo que me interese.

—¿Soy rancio? ¿Soy machista? —pregunté, con sincero estupor.

—Tienes cuarenta años, y ya empieza a fastidiarte, aunque no te des cuenta, que otros más jóvenes se vayan haciendo con el mundo. Y eres un hombre, así que no tienes más remedio que ser machista. Bueno, podrías ser gay, o metrosexual, pero tampoco acabo yo de estar segura de que a una mujer le convenga más trabajar con eso. Los machistas sois más predecibles, y si se sabe llevaros, mucho más manejables.

Hice ademán de sujetarme al volante.

—Coño, Chamorro, ¿te has tomado algo?

—Coca-Cola Light, de máquina. No sé si le ponen algo en el tanatorio para animar a los deudos, pero yo no he notado nada raro.

—Me vas a permitir que prepare mi defensa para otro momento, porque ahora estoy hecho unos zorros. Pero creo que nunca he ofendido tu dignidad femenina. Incluso estoy dispuesto a recomendar que si algún día tienes un hijo, y hasta dos o tres, no te echen de la unidad.

—Si algún día tengo un hijo, ya me iré yo. Pero por ahora no necesito que te desgastes al respecto.

—Pues no te duermas, no vaya a pasarse el arroz.

Mi compañera esbozó la primera sonrisa de aquel día.

—Qué respetuoso de mi dignidad femenina es ese comentario.

—Sólo me preocupo por ti. Los treinta están ya encima...

—No te preocupes tanto. Ahora las mujeres somos fértiles durante más tiempo. Al contrario de lo que sucede con la fertilidad de otra cosa, que parece que va disminuyendo sostenidamente.

—Yo ya he acreditado mi aptitud una vez. Y no estoy por repetir. Debo salir adelante con un sueldo modesto.

—Qué bien tener esa coartada.

—Vale —resumí—, llegados a este punto sólo me queda arrestarte o invitarte a una caña y alguna ración de algo, dondequiera que sea posible encontrar eso a esta hora en este pueblo. Sabes que me repugna abusar del mando, así que, y sólo a condición de que no te me pongas burda y lo interpretes como acoso sexual, ¿me permites invitarte, mi cabo?

—Vamos, tira y deja de chinchar —replicó, relajando el gesto.

Meneé la cabeza.

—Ay, Chamorro, con lo disciplinada, lo prudente y lo modosita que eras al principio, cómo te estoy malcriando.

—Tranquilo, me malcría la vida.

—Bien, pero mañana conduces tú —dije, mientras arrancaba—. No por nada, sino porque soy un machista y se me pone en los cojones.

—A tus órdenes siempre —se sometió, con dulce mansedumbre.

—Mejor así. Y ahora vamos a ver dónde nos dejamos envenenar.

Mi comentario, aunque no era más que una manera de hablar, resultaba injustamente despectivo. El pueblo que aquella vez nos había tocado en suerte era bastante decente. Un lugar de larga historia, con un casco antiguo señorial y varios edificios de cierto valor arquitectónico. Hasta tenía obispo, que eso sí que era nivel, porque por lo común los sitios con obispo son de la pasma, y a los guardias como mucho nos dejan municipios con arcipreste para velar por la salvación de los fieles. Ni a

Chamorro, que era ex practicante, ni a mí, que era más o menos ex creyente, nos hacía mucha falta ese servicio, pero al fin y al cabo, y aunque sólo fuera por el hecho de trabajar en el país otrora campeón de la católica cristiandad, no podíamos dejar de tomar nota del detalle. Otra ventaja, teniendo en cuenta la premura con que habíamos tenido que desplazarnos hasta allí, era que el pueblo se hallaba en la provincia de Zaragoza, no muy lejos de Madrid y con buena comunicación por carretera. Mientras conducía hacia el centro, y aunque el cansancio me invitaba a desconectar, la inercia de mis pensamientos me llevó en cambio a repasar los hechos desde el principio. Es ésta, la de andar recapitulando siempre, una tediosa manía policial.

El comienzo, es decir, el momento hasta el que podía a aquellas alturas retrotraerme con mediana certeza, era el hallazgo del cuerpo. Un hecho que por lo común se decide de forma fortuita, pero ese capricho del azar resulta de gran trascendencia para dilucidar cómo y qué podrá uno investigar más adelante. En el caso de Neus Barutell, el modo en que la descubrieron resultó hasta cierto punto favorable para nosotros. El cadáver apareció a las pocas horas de la muerte y en el más que probable lugar del crimen, la casa de campo de la que la víctima era propietaria en las afueras del pueblo. La infortunada que hubo de pasar el trago fue su ayudante personal, quien siguiendo instrucciones de la periodista se presentó aquella mañana en la finca, donde Neus tenía su refugio y también su lugar de trabajo para los momentos en los que deseaba aislarse del mundo exterior. La ayudante, persona de total confianza, disponía de llave de la casa, por lo que pudo entrar por sí misma en ella. Después de hacer notar su presencia desde la planta inferior, y al no obtener respuesta, decidió subir a la planta donde estaban las habitaciones. No observó nada anómalo hasta que llegó a la puerta del dormitorio de Neus, que encontró cerrada. Golpeó dos veces, o quizá tres, nos precisaría después cuando la interrogamos, demostrando ser tan puntillosa como, dicho sea de paso, sugería su apariencia y su forma de comportarse. Pasados unos segundos, se resolvió al fin a abrir la puerta. Y entonces fue cuando lo vio todo. Eran, la ayudante recordaba también la hora, las 10.45 de la mañana.

Sonaba verosímil, porque los del puesto habían anotado que la llamada se había recibido a las 10.49. A partir de ahí, se desencadenó el circo más o menos habitual, con las peculiaridades del caso y, muy destacadamente, las derivadas de la identidad de la víctima. El sargento Rueda, que fue quien obtuvo *in situ* la revelación de que la muerta no era una desconocida, avisó al teniente Castaño, al mando del puesto, quien a su vez retransmitió sin demora la noticia a la comandancia de Zaragoza. Tras un par de pasos intermedios, a las 11.35, y aquí comenzaba la parte del cuento que a mí me afectaba, el comandante Pereira, bajo cuyo yugo desempeñaba mi labor, irrumpía en mi humilde garito, donde Chamorro y yo ordenábamos papeles de otro muerto. Con su habitual dejadez a la hora de hablar, que le exigía a uno esforzarse para oír sus palabras, nos espetó sin más trámite:

—Vila, Chamorro, mochila y coche. Os explico camino del garaje.

Como conocía al comandante, y él sabía que yo le conocía, lo que siguió fue casi automático. Le encargué a la guardia Salgado que terminara ella de organizar los expedientes que Chamorro y yo debíamos dejar a medias, y nos reunimos con Pereira cuando él ya avanzaba por el pasillo. No parecía muy feliz, aunque eso no tenía nada de excepcional. A veces daba en pensar que era demasiado agónico para aquel destino, aunque otras dudaba si su talante siempre insatisfecho no era, por otro lado, el que más convenía a la jefatura que ejercía.

—Se han cargado a una tía de la tele, en Zaragoza —explicó, con su laconismo característico—. Así que habrá la soplapollez de siempre pero elevada al cubo, para que os vayáis preparando. No hace ni una hora que la han encontrado y ya me han llamado para que vayamos nosotros. Mi mejor gente, me han pedido. ¿Eres el mejor, Vila?

Sopesé con precaución mi respuesta.

—Yo no, mi comandante, pero Chamorro quizá.

—Es igual, hombre, no te lo tomes al pie de la letra. Tampoco me importa lo que me pidan. Sois los dos que puedo mandar ahora. Si no les gustáis que me den más tiempo y les hago un *casting*.

—En todo caso la cabo y yo lo consideramos un honor.

—Vila, no te cachondees de mí, que me doy cuenta. Toma un poco de pasta. —Me tendió un puñado de billetes de cincuenta—. Para ganar tiempo firmaré yo el vale de caja, así que no te lo gastes en vicios, o haz lo que te salga del nabo, pero me justificas hasta los porros que te fumes.

—Eso jamás. Estoy limpio, mi comandante.

—No sé yo. A saber qué hacías cuando estabas en la Facultad de Psicología. Seguro que allí hasta los catedráticos eran porreros. Volviendo a lo de la muerta: Neus Barutell, supongo que te suena. O bueno, como tú eres un intelectual y un bolchevique a lo mejor no ves tele.

—No veo mucha tele, pero me suena. Y ya sabe que yo soy del PGC.

—¿De qué?

—Partido de la Guardia Civil. Apolítico, mi comandante.

—Ya. Perdona que no me lo crea. Bien, el asunto. Detalles que me hayan contado: una pila de puñaladas por todo el cuerpo, apareció en su dormitorio, ambiente más o menos íntimo y vestigios de diversión. El resto tendrás que averiguarlo tú con tu perspicacia y la de la cabo. Chamorro, cuídamelo, que rojo y todo le hemos cogido cariño.

—Lo cuidaré si se deja, mi comandante.

Habíamos llegado ya junto al coche.

—Pues venga. Echando leches. Y que no os multen.

—¿Y cómo se come lo uno con lo otro? —pregunté.

—Joder, ¿es que no sabes dónde están los radares, como cualquier conductor de este puto país? Lo que te digo es que ya estoy harto de mandarles oficios a los de Tráfico para justificaros las urgencias y que os quiten las denuncias. Se chotean de mí. Me dicen que si tan mal organizamos nuestro trabajo que estamos siempre de urgencia.

Por suerte (en fin, si es que eso podía considerarse una suerte), solíamos tener en el maletero del coche un bolso de viaje con alguna ropa limpia y un par de mudas, para casos como aquél. A las 11.45 salíamos del recinto de la Dirección General, donde teníamos la oficina, y a las 13.50, obviamente sin sujetarnos a los límites de velocidad vigentes, pero sin que ningún radar registrara nuestra incívica conducta, llegábamos al pueblo y nos encontrábamos en la gasolinera que había a la entrada con el sargento Rueda, nuestro guía hasta el lugar del crimen. Estaba algo nervioso, en congruencia con la situación.

—Los de policía judicial de Zaragoza os están esperando —explicó—. Ya ha venido el juez, y me imagino que estará a punto de dar permiso para levantar el cadáver, si no lo ha hecho ya. Por ahora no tenemos prensa, gracias a Dios. La casa está en un sitio más o menos apartado, ya veréis. Pero tampoco creo que tarden. Supongo que hay tantas posibilidades de que los funcionarios del juzgado no se hayan ido de la lengua como de que a Zidane lo fiche el Real Zaragoza.

—Chamorro no entiende de fútbol, tendrás que explicarle el chiste.

Rueda observó a mi compañera con incredulidad.

—Zidane, el del Madrid, ese que... —aclaró, solícito.

—Ya sé quién es —refunfuñó Chamorro—. No le haga caso, mi sargento, es sólo por fastidiarme. Entiendo yo más de fútbol que él.

Llegamos a la casa cuando salía el juez. Era un hombre de unos cuarenta años, con algo raro en el rostro. Luego descubrí qué: tenía mohín de llevar gafas, aunque no las llevaba. Deduje que era uno de esos que, recién liberados por vía quirúrgica de la miopía, aún no se han hecho del todo a no necesitar las lentes. Venía con gesto hipercircunspecto, también conocido como *cara de juez*, y lo acompañaban un capitán, un teniente y un oficial de paisano a quien ya conocía de alguna otra verbena: el capitán Navarro, de la comandancia de Zaragoza. Chamorro y yo, ajustándonos a nuestra condición de subalternos, nos echamos a un lado para dejar pasar a la comitiva de líderes. Entonces Navarro me reconoció, alzó las cejas e hizo ademán de pararse, pero con una mirada le rogué que se abstuviera y por fortuna me entendió. Aunque fuera una deferencia por su parte, prefería no ser presentado aún a su señoría como el enterado de Madrid al que se suponía capaz de desenredar la madeja. Si podía elegir, prefería no ser presentado nunca a su señoría, aunque me constara que era improbable que se cumpliera mi deseo. No porque tuviera nada contra aquel hombre o contra su profesión, que la mía me obligaba a respetar, sino porque los peones no tienen mucho que ganar confraternizando con los capataces.

Sin el juez delante, y mucho más cómodos por tanto, entramos a examinar el escenario del crimen. Era un dormitorio enorme, decorado al estilo rústico, con cuadros auténticos. Navarro me pidió:

—Echadle un vistazo rápido. Ya le hemos sacado todas las fotos y el juez nos ha apremiado para que la retiremos y la cubramos. Nos ha responsabilizado especialmente de que nadie la vea así.

—Debe de creerse que somos paparazzi —apuntó el teniente.

—Ya me gustaría a mí —dijo, dándose por aludido, un cabo que en ese momento volcaba en un ordenador portátil las fotos archivadas en una cámara digital—. No tendría tantas trampas como tengo, eso seguro.

Nos acercamos al cadáver. Neus estaba tumbada boca arriba con los brazos extendidos a lo largo de los costados y las piernas ligeramente entreabiertas. Le habían cerrado los ojos, y como me constaba que los nuestros no lo habrían hecho, sólo pude pensar en su descubridora o el asesino. Había una mediana cantidad de sangre. También había restos de algo grumoso que parecía nata montada. Se los señalé al capitán.

—¿Y esto?

El capitán me señaló a su vez una prueba que, debidamente protegida por una bolsa transparente, reposaba sobre la mesilla de noche. Era, en efecto, un bote de nata en spray, de los usados en repostería.

—Para endulzar —conjeturó—. Y mira esto otro.

Sobre la otra mesilla había una papelina con restos de polvo blanco.

—Farlopa —dijo Navarro—. Buena, según Recio, que es nuestro yonqui. Vamos, que estuvo un par de años en fiscal y antidroga.

—Pobrecilla —opinó Chamorro—. Lo que habrá que oír y leer, cuando la máquina de esparcir mierda se ponga a funcionar.

—No creas —dije—. Es una de los suyos. Se conjurarán para protegerla. Por lo menos al principio.

—¿Tú crees? Aquí ya nadie se preocupa de nadie. Sólo del euro.

—Te digo yo que esto será diferente, ya verás. Por lo menos durante un tiempo. Para una vez que puedo esperar una pizca de escrúpulos de los buitres, no me arruines la ilusión, mujer.

—Nada más lejos de mi ánimo.

—Tampoco es para tanto, no os pongáis tan estrechos —intervino el capitán Navarro—. A la coca le da la gente más ilustre. Si nos dejaran hacer análisis a la salida de una recepción real o de un club náutico, es sólo una hipótesis, habría mogollón de positivos. ¿Y no veis los programas de sexo de la tele? Utilizar aditamentos alimenticios es algo que aconsejan los expertos para romper la rutina conyugal.

—Con todo y con eso, ya podemos prepararnos —insistió Chamorro.

—Hablando de rutina conyugal. ¿Y el legítimo? —pregunté.

—Buena pregunta —aprobó el capitán—. Lo localizamos hará un par de horas. Estaba en la casa que la parejita posee en la Costa Brava. Ya sabes que a los ricos les gusta ocupar cuantos más trozos de planeta mejor, es su manera de marcar paquete. Una en Barcelona, otra aquí, otra en Madrid, otra en la Costa Brava. Tú o yo nos tenemos que apañar en el pisito, lo mismo si la familia se lleva bien como si no, pero éstos están cada uno en una casa diferente y todavía tienen dos vacías.

—¿Os han dicho que hubiera algún problema entre ellos?

—No, yo qué sé, era un decir —se excusó el capitán—. Eso tendrás que preguntárselo a la Eduvigis que la encontró, que por cierto la tenemos esperándote en el puesto, o al maromo, cuando llegue.

—¿Eduvigis? —se extrañó Chamorro.

—Bueno, en realidad se llama Mari Chel o Mari Chal, o una de esas cosas raras que les ponen los polacos a las niñas, para dar por culo. Te digo Eduvigis porque ya la verás. Lleva unas gafas cuadraditas de color fucsia y me da que es de las que limpian con una servilleta las cucharillas antes de usarlas para remover el café.

Navarro era de Extremadura, uno de los graneros tradicionales del Cuerpo, y no hacía muchas concesiones a la diplomacia. Pero todo podía cambiar. Si la cosa le iba bien, y podía irle, porque sólo tenía treinta y cinco años, no cabía excluir que un buen día se viera de coronel departiendo en un acto oficial con algún *conseller* de algo. Y ya se cuidaría entonces (para poder seguir acariciando la idea que en ese momento ocuparía todos sus sueños, ponerse en la hombrera las divisas de general) de pronunciarse con la rudeza que acababa de exhibir.

Meritxell Palau i Riquer, como según el DNI que portaba averiguamos después que se llamaba exactamente la ayudante de la difunta, nos esperaba en efecto en la casa-cuartel. Y algo de razón llevaba el capitán, no en cuanto a los motivos que habían determinado a sus padres para elegir cómo cristianarla (comprobé que era oriunda de Vic, zona ancestral y genuinamente catalanoparlante), sino en lo tocante al carácter un tanto melindroso que le había atribuido. Llevaba los zapatos impolutos, un pantalón beige de raya trazada con tiralíneas y una chaqueta de ante sobre la que jamás había caído una gota de nada. Y había que ver cómo miraba en su derredor. Aquella casa-cuartel era de las viejas, y los presupuestos para renovar el mobiliario y repintar nuestras instalaciones no son tan holgados como cabría desear.

Por lo demás, Meritxell era ese testigo fiable, inteligible y meticuloso con el que todo investigador sueña, y más cuando se enfrenta a lo contrario, a la gente confusa, balbuceante e imprecisa que el exceso de teleseries, telerrealidad y teledeporte va irreparablemente convirtiendo en el grueso de la población. Nos dio exhaustiva cuenta de cómo había sido el hallazgo del cuerpo, incluido el detalle, que anoté, de los ojos ya cerrados. Y aún pudimos ir más allá. Tras una vacilación momentánea (acaso imputable a algún automatismo que la llevaba a presumir que un sargento de la Benemérita era un ogro cavernícola mientras no se demostrara lo contrario) consintió en informarnos también acerca de cuestiones más personales, como su relación con la víctima.

—Sí, se puede decir que yo era su persona de confianza —admitió, no sin que un cierto rubor asomara a sus marfileñas mejillas—. De hecho, si quedamos aquí hoy es porque *habían* unas cuantas cosas que teníamos pendientes y que sólo podíamos resolver quitándonos del barullo de Barcelona. Ella prefería que ciertas cuestiones las despacháramos ella y yo solas, sin que nos estorbase nadie. Para eso veníamos aquí.

—¿Y cómo es que no vinieron juntas? —preguntó Chamorro.

—A veces Neus necesitaba también aislarse completamente. Ustedes a lo mejor no entienden esto, lo que es la vida de una persona con una imagen tan brutal, alguien a quien todos reconocen por la calle. Más de una vez lo hacíamos así. Ella se venía sola el día antes y yo me reunía con ella a la mañana, como habíamos quedado hoy.

—Entonces ella vino aquí ayer.

—Sí, ayer.

—¿A qué hora, lo sabe usted?

—Yo me despedí de ella a las dos de la tarde, más o menos. Luego me llamó desde el coche a eso de las cinco y media, mientras venía de camino. Pero no sé a qué altura estaría. Hablé otra vez con ella a las siete y ya estaba en la casa. Ponga que pudo llegar sobre las seis.

—¿Y no volvieron a hablar?

—No. —Meritxell puso de pronto un gesto melancólico—. Esa llamada que le digo, la de las siete de la tarde, fue la última. Aunque luego intenté hablar con ella sobre las ocho, pero entonces ya no me respondió.

—¿Que no le respondió? ¿Y eso no le hizo preocuparse?

Meritxell observó a Chamorro con una expresión difícil de definir. Por lo que dijo a continuación, trataba una vez más de hacernos comprender a nosotros, pobres ciudadanos vulgares y anónimos, las complejas vicisitudes psicológicas de una persona célebre.

—A partir de cierto momento, Neus apagaba el móvil. Era su costumbre. No tenía por qué preocuparme.

—¿Y no la llamó al fijo?

—Desde luego que no. Era algo que podía esperar. Si

ella apagaba el móvil significaba que sólo podía llamarla si había un incendio, y ni siquiera entonces en cualquier caso. Antes tendría que pararme a considerar si lo que se quemaba era lo bastante importante.

—Ya —recapitulé—. De modo que no sería una conclusión precipitada si dedujéramos que anoche Neus deseaba que nadie la molestase.

—No, no lo sería —aprobó mi razonamiento Meritxell.

—¿Le parece a usted que podría ser porque tuviera alguna compañía?

La ayudante de Neus Barutell captó, cómo no, que aquélla, tras los inofensivos preámbulos, era mi primera tentativa decidida de irrumpir en la más delicada intimidad de su jefa. Eso la descolocó un poco, y también hubo de violentarla, pero más valía que se fuera acostumbrando a la situación, porque las circunstancias de la muerte no me dejaban más opción que seguir internándome en ese jardín.

—Podría ser —dijo, con voz apenas audible.

—¿No sabe usted si ése fue efectivamente el caso?

Aquí Meritxell enrojeció hasta la raíz del cabello.

—No, no lo sé. No me dijo que viniera con nadie.

—Pero no le daba a usted siempre explicaciones a ese respecto.

—No, no me las daba.

Observé a mi testigo. Se estaba portando bien, y la estaba llevando a un terreno que tenía que resultarle resbaladizo. Me pareció que debía echarle un cable, no agobiarla en aquel momento prematuro.

—Voy a exponerle una hipótesis, señora Palau, y usted dígame sólo si le parece descabellada o no. Voy a suponer que la señora Barutell pudo quedar ayer con alguien, y que para encontrarse con él sin estorbos vino precisamente aquí y decidió quedar incomunicada a partir de algún momento entre las siete y las ocho de la tarde. ¿Cree usted que mi suposición podría contar con algún fundamento?

—Sí, podría —dijo Meritxell, tragando saliva.

—Y abusando de su amabilidad, que le agradecemos mucho, déjeme decírselo ante todo, ¿sería capaz de proporcionarnos algún nombre que nos ayudara a sustituir ese *alguien* indeterminado?

En ese punto percibí que la estaba acercando al límite. Sus manos sudaban a chorros, y apenas le salió un hilo de voz cuando dijo:

—No en este momento. Déjeme pensar. No hay nadie en concreto de quien yo tuviera conocimiento, tendría que tratar de imaginarlo, y la verdad es que ahora no estoy en las mejores condiciones para...

—Está bien —la alivié provisionalmente de esa carga—. Ya hablaremos con más tranquilidad. En otro momento. Sólo déjeme hacerle una última pregunta. ¿Era normal que la señora Barutell y su marido llevaran vidas separadas, como parece que llevaban en estos días?

—No era anormal —murmuró, apenas audible.

—Muchas gracias, señora Palau. Nos ha sido de mucha ayuda.

Terminamos de interrogar a Meritxell hacia las tres y media. A esa hora, la noticia corría como un reguero de pólvora por todas las agencias, aún con poco detalle: «Neus Barutell, hallada muerta en su casa de campo». A las 16.05, cuando el marido de la víctima, Gabriel Altavella, llegó al pueblo, un enjambre de cámaras registró la imagen. Le vi bajar, con semblante descompuesto y un cansancio que le hacía viejo y frágil. Siempre había intuido a un hombre muy distinto tras los libros que escribía. Y la investigación de aquel caso, que me iba a llevar a conocerlo con tanta profundidad como nunca habría imaginado, aún había de depararme algunas otras revelaciones inesperadas.

Capítulo 2

ENTES AUTÓNOMOS

Antes de llevárselo a la boca, Chamorro dejó escurrir con meticulosidad casi exasperante el aceite del pimiento que había pinchado con su tenedor. Para ser franco, no le agradecía esa clase de gestos. Al verla tan escrupulosa, tenía la vívida sensación de que toda la grasa que yo desaprensivamente tragaba se iba depositando en tiempo real en el perímetro de mi abdomen, bajo mi barbilla y en otros alojamientos indeseables. Nunca he padecido de un sobrepeso significativo, pero tan pronto como rompo el ascetismo alimentario (al que por regla general me inclina la escasez de mi renta disponible, algo bueno tenía que tener) los efectos se hacen perceptibles allí donde más humilla a un varón que a ritmo lento pero inexorable camina hacia su decadencia. Chamorro, por el contrario, y dejando aparte la ventaja de su juventud, acreditaba tal disciplina en la mesa que desde que la conocía no me constaba que hubiera estado jamás expuesta a la sordidez de andar preocupándose por si le apretaba o no la cinturilla del pantalón.

—Qué manía de empapuzarlo todo en aceite —protestó, para dejar todavía más en evidencia mi negligencia al comer aquello tal cual.

—Es de oliva, el más sano —salí en defensa del establecimiento.

—Sano es cuando está crudo, no requemado como éste.

Era verdad que el lugar al que habíamos ido a parar no habría conquistado un cuarto de estrella en la Guía Michelín, ni aun en el supuesto de que a alguno de sus inspectores lo hubieran conducido hasta allí a punta de pistola o bajo cualquier otra coacción que le sugiriera la conveniencia de mostrarse benévolo. Era un mesón a medio camino entre el bar y el restaurante, y lo que estábamos comiendo eran restos de las tapas del día, porque, según nos había informado el hombre que parecía ejercer funciones de gerente, la cocina ya estaba cerrada. Con todo, los años que llevo rodando por ahí como perro policía me han proporcionado la ocasión de roer peores huesos y en peores platos.

—Tienes un paladar inadecuado para el lugar que ocupas en el mundo, Virginia —me burlé—. Mientras sigas en esto conmigo, tendrás más pimientos aceitosos que centollo. Tal vez deberías pensar en buscarte un buen marido que te sacara de la calle. Qué sé yo, un promotor inmobiliario, un intermediario hortofrutícola, o cualquier otro hombre de provecho que pudiera llevarte a los locales que mereces.

Chamorro me observó con semblante fatigado. Ya había escuchado antes de mis labios aquella maldad, u otras bastante parecidas, y estaba más que preparada para no dejarse irritar por ella.

—No voy a picar, mi sargento —dijo al fin—. Pero ya que me hablas de buscar marido, ¿qué te ha parecido el que se buscó Neus?

Si se prescindía de la hora y del agotamiento que hacía mella en mí, la pregunta de mi compañera resultaba tan perspicaz como oportuna. El hombre al que se refería no dejaba de ocupar mis pensamientos.

—Pues verás —dije, tras largarle un buen sorbo a mi

cerveza—. El caso es que para mí resulta difícil analizarlo con objetividad. ¿Quieres saber algo que te permitirá reírte a placer de tu superior y maestro?

—O sea de ti...

—O sea de mí.

—No es una oferta muy tentadora, eso puedo hacerlo a menudo.

Había soltado su pulla así como al descuido, con la mirada perdida en la tenue espuma de su cerveza sin alcohol de 0,0 grados.

—No hasta el punto que podrás si te cuento esto.

—Desembucha —pidió, probándome que la intrigaba.

—Hace muchos años —recordé—, cuando yo estaba aún en la facultad trasegando los delirios de los paranoicos narcisistas que se dedican a etiquetar la mente de sus semejantes, tuve una historia con una compañera de la que me enamoré como un becerro. Me resultó bastante útil, porque la relación nunca fluyó bien y eso me ofreció la posibilidad de realizar un gran trabajo de campo sobre la neurosis utilizándome a mí mismo como cobaya. Pero lo que hace al caso no es esto, sólo te lo cuento para situarte. El hecho es que en una de mis patéticas y fallidas tentativas de retenerla a mi lado, di en regalarle un libro que por aquel tiempo me fascinaba: *Las torres abatidas*, de Gabriel Altavella.

Chamorro quedó sospechosamente pensativa.

—Bonito título —juzgó—. ¿Y no encontraste nada más pesimista, que la pudiera predisponer un poco más en contra de hacerte caso?

—Es que tendrías que haberme visto entonces. Era un tipo de lo más trágico, y llevaba ese talante a todos los extremos de la vida. Siempre iba vestido de negro, veneraba a Dostoievski, oía música de Mahler y de Bruckner y en vez de contar chistes soltaba citas nihilistas de Cioran. Lo más gracioso es que alguna vez llegué a creer que eso me hacía atractivo a los ojos de ella. De ahí regalarle aquel libro.

—Bueno, si estudiaba Psicología, cabe la posibilidad de que ella también fuera una colgada. A lo mejor no ibas tan descaminado.

—Sí, sí que lo iba. Cuando terminó la carrera hizo un máster en Recursos Humanos. Mientras yo estaba aún comiéndome los puños en la cola del INEM, ella ya tenía un puesto en el que contrataba y despedía gente. Pero en fin, Paula no fue más que un eslabón de la deplorable cadena de mi currículum sentimental. Lo que trato de decirte es que a ese hombre al que hemos visto esta tarde yo le leía cuando era joven, y que durante un tiempo me pareció el no va más como escritor.

—El mundo es pequeño, y la vida sorprendente.

—No sabes tú cuánto.

—Has dicho *me pareció* —observó, con la finura que la caracterizaba—. ¿Eso quiere decir que ya no te lo parece?

Acabé mi cerveza. Ya no estaba fría.

—Tantas cosas cambian en veinte años —reconocí, melancólico—. No me acuerdo de una sola cita de Cioran, y cuando oigo a Bruckner me sigue pareciendo un genio, pero ya no siento ese misterio que me sobrecogía, sino el alma de un hombre anciano que ha aprendido demasiado. Y en cuanto a Gabriel Altavella, leí sus dos libros siguientes y te confieso que dejó de interesarme. Me dio la sensación de que empezaba a repetirse, de que dejaban de tener pulso sus historias y sólo se dedicaba a hacer sonar bien las palabras, malgastando su habilidad para ese arte. *Las torres abatidas* no lo he releído desde que se lo regalé a Paula. La verdad es que prefiero no hacerlo. Temo que sólo me sirva para espantarme de la ingenuidad y el atontamiento que me gastaba por aquella época. Y el joven que uno fue tiene derecho a ser recordado con respeto y con añoranza por el viejo en que uno se convierte.

Chamorro dibujó una sonrisa compasiva.

—No eres tan viejo, mi sargento. Y conste que ya sé

que lo dices sólo para que te lo niegue. Es enternecedora esa necesidad que os entra a los hombres de que se os diga que seguís siendo unos chavales, cuando empezáis a verle las orejas al lobo. No quiero pensar qué sería de vosotros si tuvierais que enfrentaros a lo que nos toca a las mujeres. A la invisibilidad tan pronto como se te arruga un poco la manzana.

—No estarás pensando ya en eso, ¿no?

—No me queda mucho para tener que pensarlo. Soy consciente. Pero no me asusta. Hay cosas peores que dejar de sufrir a los babosos.

—Bueno, siempre te queda el recurso de Neus.

—¿Cómo dices?

—Lo que hizo ella. Casarte con alguien quince años mayor. Con pocas energías ya, que te moleste sólo lo justo. Luego enviudas a una edad aceptable y eres libre para divertirte con lo que salga. O te lo buscas, que ahora existe toda una oferta que las mujeres de antes no tenían.

Mi compañera asintió despacio.

—Si me hubieras dicho eso hace cinco años, te habría respondido que mi ilusión era casarme con alguien para siempre. Ahora, y después de haber visto y vivido unas cuantas cosas, lo que te digo es que me vale que quien sea, y durante el tiempo que sea, me acompañe, me haga sentir querida y no me dé la tabarra con estupideces. Ya se me ha pasado la edad de jugar a las princesas y también al escondite.

—Dios mío, es increíble la precocidad para el desengaño que tenéis las nuevas generaciones —me admiré—. Yo, a tu edad, todavía creía en la pasión. Hasta dudaría si ahora mismo, en algún momento de debilidad, no se me pasa por la cabeza la idea de volver a creer.

Me observó con un detenimiento y una intensidad inquietantes.

—Ya —dijo, mientras bajaba los ojos.

En aquel momento no me sentí excesivamente inteligente. Cualquiera con dos dedos de frente se habría percatado de que aquella conversación no era la más apropiada ni tampoco la más alentadora que podíamos mantener ella y yo a las doce y media de la noche, lejos de casa y con una muerta todavía reciente sobre nuestras espaldas. A veces uno busca evadirse del trabajo para relajarse, y resulta que es el trabajo (y sus avatares, fútiles o no) lo que sirve para aliviarle de otras cargas y otros problemas mucho más complicados e irresolubles.

—Volviendo al negocio y a tu pregunta, creo que si tuviera que resumir en una palabra lo que opino de la actitud del viudo y del parco testimonio que hemos podido sacarle esta tarde, no diría que estaba desolado, aunque le haya visto llorar. Tampoco diría que conmocionado, aunque en algún momento me haya dado sensación de aturdimiento. Si tengo que escoger un adjetivo, me inclino por uno que abarca a los otros dos, pero con un matiz: sobre todo, lo he visto fastidiado.

—¿Fastidiado? ¿Qué quieres decir?

Traté de afinar mis palabras. Lo que buscaba expresar no era sencillo, y yo mismo recelaba de ello. Temía dejarme influir demasiado por algo que, nos guste o no, nos pesa a todos sin remedio: el ínfimo punto del cosmos en el que la fortuna y nuestras obras nos han colocado, y desde el que incurrimos en la arrogancia de juzgar a los demás.

—Me refiero a que por encima y más allá del dolor, el horror y el etcétera que se da por descontado en un trance como éste, y que todos, queramos o no, representamos con mayor o menor oficio y mayor o menor convicción, incluso cuando nuestra pesadumbre es verdadera, lo que me ha llamado la atención de Altavella ha sido el aire que tenía de sentirse atrapado de pronto en una situación vejatoria, por la ligereza o la mala pata de su cónyuge. Una situación en la que tiene que dar explicaciones de cómo vive y por qué, alguien como él, acostumbrado a caminar por encima del bien y del mal, a recibir homenajes permanentes, a que sus admiradores le llamen *maestro* y sus enemigos se mueran de envidia. Y no quisiera ser injusto, pero me da que lo que más le revienta es tener que darles esas explicaciones a dos muertos de hambre como tú y yo, y pensar en algo que desde luego tiene razones para ir pensando, que la función no ha hecho más que empezar y que vamos a meter mucho más el dedo y la nariz en sus cosas.

—Bueno, eso es normal, a nadie le gusta.

—Claro que no. Pero compara su actitud con la de los últimos deudos con los que hemos tratado. Les han matado a alguien cercano, igual que a éste, les hemos tenido que mirar los fondillos, como todavía no se los hemos mirado al eximio escritor, y a pesar de todo eso, de sus labios no ha salido una queja ni han tenido el menor gesto de rechazo hacia nosotros. Todo lo contrario, se ponen en tus manos.

Mi compañera hizo chasquear la lengua.

—También estás comparando con una gente peculiar. No siempre nos encontramos con familiares como los que estás tomando de ejemplo.

—Es que a mí eso es lo que no me parece peculiar. Cuando te han matado a alguien cercano, lo natural es pensar que todo lo demás, tus propias incomodidades, incluso tus pequeñas miserias que salgan a la luz, son cuestiones secundarias, a las que resulta más bien indigno darles trascendencia. La *gente sencilla*, como la llaman los listos y los petulantes, es más sensata y está más cerca de la lógica profunda de la vida. Lo absurdo, por no decir algo peor, es preocuparse de cómo sales o dejas de salir en la foto cuando bajo tus pies se ha abierto la tierra y se ha tragado a uno de los tuyos. O será que yo soy un simple.

—No, no creo que seas un simple —se opuso—. Pero me da que exageras un poco. Puede que el tipo sea algo estirado, como les pasa a todos éstos, o como te pasaría a lo mejor a ti si la gente te reconociera por la calle y salieras en los periódicos y en la televisión. Pero tampoco ha dejado de estar en su sitio. Y me ha dado la impresión de que colaborará, le guste más o le guste menos que fisguemos en su vida.

—En fin, ya se verá —dije—. A lo mejor me precipito, pero tengo mis razones para andar prevenido frente a la soberbia de la gente que está demasiado imbuida de su valía y su talento. Tuve que padecer a unos cuantos así en la facultad y desde entonces aprendí a evitarlos.

—Eso te pasa por ser un intelectual, te diría el comandante.

—Ex intelectual, en todo caso. Y a mucha honra. Me refiero al ex.

—No te creo.

—Créeme. Si he llegado a amar la mugre de la calle, con todos sus inconvenientes, es porque me ha librado de la mugre de la palabrería.

—En el fondo, mi sargento, nunca dejarás de ser un poeta —se mofó.

—Cuéntaselo a Altavella, en un aparte que hagáis la próxima vez que le veamos, a ver si así aumenta su grado de empatía conmigo.

—¿Tú crees que serviría?

—No, la verdad es que no. Temería que le mandara un manuscrito y le pidiera ayuda para publicarlo. Temblaría al pensar en los versos que pudiera parir un picoleto, supongo que sólo imaginaría octosílabos rimados en asonante y llenos de sentimientos campestres y morales. En cuanto me viera, saldría corriendo como alma que lleva el diablo.

—Oye, entonces creo que sí se lo voy a decir —amenazó, riéndose.

—Sí, seguro que ibas a divertirte. Pero más valdrá que nos tomemos un poco en serio el servicio. Ese tipo es ahora nuestro reto. Sea como sea, y nos guste o no, tenemos que ganarnos su confianza.

Éramos los últimos clientes que quedábamos en el local, y al echar una ojeada a la barra sorprendí en la camarera que seguía limpiándola, aunque ya estaba más que limpia, esa mirada de odio legítimo de quien no puede irse a casa porque unos idiotas inconscientes no encuentran mejor lugar para perder el tiempo que aquel donde el afectado trabaja. Nunca he sido camarero, pero siempre he admirado la abnegación que se requiere para sobrellevar la dureza de la profesión, y he conocido también alguna vez la contrariedad de no poder irme a casa porque a alguien le apetece escucharse a sí mismo a deshora y decide entregarse a ese vicio con acompañamiento de un público cautivo. Por respeto y por solidaridad, pues, pedí sin demora la cuenta.

Al salir a la calle nos recibió el aire fresco de la noche. Estábamos a finales de mayo, pero allí todavía caía bastante la temperatura en cuanto se iba el sol. Era una noche clara y despejada, con una luna a medio crecer, a cuyo resplandor se distinguía leve y fantasmal la cumbre predominante de la cordillera próxima. Siempre me ha gustado caminar en el silencio de la madrugada por las calles de los pueblos, y más cuando de pronto lo quiebra el tañido de las campanas. Sonaron las que daban la una, ahogando durante un instante bajo la aguda vibración del metal el ruido de nuestros pasos sobre el pavimento.

—Estoy recordando todo lo que nos ha dicho —habló Chamorro en voz queda—. Al margen de su actitud hacia nosotros, o de cómo reaccionara ante la situación, no acabo de entenderle. ¿Qué relación mantenía con su mujer? Te confieso que me despista. Lo fácil sería pensar que era un matrimonio que ya sólo guardaba las apariencias, que cada uno iba por su lado y que por tanto su pena es relativa. Pero no creo que sea tan sencillo. Su dolor parecía verdadero y profundo.

Sopesé las palabras de mi compañera. Después de unos cuantos años trabajando juntos, había aprendido a valorar su intuición. Chamorro era observadora y desapasionada, y por carácter y formación estaba felizmente exenta del afán de confirmar ideas preconcebidas sobre nadie, lo que le daba una destreza especial para calar a la gente.

Pero para juzgar y situar debidamente la apreciación de mi subordinada, no sobrará detallar cómo había transcurrido nuestro encuentro con el viudo. Por razones jerárquicas y protocolarias, dejamos que fueran los capitanes al mando quienes se encargaran de la recepción oficial. También fueron ellos, y no tuvimos ningún interés en reemplazarlos, quienes acompañaron a Gabriel Altavella al interior de su propiedad para echar una ojeada al lugar del crimen. Ya no estaba allí el cuerpo de su esposa, aunque los nuestros seguían recogiendo, etiquetando y fotografiando vestigios minuciosamente. Si antes de realizar esa visita el rostro del viudo ofrecía bastante mal aspecto, al salir lucía como si hubiera comido un par de docenas de ostras echadas a perder. Fue entonces cuando el capitán Navarro nos lo confió, con el encargo ingrato y añadido de que le lleváramos al tanatorio para ver cómo habían quedado los restos de su esposa e identificarlos.

—Yo debo seguir por aquí, supervisando a mi gente —se excusó ante el escritor—. Tenemos mucho trabajo para recoger las huellas en una casa tan grande, y me gustaría cerciorarme personalmente de que todo se hace como se debe. Pero le dejo en buenas manos, con el sargento y la cabo. Y le ruego que les atienda, hasta donde su ánimo se lo permita. Vienen de Madrid, son nuestros especialistas en homicidios.

Como sabía que el capitán no iba a coger unas pinzas para buscar pelos ni así se hallara bajo los efectos del LSD, me percaté de que estaba escurriendo el bulto. Pero no podía protestar, primero porque sólo soy suboficial, y segundo porque había una tarea que nos correspondía a nosotros y no era mala idea comenzarla con aquel trámite. De modo que invitamos a Altavella a subir a nuestro coche, y con él a bordo salimos a enfrentarnos a la horda de periodistas que esperaba a las puertas de la casa. Hice sonar la sirena y metí unos cuantos destellos con las luces largas para advertirles que no iba a andarme con contemplaciones. El aviso surtió efecto: como el mar Rojo ante Moisés, se apartaron para dejarnos pasar. Nuestro pasajero iba cabizbajo, y así quedaría registrado en la fotografía que pese a todo lograron hacerle.

Durante el trayecto de la casa al tanatorio, Gabriel Altavella apenas despegó los labios. Sólo recompensó con algún murmullo monosilábico mis esfuerzos por darle conversación, en los que por respeto me abstuve, aún, de decirle nada que pudiera interpretar remotamente como una aproximación de carácter inquisitivo. Aproveché para observarle por el retrovisor. Su mirada se perdía en el paisaje que iba desfilando al costado de la carretera y en su expresión había un infinito desánimo. Parecía un hombre que, tras haber conocido la desesperación mucho tiempo atrás, hubiera llegado a la conclusión de que vivir y morir no eran más que formas diversas del mismo engorro. No movía un músculo de la cara, y tampoco lloraba, ahora (antes, al salir de la casa, le había visto enjugarse unas lágrimas). Iba en el coche, se dejaba llevar, pero en el fondo no estaba allí. Trataba de representarme por dónde estaría vagando su imaginación en esos instantes. Por el pasado compartido con la difunta, tal vez. O acaso por el espacio del que había tenido que ausentarse repentinamente para venir a hacerse cargo de ella. Mientras discurría todo esto reparé en que casi sin querer mis elucubraciones se mezclaban con retazos borrosos de sus historias y de sus atormentados personajes de ficción, con los que tal vez resultaba torpe y arbitrario por mi parte adjudicarle alguna semejanza.

En el depósito de cadáveres, antes de pedir que nos abrieran la cámara frigorífica, le di una última oportunidad de ahorrárselo:

—Si resulta muy penoso para usted, le recuerdo que se trata de una persona de identidad notoria, y que ya la ha reconocido la señora Palau. No tiene que pasar por este trago si prefiere no hacerlo.

Altavella meneó la cabeza.

—El capitán me ha dicho que es mejor para completar las diligencias contar con la identificación de los parientes. Si es así, ni tengo ni debo tener ninguna objeción. Además, el oficio al que me dedico exige que uno sepa mirar y no tenga nunca miedo de ver. Adelante.

Al hacer aquella reflexión en voz alta, se insinuó por primera vez en los labios de Gabriel Altavella algo semejante a una sonrisa. Era un trazo fatigado y descreído, como todo él, pero sonrisa al cabo.

No me gusta tutelar a nadie mayor de edad más allá de lo que él mismo desea ser tutelado, así que le indiqué al empleado del tanatorio que abriera la cámara y nos sacara el cadáver. Antes de levantar la sábana que cubría aquel rostro conocido por millones de personas, consulté con la mirada al hombre que había podido contemplarlo como pocos otros. Altavella asintió con la cabeza y se lo mostré.

Rara vez he podido percibir, al enseñar un cadáver a los parientes próximos, un empeño tan férreo en no dejar traslucir ninguna emoción. Sus facciones permanecieron inmóviles, y sólo en el fondo de sus ojos se abrió de pronto un abismo. En todo caso, supuse, tal abismo no debía de resultarle del todo novedoso al curtido y laureado novelista en quien la crítica había ponderado siempre su pulso a la hora de reflejar las profundidades más oscuras del alma humana. De nuevo dudé si no me estaría abandonando en exceso al influjo de viejas lecturas.

—Permítame —pidió—. Me gustaría verla entera. Es la última vez.

Cuando él tomó el extremo de la sábana, yo la solté y me eché un paso hacia atrás. La retiró sin exhibir la más mínima vacilación, con un cadencioso ademán que la recorrió de la cabeza a los pies. La expuso del todo y la contempló durante acaso diez, quince segundos. No hizo tampoco ningún gesto al ver las marcas de las puñaladas. Sólo ese abismo de los ojos, haciéndose cada vez un poco más hondo y negro. La volvió a cubrir con delicadeza, colocando casi maniáticamente el lienzo para que quedara lo más ajustado posible a las esquinas.

—Gracias —dijo, cuando hubo terminado—. Ahora indíqueme por favor dónde tengo que firmar que se trata del cuerpo de mi esposa.

—Salgamos, si no tiene usted inconveniente —le rogué.

—No, no lo tengo —declaró, con una extraña solemnidad.

Lo condujimos entonces a la casa-cuartel, donde nos aguardaba Meritxell Palau, enterada ya de su llegada. En el vestíbulo se fundieron en un abrazo desigual. Mientras la ayudante de Neus lloraba a moco tendido, el viudo seguía refrenando sus sentimientos. Los ojos se le humedecieron, pero no se le descompuso el semblante al decirle:

—*Meritxell, pobreta meva...*

Meritxell no pudo articular palabra alguna frente a aquella piadosa apelación del escritor. Sollozaba con espasmos que me impresionaron, después de la imagen un tanto rígida y sosa que nos había dado durante el interrogatorio al que la habíamos sometido.

Y por descortés que pudiera resultarle, eso mismo debimos hacer con Gabriel Altavella, practicarle un interrogatorio preliminar, después de que firmara la diligencia de reconocimiento del cuerpo. Se lo planteé tan suavemente como pude, pero no le sentó bien:

—¿No les parecería un gesto de humanidad esperar a mañana, y dejarme organizar ahora lo que se viene encima? —protestó.

—Le aseguro que no le entretendremos mucho —prometí, con mi tono más conciliador—. Pero tenemos que hacerle ahora algunas preguntas, para poder encauzar la investigación desde el principio.

—Está bien, soy su prisionero —rezongó—. Ustedes dirán.

No puedo ocultar que me molestaba algo la desconsideración con que aquel hombre me trataba. Por otra parte, y como ya me ocurriera con Meritxell Palau, me maliciaba que Altavella no estaba muy predispuesto a sentir simpatía por un guardia civil, y mucho menos a darle su confianza. Lo aceptaba, porque forma parte de mi trabajo y porque en el desempeño de mi labor, en otros escenarios y otras circunstancias más difíciles, he sufrido hostilidades bastante peores. Pero le habría agradecido que, como antes Meritxell, el escritor hubiera tratado de sobreponerse a sus prejuicios para ayudarnos a resolver el crimen. Aquel sarcasmo con que se sometía a mi petición me movía a desesperar de que lo hiciera. Sin embargo, procuré no dejar que prevalecieran mis propios prejuicios, y me apresté a cumplir con mi deber como lo habría hecho con cualquier otro que no me perdonara la vida.

—En primer lugar —dije, midiendo cada palabra—, nos gustaría saber cuándo habló con su esposa o la vio por última vez.

Altavella me escrutó con recelo. O seguía siendo suficiencia.

—¿Cuándo la vi o cuándo hablamos? Son cosas diferentes.

—Infórmenos sobre ambas, si es tan amable.

Entonces bajó la cabeza. Pero habló con voz firme:

—La última vez que la vi fue hace tres días, el sábado por la mañana, cuando me fui a la casa de Gerona. Supongo que serían más o menos las diez y media cuando nos despedimos, si le importa el dato.

—Le agradezco la precisión.

—En cuanto a la última vez que hablé con ella, anteayer por la mañana. La llamé hacia las doce. ¿Quiere saber de qué fue la conversación?

—Sólo aquello que crea que puede sernos útil.

—¿Y cómo voy yo a saber qué sí y qué no? Nunca he sido policía.

—¿Hubo algo fuera de lo común en esa conversación?

—La llamé yo, para saber si quería acompañarme a una cena a la que me habían invitado este fin de semana. Una cosa más bien de rutina. La cena era para agasajar a un escritor norteamericano de visita en España al que mi editor, que también es el suyo, quería presentarme.

—¿Y qué le dijo ella? —preguntó Chamorro.

—Que no. Que le daba pereza tener que hablar inglés un sábado.

—¿Eso le dijo?

—Sí. Y es una razón tan buena como otra cualquiera. A mí los que me dan pereza son los norteamericanos, en general. Lo único bueno de todo esto es que ahora tengo una excusa para saltarme esa cena.

El chiste era de dudoso gusto, o cuando menos de dudosa oportunidad, pero a Altavella pareció hacerle gracia. Su sonrisa se intensificó hasta alcanzar, casi, la anchura de una sonrisa humana corriente.

—¿Hablaron de algo más? —indagué.

—Nada relevante. De la casa de Gerona, que me la había encontrado bastante descuidada, y de si no sería conveniente coger a otra mujer que se encargara de tenerla al día. De alguna cuestión pendiente con el asesor, cosas de cheques, facturas, impuestos, etcétera. Más rutina.

—¿Notó algo extraño en ella en algún momento?

Altavella meneó la cabeza y recobró su sonrisa a medias.

—No, estaba de lo más normal. Muy ella. Como de costumbre.

Di en juzgar que el escritor no estaba respondiendo de la forma más prudente, siquiera fuera porque no debía de escapársele, a nada que recordara algunas novelas policiacas cuyo conocimiento no podía dejar de presumirle, que el hecho de estar casado con la fallecida lo designaba como miembro nato de la lista de sospechosos (y máxime teniendo en cuenta que todas las pruebas materiales apuntaban a un crimen pasional). Pero cada uno se comporta con arreglo a su idiosincrasia, y se veía que a Altavella le perdía el afán de resultar excéntrico.

—¿Y ésa fue la última vez, anteayer? —quise cerciorarme.

—Sí.

—De modo que ayer no hablaron en todo el día.

—No.

Tras el segundo monosílabo, tan seco y contundente como el primero, titubeé durante un instante, antes de atisbar por dónde seguir.

—Sí —agregó, como si yo, por mi infradotación intelectual o mi estrecha visión de la vida, necesitara una explicación complementaria—. La conclusión que está sacando es correcta, mi mujer y yo no nos llamábamos todos los días. Por si también le interesa la información, le puedo contar que tras ocho años de matrimonio ya habíamos superado la fase del cortejo, el embeleso y el no poder respirar el uno sin el otro. Si no teníamos nada concreto que decirnos, muy bien podíamos estarnos no uno, sino varios días sin hablar. Éramos entes autónomos.

Por primera vez, contemplé seriamente la posibilidad de que Gabriel Altavella fuera un cínico. Y debo confesar que esa idea me llevó, también por primera vez, a temer que tendría que tratar con alguien que iba a acabar cayéndome muy gordo. De joven, como casi todo el mundo, coqueteé con el cinismo. Es disculpable que un mozalbete atolondrado cometa el error de creer que puede jactarse de no tener fe en nada. Pero cuando eso lo hace alguien con una mínima edad y una mínima experiencia, a mis ojos se convierte en un imbécil cargante, a quien sólo soporto si me obligan. Y, como le pasa a cualquiera, llevo bastante mal verme forzado a hacer lo que no me apetece.

Puede que fuera este disgusto momentáneo lo que

me empujó a ser un poco más incisivo de la cuenta en mi siguiente pregunta:

—¿Debo entender que había algún problema en su matrimonio?

Apenas dije estas palabras, me arrepentí del traspiés que acababa de dar. Mi propia compañera me buscó la mirada, con extrañeza. En cuanto a Altavella, alzó las cejas y abrió unos ojos como platos.

—Dios santo, creía que los policías usaban la lógica —exclamó.

Le entendí, cómo no, porque era eso mismo, haber dado un salto lógico desafortunado y prematuro, lo que ya me estaba recriminando, tan feroz como puntual, el enanito sádico que habita dentro de nosotros con la sola misión de zaherirnos cuando metemos la pata.

—¿Perdone? —pregunté, no obstante, haciéndome el bobo.

—Lo único que trato de contarle es que no estábamos todo el día llamándonos para decirnos monerías, que podíamos concedernos el uno al otro espacios de vida independiente. No sé qué problema es ése. Mucho más problemático sería lo contrario, en mi opinión.

—Ya —asentí, forzado a fingir lentitud—. De modo que su relación era buena, aunque no convivieran todo el tiempo.

—Razonablemente buena, sí —dijo Altavella, desafiante—. Nos entendíamos, habíamos aprendido a soportarnos casi todas las miserias, y a no hacerle soportar al otro las que no podía tragar. Si un matrimonio sobrevive ocho años, y más entre personas como Neus y yo, es que los dos miembros del equipo han negociado con la habilidad suficiente los términos para seguir adelante sin estorbarse más de la cuenta.

No era la descripción más romántica de la convivencia conyugal, pero tenía cierta consistencia, y al margen de que la compartiera o no, probaba que Altavella conservaba un cerebro en buen uso.

Ahora me tocaba dar el paso de veras comprometido, el que nadie con algo de juicio habría sentido el menor deseo de acometer. Tomé aire y me lancé sin vacilar, que es como conviene hacer estas cosas.

—Le pregunto todo esto porque parece que anoche su mujer estaba con otra persona. No sabemos si por voluntad propia o no.

Altavella me aguantó la mirada. Inspiró hondo.

—Y qué quiere que le diga —repuso—. Yo estaba en Gerona, trabajando. Ignoro si ella se había citado aquí con alguien. Es posible que sí. Desde luego no habría sido la primera vez. Yo no era su dueño.

Admití que el escritor acababa de demostrarnos algo que muchos de su gremio nunca consiguen: sabía ahorrar palabras. Dicho aquello, me quedaba muy poco con lo que justificar seguir reteniéndole.

—Está bien, señor Altavella. Habrá otras muchas cosas que tendremos que preguntarle, pero pueden esperar, soy consciente de que ya hemos abusado bastante de su paciencia. Sólo como formalidad final: ¿le consta que alguien pudiera desear la muerte de su esposa?

Gabriel Altavella dejó escapar una risa amarga.

—Mi mujer era una periodista de televisión —explicó—. Supongo que eso la hacía acreedora al odio de unos cuantos tarados. Yo mismo los he sufrido, sólo por haber alcanzado alguna notoriedad haciendo algo tan socialmente marginal como escribir literatura. Aparte de eso, no tengo ni puta idea de por qué nadie podía querer dañarla. Era una persona maravillosa, la más maravillosa que he conocido nunca.

Horas después, mientras conducía hacia el hostal donde íbamos a dormir, pensé que Chamorro no andaba descaminada en su diagnóstico sobre los sentimientos de Gabriel Altavella. A su manera, que acaso no fuera la de los demás mortales, en aquellas palabras, y en la voz que las había pronunciado, se dejaba intuir un testimonio de amor.

Capítulo 3

HIS, NOT MINE

A medida que van pasando los años y me voy haciendo mayor, creo cada vez con más convicción que hay algo cierto y nítido entre todas las sombras irreductibles que conforman la condición humana: que la vida sea una cruz insoportable, o una aventura curiosa y digna de ser recorrida, es una cuestión en la que influye notablemente lo bien o lo mal que uno haya podido dormir la noche anterior. Puede que el axioma no valga tanto para los menores de veinte años, y que entre los veinte y los cuarenta conozca numerosas excepciones. Pero de cuarenta para arriba, dudo que haya muchos que se salven. Cuando has dormido mal, eres un despojo y poco importa que en el día te aguarde un programa repleto de festejos (ítem más, cada uno de esos festejos será en ese supuesto una estación más de tu viacrucis). Por el contrario, cuando has dormido bien, ya pueden salirte al paso los problemas más enojosos, que buscarás y encontrarás la manera de quitarles importancia y, en algún que otro caso, incluso el modo de resolverlos.

Esa noche dormí estupendamente. Supongo que fue por el agotamiento nervioso de la víspera y la sucesión de acontecimientos precipitados: el viaje, la tensión de dos espinosos interrogatorios, la autopsia y la ulterior tormenta de ideas con Chamorro. Lo cierto es que me levanté de un humor extraordinario, que no se dejaba ensombrecer por la perspectiva que tenía por delante, una jornada consagrada en exclusiva a las menudencias burocráticas de la investigación criminal. Después del levantamiento del cadáver, la toma de los vestigios materiales del crimen y el primer contacto con las personas próximas a la fallecida, aquel día, nuestro segundo sobre el terreno, nos correspondía abordar un sinfín de aspectos accesorios: búsqueda de eventuales testigos de los movimientos de la víctima o de personas sospechosas; rastreo de presumibles itinerarios; inspección de ropa, enseres, documentación y cualquier otra fuente de posibles indicios indirectos. Simultáneamente, otros miembros del equipo procederían a comprobar las huellas con las bases de datos y a obtener perfiles de delincuentes condenados por delitos similares y que pudieran haber actuado en el lugar y la fecha de autos. En fin, lo usual en la primera fase de la investigación, cuando el abanico es todavía demasiado amplio y hay que barajarlo todo para tratar de discernir una dirección precisa. Es el trabajo más aburrido y rutinario, por no contar que gran parte de él resulta baldío, y no oculto que prefiero con mucho el que se realiza en un momento posterior, cuando uno ya tiene una hipótesis que le guíe y actúa con la sensación de estar avanzando y no dispersándose en mil tareas. Sin embargo, aquella mañana me sentía animoso, y en condiciones de salir a desbrozar la selva sin dejar de silbar entre machetazo y machetazo.

Chamorro también parecía haber dormido bien. Por lo menos me la encontré despejada y amable cuando bajé a desayunar.

—El café está de repetir —me informó—, calentito y aromático. Y mira qué aceite me han dado para las tostadas.

Era bueno, de Priego de Córdoba, en una botellita de

gourmet. Chamorro, según una costumbre meridional adquirida en la tierra donde durante gran parte de sus primeros años había vivido con su familia, Cádiz, solía desayunar pan con aceite de oliva. Y como el roce tiene esas cosas, me había pegado la afición. La verdad es que era un detalle por parte de los dueños del hostal, para lo que valía dormir allí. Nunca habría ocurrido en un hotel medio-bajo de una cadena, la otra clase de alojamiento que conocíamos. Ya se sabe que la prodigalidad no es una característica típica de las sociedades mercantiles.

—Acabo de hablar con el capitán. Dice que no cogías el móvil.

—Me estaba duchando, para no hacerte el día más duro de lo imprescindible —me justifiqué—. Luego he visto la llamada perdida, pero no ha dejado recado y tiene el número protegido. Como comprenderás, no voy a llamar a todos los que me llaman que lo tienen así...

—Bueno, eso se lo explicas a él, yo en tu intimidad no me meto. El asunto es que esta noche han estado currando como locos, que han empezado a cruzar huellas y que nada. Las hay de Neus, de Meritxell, del escritor, aunque más desdibujadas que las otras, y de la mujer que les hace la limpieza. Luego hay al menos de otras dos personas, pero no identificadas ni registradas en las bases de datos.

La escuché mientras enviaba a mi estómago el primer sorbo de café. Estaba tan caliente y rico, que apenas me importó el cariz más bien desalentador de la información que me estaba dando.

—Una pregunta estúpida —dije, aún sumido en aquella ensoñación que me producía el aroma del café—. ¿Tú crees que existe alguna posibilidad de que Meritxell haya convertido a su jefa en un acerico?

Vi cómo el ceño de Chamorro se arrugaba, reprobador.

—Posible es casi todo, en la vida —concedió, sin embargo—. Y supongo que eso que dices es tan posible como que la propia Meritxell meta las dos manos en el cubo de la basura de un cocedero de mariscos.

—Lo mismo pensaba yo —asentí, mientras reflexionaba sobre la malicia que con los años hubiera podido contagiarle, y sobre lo que ella me habría contagiado a mí, aparte de las tostadas con aceite.

—No sé si tu fe en el *nunca se sabe* llega a tanto, pero de momento yo no perdería ni un segundo imaginándola culpable.

—No, sólo era un divertimento al calor del café, y de esas estimulantes noticias que me acabas de transmitir.

—Tengo alguna más —advirtió, como quien amenazara.

—Pues dale, que hoy encajo bien.

—Se han trabajado a fondo el coche de Neus, como les dijimos. Ya sabes, hipótesis provisional, Neus se trajo a alguien a pasar un buen rato. Si es por lo que han sacado del coche, ya podemos irnos buscando otra. Ni una sola huella dactilar que no fuera de la propietaria.

—Tal vez él viniera en otro coche. O pudo ponerse guantes.

—¿Tú te irías a la cama con alguien que lleva guantes en mayo?

—Bueno, depende. Si está buena y está a tiro...

Mi compañera me hizo comprender con su mirada que ella no.

—Es broma —dije—. Ya sólo voy a la cama con mi Dumbo de peluche.

—Y serás capaz de hacerlo y todo —apostó—. En fin, para rematarte el cuadro, también han conseguido cabellos en abundancia. Los del coche, todos teñidos con el rubio exclusivo que usaba Neus. En la cama y la habitación algunos otros más cortos y aparentemente morenos.

Interrumpí el mordisco que le estaba dando a mi tostada.

—Caramba, Chamorro, eso es algo, y no poco. De un

golpe acabamos de descartar a unas cuantas minorías de españoles: pelirrojos, castaños y rubios. Y a una pila de forasteros, eslavos, nórdicos y demás.

—Sí, sólo deben quedarnos unos quince millones de sospechosos. Catorce millones novecientos noventa y nueve mil novecientos noventa y nueve si te restamos a ti, que nunca te habrías ligado a Neus.

—Gracias. Pero a lo mejor me aproveché de que estaba drogada.

—A lo mejor.

—Está bien. Llamaré al capitán, para que no siga creyendo que se me han pegado las sábanas. ¿Qué hora tienes?

—Las ocho y media.

—Magnífico, aún todo el día por delante —constaté, mientras le tiraba las llaves del coche—. Vamos, hoy conduces tú, por lista.

El capitán Navarro no había dormido tan bien como yo. Al menos su voz sonaba bastante pastosa, y había perdido parte de la chispa que solía tener su conversación. Después de decirle que Chamorro ya me había puesto al corriente de sus avances, le propuse encontrarnos en la casa para hacer intercambio de ideas y profundizar un poco más. Me respondió con algo que casi llegó a sonarme como un exabrupto:

—En la casa estoy, Vila, esperando a vuecencia.

—Danos cinco minutos, mi capitán —respondí.

—Eso será arrollando todo lo que nos salga al paso —apreció Chamorro, mientras se abrochaba el cinturón de seguridad.

—Por una vez, creo que te convendrá portarte mal. Tira.

Si se ponía, Chamorro podía ser una conductora bastante resolutiva. Durante el camino dejó boquiabiertos a un par de lugareños con sendas maniobras al filo de la ley, y al final consiguió plantarse en la casa en muy poco más de los cinco minutos prometidos. La gente de

Navarro seguía husmeando por todos los rincones, aunque ya no quedaban muchos por mirar. Estaban ojeando papeles, fisgando en los revisteros, incluso examinando las pastillas de jabón y los botes de champú. Nunca podía estarse al cien por cien seguro de nada, pero por cómo se lo habían tomado parecía bastante improbable que se pasara por alto algún rastro que pudiera sernos de ayuda para la investigación. El capitán, en cuyo rostro era tan visible el cansancio como la mala leche que tenía aquella mañana, nos puso al corriente de alguna novedad más, no por cierto de las que hubiéramos querido conocer.

—En el teléfono que dimos para que llamara cualquiera que hubiera visto a la víctima o a alguien sospechoso sólo hemos recibido tres llamadas. Me las están mirando, por si acaso, pero a la legua se ve que son los chiflados de guardia con ganas de popularidad. Nadie parece haber visto a Neus, ni a otra persona, entrar o salir de su casa.

—La casa está un poco a trasmano, y si ella vino directamente y quien fuera entró y salió a deshora, muy bien pudo suceder que no les viera nadie —conjeturó Chamorro, con sagaz pesimismo.

—No puede ser —dije—. Es cuestión de tiempo. Siempre hay alguien que ve algo, incluso cuando matan a un pelagatos. Tanto más con ella. Joder, era una famosa, alguien que da el cante allí donde va.

—Pues eso es lo que hay, por ahora —reiteró el capitán—. Y entre todas las minucias que estamos levantando por aquí, nada que vaya a darnos muchas pistas, me temo. El bote de nata tiene la etiqueta de un supermercado Caprabo, o sea, que puede ser de mil sitios, aunque haremos el gasto de tratar de localizar el lote y demás, que no se diga que somos haraganes. Aparte de eso está la agenda, un cuaderno con anotaciones de trabajo que tenía en el portafolios y el ordenador portátil.

—¿Algo en esa agenda y en el cuaderno?

—A bote pronto, nada. Para destriparlo, ya os dejamos a vosotros.

—Y el ordenador, ¿lo habéis encendido?

—Pide password —anunció, sin alterar su tono sombrío—. A ti, que has intimado más con el viudo, te tocará preguntarle si se la sabe.

—Bueno, nunca es fácil. No nos desanimemos.

—No, si yo no me desanimo —repuso el capitán—. Pero he mantenido hace un ratito una charla antipática con mi teniente coronel. Creo que esperaba que le dijera más de lo que le he dicho que tenemos. No descartes que tu teléfono suene de un momento a otro y te veas obligado a pasar por un trance similar con tu jefe.

—No, no lo descarto —asentí—. Pero seamos positivos, mi capitán, que no nos queda otra. ¿Dónde está el coche?

—En la cochera, donde ella lo dejó. Lo hemos vuelto a meter después de sacarle las huellas.

—Vamos a echarle un vistazo —dije.

Neus tenía un buen coche, y bonito, aunque no demasiado práctico. Un Mercedes biplaza de esos pequeños, que uno nunca sabe cómo no salen volando más a menudo, con tanto motor para tan poca carrocería. Era plateado y estaba impoluto, después de la vaporización con cianocrilato a que lo habían sometido para levantarle las huellas dactilares que pudiera haber en todas y cada una de sus superficies. Abrí el maletero. Contenía una prenda de abrigo, un botiquín intacto, la caja de las lámparas de repuesto y los triángulos de emergencia.

—Hemos mirado los bolsillos del anorak —dijo Navarro—. Nada.

Luego me introduje en el habitáculo. Olía aún levemente a perfume femenino, los vahos de cianocrilato no habían sido suficientes para extirpar del todo aquella fragancia. Pensé que ese aroma era uno de los pocos rastros personales que perduraban del ser viviente que había sido Neus Barutell. Era un perfume sofisticado, sin duda alguno que yo nunca habría podido olerle a una mujer a cuya nuca me hubiera sido dado acercarme. Cuando menos, no me resultaba familiar.

La llave estaba en el contacto. La giré y el panel de instrumentos se iluminó. Recorrí maquinalmente todos los indicadores. Vi la velocidad máxima que recogía el velocímetro, un demencial 280, los kilómetros recorridos totales, 8.761, los del último parcial, 515, la temperatura exterior, la hora, los diez o doce testigos multicolores de utilidades diversas y, al final, el indicador del depósito de combustible. Casi lleno.

—Mira esto, mi capitán.

—El qué —consultó Navarro, con desgana.

—Está hasta arriba de gasolina.

—¿Y?

—Pues si juzgara por la última experiencia que tuvimos con el indicador del depósito de combustible de un Mercedes, no sabría qué decirte. Te lo habrán contado. La anécdota se hizo famosa. Un día iba uno de los nuestros en un Mercedes decomisado a unos narcos y el coche se le quedó seco de repente, cuando creía que llevaba medio depósito. Y lo llevaba, sí, pero cargado de cocaína en vez de combustible.

—Ah, sí, oí la historia. Pero ¿qué nos aporta esto aquí?

Saboreé la incertidumbre del oficial. Poder hacer eso es uno de los placeres ruines de los que a un suboficial más le cuesta privarse.

—No creo que Neus transportase su stock de cocaína en el depósito. Debe de estar lleno de gasolina Extra 98, que para eso es el coche de una pija. Esa circunstancia quiere decir que repostó por el camino y no demasiado lejos de aquí. ¿Ves ahora por dónde voy, mi capitán?

—Testigos, a lo mejor.

—Testigos, seguro. Es un Mercedes de quince kilos, o de noventa mil euros, como prefieras. Y al volante, una que sale en la tele. Si el gasolinero no se acuerda de ella y de con quién iba es que hemos tenido la mala pata de que le haya caído un piano en la cabeza entre medias.

—¿Qué trecho podemos tener que controlar?

—Es un Mercedes 500, chupa de narices, y la aguja está casi en el tope. No creo que haya que retroceder más de cuarenta kilómetros en dirección Barcelona. Como mucho, media docena de gasolineras.

Navarro aflojó la mueca agria por primera vez en toda la mañana.

—Bueno, Vila, veo que por lo menos merece la pena que le regales tanto descanso a ese cerebro tuyo, porque se te ha despertado ocurrente. Ahora mismo agarro a dos chavales y les digo que se pateen las gasolineras que se encuentren de aquí a cincuenta kilómetros.

El capitán salió de la cochera. Quedamos solos mi compañera y yo.

—Recuerda, no hay más huellas dactilares en el coche que las suyas, es casi seguro que venía sola —me enfrió el entusiasmo Chamorro.

—Entonces, por lo menos, averiguaremos la hora a la que vino y si en su aspecto había algo anormal —respondí.

—Eso ya te lo anticipo yo. Al gasolinero seguro que le pareció de lo más anormal todo. Tú lo has dicho. Ella salía en la tele.

—No anticipes nunca acontecimientos, que es una ligereza, Virginia. Y ahora ayúdame a mirar bien debajo de los asientos.

No era porque desconfiara de la inspección que había hecho la gente del capitán Navarro, sino porque registrar a fondo un coche no es fácil y siempre vale más que lo hayan hecho catorce ojos en lugar de diez. En cualquier caso, no sacamos nada de nuestra búsqueda. Todo estaba limpio. El coche seguía oliendo a nuevo, y daba una impresión algo desoladora mirar un objeto tan costoso que había quedado sin dueño antes de haber llegado casi a tenerlo. El viudo podría revenderlo sin más merma económica que el impuesto de matriculación, porque con ocho mil kilómetros estaba mejor que recién salido de fábrica.

Luego Chamorro y yo hicimos una inspección detenida de la distribución de la casa, las ventanas, las puertas, los accesos. Como nos habían dicho los nuestros, no mostraban el menor signo de violencia. La hipótesis con la que debíamos pues manejarnos era que quien fuera había accedido a la parcela por la única entrada abierta en el muro que la circundaba (o bien lo había saltado sin ser visto) y a la casa por una de sus dos puertas. Esto último, salvo que se las hubiera arreglado para abrir alguna ventana sin romperla, o hubiera aprovechado que alguna estuviera abierta, en cuyo caso luego había tenido cuidado de cerrarla. La distancia que había desde la carretera se salvaba por un camino asfaltado, y en la parcela se penetraba por una senda también pavimentada que desembocaba en un aparcamiento de grava compacta. Si el asesino, como parecía a esas alturas probable, no había venido con Neus, sino por su cuenta y en otro vehículo, no íbamos a disponer de huellas de neumático para atestiguarlo. Una lástima, porque identificar un coche ayuda sobremanera en el seno de nuestra civilización, en la que el automóvil es la expansión natural (y una de las principales) de la personalidad del individuo que lo conduce. Cuando uno tiene controlado el coche del sospechoso, aunque sólo sea el modelo que es, empieza a saber mucho de él, y a nada que le sonría un poco la fortuna, puede echarle el guante con no demasiado esfuerzo.

Eran apenas las diez y media y ya habíamos hecho un montón de cosas. Me resulta deliciosa esa sensación que se tiene a veces de que el día no avanza, de que uno es capaz de resolver muchas tareas sin que el reloj le acorrale. En momentos así, mi mente trabaja a tal velocidad y con tal desenvoltura que sería capaz de enfrentarme al problema más abstruso y enrevesado sin la menor preocupación. Y no me vino mal esta disposición de ánimo, cuando nos enfrascamos con los objetos personales de la difunta. Allí sí que había tela que cortar.

Comenzamos por el bolso. En su interior encontramos lo que cabe prever cuando se trata de un bolso femenino, con la singularidad de que todo lo que usaba Neus era de primeras marcas. Respecto de la calidad y el coste de alguna de las piezas, como por ejemplo el estuchito de maquillaje o la barra de labios, fue Chamorro quien me ilustró. Por un momento pensé que algún verano o alguna navidad podía rascar un pellizco de la paga extra para darle una alegría, que tampoco está nunca de más hacer felices a quienes te rodean. Pero por desgracia las marcas se me olvidaron luego. También en el bolso llevaba Neus unas cuantas tarjetas de visita: de una tienda de muebles rústicos, de un salón de belleza, de una compañía de radio-taxis y de una librería inglesa de Barcelona. Y naturalmente, el teléfono móvil. Un capricho de color cobre, cuatribanda, multimedia, Bluetooth, UMTS y no sé cuántas chorradas más. Todas las que estaban disponibles en ese momento del desarrollo tecnológico, aposté. Tenía unas cuantas fotografías en la memoria (nada de interés, tres paisajes, dos niños, un perro), las últimas veinticinco llamadas recibidas y las últimas veinticinco enviadas. Eso sí podía darnos pistas, y le ordené a Chamorro que las anotara para preparar un listado y pedir información a la compañía telefónica. En el listín de teléfonos del aparato sólo había cuatro números, todos ellos comprendidos entre las llamadas recibidas y enviadas: Meritxell, Altavella y otro par de personas. Deduje que el cacharro era nuevo, y que no le había dado tiempo a apuntar nada. Así debía de ser la vida de los ricos, pensé, siempre rodeados de artefactos con los que aún no han terminado de hacerse. Como buen pobre, me desasosegó.

Supongo o imagino que a quien se muere todo pasa a importarle un pimiento, pero cuando fisgo en los entresijos de una vida ajena, cuando rompo todas las cerraduras de sus cajones secretos para buscar lo que constituye mi misión, y de paso me tropiezo con todo lo demás, no puedo dejar de pensar que es una verdadera faena que te maten. Aparte del mal trago que ello comporte, tu vida toda se abre al escrutinio de un cualquiera al que a lo mejor ni habrías saludado. Pierdes el derecho a ser otro distinto del que pareces, o incluso a ser varios a la vez, sin que nadie pueda reprochártelo o juzgarte por ello. Aquellos cincuenta números nos iban a dar todas las relaciones, confesables o inconfesables, que Neus había establecido en los últimos días a través de su teléfono móvil. Y no era la primera vez que investigando esa información nos habíamos encontrado con resultados sorprendentes.

Continuamos con la agenda. A efectos de organizar su vida, Neus no se había pasado aún a la cacharrería electrónica, seguía anclada en el viejo y farragoso papel. Mejor para nosotros. Las agendas electrónicas no sólo son más difíciles de examinar, si uno quiere ser exhaustivo, sino que también obran el efecto de uniformar todas las anotaciones y despojarlas de cualquier peculiaridad o intensidad emocional. Por el contrario, el garabato a mano siempre informa de la velocidad, el estado de ánimo e incluso el interés con que fue trazado, lo que no resulta nada baladí para los fines que nosotros perseguimos. Y en un caso como el de Neus, es decir, alguien con una personalidad poderosa y aun arrolladora, las páginas de su agenda podían adquirir, y de hecho adquirían, un valor y una significación especiales. Lo malo era, precisamente, el tamaño de esa personalidad, y la cantidad de sitios a donde había llegado. La agenda de Neus era de una inmensidad y una diversidad difícilmente asimilables. No sólo había en ella cientos de nombres y de números de teléfono, sino que entre ellos se hallaban gentes de todas las condiciones y no pocos a los que cabía presumir que no iba a ser nada fácil acceder. Mientras pasábamos las hojas, nos iban entrando sudores fríos. No podíamos tocar a toda aquella muchedumbre, en primer lugar porque no íbamos a tener tiempo, y en segundo lugar porque a unos cuantos de ellos nuestros jefes nos iban a exigir que justificáramos de manera muy cumplida la necesidad de molestarlos. Ya se sabe que todos somos iguales ante la ley, pero la igualdad de unos es más evidente que la de otros. No se trata de que existan discriminaciones, como postulan toscamente los malpensados y los ignorantes, sino de una cuestión de percepción, la eterna fuente de los conflictos humanos. No es que la dignidad como persona de un rey sea mayor que la de un barrendero, sólo sucede que la dignidad de la persona real se nota más (por los escoltas, los pelotas, la ropa buena).

Políticos, periodistas, cineastas, escritores, empresarios, aristócratas de alto y bajo rango (incluidos algunos de sangre real, por cierto). Todas estas especies sociales habitaban el abigarrado ecosistema de la agenda de Neus, lo que nos convertía a mi compañera y a mí, mientras la desbrozábamos, en algo así como un par de becarios del National Geographic en pos del abominable hombre de las nieves, es decir, dos idiotas con menos futuro que un malabarista manco. Después de pasar todas las hojas, y mientras observaba estupefacto cuánta gente podía apellidarse de alguna manera que comenzara por zeta, me pareció que más valía tomárselo con humor y le dije a Chamorro:

—Podemos hacerlo esta vez al revés de lo habitual. Empezar a investigar aquellos nombres que no nos sugieran nada.

—Sí, es un método tan poco prometedor como cualquier otro —asintió, sin dejar de leer los nombres allí apiñados.

Las citas de la agenda de Neus formaban un galimatías comparable al del listín de teléfonos. Las páginas de cada día estaban repletas de notas y tachaduras, y comprendimos que Navarro y los suyos hubieran preferido limitarse a hojearlas, dejándonos a nosotros la labor de adjudicarles algún significado y extraerles alguna utilidad. Después de un somero repaso, cerré la agenda y se la entregué a mi colega.

—Virginia, es tuya. De mujer a mujer, te encomiendo que le saques el jugo y me propongas alguna idea al respecto. Tómate tu tiempo.

—Pues muchas gracias —dijo—. Por el tiempo.

El cuaderno era otra historia. Allí apuntaba Neus sus ideas, esquemas para las entrevistas y los programas, argumentos y esbozos sobre las cuestiones más variopintas. Reconocí (bajo el nombre del personaje correspondiente, tampoco tenía mucho mérito) las notas que había preparado para una de las últimas entrevistas que le había visto hacer en televisión. En los márgenes, multitud de abreviaturas, dibujitos, rayas. Tenía una especie de obsesión por hacer cadenas de triángulos, con los que formaba estrellas, mosaicos y figuras vagamente antropomórficas. Recorriendo el cuaderno me tropecé un par de veces con las mismas dos letras encerradas dentro de uno de los triangulitos: R.K. Mantuve la atención y aún las encontré otra media docena de veces. Sólo era eso, las dos letras, trazadas con aplicación dentro del triángulo. Ninguna anotación explicativa o adicional, salvo en uno de los últimos dibujos. Allí, bajo el triángulo que encerraba las dos letras, podía leerse, igualmente con caracteres de molde: HIS, NOT MINE.

—Fíjate en esto —le dije a mi compañera—. Estas dos letras aparecen por todo el cuaderno. Y aquí junto a estas tres palabras en inglés.

—His... ¿No debería haber algo antes de la coma?

—No, si es un pronombre. Se traduciría: *Suyo, no mío*. De él.

—De él, ya, hasta ahí llego... ¿Deduces que R.K. es un hombre?

—No sabemos si con esas iniciales, si es que son iniciales, se refiere al poseedor o a lo poseído. El que posee sí es un hombre, porque el pronombre posesivo que escogió marca género masculino. Y lo que también parece que podemos afirmar, signifiquen lo que signifiquen esas dos letras, es que ocupaba los pensamientos de Neus con la intensidad suficiente como para escribirlas ocho veces. O sea, alguna.

—R.K. Pocos apellidos españoles empiezan por K.

—¿Es un apellido extranjero? ¿Son las iniciales de dos palabras extranjeras que no tienen que ver con ningún nombre propio?

Chamorro sopesó en silencio mis dos interrogaciones. Agregué otra:

—¿O es sólo una gilipollez con la que nos estamos entreteniendo como dos bobos aprendices de Miss Marple porque hasta el momento no hemos sido capaces de encontrar nada que realmente nos sirva?

—*Suyo, no mío* —dijo en voz alta, prescindiendo de mi reticencia—. Eso tiene pinta de querer decir algo que le importaba, estoy contigo. Lo que uno lamenta que no sea suyo sino de otro, hasta el punto de escribirlo una y otra vez con esa letra tan perfilada, no debe de ser algo intrascendente. Tenga o no que ver con su muerte, ahí ya no me mojo.

—*Okey*, cabo. R.K., otro enigma para darle vueltas.

Entre unas cosas y otras, hacer aquella primera revisión de los papeles y las pertenencias de Neus nos llevó un par de horas. Y todavía nos quedaba el ordenador portátil. Le pedí a Chamorro que lo fuera encendiendo, mientras yo buscaba en mi agenda el número de Gabriel Altavella y meditaba cuál sería la mejor manera de pedirle la clave de acceso al aparato y de hacer frente a las ocurrencias con que al hilo de tal solicitud pudiera tener a bien obsequiarme. Si es que no se limitaba a decirme que obviamente ignoraba esa clave y que en las cosas de su mujer no tenía la fea costumbre de cotillear. Andaba, en fin, anticipando todas estas posibles jugadas, cuando apareció alguien que me hizo cambiar al instante el objeto de mis preocupaciones.

—Vila —me llamó el capitán Navarro, desde el umbral de la habitación donde estábamos—. Has hecho bingo, cabrón. Tengo a dos chicos en una gasolinera a treinta kilómetros de aquí. Han dado con el gasolinero que atendió a Neus. La vio con alguien, me dicen. A mí me parece que te interesa dejar eso por ahora y acercarte allí cagando leches.

—No me digas, ¿así de fácil? —dudé si creerlo.

—Como lo oyes.

Seguía estupefacto, tratando de asimilar. Entonces sonó mi móvil.

—¿Qué pasa, Rubén, que ya no me quieres? —me saludó, apenas descolgué, una voz de hombre. Era Pereira, mi comandante.

—Mi comandante, cómo dice usted eso.

—Ya sabes por qué te lo digo. ¿No tienes nada para contarme?

—Preferí no molestarle en tanto no hubiéramos hecho ningún avance, mi comandante. No he querido llamarle para contarle lo que ya me contó usted ayer. Todo lo que nos hemos ido encontrando es congruente con el móvil pasional o sexual, sin que podamos decantarnos aún por uno o por otro. No tenemos huellas identificadas, ni un perfil definido del sospechoso, etcétera. Entendí que no valía la pena que le llamara para decirle sólo eso. Pero parece como si me hubiera adivinado el pensamiento. Acabamos de encontrar algo. El depósito del coche de la difunta estaba lleno de gasolina, así que hemos investigado las gasolineras cercanas y hemos dado con quien la atendió cuando paró a repostar. Y tiene una información interesante. No estaba sola.

—¿Ah, no? ¿Y con quién estaba?

—Pues en eso justamente andábamos, mi comandante, saliendo para la gasolinera para hablar con el empleado y poder amarrar bien la descripción del acompañante. Es que acaban de llamarnos.

—Vale, Vila, ya creía que estabas sobándote el mondongo, pero veo que conservas un residuo de vergüenza. No te entretengo. Cuéntame algo cuando lo sepas. De momento esto ya me va bien.

—Me alegra poder serle útil, mi comandante.

Cuando colgué, Navarro me miraba con expresión socarrona.

—Desde luego, tío, algunos nacéis con una flor en el culo.

—No se crea, mi capitán. Como dice Sinatra, a veces perdí y a veces gané. Y mi balance global no es como para echar cohetes.

—No, si jodidos estamos todos. Pero yo me he desayunado una bronca y a ti te dan las gracias. Comparativamente, tú me dirás.

—Bueno, hay que rematar la jugada. ¿Dónde está esa gasolinera?

Navarro me dio las indicaciones para llegar. También me anunció que tenían ya empaquetadas y etiquetadas todas las pruebas y que su intención era levantar el campo antes de mediodía.

—Por desgracia, tengo más asuntos que resolver, y por aquí sólo queda lo que ahora averigüéis vosotros —añadió—. El viudo salió con el cadáver para Barcelona hace una hora. Si necesitáis algo, llamadme.

—Dependerá de lo que nos diga el gasolinero. Esto os ha tocado a vosotros porque aquí fue la fiesta, pero si Neus vino con alguien, tengo el barrunto de que por este pueblo no vamos a tener gran cosa que hacer. Me temo que las razones habrá que ir a buscarlas en otra parte.

—¿En Barcelona?

—Bueno, sería lo más normal. ¿Sabes cuándo será el entierro?

—Mañana.

—Pues hablaré con mi comandante, pero si pudieras llamar tú a nuestra gente de Barcelona para pedirles apoyo, no estaría de más. A lo mejor conviene tener preparado un equipo allí mañana para asistir a la ceremonia con las antenas desplegadas y los ojos bien abiertos.

—¿Tienes alguna idea?

—Déjame pensar después de hablar con este hombre. Luego te llamo y te propongo algo más concreto, a ver qué te parece.

—Vale, iré dando un toque a los de Barcelona.

—Con la agenda, el cuaderno y el ordenador nos quedamos nosotros, si no tienes inconveniente. Andamos a medias con ello aún.

—¿Llamaste ya al viudo por lo de la clave?

—En eso estaba. Le llamo ahora de camino.

—Pues que tengas suerte —dijo, con maligno placer.

Dejé que condujera otra vez Chamorro, y mientras íbamos hacia la gasolinera marqué el número del teléfono móvil de Gabriel Altavella. Me lo cogió a los cinco pitidos. Su voz sonaba fatigada y tensa a la vez. Le expliqué el asunto de la manera más suave y respetuosa que pude. Cuando acabé de hacerlo en la línea se hizo un silencio que se prolongó durante varios segundos. Luego replicó, abruptamente:

—No sé cuál era esa clave. Y le exijo que no intenten averiguarla. Lo que haya en ese ordenador forma parte de la intimidad de mi mujer.

Respiré hondo. Conté hasta cinco. Hablé con serenidad.

—Lo entendemos, y no vamos a inmiscuirnos en ella indebidamente. Pero la información que contenga el ordenador puede ser relevante para la investigación. Podemos pedir al juez que nos autorice a desproteger el equipo y no le quepa ninguna duda de que nos lo autorizará.

—Pues entonces, pídanselo. Yo iré poniendo al corriente a mi abogado, para que haga lo que legalmente proceda para impedirlo.

Y colgó. Desde luego, con aquel hombre no iba por buen camino.

Capítulo 4

UN POZO DE PETRÓLEO

Cuando lo conocimos, Gheorghe Radoveanu no parecía estar viviendo el momento más pletórico de su existencia. Pero para hacer honor a la verdad y a su aplomo, tampoco se le veía demasiado acogotado por las circunstancias, que a cualquier otro, como poco, le habrían dado para preocuparse. Se hallaba pendiente de la renovación del permiso de residencia, caducado meses atrás, y la presencia en la gasolinera donde trabajaba de dos guardias civiles, que con nuestra llegada se habían convertido en cuatro, no era desde luego lo que le habría pedido al genio de la lámpara si éste hubiera tenido a bien aparecérsele. A pesar de todo, Radoveanu, un hombre joven, despierto y de aspecto desenvuelto, había reaccionado con inteligencia. Una vez que se había visto en el brete, había comprendido que más le valía colaborar, y acaso había llegado a calcular que ayudándonos podía contribuir a acelerar la resolución de su situación administrativa. Como la mayoría de los rumanos, además, podía expresarse en un español fluido y casi exento de acento, lo que nos facilitó mucho el interrogatorio. Tras agradecerle su cooperación, le pedí que me contara todo lo que había visto.

—Ella vino por aquí a eso de las cinco y media —comenzó diciendo—, lo recuerdo bien porque todavía no había mucho movimiento de la gente que vuelve del trabajo. De hecho, la gasolinera estaba vacía. Entró primero su coche, un Mercedes de color plateado, muy nuevo y muy limpio. Difícil de olvidar, como la mujer. Era de esas a las que les notas el dinero en todos los detalles: en la ropa, en el pelo, en las joyas. También te das cuenta porque no se digna bajarse, te ofrece la llave para que lo hagas todo tú. Cuando fui a abrir el depósito me di cuenta de que había otro coche en la gasolinera. Un Audi A3, de color plateado también. Se había parado a un lado y vi que lo conducía un hombre moreno, de unos veinticuatro o veinticinco años, o poco menos o poco más. Se me quedó grabado porque, apenas le miré, bajó los ojos y arrancó. Avanzó hasta la salida y allí volvió a quedarse parado, como si esperase algo. Yo terminé de llenar el depósito y fui a cobrar y a devolverle las llaves a la conductora. Entonces ella me preguntó si podía venderle una botella de agua mineral. Le dije que en la tienda había y ella me pidió por favor que le trajera una. Me imagino que a otro le habría respondido que pasara él a cogerla, pero no había más clientes, y me lo había pedido con una sonrisa que... Vaya, que se la traje. Ella me dio las gracias y una buena propina y arrancó. Al pasar junto al otro coche tocó el claxon y el Audi se incorporó tras ella a la autovía. Ahí supe que iban juntos. Y eso es todo lo que le puedo contar.

Miré a Chamorro. En pocas palabras, no sólo teníamos un resumen competente de los hechos. Aquel providencial testigo nos proporcionaba, también, unos cuantos buenos cabos de los que tirar.

—Muy bien, señor Radoveanu —dije—, le felicito por su memoria y le agradezco la minuciosidad. Nos será muy útil, seguro. Ahora me gustaría hacerle algunas preguntas, y le ruego que se esfuerce un poco, porque todo lo que pueda responderme es importante.

—Si puedo ayudarles, encantado. España es mi segundo país, ustedes me han dado trabajo y hogar. Y yo soy una persona agradecida.

—Antes de nada, ¿no reconoció usted a la mujer?

—¿Se refiere a si me di cuenta de que era una presentadora de televisión? Pues la verdad es que no. Hombre, algo sí me sonaba su cara, pero no caí, pensé que quizá me recordaba a alguna otra persona. No suelo ver mucha televisión. De hecho, ni siquiera tengo tele.

—Ajá —anoté, algo sorprendido.

—Prefiero leer —explicó—. Me ayuda a mejorar el español, y aquí, en el pueblo, hay una biblioteca llena de libros que no lee nadie.

—¿Ah, sí?

—Sí. Sacan siempre los últimos que se han publicado, y los deuvedés de películas, por eso sí que hay tortas. Pero yo leo libros españoles antiguos: Cervantes, Galdós, Baroja, Machado, Unamuno. Ésos no los saca nadie. Y me sirven mucho para entenderlos a ustedes.

—Curioso. A veces uno piensa que este país ya no tiene nada que ver con el país en el que vivió esa gente que usted dice.

—Pues no se crea. Si le vale la opinión de un rumano.

—Seguramente vale más que la mía. En fin, que no la reconoció, me dice. ¿Y observó en ella algo extraño? Me refiero a su estado de ánimo, a si estaba tranquila o inquieta, si es que pudo percibir algo.

Aquí, Gheorghe Radoveanu se tomó su tiempo. No quería defraudar las expectativas que habíamos puesto en su testimonio.

—Yo diría que estaba tranquila, la verdad. Por lo menos, no la noté nerviosa. Y también se la veía muy sonriente. Un poco distraída, puede ser, pero tampoco esperaba que me prestara mucha atención. Ya sé que para la gente como ella sólo soy el que pone la gasolina.

Radoveanu era algo más, un tipo bien plantado, con un rostro de armoniosa factura y penetrantes ojos verdosos. Pero si Neus ya llevaba un muñeco para jugar, podía comprenderse que no se fijara.

—Y en cuanto a él —intervino Chamorro—, ese hombre que la esperaba en el Audi, ¿no puede precisarnos más cómo era?

—Le he dicho lo que recuerdo. Moreno, y sobre los veinticinco años. Desde luego, bastante más joven que ella. Sólo lo vi sentado, así que no puedo decirle nada de su estatura. No me pareció bajo, pero a veces la gente engaña. Bueno, ahora que pienso, tenía una nariz fina, y el pelo algo largo, sin llegar a la melena. No sé si eso les sirve de mucho, el pelo es fácil de cortar.

—Nos sirve todo —asentí—. Le pediremos que nos ayude a confeccionar un retrato-robot. Vendrán a verle unos compañeros nuestros que son los especialistas en eso, para que usted les vaya indicando.

—No sé si podré darles datos suficientes —dudó el rumano.

—No se preocupe, ellos son expertos, ya se las apañarán.

No es que tuviera una gran fe en el retrato-robot, porque la experiencia dice que pocas veces sirve para que nadie identifique al individuo en cuestión, pero siempre es una referencia más y un instrumento para que el interesado sienta el aliento de la ley en el cogote.

Había dejado deliberadamente para el final el detalle más prometedor. Tenía que intentar sacarle a Radoveanu todo el jugo al respecto.

—Bien, pues ahora nos queda el coche. El Audi, quiero decir.

—Era un A3. Plateado —repitió.

—No anotó la matrícula, claro.

—Pues no, lo siento. No me pareció tan sospechoso.

—Ni la recuerda por encima.

—No podría decirle un solo número.

—¿Tampoco recuerda si era una matrícula nueva o antigua, es decir, si tenía o no indicativo provincial? —preguntó Chamorro.

—Eso sí. Nueva. Sólo números y letras. Si hubiera sido de alguna provincia lo recordaría. Pero no. Supongo que así les sirve menos.

—Supone bien —corroboré—, pero no se preocupe, nos arreglamos con lo que haya. No recordará el código de letras, por una casualidad.

—Juraría que empezaba por C, pero no estoy seguro.

—¿Qué antigüedad le echa al coche?

—No mucha. Pero más de un año sí. Se lo digo porque no era el A3 nuevo, sino la versión anterior. De eso sí que estoy seguro.

—¿Y no se fijaría en el modelo exacto de A3, por casualidad?

—Sí, 1.9 TDI.

—Veo que es usted aficionado a los coches —observé.

—No mucho. Pero me paso el día viéndolos, es imposible no aprender algo, y hasta hacerse experto, aunque uno no quiera.

—¿Llevaba algún accesorio especial, algún spoiler, pegatinas?

—No, de eso nada, que me acuerde ahora.

—¿Arañazos, golpes?

—Tampoco le vi.

Recapitulé. Me pareció que había seguido el protocolo completo para la identificación de vehículos. Es una de esas tareas que forman parte de mi trabajo a las que no me siento particularmente inclinado, por lo que siempre desconfío de mi desempeño al realizarlas. Pero Chamorro me miró con un gesto de aprobación, así que deduje que no se me había pasado nada. El resultado podría haber sido mejor, pero también peor. Al menos, invitaba a abrigar un comedido optimismo.

Mientras Chamorro y yo repasábamos las notas que ella había tomado, nuestro testigo nos observaba con expresión alerta. Pensé que era una lástima que sólo hubiera coincidido con Neus y con su acompañante durante tan breve espacio de tiempo, y que al hombre no hubiera podido verlo de cerca, porque se habría convertido en un eficaz testigo de cargo. De esos que pueden responder con toda solvencia ante un tribunal a las preguntas insidiosas de un abogado defensor ansioso de ganarse la minuta o de hacer valer su orgullo profesional. En cualquier caso, me dije, tampoco había que precipitarse. Ese hombre moreno de veinticinco años, que había venido con Neus y que un día después de su muerte todavía no había dado señales de vida, olía indudablemente a chamusquina. Pero aún era pronto para acusarle de nada.

—Muchas gracias por su colaboración —le reiteré al rumano—. A partir de ahora le rogaría que estuviera localizable. Le necesitaremos para el retrato-robot y para ratificar ante el juzgado su declaración.

—Aquí pienso seguir, si mi jefe no me echa —respondió, con ironía, señalando con la barbilla a un hombre que acababa de presentarse en la gasolinera y que miraba dentro de la tienda con gesto apurado.

—Ya le pediremos nosotros que le mantenga en el puesto —dije—. Y si se acuerda, cuando le llamemos tráigase una copia de la instancia que ha echado para lo del permiso de residencia. Intentaré empujarle el asunto, aunque no le prometo nada, porque eso lo lleva la Policía y están tan hartos de que les pidan favores en expedientes de extranjería que ya no hacen caso a nadie. Pero a lo mejor podemos tocar a alguien en la Delegación del Gobierno, no se pierde nada por probar.

—Muchas gracias, sargento. No sé qué decirle.

—Nada. Favor por favor. Si es tan amable, facilítele a mi compañera algún teléfono donde podamos dar con usted cuando nos haga falta.

Mientras Chamorro se ocupaba de apuntar el número de Radoveanu, yo me acerqué a hablar con el gerente de la gasolinera. Advertí que apenas le pasaba la saliva por el gaznate. En cuanto le saludé y me identifiqué, se apresuró a colocarme su alegato autoexculpatorio:

—Le aseguro que esto es una empresa seria, y que el chico está en trámite para arreglar los papeles, por mi gusto no es si...

—Tranquilo, que no soy inspector de trabajo —le atajé—. Y si puedo ya le echaré un cable. Le felicito por el empleado que tiene, y cuídemelo. Nos ha facilitado información muy valiosa. Parece bastante despejado para darse cuenta por sí solo, pero si le ve que duda, dígale que no tiene nada que temer. Seríamos idiotas si le diéramos más importancia a una irregularidad administrativa que a un caso de homicidio.

—¿Homicidio? —preguntó el gerente de la gasolinera, atónito.

—Neus Barutell, ¿no se ha enterado? Ahí donde lo ve, su empleado es, por ahora, el único testigo que tenemos. Puede que incluso sea el último, o bueno, el penúltimo que la vio con vida. Otro consejo que puede darle usted, si le parece, es que no hable demasiado, y menos con periodistas, en caso de que alguno se entere. No por lo que vaya a perjudicarnos a nosotros, sino por lo que pueda perjudicarle a él.

—Ya, sí, claro, entiendo —balbuceó, todavía aturdido.

—Y respire hondo, hombre. Que a mí me limpia el apartamento una ilegal, como a todo Cristo. Sólo espero que le pague al menos el sueldo de convenio, y que cuando tenga los papeles le haga contrato.

—Por descontado, no lo dude.

Ya me hubiera gustado a mí tener quien me limpiara el apartamento: ésa era la entretenida tarea matinal del sábado, cuando estaba libre. Pero me pareció que era una manera rápida de impedir que el tipo se obsesionara con el asunto de los papeles y terminara por hacer alguna tontería como despedir al rumano. Lo que habría sido una injusticia para él, pero también una desdicha para nosotros. No era la primera vez que teníamos a un inmigrante como testigo crucial, y nos constaba la facilidad con que podían desaparecer sin dejar ni rastro.

Me reuní con Chamorro y los otros dos guardias. Les agradecí a éstos el trabajo y les dije que no hacía falta que siguieran preguntando por las gasolineras y que ya me encargaba yo de avisar a su capitán. También les pedí que se ocuparan de coordinar con el juzgado que le tomaran cuanto antes declaración judicial al rumano, por si acaso. Luego llamé a Madrid y pedí hablar con el comandante. Procuraba no llamarle mucho al móvil, por guardar la distancia jerárquica. Hubo suerte, Pereira estaba aún en su despacho. Le hice un resumen sucinto, pero completo y preciso en lo esencial, como a él le gustaban. También le gustó lo que le conté, aunque no se mostrara muy efusivo.

—Audi A3 1.9 TDI, color plata, más de un año de antigüedad, matrícula que posiblemente empieza por C —resumió, con tono neutro—. Ya le pido a alguien que nos saque la lista. Van a salir unos pocos.

—Eso me temo, mi comandante. Si pudiera acotarle más, lo haría.

—Vale, es lo que hay. Daré también la orden de que vayan a hablar con el testigo para el retrato-robot. ¿Tú qué piensas hacer?

—Lo que usted ordene, mi comandante.

—Vamos, Vila. Te estoy pidiendo que me propongas un plan de acción. Que no se diga que coarto la iniciativa de la gente a mi cargo.

—Propongo que Chamorro y yo nos vayamos a Barcelona. Al funeral y al entierro primero. Y después a explorar el entorno de Neus. Y propongo también que le solicitemos al juez permiso para romper la clave del ordenador portátil de la víctima y que les pida usted ayuda técnica a los de delitos informáticos para meterle mano al aparato.

—¿Esperas encontrar algo ahí?

—Si se lo trajo, a lo mejor era por algo.

—Está bien. Ya me ocupo. Tú cógete a la niña y vete a Barcelona.

—Menos mal que ella no le oye llamarla así, mi comandante —dije, guiñándole un ojo a Chamorro.

—Vamos, no te pongas en plan progre paritario. Al tajo.

—A sus órdenes.

Pereira interrumpió la comunicación.

—¿Qué es lo que no le oigo llamarme? —preguntó Chamorro.

—Para qué quieres hacerte mala sangre. ¿Tienes apetito?

—Son casi las tres. ¿Se me permite?

—Claro. Vamos a zampar algo.

Como habíamos tenido la precaución de liquidar la cuenta del hotel y de sacar nuestro equipaje, pudimos tomar directamente la autopista en sentido Barcelona. Una vez en ella le indiqué a Chamorro que se saliera en el primer sitio que me pareció a propósito para almorzar. Resultó una buena elección. Tenían un menú del día por doce euros, café y bebida incluidos. Y una de las opciones era lentejas estofadas.

Mientras deglutía mis lentejas, sin perdonar ni uno solo de los tropezones de chorizo y morcilla que me había adjudicado el camarero al servirme, en mi cabeza se mezclaban los pensamientos. Uno era banal, y algo escatológico: cómo me las arreglaría luego si como consecuencia de aquella comida me asaltaba alguna inoportuna flatulencia en el reducido espacio del coche. Los demás tenían que ver con el caso, y me parecieron más oportunos para amenizar la comida sin que a Chamorro se le atragantaran los cogollos con tomate, una pizca de atún y una gotita de aceite que inauguraban su hipocalórica colación.

—Bueno, Chamorro, esto marcha. Ya incluso podemos ponerle nombre a la operación —dije, entre cucharada y cucharada.

—A ver, sorpréndeme —dijo, reticente.

—Morenazo Misterioso.

Mi compañera frunció el ceño.

—Ya. ¿Tan mal te parece que Neus se hubiera buscado un chico joven y guapo? Los hombres de éxito se buscan veinteañeras.

—Cada vez me intrigan más tus virajes mentales, Virginia —observé, con maldad—. Ayer por la tarde, cuando aún no teníamos ningún rasgo que lo identificara, el que se había beneficiado a Neus era un gilipollas y un cabrón. Ahora pasa a ser un chico joven y guapo, aunque Radoveanu no nos ha dicho nada que permita descartar que fuera más feo que Picio, sólo nos ha dado la estimación de su edad.

Chamorro sonrió con indulgencia.

—He reflexionado, gracias a tus sabias admoniciones —explicó—. Como tú dijiste, no hay por qué pensar que el hombre que tuvo relaciones con ella y quien la asfixió y apuñaló fueran la misma persona.

—Pues fíjate, ahora que sé cómo era el acompañante y cómo se comportaba, estoy por desdecirme. Me huele a muy sospechoso.

—Claro, eso es porque te da rabia que se llevara a la cama a una mujer a la que tú nunca te podrías ligar. En el fondo, ésa es la única competición que os interesa. Las otras son sólo instrumentales.

—Me gustaría ser capaz de recordar el momento en que te volviste una freudiana radical, Virginia. Pero tampoco es cuestión de discutirte los matices de algo en lo que me temo que respecto de la muestra mayoritaria estás en lo cierto. Lo que trataba de decirte es que...

—Tú no perteneces a la muestra mayoritaria, claro.

—No, no he dicho eso. Yo soy un hombre francamente vulgar, ya lo sabes. Pero aquí procuraba hablar como investigador criminal que al margen de las miserias de su sexo analiza con frialdad los indicios.

Mi compañera pareció concederme una oportunidad.

—Sigue.

—Fíjate en ese detalle que mencionó el gasolinero: cuando se sintió observado, el tipo se apresuró a mover el coche hasta un lugar en el que no pudieran verle el rostro. Como si algo de lo que estaba haciendo, o de lo que pretendía hacer, no fuera del todo presentable.

—Bueno, si todo es como parece, se disponía a tirarse a una mujer casada y además conocida. Pudo hacerlo por consideración hacia ella.

—A lo mejor no iba a tirársela —le afeé la brusquedad—, sino a hacerle delicada y tiernamente el amor.

—Perdona. Lo decía al estilo masculino, por abreviar.

—Yo nunca digo que me he *tirado* a nadie.

—Eso es verdad, al menos conmigo. Pero porque no quieres dar mala imagen. No porque nunca lo pienses así, estoy segura.

Hay acusaciones de las que es mejor no intentar siquiera defenderse. Le aguanté la mirada y decidí atacar por el flanco:

—A ver, te propongo una ocupación alternativa para ese ingenio y esa clarividencia que hoy parecen desbordarte. ¿Quién era el chico?

Mi compañera alzó la vista al techo y quedó pensativa durante unos segundos. Sabía que mi pregunta era menos frívola de lo que parecía.

—Pues por el coche que conducía y el aspecto —discurrió en voz alta—, se me ocurre que podría ser de su círculo profesional. Algún joven periodista con ganas de agradar a la jefa, en todos los sentidos.

—Hum, no te lo compro, así a bote pronto —dije—. Los jóvenes periodistas varones tienden a ser bastante desastrados, salvo los que se ponen delante de una cámara, y ésos ya han llegado donde querían, no tienen que hacer méritos de alcoba para mantener su puesto.

—Tengo más ideas. A lo mejor es un modelo, o un actor que lucha por hacerse un hueco en el mundillo por todos los medios. Lo conoce en una fiesta, coquetean, se dan el número de teléfono, etcétera.

—Más verosímil. Aunque arriesgado para ella.

—¿Y tú, no tienes ninguna hipótesis? —me sondeó.

—Se me ocurren posibilidades más corrientes. Que sea alguien con quien se tropieza en alguno de los círculos sociales que frecuenta, no necesariamente un actor o un periodista o un modelo, sino un chico que pasa por allí, pariente o amigo de alguien, pongamos por caso, y que lo mismo puede ser arquitecto como médico o ingeniero.

—Joven, para médico —cuestionó Chamorro.

—En todo caso, tirando más a burgués que a currante. Pero también tengo una teoría más extrema. Y más peliaguda en todos los sentidos.

—Dispara, no te cortes.

—Un profesional del sexo. Un puto, vamos.

Chamorro alzó las cejas. Pero no dejó de sopesar la posibilidad.

—¿Y para qué se lo trae tan lejos?

—Si es su capricho y quiere tranquilidad, por qué no. Neus puede pagarle la gasolina y la tarifa que tenga por desplazamiento.

—No sé, al margen de la cuestión de la distancia, no me cuadra con lo que hemos encontrado. ¿Tú dirías que un puto puede tener motivos para matar a una de sus clientas y ensañarse luego con el cadáver?

—Sin duda ése es el punto débil —reconocí—. Salvo que se trate de un psicópata, o de alguien a quien la droga le ha hecho perder el control de la sesera. Lo que en este caso tampoco podemos descartar.

—Si es así, no sería el mejor escenario para nosotros.

—No. Tendríamos un vínculo efímero, que habría dejado poco rastro. Lo veo sólo como una opción más. Y por la personalidad de Neus, dudo que sea la correcta. Quiero suponer que se conocían mejor. El testimonio del rumano apunta a cierta complicidad entre ellos.

—Bueno, aun poniéndonos en el caso más desfavorable, la situación no sería desesperada —apuntó Chamorro—. Tenemos el coche.

Asentí, meditabundo.

—Sí, un Audi A3 TDI —dije—. Un coche de moda, que pueden conducir miles de veinteañeros morenos.

—Y no es por desanimarte, pero el plateado debe de ser el color que más se haya vendido. Casi estoy por apostarlo.

—De entrada nos centraremos en Barcelona y en las matrículas que empiecen por C, y a ver qué sale. En todo caso, estaba claro que íbamos a necesitar más de dos piezas para encarrilar el puzzle.

Rematamos la comida con un par de cafés, para que no nos rindiera el sueño camino de Barcelona. Dejé que Chamorro siguiera conduciendo y en cuanto me senté en el asiento del copiloto me di cuenta de que había algo que se me había pasado hacer. Saqué el teléfono y marqué el número del capitán Navarro. Apenas llegó a sonar dos veces.

—Ya me han dicho mis chicos que el rumano era un pozo de petróleo —dijo—. Supongo que ya estaréis buscando a ese moreno.

—Paso a paso, mi capitán. Vamos camino de Barcelona.

—Ah, he hablado con los de allí. Llama al capitán Cantero, ahora te doy el móvil. Dice que lo que quieras, como quieras, cuando quieras.

—Qué insólita esplendidez —observé.

—Tiene truco —explicó—. Desde que los Mossos han empezado a desplegarse por Barcelona y Tarragona, nos sobra gente allí. Están todos en la comandancia, deseosos de que les manden algo. Si hay que hacer seguimientos, no te vas a encontrar con la penuria habitual.

—Bueno es saberlo. ¿Qué te parece que infiltremos a tope el funeral y el entierro, y que fichemos a todos los morenos de unos veinticinco años que se presenten por allí? Para ir juntando material.

—Me parece perfecto. Lo han fijado para mañana a las once. He hablado con tu comandante y hemos acordado que voy a mandar a dos de los míos para que os apoyen. Aunque ya imagino que los de Barcelona querrán apropiarse el pastel, a mi jefe le interesa que quede claro que la muerta es nuestra y no quiere que dejemos de estar en el ajo de todo lo que se haga. Por lo demás, tú cortas el bacalao. Mis chicos estarán en Barcelona esta noche. El sargento Rubio y la guardia Tena. No los has visto hoy porque tenían un juicio. De todos modos, Rubio es un tío listo y a estas horas ya se habrá empapado bien de todo. Tena es todavía algo nueva, pero me interesa que se vaya rodando.

—Pues muchas gracias —me forcé a decir, aunque en general no me hace feliz tener demasiada gente a mis órdenes, o por lo menos, más gente que aquella con la que pueda trabajar con confianza.

Después de hablar con el capitán Navarro, me asaltó un sopor que pronto degeneró en una demoledora pereza. En el silencio que la familiaridad entre mi compañera y yo nos permitía dejar que reinara en el interior del vehículo, pensé de pronto que todo se me hacía infinitamente cuesta arriba: ir a Barcelona, investigar aquella nueva muerte (una más, por singular que fuera la víctima) e incluso marcar el número de aquel capitán Cantero con el que en lo sucesivo tendría que entenderme. En ocasiones sentía que empezaba a hacerme mayor, y que cada vez toleraba peor la repetición de situaciones, la obligación de resolver trámites, apartar estorbos, despejar incógnitas. Si dejaba que el sentimiento fluyera sin control, podía llegar a convertirse en desesperanza, en fastidio e incluso en cansancio del género humano, una enfermedad que no tiene más remedio conocido que borrarse del padrón. Pero eso era lo último que me estaba autorizado, desde que había dado en engendrar un chaval, a la sazón preadolescente, que arrastraba por ahí el peso de mis genes y mi apellido. Por tanto, sacando fuerzas de flaqueza, empuñé el teléfono, marqué el número y, cuando aquella voz de barítono resonó en el auricular, hablé con energía:

—¿Mi capitán? A sus órdenes, el sargento Bevilacqua, de Madrid.

—Coño, el famoso uruguayo —exclamó la voz—. Un placer.

No sabía que fuera famoso, pero sí sabía que no era uruguayo, al menos legalmente. Por decir algo, le aclaré al capitán:

—El uruguayo era mi padre. Yo sólo nací allí.

—¿Y eso no te convierte en uruguayo?

—No, vine aquí de chico y no he tenido más pasaporte que el español.

—Claro, para qué iba a servirte el otro. En fin, con todos los respetos.

—No se apure, mi parte sudaca se hace cargo —le tranquilicé—. Es lo bueno de no ser del todo de ninguna parte, no se enfada uno con nadie. Le llamo de parte del capitán Navarro, de Zaragoza.

—Sí, ya me avisó. Aquí me tienes a tu disposición para amenizarte la estancia en este paraje que antaño era España. Aunque uno de los viejos del lugar me ha contado que pasaste un tiempo por aquí.

—Pues sí, tres años. Hace ya diez.

—Hombre, algo ha cambiado desde entonces. Ahora ya no manda el nacionalismo, sino el marxismo. Vamos, que lo que ahora tenemos es el sistema de los hermanos Marx. Pero el fuet y la butifarra siguen siendo cojonudos, la gente tranquila y laboriosa y la ciudad una gozada en primavera. Aunque a nosotros nos han dado por culo, nos han movido la comandancia a treinta kilómetros. Los Mossos se van quedando con todo y los jefes han considerado más oportuno trasladarnos a este Fort Apache donde defenderemos la bandera hasta el final.

—No será tan dramático.

—No, qué va, en el fondo ya sabes que éstos son gente práctica. Incluso algunos dicen que nos echan de menos. Pero bueno, va, al grano. ¿Tenéis dónde dormir? ¿Preferís hotel o chabolo de la mili?

—Depende del sitio. Si podemos ahorrar, ya sabe que no cobramos comisiones como algunos ni horas extras como otros.

—En la comandancia hay un pabellón decente y no está lleno. No tendréis que salir a formar por la mañana, tranquilo. Lo único es que estáis a tomar por saco de Barcelona, eso tenedlo en cuenta.

—Nos apañaremos ahí de momento. Mi capitán, no sé si el capitán Navarro le ha hablado de la idea que teníamos para mañana.

—Sí, ya lo he organizado todo. La entierran en Collserola. Mañana metemos veinte tíos allí sin ningún problema. Prepárate porque la ocasión va a ser sonada. Lo de la Barutell ha sido aquí un bombazo. Para éstos era una megaestrella, y el viudo es un santón de la cultura catalana, aunque escriba en la lengua del opresor. No va a faltar nadie. Por si acaso, convendrá que seamos discretos. Habrá maderos, que para eso es todavía su zona, aunque por poco tiempo, pero también Guardia Urbana, y seguro que mossos de paisano, escoltas y demás.

—¿Y no deberíamos avisarlos?

—Oficialmente sí. Pero vivimos tiempos complicados, aquí todos recelan de todos. Ya te contaré más despacio cuando lleguéis. Llamadme cuando estéis por aquí para facilitaros el aterrizaje.

Cuando colgué, Chamorro, que había permanecido aparentemente concentrada en la conducción, se volvió y me observó durante una fracción de segundo. Supongo que todavía percibió en mi rostro alguna huella del desfallecimiento que había sufrido minutos atrás.

—¿Qué tal el capitán? ¿Malas vibraciones? —preguntó.

—No. Sólo me parece demasiado preocupado por la política. Pero es comprensible. Los catalanes son un poco suyos y no es fácil aprender a ser forastero entre ellos. Les pasa a muchos de los nuestros.

—¿A ti no te pasaba?

—Yo me manejo bien con todo el mundo.

La faz de mi compañera adoptó una expresión enigmática. Si era de asentimiento o de duda, no sería capaz de determinarlo.

—¿Cansado? —se interesó de repente.

—Un poco aplatanado, la verdad. ¿Ponemos música? —dije, tratando de animarme, mientras alcanzaba el estuche con los cedés.

—Te temo. ¿Qué traes ahí?

—Una cosa que me ha pasado mi hijo. Te va a gustar.

—¿En serio?

—Que sí. Marea, se llaman. Son cañeros, pero te pongo una suavita.

Introduje el cedé en la ranura del reproductor y busqué la pista. Sonó una guitarra despaciosa, casi melancólica. La voz del cantante comenzó a desgranar con mucho sentimiento unos versos:

> *Los caballos negros son.*
> *Las herraduras son negras.*
> *Sobre las capas relucen*
> *manchas de tinta y de cera.*
> *Tienen, por eso no lloran,*
> *de plomo las calaveras...*

—¿De qué me suena esto? —dijo.

—Te doy una pista: es un romance, y desde luego no lo escribieron ellos. Sigue escuchando, a ver si lo sacas —la desafié.

Chamorro puso atención, mientras su mirada se mantenía fija en el horizonte al fondo de la autopista. La canción continuaba:

> *Oh, ciudad de los gitanos,*
> *apaga tus verdes luces*
> *que viene la Benemérita...*

A partir de esa última palabra la música se aceleraba, entraba la batería y el bajo y sonaban rasgueos de guitarra eléctrica. Lo que seguía, a ritmo de rock, era el relato de una razia de los siniestros jinetes contra los indefensos gitanos. No faltaban los detalles truculentos:

> *Rosa la de los Camborios*
> *gime sentada en su puerta*
> *con los dos pechos cortados*
> *puestos en una bandeja.*

—¿García Lorca? —dedujo mi compañera entonces.
—Exacto. El *Romance de la Guardia Civil española*. ¿A que le ponen una música bastante aparente? A mí por lo menos me gusta.
—Desde luego, qué cosas tienes —repuso, meneando la cabeza—. Ya puestos, sugiere que los inviten a tocar en la próxima Patrona.
—¿Y por qué no? Sería una experiencia catártica —bromeé.

Me vino bien, el desahogo musical. Pero poco a poco se fue imponiendo a mi ánimo la tarde que caía sobre aquel monótono paisaje de carretera. De pronto, me acordé de que íbamos hacia Barcelona. No era la ciudad de los gitanos, ni yo montaba un caballo negro. Pero no me sentía del todo orgulloso de lo que en otra época había hecho allí.

Capítulo 5

GALOPANDO HACIA NINGÚN LUGAR

Llegamos a la comandancia a la caída de la tarde. Para una vez que no había prisa, Chamorro se dio el placer de conducir a velocidad legal, algo que debía de satisfacer poderosamente su sentido del orden, y que sólo con sus reflejos y su pericia no resultaba peligroso. Cualquier usuario de las autovías españolas sabe que circular a menos de 140 kilómetros por hora le expone a uno con relativa frecuencia a ser arrollado por los muchos psicópatas que utilizan el carril izquierdo.

Llamé al capitán Cantero, no diré que con muchas ganas. Se presentó a los quince minutos y para ser justos nos resultó de gran utilidad. Poco después estábamos instalados, sin lujos, pero en condiciones suficientemente confortables. Hasta disponíamos de un sitio espacioso y seguro para trabajar, con el desparrame habitual de trastos y de papeles que implica el trajín del investigador criminal desplazado.

Cantero era uno de esos hombres jóvenes y deportivos que, cuando suman a esa pujanza un futuro brillante y destinado al mando, producen de entrada en los subalternos ya cuarentones y mediocres como yo un irreprimible sentimiento de despecho. Alto, tirando a rubio, con unos ojos azules clonados de los de Paul Newman y la piel suavemente bronceada. Por suerte, también era campechano y simpático, y en ningún momento hacía notar sus estrellas. Nos acogió con un exquisito respeto profesional, no sé si porque se lo inspiraba la unidad central a la que pertenecíamos (y a la que no era improbable que apuntaran sus miras en cuanto a futuros destinos) o por lo que hubieran podido contarle de mí esos *viejos del lugar* que había mencionado en nuestra conversación telefónica. Confieso que pequé de curiosidad, y acaso de impaciencia, y en cuanto tuve ocasión le interrogué al respecto:

—¿Quiénes de mi época siguen aquí? Se lo pregunto porque entonces la gente no solía quedarse mucho, estábamos casi todos de paso.

—El subteniente Robles —dijo—. Me pide que te transmita sus saludos y que te diga que ya te verá mañana. Hoy tenía a las nietas en casa.

—Coño, Robles. Y con nietas ya.

—Los años, que no pasan en balde. Cuentan que el viejo era una buena pieza en sus tiempos, eso lo sabrás tú mejor que yo, pero la abuelez nos lo ha reblandecido. Para picarle le digo que debería pedir una reducción de jornada por lactancia, como las tías. Ni se enfada.

—Robles, sí, algo de mundo ha corrido, desde luego —recordé—. Y no sé ahora, pero hace años tenía una red de antenas desplegadas por ahí que era algo increíble. No volaba una mosca sin que lo supiera.

—El que tuvo, retuvo —dijo el capitán—. Pero se me jubila el año que viene y le aprieto para que les pase los contactos a los jóvenes. En la nueva situación, ahora que los Mossos d'Esquadra se hacen con las zonas que nos quedaban y vamos a dejar de estar desplegados sobre el terreno, ese patrimonio acumulado no podemos perderlo.

—¿Tan complicado está siendo el relevo?

El capitán se encogió de hombros.

—Los cambios siempre tienen sus complicaciones.

Pero la verdad es que la movida tampoco está resultando traumática ni demasiado perjudicial para nosotros. Casi al revés, mira qué te digo. Dejamos de tener que lidiar con la rutina, con el cafre que le pega a la parienta y el chori que levanta un coche o revienta un chalé, y podemos dedicar todos los recursos a información. Con los Mossos no nos hemos entendido mal en el relevo, ellos ya saben que somos obedientes y que cuando nos dan una orden la cumplimos: si nos mandan irnos y facilitarles todo, eso es lo que hacemos, y punto. No me parece a mí que la cosa les esté funcionando igual de bien con la pasma, ahora que les toca además ocuparse del pastel gordo, la zona urbana de Barcelona. Por lo demás, ya sabes lo que pasa cuando coinciden varias policías, cada una dirigida por un político distinto. Roces hay, es inevitable. Y no puedes dejar de tener tus cartas en la manga, por si las moscas.

—De todos modos, quizá sería oportuno avisar de lo de mañana. No vayamos a tener un disgusto tonto con un municipal o un escolta.

—Si quieres que todo el mundo sepa que el entierro de la Barutell va a estar lleno de guardias en busca de sospechosos, descuelgo el teléfono y llamo al ayuntamiento y a la *conselleria*. Pero creo que es mejor ir por libre y aleccionar al personal para que no se haga notar.

—Como usted diga, mi capitán. Jugamos en su campo.

—Voy a poner un par de hombres a tu disposición, para que te sirvan de enlace con el resto de nuestra gente y para que los uses en lo que te convengan. Dos tíos buenos. Guardias los dos, pero zorros viejos.

—Ya sabe que también vienen dos personas de Zaragoza —dije—. Tal vez nos baste con uno, que conozca bien la zona y la comandancia.

El capitán debió de advertir mi reticencia. Sonriendo, explicó:

—No quiero ser roñoso, hombre, tengo gente disponible. Tampoco les voy a pedir que se entrometan, puedes estar tranquilo. Ya sé que esto es de Zaragoza, formalmente, y que en la práctica lo vais a llevar vosotros. Aquí no aspiro a ponerme más medalla que la que me toque por ser buen anfitrión. Y si me permites un consejo, con lo que tienes entre manos creo que un equipo grande te va a convenir.

Al margen de mis gustos y de mis apetencias personales, comprendí que el capitán tenía razón. Y no me pareció muy procedente arrastrar más los pies cuando él se estaba mostrando tan obsequioso.

Quedamos con Cantero en cenar juntos, con los de Zaragoza, los dos hombres que nos había asignado y su segundo, un teniente. Mientras hacíamos tiempo hasta entonces, Chamorro y yo no estuvimos inactivos. Llamamos a Meritxell Palau, con quien concertamos una entrevista para después del funeral, en la oficina de la productora televisiva que hacía los programas de su jefa (y de la que ésta, como detalle significativo, era accionista mayoritaria). Chamorro puso en marcha con el juzgado la identificación de las últimas llamadas entrantes y salientes del teléfono móvil de Neus y yo me enfrenté de nuevo a su cuaderno, en busca de algo que me llamara la atención o que me permitiera darle un sentido más preciso a esas dos extrañas iniciales, R.K. Debo reconocer que no estaba en mi momento más perspicaz, y que nada había conseguido sacar en limpio cuando sonó mi teléfono.

Era Juárez, uno de los expertos del grupo de delitos informáticos. Su jefe le había pasado el encargo de Pereira de romper la clave del portátil de Neus. La prisa por llamarnos era bastante comprensible:

—¿Hace falta que vayamos allí o nos lo vais a enviar?

Me quedé pensando durante unos segundos. Lo último que me gusta es causarle incomodidades innecesarias a un compañero. Pero calculé que me interesaba estar presente cuando se accediera a la información, y que también podía ser conveniente echar un vistazo a otros ordenadores que pudiera poseer la víctima, en su domicilio o su oficina.

—Pues os agradecería que vinierais. Si es posible.

—Prioridad uno, según mi jefe —aceptó, resignado—. Además, nos morimos de ganas por hurgar en la intimidad de la famosa.

—No me digas que no vamos a poder dejaros solos —bromeé.

—Hombre, si tiene alguna foto comprometida, me la copio para vendérsela a una revista o colgarla en Internet, dalo por descontado.

—Eso me estaba temiendo.

—Tranqui, Vila. Aquí los colegas y yo hemos visto tanta mierda en las tripas de los ordenadores ajenos que ya nada nos excita. Los miramos como mira a las mujeres despatarradas un ginecólogo.

—Vale, te creeré. ¿Podéis venir mañana?

—Allí estaremos a primera hora con nuestros abrelatas.

—Os dejaremos el cacharro en la comandancia.

—*Okey*. Salud.

Cuando corté la comunicación, le hice otro encargo a Chamorro:

—Pide al juzgado que nos autoricen a abrir los ordenadores de Neus.

Mi compañera había estado siguiendo la conversación.

—¿Y tú crees que lo harán de aquí a mañana?

—Confío en tus dotes de persuasión. Dile a la oficial que es vital para conocer las últimas comunicaciones que estableció la víctima.

—¿En función de qué indicios?

—Te dejo imaginarlos.

—Qué bien.

—Mejor que lo hagamos deprisa, antes de que el marido movilice al leguleyo con que nos amenazó para que se persone en las diligencias y empiece a jodernos con recursos contra todo lo que no le guste.

—¿Tú crees que lo hará de verdad?

—No lo descarto. Altavella, o mucho me equivoco, es uno de esos tipos que no toleran bien que la realidad no se pliegue a sus deseos.

Los compañeros de Zaragoza llegaron a eso de las nueve y media. El sargento Rubio era un individuo de complexión fuerte y rostro afable, algo más joven que yo, con el que sintonicé bastante bien de entrada. Identifiqué en él la misma especie de tonto útil a la que yo pertenecía, y creo que él hizo otro tanto conmigo. En cuanto a la guardia Tena, me recordaba en cierto modo a la Chamorro de años atrás. Andaría por los veintitrés o veinticuatro y no era demasiado alta, pero se la veía buena deportista y de carácter enérgico. Tenía, eso sí, una rigidez militar exacerbada que mi compañera, aun siendo bastante más marcial que yo, nunca había alcanzado ni de lejos. La explicación me la proporcionó el sargento Rubio en un aparte, mientras las dos chicas se ponían de acuerdo en cuestiones de alojamiento e intendencia.

—Como podrás imaginar, Tena es una *metopa* —dijo, revelándome con ese apelativo lo que yo ya me había permitido suponer, que la chica procedía de la cuota que se reservaba a aspirantes procedentes del ejército profesional en las pruebas de acceso al Cuerpo—. Pero no una cualquiera. Viene de la Legión, y no veas lo que me ha costado que deje de dar taconazos y de meterse codazos en los riñones al saludar. Ahí donde la ves, se ha suavizado mucho. Pero no es mala, la tía. Y carbura.

—Por qué iba a dudarlo, hombre.

—Ya, pero es que la chica siempre tiene enfrente el prejuicio. Y no es justo. Es brava, a veces a lo mejor un poco burra, pero tiene coco. Lo que le pasa es que le cuesta tomar confianza. Dale tiempo.

—Me temo que vamos a tenerlo —dije—. Esto no lo resolvemos en dos días. Nos queda mucho trabajo por hacer.

Le puse al corriente de todo lo que habíamos ido

averiguando, de las diligencias que teníamos en marcha y de los planes para el futuro inmediato, aunque aún era pronto para concretarlos y proceder a un reparto de tareas. Rubio fue anotando mentalmente todo lo que le iba diciendo, con una concentración que no puedo ocultar que despertó mis simpatías. Nos suele pasar a los negligentes, que nos gustan quienes no lo son, sobre todo cuando los tenemos de nuestro lado, probablemente porque intuimos, como viles vampiros, en qué medida pueden resultarnos útiles y podremos por tanto servirnos de ellos. Rubio apenas había rebasado la treintena, se le veía en plenitud de fuerzas y no demasiado desengañado de la vida. De pronto, mientras le contaba pesquisas y le explicaba hipótesis, me acometió una añoranza teñida de amargura. Aquel sargento me recordaba a mí mismo, años atrás, cuando me había ganado a fuerza de narices y de sacrificio, más una pequeña dosis de chiripa, la fama de investigador abnegado y eficaz de la que ahora iba tirando. Tenía a veces esa sensación: la de vivir, con mayor o menor indignidad según el día, de una renta acumulada por un yo pretérito. Y cuando me ponía pesimista me daba por pensar que mi caso no era singular: que todos los seres humanos nos vemos abocados a recurrir antes o después a esa clase de argucias, atestiguando con ello nuestra indigencia y la penosa caducidad de nuestro tinglado.

Al verme pensando en todas estas cosas, me percaté de que me estaba dejando resbalar sin ningún decoro por la pendiente del melodrama, y eso sí que era un achaque de edad. Rubio y Tena eran hombre y mujer, y tenían respectivamente los años que Chamorro y yo contábamos cuando habíamos empezado a trabajar juntos. Ahora bien, ver a cada uno de ellos parecido a cada uno de nosotros, y extraer a partir de tal semejanza aquella clase de conclusiones lloronas sobre el paso del tiempo y su efecto sobre la gente, era una superficialidad propia de un espíritu todavía más averiado que el que creía poseer. Además de un despilfarro de energías. Aquellas dos personas serían como fueran, distintas y particulares, y yo era el fruto de mis pasos y con eso me tenía que arreglar. Lo que me tocaba era cambiar el disco, y ya que no podía actuar inmediatamente, prepararme para la acción venidera. La depresión, la melancolía, la desgana de vivir, son en general avatares reservados a personas que no tienen nada mejor que hacer, o que no aciertan a ver que lo tienen. Yo tenía una muerta que pedía justicia, y a la que había de darle, si no eso, al menos el remedo que estaba disponible y que me pagaban por ayudar a dictar. Había por ahí un cabrón o un imbécil o ambas cosas a quien había que sentar en el banquillo, y aunque ya no tenía la ingenuidad necesaria para desear ese desenlace con la menor ilusión, sí me quedaba la comezón por desenmascararlo, por echármelo a la cara y ver al fondo de sus ojos la misma nada indefensa y necia que ya había visto tantas veces, fuera cual fuere el lustre con que se revistiera para reivindicarse ante sí y ante los otros. Con ese pensamiento, aventé de mi cabeza todos los demás. Mucha gente no lo sabe, pero el orgullo salva más baches que la esperanza.

Por fortuna, Rubio era un profesional metódico y pragmático, y una vez que hubo escuchado mi resumen, se aplicó sin prisa ni pausa a aportarme el material del que en ese momento disponía.

—Por nuestra parte, no mucho más de lo que ya sabes —dijo—. Ya hemos remitido las muestras biológicas a Madrid, y se supone que les darán preferencia, así que con suerte dentro de unos días tendremos los perfiles genéticos y sabremos si coinciden con los de algún angelito con el que nos las hayamos visto antes. La batida por el pueblo y alrededores en busca de otros testigos, aparte del rumano de la gasolinera, infructuosa. Nadie a quien podamos conceder credibilidad dice haber visto a Neus, ni a su acompañante, ni ninguno de los dos coches. En el pueblo dicen que apenas se vio a Neus paseando por el centro cuando se compró la casa, hará un par de años. Desde entonces, nada. Por lo que parece, venía y se iba sin rozarse nunca con los lugareños. El jardín se lo arreglaba una empresa de fuera, los vecinos veían entrar una vez a la semana la furgoneta, y también venía de fuera quien le limpiaba la casa. Lo que está claro es que no iba allí a mezclarse con la gente.

—Todo refuerza la idea de que tenemos que buscar aquí, en su territorio —observé—. Lástima, con lo bonito y lo simple que es el campo.

—Bueno, cada vez menos simple —objetó Rubio.

—Eso es cierto. Pero no se puede comparar con la ciudad, el reino del hombre anónimo y de la mujer anónima, donde puedes hacer toda clase de trastadas a cara descubierta sin que te las apunte nadie. Donde no hay vecinos que recelen de un rostro desconocido, de un movimiento a deshora, de una actitud extraña. En un pueblo, en cambio... Una vez, al principio, me tocó un caso en el que pudimos reconstruir casi paso a paso el itinerario del homicida. Diez personas se habían fijado en él, porque era forastero. Y no veas eso cómo te ayuda.

—Pues aquí, desde luego, despídete de esa clase de facilidades. Míralo por el lado bueno, al menos cambiamos de ambiente.

—Sí, habrá que mirarlo por ahí —asentí, porque me pareció que no era el momento de confiarle mis verdaderos sentimientos en relación con el hecho de tener que hurgar en las tripas de aquella ciudad.

El capitán Cantero nos llevó a cenar a un sitio en el que desde nuestra llegada se vio que tenía mano. Nos habían preparado una mesa grande en un rincón, tras un biombo, para que pudiéramos hablar de nuestros asuntos. La partida la componíamos ocho elementos: aparte del capitán y de mí, Chamorro, Rubio, Tena, el teniente, que se llamaba Vendrell, y los otros dos guardias, de apellidos Gil y Ponce.

Debo reconocer que comparecí en aquella cena con

poco entusiasmo. No era precisamente el esfuerzo de familiarizarme con tantas personas a la vez lo que en aquel momento más me apetecía. Fue la inercia de tratar de calar a la gente con la que he de jugarme los cuartos la que me hizo reparar en el carácter del teniente Vendrell, único catalán del grupo, por cierto, y persona de trato amable y aire voluntarioso. También me fijé con especial atención en mis dos agregados, ninguno de los cuales cumpliría ya los cuarenta años, y que en una primera ojeada me parecieron un par de tipos sobrados de recovecos, con gracia Gil y sin ella Ponce, aunque la experiencia me decía que antes de preferir a uno sobre el otro debía esperar a distinguirlos por otros indicios.

Por suerte el capitán llevó el peso de la reunión. Fue él quien hizo todas las presentaciones e informó a los que acababan de incorporarse de las circunstancias generales del caso y de los particulares de la operación del día siguiente. Cuando me dio la palabra, pude entrar directamente a comentarles los aspectos de detalle de la investigación, que la costumbre me permitía exponer en automático y sin necesidad de empeñarme demasiado en el trámite. Renuncié a proyectar más que de forma imprecisa el método de trabajo que seguiríamos para sacar todo el partido a los recursos de nuestro coyuntural equipo tripartito. Propuse centrar primero nuestros esfuerzos en el funeral, haciendo hincapié en observar a las personas del entorno cercano de la víctima y en localizar y si era posible identificar a todos aquellos que encajaran en la edad y descripción física que nos había proporcionado Radoveanu. A partir de ahí, ya iríamos decidiendo ulteriores maniobras.

Cantero tuvo el buen criterio de plantear todas las cuestiones organizativas y policiales en los aperitivos. Cuando llegó el segundo plato ya estaban liquidadas, y a partir de ese momento pudo relajarse el ambiente, lo que no diré que aquella noche prefiriera por mi parte, y no fui el único que tuvo con ello alguna contrariedad.

En cuanto el vino hubo desmantelado sus débiles frenos, Gil y Ponce se dedicaron, cada uno por su lado, a buscarles las cosquillas a las componentes de la sección femenina. Las mujeres habían tenido la precaución de organizar un binomio defensivo sentándose juntas a un extremo de la mesa, y pudieron gracias a ello repeler con cierto éxito el ataque, pero no sin que en alguna ocasión se advirtiera en el gesto de Chamorro una incomodidad rayana en el cabreo. Antes de que saltara un chispazo, preferí anticiparme y utilizar astutamente la presencia del capitán:

—Oye, mi capitán, ¿cuánto hace que tus guardias no ven chicas?

—¿Cómo dices? —dijo Cantero, que no estaba atento.

—Nada, que a ver si Pin y Pon nos dejan respirar un poco a las criaturas, que mañana las necesitamos frescas.

—Eh, vosotros —se dirigió a los guardias—. Un respeto para las muchachas, joder, que me estáis dando el cante. Y a partir de mañana y hasta nueva orden, me venís ordeñados de casa. ¿Entendido?

—Mi capitán, que sólo las estábamos orientando —se descargó Gil.

—Ya se orientan ellas, tranquilo —terció el sargento Rubio.

—Por nosotras tampoco les obligue al ordeño diario, mi capitán —dijo Chamorro—. Que a ciertas edades, los esfuerzos pasan factura.

—Y que lo digas —rió Tena, sin poder contenerse.

—Compañera, ¿tú has visto el toro de Osborne? —fanfarroneó Gil.

—Sí. ¿Y? —preguntó Chamorro.

—Pues nada, que al lado del menda, Bambi.

—¿Lo dices por los cuernos?

Gil no se esperaba semejante tarascada.

—Mira, porque eres cabo, que si no...

—Porque soy cabo, compañero —corroboró Chamorro, con una sonrisa acorazada—, que si no, ya te habría dicho hace rato que tú y el otro Romeo dejéis de echarnos las babas en la comida a Susana y a mí.

—Vale, vale, tengamos la fiesta en paz —atajó el capitán.

—Por mi parte no hay ningún problema, mi capitán —aclaró Chamorro—. Sólo le seguía la broma aquí al guardia. Cuando uno hace un chiste, lo menos que puede esperar es que se lo respondan, ¿no?

—Hablando de chistes, Vendrell, explícales a los compañeros el estado actual de la cuestión nacional. Para que se vayan situando en el panorama donde han ido a caer, que vienen de allende la frontera.

—Joder, mi capitán, no empecemos.

Lo que siguió, deduje que como sagaz cortina de humo tendida por Cantero, fue un debate sobre catalanismo en el que el papel de minoría y de víctima le tocó a Vendrell, algo a lo que me pareció que ya estaba acostumbrado, y que debía de constituir una especie de broma particular entre ellos. Cantero podía llegar a ser bastante mordaz:

—La verdadera cuestión, Vendrell, no lo niegues, es que a los andaluces y a los extremeños y a los manchegos nos consideráis homínidos inferiores, propensos a la vagancia y a las fiestas, buenos si acaso para emplearnos como peones y subalternos en vuestros negocios, pero nada más. Y por eso os da tanto por culo que alguno de nosotros decida sobre lo vuestro desde Madrid o que os represente fuera.

—Mi capitán, así no hay manera —se quejaba Vendrell.

—Pues entonces, a ver, explícame por qué eres nacionalista.

—Y dale, que yo no soy nacionalista.

—Eso lo dices porque te da vergüenza admitirlo.

—¿Tú crees que si fuera nacionalista me habría metido en esta empresa? Lo que tenéis que aceptar es que aquí hay maneras propias de entender algunos aspectos de la vida; para empezar, un idioma. Y que lo que no puede ser es que digamos amén a todo lo que disponga Madrid sin tener nunca la sensación de que nuestros intereses cuentan allí. Aquí sólo una minoría quiere separarse. La mayoría quiere estar en el barco común, pero sintiendo que se respeta lo que somos.

—Has dicho la palabra clave: intereses —ironizó Cantero.

—Pues claro, coño, ¿es que los demás no se preocupan de los suyos?

—Si se me permite decir algo, creo que el teniente tiene razón —le apoyé—. Por nuestra experiencia de recorrer autonomías, en este país ya todo el mundo acusa al vecino de robarle la cartera, en cuanto no se sale con la suya o el otro se lleva una porción de tarta.

—Vaya, Vila, veo que pillaste el síndrome de Estocolmo —dijo Cantero.

—Bueno, no tanto. Pero como siempre he sido un poco extranjero en todos los lugares donde me ha tocado vivir, he aprendido a sobrellevar las manías de cada cual. Todos las tenemos, vistos desde fuera.

—Y hasta aprenderías a hablar catalán en la intimidad.

—Pero con un acento pésimo. Las vocales se me resisten.

—No jodas. Yo he acabado entendiéndolos. Pero a hablarlo me niego.

—Y yo —le secundó Ponce—. Para qué coño tengo que aprender otra lengua que el español si no he salido de España.

—Lo malo es que si no lo has mamado se te nota a la legua, y nunca falta quien se ríe cuando metes la pata —alegó Gil.

—Tampoco hay que tener tanto sentido del ridículo en la vida —dije—. Y menos a la hora de aprender idiomas. Mira a cualquier futbolista holandés o yugoslavo. Puede que la gente se ría de ellos, pero los tíos vienen aquí, se manejan, se forran y ahí se las den todas.

—No creo que nadie se ría —dijo Vendrell—. Los catalanes que yo conozco aprecian cuando un castellano se esfuerza en hablar catalán.

—Pues será que yo trato con otros —insistió Gil.

El capitán me pegó entonces un codazo y me guiñó un ojo.

—Oye, Toni, ¿y cuándo te pasas a los Mossos? —preguntó a Vendrell.

—Cómo te gusta putearme, mi capitán —protestó el teniente.

—Pero si lo digo en serio, con ese traje tan mono, con esos coches tan nuevos, con esas comisarías de diseño que tienen. Y además, te harían *archipampanot* de inmediato. Te pondrían unos galones impresionantes, y en el uniforme de gala podrías llevar charreteras, como poco.

—Está bien, me rindo. Bueno, Vila, Rubio, y la compaña, ya podéis ir anotando. Teniente Antoni Vendrell, oficial de la unidad de policía judicial de Barcelona y *clown* de la comandancia. Quién me mandaría meterme a currar en este nido de fachas españolazos.

—Todavía me lo sigo preguntando —asintió Cantero, mondándose.

—La putada es que soy vocacional. Mi abuelo materno, el único al que conocí, era guardia. Ya ves, yo soñaba con esto desde chico.

—Es jodido, desde luego, tu problema de identidad.

Por lo menos, y aunque fuera a costa del teniente, aquello sirvió para ir aglutinando el grupo y para limar las tensiones que siempre se producen entre desconocidos, por más que compartan, como era el caso, un empeño común. Si tenía que juzgar sobre las dotes para el mando de Cantero (aunque fuera un vano pasatiempo, porque en la empresa en la que trabajaba no cabía esperar a corto plazo que se nos pidiera a los subordinados evaluar a los jefes) le ponía una buena nota. Con el inevitable suplemento de mezquindad, solemnidad y cálculo que le proporcionarían los años, no era improbable que se convirtiera en un candidato idóneo para desempeñar altas responsabilidades.

Nos disolvimos al filo de la medianoche. Chamorro y Tena se retiraron a la habitación doble que compartían, y Rubio y yo, privilegio de suboficiales, nos dirigimos cada uno a nuestro alojamiento individual. Me lavé los dientes en seguida, con ánimo de meterme sin más demora en la cama y desenchufarme lo antes posible. Algo me hacía sospechar que estaba en la disposición óptima para enredarme en cavilaciones que no me convenían, y mis temores se confirmaron en cuanto me introduje entre las sábanas y me vi dando vueltas sin poder conciliar el sueño. No era el asesinato de Neus Barutell, ni tampoco la perspectiva de tener que dirigir un equipo heterogéneo y problemático para esclarecerlo, lo que me impedía dormir. Se trataba de algo mucho más vago e insoluble, la pasta espesa de la que están hechas las noches de un hombre a partir del instante en que empieza a percibir que ha vivido y errado más de lo que le gustaría. Varían los recuerdos que acuden en cada momento para formar el ingrato mejunje, a veces ni siquiera se trata de recuerdos precisos, pero la mezcla siempre sabe a decepción y su color tiende a ser más turbio de lo deseable. Creo con convicción que ésa es la sustancia más letal que transportamos en nuestras alforjas, y que en la hora nocturna en que suele desbordarse conocemos el apogeo de nuestra vulnerabilidad. No debe extrañar que sea la hora a la que estadísticamente sucumben más enfermos terminales en los centros hospitalarios. La pesadumbre, el miedo, la culpa, la conciencia de la propia insignificancia, que en la madrugada se nos presentan en toda su crudeza y potencia, se suman a la enfermedad y se hacen demasiado onerosas para quien tiene ya las fuerzas disminuidas.

Pero también abrigo una convicción de signo opuesto, y es que mientras uno no ha rodado por tierra, y por fea que pinte la partida, siempre hay algo que ganar si se planta cara a la adversidad, en vez de encenagarse en ella. Era ya el segundo desfallecimiento del día (o el tercero), y me pareció llegado el momento de tomar medidas drásticas. Más me valía salir por cualquier sitio, antes que dejarme atraer al fondo del pozo. No le di muchas vueltas. Me puse en pie, volví a vestirme y fui a buscar el coche. A la una y media crucé por el control de la comandancia, y unos minutos después conducía a buena velocidad por una autopista desierta, camino de Barcelona. Durante unos minutos dejé que sonara en la radio uno de esos programas de madrugada en los que la gente hace públicas sus miserias y sus fantasías más íntimas, pero no era eso lo que me hacía falta oír en aquel momento. Le di al botón que ponía en marcha el reproductor de discos compactos. Allí seguía el disco de Marea. Su sonido rítmico e impetuoso me pareció apropiado para la situación. También lo que cantaban:

y los olivos me cuentan que me canso de soñar contigo,
que estoy acorralado y no me quedan tiros,
que va siendo hora de despertar

Es posible que impulsado por aquella música le diera al acelerador más de lo que la prudencia aconsejaba. Es posible, también, que en alguna curva no calculase bien y tuviera que corregir con un sobresalto la dirección o la velocidad. Pero pronto me concentré en resolver los problemas concretos que implica la conducción: un modo inmejorable de relajarse cuando uno anda con la cabeza demasiado emponzoñada de problemas abstractos. Me apliqué a exprimir la potencia del motor, absorto en las líneas y las señales de la carretera, mientras los de Marea seguían a lo suyo, sin perder ocasión de dejar claro quiénes eran los villanos estelares de su mitología particular:

> *y agárrate a la grupa si empieza a oler mal,*
> *que vamos galopando hacia ningún lugar,*
> *y ahuecando, que vienen a miles*
> *los guardiaciviles y la Nacional*

La vida, que es paradójica y un punto gamberra, le ponía aquella música a la cabalgada sin rumbo de un guardia civil que, despojado de la apariencia de orden que le protegía durante el día, se volvía tan fugitivo y marginal como el protagonista de la canción (al que, dicho sea de paso, no tenía el más mínimo interés en perseguir). En momentos así, a uno le da la impresión de que todo es un inmenso malentendido, del que formamos parte sin poderlo aclarar nunca.

No tardé mucho en llegar a los límites de Barcelona. A partir de ahí levanté el pie del acelerador. Quería ver mejor las luces de la ciudad, saborear el aire a través de las ventanillas bajadas mientras avanzaba hacia mi destino. Porque a esas alturas ya sabía adónde me dirigía, sin que ello le diera propiamente un sentido a aquel viaje. Cuando tomé la Gran Vía y me envolvió el paisaje urbano que en otro tiempo me había sido cotidiano y familiar, sentí erizarse mi piel y un estremecimiento me recorrió de pies a cabeza. Barcelona, de madrugada, seguía siendo la ciudad quieta, despoblada y silenciosa, tan distinta del siempre bullicioso Madrid y tan propicia para conocer a fondo la propia soledad. Apenas algún que otro taxi recorría la avenida y, aparte del parpadeo casi inútil de las luces de los semáforos, poca actividad se ofrecía a mi contemplación. Siempre me había gustado aquella ciudad: cómo estaba construida, cómo se organizaba la vida en torno a las plazuelas achaflanadas del Ensanche. Y siempre, sin embargo, me había producido una especie de desasosiego: en los primeros tiempos porque me daba la sensación de que no me haría a ella, y al final de mi estancia por lo contrario, porque sabía que había dejado para siempre jirones de mi alma enganchados en sus esquinas, de las que pronto iba a separarme y a las que nunca podría regresar, o no del mismo modo.

Allí estaba, ahora, diez años después. No había vuelto ni una sola vez en todo aquel tiempo. No había tenido necesidad, y tampoco había buscado la ocasión. Tal vez había sido mejor así: hay cosas que uno debe dejar que sucedan cuando y sólo si han de suceder. Me acercaba a la plaza de España. En el primer hueco que vi, aparqué el coche.

Caminé sin prisa hacia el Paralelo. Lo que buscaba, acaso como un exorcismo, era volver a sentir la desnudez extrema de la plaza. Todas las singularidades arquitectónicas que la rodeaban (el coso taurino, el hotel, las torres de la Exposición Universal con el Palacio Nacional y Montjuic al fondo), lejos de otorgarle alguna personalidad, hacían de ella un espacio vacío y destartalado. Si era capaz de enfrentarme a aquel sitio, podría con todo lo demás. Comprendí la razón por la que me había deslizado hasta allí en mitad de la noche, como un proscrito. Aquel rito de reencuentro era algo que tenía que cumplir a solas. No podía regresar acompañado por otros y rebajar la emoción con una indiferencia mal fingida o con una charla circunstancial.

Allí, años atrás, me había despedido de alguien, y algo importante e irrecuperable había dejado de pertenecerme. Recordé entonces aquella frase del cuaderno de Neus: «*suyo, no mío*». Y por un momento, creí entenderla. También había algo importante que ella había perdido.

Capítulo 6

QUAN PLAU A DÉU

No puedo decir que esa noche durmiera lo que necesitaba, pero no hay modorra que no alcancen a sacudir un par de recios cafés de cantina benemérita. Por cómo me supieron los que tomé esa mañana en la comandancia, la máquina debía de estar ya bien caliente cuando los hizo. Inevitablemente, después de la excursión nostálgica de la víspera, me acordé de la frase exacta con que me habían informado de aquella particularidad de las máquinas de café. *Son como las mujeres, hay que calentarlas antes de poder sacarles el punto justo de placer.* Si me lo hubiera dicho un hombre, cualquier hombre, me habría parecido una fanfarronada zafia y estúpida. Pero se lo había oído a una mujer que manejaba una máquina de café, en circunstancias que me hacían muy difícil dejar de encontrar su declaración de una tristeza conmovedora.

Los amigos son esos tipos que aparecen justo cuando se los necesita. En el momento en que mi mirada se perdía en lo que quedaba de aquel segundo café al fondo de la taza, y mi alma se encogía con aquellos afligidos recuerdos, oí de pronto un vozarrón a mi espalda:

—Coño, el sudaca. Estás más gordo, tío.

Me volví. Allí estaba el subteniente Robles. O el viejo que lo suplantaba. No tenía mal color, pero había encanecido del todo.

—Y usted más guapo y atlético, mi subteniente —le respondí.

—Sin coñas, Vila, que soy abuelo y estoy al filo del INSERSO. Ya sé lo que hay. Eso sí, por lo menos no me gasto unas ojeras como las tuyas. Válgame Dios, criatura. ¿Es que has estado haciendo travesuras esta noche o es la mala conciencia por las de antaño?

—Será la mala conciencia, si ha de ser una de esas dos cosas.

—Ay, sargento, debería estar prohibido volver a ver a la gente al cabo de diez años. Con lo bien que se las apaña uno para mentirse ante el espejo todas las mañanas. Yo me sigo poniendo delante de él en pelota picada cada día, con intención de darme pena, pero a veces hasta me encuentro resultón, fíjate lo que puede hacer la vanidad.

—Lo de antes lo dije en serio. Firmo estar como usted cuando llegue a la edad de la prejubilación.

—Bueno, tío, lamento informarte de que siempre serás más bajo. Y como vuelvas a llamarme de usted te meto una hostia, que prejubilado y hasta con una mano a la espalda todavía te puedo.

—Vale. ¿Qué tal la familia?

—Más grande, más vieja también. Mi hija ahora se parece a mis recuerdos infantiles de mi madre. No sabes qué desbarajuste le produce a uno eso. Cuando me llegue el Alzheimer acabaré llamándola mamá sin despeinarme. Suponiendo que me dé oportunidad y no me despache a algún antro donde me maltraten enfermeros sin papeles.

—O sea, que bien.

—Sí, tengo dos nietas que son un primor. Enseño foto.

—A ver.

Sacó la cartera y desplegó con orgullo el mapa de su

tesoro. Las tenía a las dos juntas, bien recortaditas, en el envés de la placa.

—Dos bellezas. Te harán sufrir.

—De eso se trata, la vida, ¿no? ¿Y tu familia?

—Bien, dentro de lo que cabe —repuse, con cierta desgana—. Mi madre un poco mayor cada día, pero sigue con el prurito de ser autosuficiente y la obsesión por ampararme de todo mal. El niño ya tiene pelusa oscura en el labio y el gesto hosco, pero es buen chaval y nos entendemos medianamente. Elisa está bien. Desde que se libró de mí.

Robles meneó la cabeza con sincera consternación. Recordaba sin duda a Elisa, con quien además siempre había congeniado.

—Ya sabes que yo soy un antiguo. Supongo que la situación será jodida. A mí me cuesta pensar en no vivir con mi mujer, y mira que la mayor parte de los días nos saludamos a ladridos y que a veces noto cómo me observa y se pone a calcular la pensión de viudedad.

—En fin, mi subteniente, uno se hace a todo, aunque al principio parezca muy cuesta arriba. Los choris se hacen a la cárcel, los judíos se hacían a Auschwitz, nosotros a barrer la caca. Pues una más.

—Eso es verdad. A propósito. Hoy tenéis baile a lo grande, ¿no?

—Sí. ¿Te vas a apuntar?

—No, yo ya estoy mayor para eso. Ahora me dedico a otros negocios. Pero me consta que tendrás el mejor apoyo. El capitán este, Cantero, es un buen elemento. De los que se fajan, y no sólo para colgarse el sable el día de la Patrona, ya me entiendes. Además tiene la inteligencia de preguntar lo que no sabe, que para un oficial es todo un puntazo.

—De todos modos, me gustaría tener una charla contigo, para que me sitúes un poco. Hace ya diez años, vuelvo a ser forastero aquí.

—Bah, los cambios son puro adorno. Ya sabes cómo

son estos *catalinos*, los tíos saben repintar la fachada y venderte la moto como nadie, pero en el fondo todo sigue más o menos como siempre.

—No será tan simple la cosa, hombre. Además, ten cuidado con esos comentarios, ahora que tienes nietas catalanas.

—Y no sabes cuánto. Mireia y Mariona. Nada menos.

—¿Comemos o cenamos?

—Cuando mandes. Apunta mi móvil.

—¿Te importa que lleve a alguien? Mi compañera. Quiero decir mi compañera profesional, la cabo Chamorro. Me gusta que se empape bien de todos los datos de situación, luego tiene buenas ideas.

—Bueno, pero entonces no podremos contar historias de putas.

—Tampoco te apures. Si llega el caso, creo que ella lo comprendería. Siempre que no se te vaya la mano.

—No, yo con las tías decentes me sigo cortando. Soy de otra época.

—Oye, Robles, que me alegro de verte.

—Y yo. Si no te me pones maricón, te confesaré una cosa. Te he echado de menos, Vila. Es una putada, en esta empresa, que siempre se acabe yendo la gente. Y cuando te haces mayor, te pesa más.

—Bien, me guardaré el abrazo para otro momento.

Nos estrechamos la mano y lo dejé allí, con su cortado sin azúcar. Me encaminé hacia el centro de operaciones, que había abandonado momentáneamente para ir en busca del segundo café y sacudirme un poco más las espesas neuronas. Allí me esperaba ya el resto del equipo. Nada más llegar me abordó Chamorro con una hoja de fax.

—Calentito, del juzgado de Zaragoza —dijo—. Vía libre para meterle mano al ordenador de Neus. Se lo dejo a los informáticos, pegado al cacharro, para que sepan que pueden entrarle hasta la cocina. No me digas que no me merezco algo, qué sé yo, una palmada al menos.

—Luego llamo a Amberes, a mi proveedor de diamantes. ¿Quieres otros pendientes o mejor esta vez un anillo?

—Tendría que beber mucho, para dejarme anillar por alguien como tú. Y ya sabes que soy prácticamente abstemia.

—Vale, pendientes. ¿Algún avance con los teléfonos?

—He contactado con mi garganta profunda en la telefónica. Dice que en cuanto reciban el fax del juzgado nos mandan el listado de llamadas.

—Bien, bien. Oye, ya son las nueve y media, deberíamos ir saliendo. ¿Lo tenemos todo? —me dirigí a los demás.

—Los reporteros estamos listos —dijo Gil.

Vestía un chaleco con muchos bolsillos y se había puesto el pelo de punta y un aro de pirata en la oreja. Al hombro llevaba una cámara de vídeo digital profesional. En ella destacaba bien visible una pegatina de elaboración casera con el logotipo multicolor de una tal PTV.

—¿PTV? —pregunté

—*Picolet Televisió* —repuso—. Para qué estrujarme las meninges. No te preocupes, hay tantas teles raras que ya ni preguntan. Verás cómo todos meten barriga y dan el perfil bueno cuando les enfoque.

Supuse que no andaría descaminado. Salí el primero.

Cantero nos esperaba en el aparcamiento, con Vendrell y el resto de la gente. Había una docena de hombres, en sentido estricto (y no el laxo que a veces, por arrastre de la centenaria tradición masculina, se utiliza en el Cuerpo). Tena y Chamorro eran las únicas mujeres del grupo. Entre los demás, los había de todas las pintas y edades: maduros trajeados, jóvenes alternativos y también algún otro con demasiada facha de poli bajo las ropas civiles. Pero preferí no incordiar.

—Todo el mundo sabe ya lo que tiene que hacer —me informó Cantero—. Y todos han aprobado el curso de policía judicial y saben recoger muestras sin cargárselas, por eso podéis estar tranquilos.

—Pues vamos allá —dije—. Nosotros podemos llevar a dos.

—Ya tenemos todos los coches organizados, no hace falta. Llegamos cada uno por nuestra cuenta. La ceremonia se supone que empieza a las once, así que —y aquí se dirigió al resto del equipo— quiero a todo el mundo emplazado antes de las diez y media. Luego nos reunimos aquí a la hora de comer y ponemos en común lo que hayamos visto. No olvidéis traer foto de cualquiera al que le saquéis algo. Que no me aparezca luego ninguno diciéndome que no pudo hacerla. Aseguraos bien de que no lleváis pilas gastadas en las cámaras.

Salimos de la comandancia en comitiva, pero ya en la autopista nos fuimos dispersando. Chamorro, que conducía nuestro coche, se cuidó, no obstante, de no perder el de Rubio y Tena, que nos seguían y a los que habíamos quedado en guiar hasta el cementerio. Para ello tuve la precaución de no fiarme de mi memoria y pedir un plano, porque algunos de los enlaces y los nombres de las autopistas habían cambiado desde mi época. La manía de los políticos de dejar siempre su huella en la geografía, aunque si hemos de creerlos, todo lo hacen solamente por nuestro bienestar.

Durante el trayecto, Chamorro y yo hablamos poco. Yo seguía embotado y de no demasiado buen ánimo, y ella iba sumida en esa especie de ensimismamiento analítico habitual en ella, cuando llegábamos a un nuevo escenario para realizar una investigación. Observaba detenidamente el paisaje que iba cruzando la autopista, los barrios, los descampados, los polígonos, entre ojeada y ojeada al retrovisor para comprobar que no habíamos perdido a nuestros compañeros.

—Sólo había estado antes una vez en Barcelona —dijo al fin.

—¿Y qué te pareció?

—Era muy pequeña. Recuerdo que me gustó el Pueblo Español.

—Si sobra tiempo puedo llevarte a ver alguna cosa más original.

—Habrá que ver qué entiendes por eso.

—No la Sagrada Familia, precisamente. Aunque a lo mejor sí.

—Ahí también estuve.

—Pero seguro que no la viste como yo te la enseñaría.

—Vaya, ¿conoces alguna entrada secreta?

—No, entrando por donde todo el mundo. Pero yendo más lejos.

—De acuerdo. Me has despertado la curiosidad.

—Menos mal. Eso quiere decir que aún no estoy del todo acabado.

Mi compañera me observó de reojo, o más bien adiviné que lo hacía, porque seguí con la vista apuntada (o más bien perdida) al frente.

—¿Puedo hacer una observación? —preguntó.

—Puedes.

—¿Me lo imagino yo o estás un poco más cenizo que de costumbre? Aunque nunca seas lo que yo llamaría Míster Esperanza.

Tenía la guardia baja y se me escapó algo demasiado sincero:

—No sé, Chamorro, estoy cansado. Me temo que me estoy aburriendo de esta vida. Ya dura demasiado para seguir teniendo gracia.

—¿Estás seguro de eso?

—No, ya sabes que yo no estoy seguro de nada.

—Pues a mí este caso me parece de lo más estimulante —dijo—. Nunca había investigado la muerte de una persona famosa.

—¿Y qué más da eso? Si acaso, más estorbos. Ya la viste en la mesa, no era ni más ni menos que cualquiera. Y ahora avanza vertiginosamente hacia el olvido. Nadie hablará de ella dentro de un mes.

—Bueno, veo que hoy empezaste con el pie izquierdo, como ayer con el derecho. Lo sobrellevaremos y ya se te pasará. Y hasta te vendrá la euforia. Ya me he habituado a convivir con un ciclotímico.

—Nunca he negado serlo. De hecho, ¿quién te enseñó la palabra?

—Tú, mi Pigmalión —se mofó.

—En fin, que sí, que lo mismo es sólo que me jode estar con el cerebro disperso. Ojalá empecemos a definir. Ayer estaba muy contento, pero ahora me doy cuenta de que todavía no tenemos nada que nos centre el tiro. Chicos morenos, Audis plateados, puras vaguedades.

—Deja que madure la investigación, hombre. No esperes, no desees, no te impacientes, y vendrá. También eso me lo enseñaste.

La miré con una rara sensación. No es bueno que te conozcan así. Pero tampoco quería apropiarme de lo que no me pertenecía.

—No yo, sino el viejo Lao-Tsé, a través de mí —puntualicé.

—Bueno, ponlo como quieras. El caso es que suele funcionar. Vamos, que yo personalmente te estoy agradecida y lo utilizo en momentos de dificultad o de desánimo. Y tú deberías darme ejemplo, ¿no?

—Lo siento, pero ya sabes que no valgo para hacer el papel del viejo maestro chino de *Kill Bill*. Me falta constancia, o fe.

—Tampoco me tienes que enseñar a romper ataúdes con los nudillos.

—Si te llega el caso de tener que hacerlo, ya aprenderás sola.

—Espero que no me llegue.

—Y yo. Pero no te asuste, si llega. Ni eso ni nada, nunca.

—Así me gusta, afilando la espada, mi Hattori Hanzo.

Sonrió, y yo sonreí también al escuchar aquel nombre. Era un chiste privado. Habíamos visto *Kill Bill* juntos, un día que estábamos los dos perdidos en Orense, para lo de siempre, cargarle a quien correspondiera un muerto que ya había dejado de oler. Nos había gustado a ambos, pese a que ninguno de los dos esperaba nada de la película (o quizá justamente por eso). Luego, con un par de cervezas encima, le había soltado que la veía clavada a la Novia, el personaje de Uma Thurman, una ocurrencia de la que me arrepentí en el mismo instante en que me oí decírselo y la vi ruborizarse. La pregunta que vino después me estaba sin duda bien empleada por mi imprudencia: ¿Y quién era yo, entonces? ¿Tal vez Bill, ese resentido que prefería matar a la Novia antes que verla casada con otro? ¿O el viejo maestro chino, que enseñaba a la Novia los golpes que le habían de servir para romper el ataúd en que la entierran viva y para culminar su venganza? Un raro momento de lucidez me suministró una respuesta alternativa, con la que pude salir casi airosamente del apuro:

—Si tengo que ser alguien, me pido Hattori Hanzo, el fabricante jubilado de katanas que rompe su promesa de no volver a trabajar para hacerle a la Novia la mejor espada que nunca nadie haya tenido.

Por un instante pensé que la frase podía haberme quedado algo rimbombante, pero a Chamorro no le disgustó, y como me demostró aquella mañana camino del entierro de Neus, la había archivado a buen recaudo en su memoria. Conforta comprobar que eres capaz de hacer o decir algo memorable para alguien. Me subió la moral.

Salimos de la ronda e iniciamos la subida hacia el cementerio. A mi compañera, pendiente de la carretera, le pasaron inadvertidas las vistas de la ciudad que se nos ofrecían a medida que ascendíamos por la ladera de la montaña. A mí, en cambio, no podían dejar de llamarme la atención. El día no era demasiado claro, pero permitía divisar los perfiles de una Barcelona que había sufrido desde la época en que yo la había conocido algunas alteraciones ostensibles; la que más destacaba, con mucho, era el insolente edificio en forma de supositorio que se alzaba mirando hacia la parte del Besós. Cuando el espacio cambia en nuestra ausencia, se nos hace evidente hasta qué punto sólo somos sus fugaces espectadores. Y como tales, hemos de resignarnos a la deslealtad de los lugares hacia el recuerdo que guardamos de ellos.

—Curioso sitio, para un cementerio —observó Chamorro.

En efecto lo era. Habíamos pasado ya al otro lado del monte de Collserola y bajábamos hacia el valle de frondosa vegetación por el que se distribuían los bloques de nichos, diseminados entre los árboles. Más que construcciones fúnebres, parecían los bungalows de una colonia de vacaciones, por completo ajenos al ajetreo de la ciudad tan cercana y tan separada a la vez por la interposición de la montaña.

Nos dirigimos hacia la zona de las capillas, donde iba a celebrarse el funeral. Eran las diez y veinte y el lugar ya estaba bastante concurrido. A la entrada se veía el previsible amontonamiento de coches y furgonetas de medios de comunicación, con los que los agentes de la Guardia Urbana bregaban a duras penas. No cabía duda de que el entierro iba a ser un acontecimiento. Aparcamos donde pudimos y cambié impresiones brevemente con el sargento Rubio.

—Mejor nos separamos. Tú y Tena quedaos a la entrada, para fichar a los que lleguen. Nosotros vamos a colarnos en la ceremonia y luego nos colocaremos también en primera fila del entierro. Vosotros manteneos en la retaguardia, atentos a los que miren desde lejos.

Por una vez, me había puesto corbata (una de rayas no demasiado pasada de moda, regalo navideño de mi hijo), y Chamorro, aunque vestía vaqueros, llevaba una chaqueta que le daba cierta prestancia y un pañuelo de estampado discreto al cuello. Dentro de lo que cabía, podíamos dar sensación de no ser un par de andrajosos, y no desentonar mucho en aquella reunión donde a buen seguro muchos llevarían sólo en zapatos lo que costaba nuestra indumentaria completa. Con esa confianza, y un gesto de gravedad apropiado a la coyuntura, Chamorro y yo tomamos posiciones para poder entrar con ventaja en el templo donde se celebraría el oficio fúnebre previo al entierro.

El edificio de la capilla se erigía sobre una elevación del terreno. Desde allí, observé a los nuestros discretamente. Se habían desplegado por toda la zona adyacente y no permanecían inactivos. Vi al guardia Ponce pegar la hebra con un individuo que respondía a la descripción que nos había dado el empleado de la gasolinera. En apenas medio minuto, ya le estaba ofreciendo un cigarrillo, que el otro le aceptó. Seguí pendiente de la escena hasta el momento en que el desconocido arrojó la colilla y Ponce se las arregló para apartarla con el pie hasta donde pudo recogerla sin que se le notara, fingiendo que se le caía el encendedor. Luego el guardia sacó su móvil e hizo como si comprobara una llamada o un mensaje en la pantalla. Comprendí que lo estaba fotografiando, con la cámara del aparato, y sólo me permití esperar que tuviera luz suficiente para que la foto no fuera una birria.

El que debía de estar obteniendo tomas fabulosas era el improvisado e intrépido reportero de la PTV, el guardia Gil, que sin ningún miramiento hacía barridos completos de los asistentes, demorándose en cada uno lo justo para poder sacar luego capturas de imagen fija que nos permitieran identificarlo en caso de necesidad. Por la soltura y el desparpajo, no era la primera vez que rodaba un documental de aquellas características, con todas las dificultades que llevaba aparejadas. En cierto momento tuvo incluso que entablar negociaciones con uno de los municipales. No oí lo que le decía, pero por el gesto, se trataba de uno de esos discursos sobre el pan de los hijos que obró el efecto perseguido de reblandecer al agente. El caso es que Gil acabó pasando por el lugar al que en un principio se le pretendía negar el acceso.

A partir de las once menos cuarto empezaron a llegar los invitados distinguidos. Primero aparecieron los periodistas y famosos de diversos ramos: a algunos cabía presumirles cierta relación con la víctima y otros más bien daban la sensación de aprovechar una ocasión más de registrarse ante las cámaras como integrantes de *la pomada*. Después, casi al filo de la hora y precedidos por su aparatoso despliegue de escoltas y lacayos diversos, hicieron su aparición los políticos, de todos los colores. Ninguno dejaba de acudir cuando Neus los llamaba a su programa, y tampoco querían estar ausentes de aquella especie de espacio televisivo póstumo. Por varias razones de peso (la principal, que todos ellos habían dejado atrás la edad de veinticinco años que con los datos disponibles le suponíamos a nuestro sospechoso número uno), no fue en ellos en quienes concentré mi interés, aunque mentiría si dijera que resistí la tentación de observarlos esporádicamente. Pude ver así cómo abrazaban al rival al que sólo días atrás habrían rebajado a la categoría de granuja o mentecato ante cualquier micrófono o en cualquier tribuna de oradores, cómo afectaban campechanía con el vulgo, y cómo a la menor se olvidaban de que aquello era un sepelio y mostraban a diestro y siniestro su sonrisa de cartel electoral.

En medio de la muchedumbre, se volvió más difícil fijarse en personas concretas. No abundaban los tipos con el perfil que buscábamos (más bien había gente de mediana edad, y entre los más jóvenes, sobre todo entre los periodistas, predominaban las mujeres) y Gil tuvo que trabajar a destajo con su cámara. Lamenté no estar algo más familiarizado con la sociedad barcelonesa, porque me resultaban desconocidos casi todos los presentes, dejando aparte a las figuras con notoriedad nacional, lo que me obligaba a un sobreesfuerzo considerable. Viendo la aglomeración, Chamorro y yo no esperamos a que llegara el coche fúnebre para tomar posiciones dentro del templo. Su diseño interior era funcional y muy luminoso, gracias a sus grandes ventanales. No intentamos sentarnos, lo que a esas alturas era ya imposible (no había más asientos libres que los reservados a familia y VIP), pero logramos situarnos en un buen lugar, a la derecha del altar y con perspectiva sobre toda la iglesia. Desde ahí nos dispusimos a espiar el acto.

El ataúd hizo su entrada a las once y nueve minutos. Tras él, los deudos de Neus, de quienes sólo conocía a Altavella, aunque también pude identificar en seguida a la hermana de la difunta por el enorme parecido físico entre ambas. Aparte de ellos, y de otros seis o siete parientes en la cuarentena y en la cincuentena, venían algunas personas mayores, deduje que padres y suegros de la fallecida, y un grupo de chavales enlutados que debían de ser sobrinos, porque Neus no había tenido o no había buscado la oportunidad de procrear.

Me fijé sobre todo en el escritor. Se le veía entero y digno. Llevaba un traje negro, camisa gris oscura y una corbata negra anudada con la desidia de quien normalmente prefiere no utilizarla y no desea someter a su cuello a excesiva presión, pero eso no le restaba elegancia. Daba su brazo a una mujer muy anciana, que después averiguamos que era su madre, y devolvía con una levísima inclinación de cabeza las salutaciones que iba recibiendo mientras avanzaba hacia la zona del altar. Era un hombre habituado a exponerse a la observación pública, con indudables dotes teatrales y aplomo sobrado para resistir el escrutinio ajeno. No iba a dejarse coger en la más mínima debilidad.

La misa fue un poco más larga de lo habitual en los oficios de cementerio, que tienden a ser expeditivos para mantener el ritmo de producción adecuado. El sacerdote la dijo enteramente en catalán, lo que le arrancó a Chamorro una queja algo destemplada:

—¿No es una falta de educación? Aquí no todos somos catalanes.

—No lo hacen por ofender. Es que es su lengua, la

que hablan todos los días, y estamos en su casa. Tendrás que irlo entendiendo.

Hacía mucho tiempo que no me tragaba una misa. Mientras observaba los rostros del público, me dejé mecer por la extrañeza de las palabras litúrgicas, que me ofrecían respecto de las de mi breve etapa católica juvenil una doble novedad: por las modificaciones habidas desde entonces en el rito y por el idioma en el que nunca las había oído. Pero al mismo tiempo volver a escuchar catalán era encontrarme otra vez con una lengua que había llegado a sentir un poco propia, como lo es todo lo que alguna vez acompaña nuestras vivencias y emociones. Seguí escudriñando los rostros de la gente que se sentaba en los bancos, y en una de ésas mi mirada se cruzó con la de alguien frente a quien no podía mantener el incógnito. Meritxell Palau vestía de negro riguroso, como una más de la familia. Pensé que era quien más había perdido con la defunción: nada menos que el puesto de trabajo.

La homilía fue breve y sentida, no especialmente brillante desde el punto de vista de la oratoria, pero sí todo lo humana y compasiva que quepa desear en ese trance. Al menos, al oficiante no se le ocurrió emplear el discurso hipotético que dio en usar el cura que le dijo la misa a mi abuelo materno («si fue en vida un buen cristiano...») y por cuyo antipático recuerdo había dejado de acudir a funerales religiosos, salvo que el deber me lo exigiera, como era el caso de las exequias de Neus. Resultaba obvio que la difunta no cumplía a rajatabla con los preceptos de la Santa Madre Iglesia, pero aquel sacerdote tuvo la caridad de entender que no era el momento más idóneo para afeárselo.

Al final de la misa, casi de improviso, sonó una música que reconocí de inmediato y que me sorprendió oír allí: el tercer movimiento del octavo de los *concerti grossi* de Corelli. Tenía motivos para el asombro, porque hasta donde recordaba era una pieza profana, no religiosa, y porque se trataba de uno de los pocos fragmentos musicales que podía identificar con tal precisión. Los conciertos de Corelli los había escuchado desde mi adolescencia, tras comprarlos en el Rastro, en una de esas cintas baratas, restos de coleccionables, que eran las únicas que por aquel entonces me podía permitir. Haber sido incluido en su día en uno de esos coleccionables (Las Grandes Obras de la Música Clásica, o algo semejante) le había permitido a Corelli meterse en mi vida cuando aún me impresionaba con facilidad, y hacerse así en mi corazón el lugar de honor que no ocupaba en la historia de la música. ¿Quién lo habría elegido para la ceremonia? ¿O simplemente tenían la costumbre de poner música clásica y aquella mañana había tocado aquel disco? Pero algo me decía que no era cosa del azar. Miré a Altavella, que en ese momento acercaba a su anciana madre a recibir la comunión (de la que él, por cierto, se abstuvo). Tenía que preguntarle, cuando pudiera, si era él quien había escogido la música para el funeral. Aunque me arriesgara con ello a que me mandase a freír espárragos.

La música de Corelli, en cualquier caso, le aportó al acto la dosis justa de recogimiento y solemnidad. Hay que admitir que el viejo Arcangelo no tenía la pegada popular de Vivaldi o de Albinoni, pero a cambio, y ésta no es más que la opinión de un aficionado, le daba a sus composiciones un aire de misterio que resulta muy apropiado para poner fondo sonoro a los instantes decisivos. Acompañó inmejorablemente la salida del cadáver, y la procesión de personajes que se dirigió tras él hacia lo que en otras épocas más enfáticas se llamaba el lugar de su eterno reposo. Pero esta fórmula no convenía a una tumba donde se lo inhumaba provisionalmente, debido a la prohibición judicial que de momento impedía incinerarlo. De hecho, se trataba de un nicho corriente, muy por debajo de lo que correspondía al estatus que en vida había alcanzado Neus. Hasta allí ya no se trasladaron muchos de los figurones, que terminado el oficio religioso desaparecieron con sus escoltas en sus grandes automóviles oscuros. Sí fueron los compañeros de profesión, los escritores que habían venido por solidaridad con el viudo y un enjambre de otros amigos y curiosos. Eso provocó una caravana de vehículos desde las inmediaciones de la capilla hasta la zona de los nichos, que estaba demasiado alejada como para ir a pie. Por suerte, mi compañera vio el problema con anticipación y pudimos deslizarnos en la cabeza de la comitiva, tras el coche fúnebre.

Gracias a los reflejos de Chamorro, pues, llegamos de los primeros y conseguimos situarnos en una buena posición para asistir al acto final. Mientras la concurrencia se arremolinaba en el poco espacio que había entre los dos bloques de nichos, los operarios subieron el ataúd al hueco de la cuarta fila que le estaba reservado. Toda la operación se desarrolló en medio de un imponente silencio. Cuando estuvo concluida, se destacó entre los presentes una mujer de gesto concentrado. Me sonaba mucho, al principio no supe de qué, hasta que me di cuenta de que se disponía a cantar. La última vez que la había visto haciéndolo, en la televisión, también ella tenía diez años menos y la desfachatez de una juventud que ahora empezaba a darle esquinazo. Sacó de su cuerpo menudo una voz poderosa y entonó con sentimiento:

> *Quan plau a Déu que la fusta peresca,*
> *en segur port romp àncores y ormeig,*
> *e de poc mal a molt hom morir veig:*
> *null hom és cert d'algun fet com fenesca.*
> *L'home sabent no té pus avantatge*
> *sinó que el pec sol menys fets avenir...**

---

* *Cuando a Dios le place que la nave perezca, / en puerto seguro rompe anclas y aparejos; / y veo que muchos mueren de leve mal: / nadie puede tener la certeza de cómo acabará cualquier hecho. / El hombre sabio no tiene más ventajas / sobre el necio sino que éste prevé menos las cosas.*

No recordaba de nada aquella canción. Tampoco me parecía del estilo de aquella cantante, y debo confesar que me desmoralizó lo poco que entendí al principio, por culpa de esas dos palabras, *fusta* y *ormeig* («nave» y «aparejo») que se salían de mi pobre y oxidado vocabulario. Por suerte, oí a un individuo que cuchicheaba con otro:

—*Ausiàs March, amb música del Raimon. Dit entre nosaltres, em sembla una elecció més que dubtosa per l'ocasió.*

No pude evitar volverme para examinar al autor del crítico comentario. Por el aspecto y la forma de exhibir su erudición, debía de tratarse del clásico intelectual estreñido. A mí, que carecía de la capacidad de penetrar toda la sutileza de aquellos versos, y por tanto de buscarles una interpretación maliciosa, me pareció que la canción resultaba ser una bella y sencilla despedida. Tampoco he tenido nunca muy claro cuál es la mejor manera de ponerle epílogo a una existencia humana, ni si los gestos póstumos, lo mismo las elegías como los epitafios, son algo más que una muestra de nuestra propensión a rehuir la verdad desnuda y a enmascararla con mistificaciones piadosas.

Un codazo de Chamorro me devolvió de golpe a mi realidad, que no era la de todas estas filosofías, músicas y poesías, sino la de un perro policía olisqueando en busca del tufo que dejan los malos.

—Mira a ése —murmuró.

Me fijé en quien me decía. Encajaba en todo en el perfil. Por edad, por aspecto, incluso por actitud. Se mantenía apartado y miraba en derredor con un gesto entre desencajado y tenso. Concluida la ceremonia fúnebre, se le veía dubitativo entre seguir allí o marcharse sin aguardar más. Sentí como un trallazo el subidón de adrenalina, y casi sin solución de continuidad, el temor: estaba demasiado lejos, había demasiada gente entre medias, íbamos a perderlo antes de poder llegar hasta él. Hice algo desesperado: saqué mi cámara digital y le di a tope al zoom. Pude dispararle una sola foto. Cuando iba a hacerle la segunda, el individuo ya no estaba dentro de mi campo de visión.

—¿Lo has pillado? —preguntó mi compañera.

—Sí —dije, mientras comprobaba la pantalla con dificultad, por el reverbero del sol entre las paredes de los bloques de nichos—. Es una mierda de foto, pero menos da una piedra. Joder, Chamorro.

—Qué.

Los ojos le brillaban. Estaba pensando lo mismo que yo.

—Que mira que si es él... Llama a Rubio, rápido.

A la suerte le complace quitarte con una mano lo que te da con la otra. Primero Chamorro no tenía cobertura en su móvil, y tuvo que salir de donde estábamos para encontrarla, apartando como pudo a la masa de gente que se arremolinaba para dar el pésame a la familia. Solventado este contratiempo, tuvimos otro: el número de Rubio comunicaba, y tardamos cuatro o cinco minutos en poder hablar con él. Resultó que se había alejado de su puesto de vigilancia para ir a comprobar algo que le había llamado la atención: un Audi A3 plateado, modelo 1.9 TDI, y matrícula CHJ. Y aunque Tena seguía allí, cuando conseguimos conectar con ella ya hacía siete u ocho minutos que nuestro hombre se había esfumado. Pasamos la descripción de su indumentaria a todo el equipo, pero fue inútil: nadie se cruzó con él. Debió de aprovechar la salida masiva de la gente para confundirse en el tumulto. Luego dedujimos que, para redondear la fatalidad, había pasado junto a la posición de Tena en el instante en que ésta estaba distraída hablando por teléfono con Rubio, que era por lo que el sargento comunicaba cuando habíamos tratado de avisarlo. Controlamos aquel Audi, pero también eso fue en balde. La propietaria, luego comprobamos la matrícula, resultó ser una mujer de cuarenta y cinco años.

Con todo, mantuvimos la vigilancia hasta el final, es decir, hasta que Altavella y el resto de los parientes cercanos hubieron pasado el trago de recibir las condolencias de todos los que querían dejar testimonio personal de su presencia en el entierro. Pudimos localizar a algún otro varón moreno de veintitantos, pero ninguno que nos pareciera tan sospechoso como el que se nos había escabullido. Cuando ya no nos quedaba mucho más que ver, el capitán Cantero se acercó a mí.

—¿Cómo era el pajarito? —susurró.

—Clavado, mi capitán. Y el comportamiento, raro.

—No jorobes. ¿Y cómo es que lo perdiste?

—No lo perdí, lo llevo aquí. —Mostré la cámara—. Pero sólo pude sacarle una foto de lejos. Cuando quisimos ir por él, ya no estaba.

—Espero que alguno de los míos lo haya fichado también. Una foto de lejos y con esa cámara de juguete...

—Tres megapíxeles, con zoom —la defendí—. No pesa, es pequeña y sobre todo la puedo pagar, que ésta me la he comprado yo.

—Bueno, hombre, no te piques. Nos vemos en la comandancia.

Por un momento, dudé si acercarme a Altavella. Pero seguía pendiente de su anciana madre y me olí que no estaría en la mejor disposición para conversar conmigo. Tampoco yo me sentía muy despejado, a la sazón, y no quise reanudar nuestra relación en condiciones tan desventajosas. Ahora, además, eran otras nuestras prioridades.

Capítulo 7

JUZGARLA POR ESO

En la comandancia, cuando regresamos del entierro, nos aguardaban varias novedades. La más notoria era la presencia de Juárez, nuestro hombre de los ordenadores, que al final había venido solo, lo que no le había impedido progresar en la tarea. Lo encontramos ante el portátil de Neus, en cuya pantalla ya no se veía la petición de password donde la víspera nos habíamos quedado atrancados Chamorro y yo.

—Chupado, Vila —dijo, al vernos—. Una protección de lo más convencional, si quieres te explico cómo me la he cargado.

—No digo que no me interese, pero, honestamente, dudo que supiera repetirlo —confesé—. Así que, si no quieres hacer gasto...

—Vale, no te aburro entonces. Lo tengo abierto y he localizado todos los archivos susceptibles de contener información, dondequiera que los tuviera camuflados: archivos de correo, de texto, de imagen, hojas de cálculo, PDF. También he recuperado los que había borrado. Os los he copiado en carpetas separadas donde podéis acceder a todos ellos, clasificados por tipo y listados por antigüedad. Ahora os estaba sacando un *backup* en cedé para dejar el ordenador como me lo encontré y poder devolverlo si queréis. Vamos, que creo que me merezco una caña.

Asentí, complacido. Ya sabía que Juárez era un buen elemento.

—Y una comida. Cuando tengas el cedé se lo das a Chamorro y te vienes a almorzar con el resto de la peña, si no te va mal.

—Bueno, me han sacado puente aéreo. Y con llegar a casa antes de las nueve para leerle el cuento a mi niña, me doy por satisfecho.

—A lo mejor hay que mirar más ordenadores, ya te dije. Los de su casa y la oficina, si tiene, que supongo que sí —le recordé.

—Si se pueden atracar esta tarde, cuenta conmigo, aunque mi niña me retire el saludo, qué le vamos a hacer. Pero si no, tendrá que ser otro día. Ha salido más curro urgente y mañana tengo que estar en Madrid sin falta. Yo creo que con esto ya vais a tener para no aburriros. Mensajes de correo hay un par de miles, y archivos de texto, cientos.

—De acuerdo —concedí.

Mientras Juárez y yo conversábamos, mi compañera observaba fijamente la lista de ficheros que aparecía en la pantalla

—Oye, ¿y has visto algo raro? —preguntó al informático.

—A bote pronto, no —respondió Juárez—. El ordenador normal de un usuario no muy avezado, con los cuatro programas básicos. Procesadores de texto, correo, navegador estándar, algo elemental de retoque de imágenes, más todo el *spyware* que se le suele meter a un pardillo que no actualiza el antivirus, que no es poco. Por si acaso algún día os interesara saber quién le enmerdaba el ordenador, también lo he copiado en una carpeta, pero no creo que sea nada, lo normal que te va entrando de *data miners* masivos cuando navegas por Internet. Lo que no he encontrado es programas P2P, o sea, que no tenía la costumbre de piratearse música o cine, o no desde aquí. Sí tenía dos programas de mensajería instantánea, y he podido sacarle las cuentas de correo web que utilizaba, siete en total. Si queréis saber con quién se relacionaba a través de ellas ya sabéis que necesitamos intervenirlas, o sea, orden de un cabezón con toga y puñetas. En cuanto la tengáis me muevo con algunos colegas que me deben favores en los proveedores de correo y os lo digo en seguida. También he extraído de los archivos temporales las direcciones web a las que accedió en los últimos tiempos. Todo eso lo tenéis en la carpeta que llamo «datos complementarios».

—¿Nada sospechoso, tampoco, entre esos datos? —insistió Chamorro.

—Ya te dije que no soy cotilla. Me lo he currado a ciegas, aislando la información por categorías pero sin meter la nariz en ninguna. No sé si tiene fotos de puestas de sol o del cirulo de sus novios, yo me he limitado a copiar en la carpeta de imágenes los archivos con la extensión pertinente. Lo mismo con los rastros de páginas web visitadas. Y en cuanto a las direcciones de correo que usaba, tampoco llaman la atención, los nombres más o menos rebuscados que ponemos todos.

—Nada, Chamorro —intervine—, que te va a corresponder el honor de acceder a las intimidades de Neus en primicia.

—No preguntaré por qué se me adjudica, el honor.

—¿No lo imaginas? Porque sé que eres una chica proba y respetuosa y que no usarás indebidamente lo que descubras.

—No sé yo, si tengo que informarte a ti.

—Ya deberías saber que mi reino no es de este mundo —afirmé—. Lo que tuviera guardado ahí dentro esa mujer, al margen de su utilidad policial, me resulta total y absolutamente indiferente.

—Claro. Ya te pondré a prueba —amenazó.

Aparte de los frutos del fino trabajo de Juárez, teníamos otros dos regalos encima de la mesa. El primero era la lista de las llamadas enviadas y recibidas por el móvil de Neus, remitida por la compañía telefónica junto con la identificación del titular de aquellos números de los que constaba este dato. Ni mucho menos era fácil disponer de esta información con semejante rapidez, ni siquiera mediando una orden judicial, porque las compañías tenían a gala arrastrar los pies cuanto fuera posible. Nuestro truco era tan eficaz como poco sofisticado: una amiga de infancia de Chamorro que trabajaba en el departamento oportuno, y que rezábamos para que no cambiara nunca de empleo. Para repartir un poco el juego, les pedí a Rubio y a Tena que se metieran con esta lista y fueran depurando y seleccionando la información.

Además, nuestra gente de Madrid nos había mandado otra lista, la de los Audi A3 plateados, modelo 1.9 TDI, que cumplían con las condiciones de antigüedad que había señalado el empleado de la gasolinera, tres meses arriba o abajo como margen de seguridad. En listas más breves, los matriculados en Cataluña y Barcelona, aquéllos con titular varón entre los veinte y los treinta años, y las intersecciones entre ambos conjuntos. Fui a la última lista, la que daba la acotación más estrecha: con todo, era bastante más larga de lo que hubiera deseado, y además no podíamos limitarnos ciegamente a ella. Por fortuna no se trataba de un modelo de los que suelen tener las compañías de alquiler, pero había otras muchas razones por las que cabía que el conductor no coincidiera con el titular, así que muy bien podía estar el coche que buscábamos fuera de la lista reducida. Decidí darles el embolado a Gil y a Ponce, para que se me fueran entreteniendo. Después de todo, y aunque no fuera lo que yo prefería, manejar un equipo amplio tenía sus compensaciones: permitía avanzar a la vez en muchos frentes engorrosos y acaso cruciales. En alguna de esas listas figuraba probablemente el nombre del acompañante de

Neus, a quien sólo podía imaginar, ahora, como el tipo que se nos había escabullido en el cementerio.

Durante el almuerzo hicimos la puesta en común de la *Operación Funeral*. En total habíamos localizado a una docena de individuos que encajaban, con mayor o menor aproximación, en la descripción del sospechoso. De todos habíamos conseguido grabar la imagen, de mejor o de peor calidad, quieta o en movimiento, y de tres de ellos teníamos muestras susceptibles de aportarnos restos biológicos. Nuestros hombres se las habían arreglado para entablar con la mitad de los sujetos conversaciones casuales, de las que no habían obtenido frutos incriminatorios (o, razonando a la inversa, que movían a pensar que se trataba de candidatos descartables a efectos de la investigación). Le mostré a Gil la fotografía lejana que había sacado al tipo que no se me iba del pensamiento, y el veterano guardia sonrió aviesamente.

—Hay que revisar la cinta —dijo—. Pero desde ya te digo que lo tengo pillado, en planos mucho mejores que ése. Recuerdo la chupa.

—Pues me vas a perdonar que te pida que me tengas esos planos entresacados e impresos en papel antes de las tres y media —le apremié—. Esta tarde voy a ver a alguien y quiero poder enseñarle ese careto.

Gil asintió, mientras masticaba a dos carrillos.

—Claro, mi sargento, no sufras, que para eso sirve la informática. ¿Los quieres en papel mate o con brillo? ¿Con o sin borde blanco?

—Como mejor se le vea. No tengo manías.

—Entendido. Me cepillo lo que me queda de ragut, si das tu permiso, y el café me lo tomo mientras hago los trabajos manuales.

Para los demás comensales el almuerzo no fue tan precipitado, pero tampoco nos recreamos excesivamente. Yo andaba con prisa porque quería ir a ver a Meritxell Palau a tiempo de llevar conmigo a Juárez, para que le hurgara las tripas al ordenador de la oficina de Neus. Y el capitán Cantero y el teniente Vendrell estaban acuciados por otro asunto que acababa de salirles, una operación antidroga en el puerto que iba a reventarse esa misma tarde y para la que les habían pedido ayuda los de la unidad fiscal. Debo confesar que me aliviaba que otras tareas los reclamaran, permitiéndome a mí ir más a mi aire. De todas formas, Cantero no dejó de recordarme que estaba al quite:

—No hace falta que te lo diga, Vila, si necesitas más gente, no tienes más que pedírmela. Para clasificar la información, pedir datos, hacer seguimientos o controles, lo que sea. Sin cortarte, que aunque esta tarde tengamos zafarrancho, siempre podemos hacer un esfuerzo.

—De momento me apaño, mi capitán —le aseguré.

—Vale, sólo quiero ayudar, no dar por saco. Que quede claro.

—Lo tengo claro, mi capitán.

Para no hacer frente a Meritxell Palau un despliegue demasiado aparatoso, y también para ir progresando en todas las líneas, decidí ir a verla yo solo con Juárez y que Chamorro se quedara en la comandancia analizando los datos de la agenda y del cuaderno de Neus y los ficheros de su ordenador. Era consciente del volumen ingente de información que eso suponía, pero también de la agudeza de mi compañera, así que no me privé de plantearle un desafío ambicioso:

—Esta noche quiero que me propongas algo sobre la base de lo que encuentres ahí. Algo que nos sirva para pedir mañana mismo diligencias al juzgado, aparte de la que ya debes ir solicitando esta misma tarde, la intervención de todas sus cuentas de correo.

Chamorro me observó con desconfianza.

—¿Me pones a prueba?

—Por supuesto. Como lo estoy yo, y éste, y el otro, todos los días. La vida es así de chunga, Virgi. Esta noche tengo que llamar a Pereira y no quiero balbucear al aparato mientras le digo que todo lo que puedo contarle es que creo haber visto al tipo y que se nos escapó.

—Bien, pues haré lo que pueda —repuso, con una expresión abstraída que denotaba que su mente ya estaba trabajando en cómo organizarse. Por detalles como aquél me inspiraba una irresistible ternura.

A las tres y veinticinco, antes de que pudiera echarlo en falta, apareció en el cubil del equipo de investigación el guardia Gil. Traía una carpeta que me exhibió con gesto ufano, mientras anunciaba:

—Aquí lo tengo. Dos tomas, frontal y semiperfil. Te los he impreso en un formato que parece Victor Mature en una peli de Cinemascope.

—¿Víctor qué? —preguntó Tena.

—Victor Mature —repitió Gil—. ¿No sabes quién es? Dios, pero qué incultas sois las nuevas generaciones.

—Tampoco te pierdes nada, Tena, era un actor muy malo —dije, mientras examinaba las fotos—. Y éste se le parece como yo a Brad Pitt.

—Me refería a lo suntuoso de la imagen, no a la jeta —aclaró Gil.

—Desde luego es un buen trabajo, te felicito.

—Tiene cara de hijoputa cobarde y de matamujeres, ¿eh, mi sargento? —opinó Gil—. A mí me da que va a ser el que buscamos.

La apreciación del guardia podía parecer gratuita, pero a su manera no dejaba de constatar algo objetivo. Aquel tipo mostraba un gesto inseguro, huidizo, turbio. En una de las fotografías aparecía despistado, ausente. En la otra, en la que notoriamente había percibido la presencia de la cámara, se le veía como un pecador cogido en falta.

—Por desgracia, tendremos que buscar alguna otra prueba, con lo que nos parezca la cara que tiene no nos va a valer —observé—. Y de momento lo que urge es enseñársela al único que puede decirnos si vamos encaminados o si estamos dejándonos llevar por espejismos.

—¿Llamo a mi capitán? —se ofreció Rubio.

—Por favor —respondí—. Que Gil te pase el fichero de estas fotos, se las mandas por correo electrónico y que se las impriman allí en la mejor calidad posible. Si están libres, pídele a tu jefe que mande a la gasolinera a los mismos que localizaron a Radoveanu, para que el hombre no se desconcierte y esté relajado a la hora de mirar el material.

—Déjalo de mi cuenta.

Y así lo hice, convencido de que en sus manos la gestión estaba igual o mejor que en las mías. Eché un último vistazo al equipo, que ofrecía una imagen de irreprochable laboriosidad, y le dije a Juárez:

—Coge todas tus cosas. Después de entrevistarnos con Meritxell te llevo directo al aeropuerto, a ver si llegas a ver a tu niña.

Juárez me miró con gratitud. No me la debía. Por no haberlo podido hacer demasiadas noches, sabía bien lo que valía poner en la cama a tu hijo y verlo resbalar dulcemente por la pendiente del sueño.

La oficina de la productora estaba en un inmueble reformado del Ensanche barcelonés. Era una de esas calles atildadas, con tiendas de esmerado diseño y pulcras cafeterías y reposterías en los bajos. Al ver aquellos locales, me resultaba inevitable acordarme de sus desastrados homólogos madrileños. En Madrid, por regla general, uno puede elegir para tomarse un café entre el bar cutre y la cafetería rancia; ni se conoce ni se aprecia demasiado esa sensación de limpieza y confort peculiar de la hostelería barcelonesa. Muchas veces, durante mis años de servicio en la ciudad, me había metido en una de aquellas cafeterías por el solo gusto de respirar la atmósfera aséptica y suavemente impregnada del aroma de los pasteles y la bollería. En un establecimiento así, pensé, debía de desayunar cada día Meritxell Palau, y no tenía ninguna duda de que allí se sentiría por completo en su elemento.

Las dependencias de la productora estaban decoradas con el previsible alarde minimalista, y las paredes pintadas en colores claros que de vez en cuando rompía algún cartel de tonos calculadamente estridentes. En la recepción había una chica muy joven y muy alta, tanto que se percibía que lo era aun instalada en el asiento. Tenía puesto un auricular con micrófono y estaba atendiendo una llamada cuando llegamos. Nos hizo seña de que aguardáramos, un poco displicente.

—*Bona tarda* —dijo, con cara de fastidio, cuando cortó la comunicación.

—El sargento Vila, de la Guardia Civil —me identifiqué, exhibiéndole al mismo tiempo la placa—. Tengo una cita concertada con la señora Meritxell Palau. ¿Sería usted tan amable de avisarla?

—*Un moment, si us plau* —pidió, con gesto receloso.

Mientras la recepcionista hacía la llamada, Juárez me señaló sin demasiado disimulo el ordenador que se veía sobre su mesa.

—Aquí tienen Mac, no PC —observó—. Veremos qué usaba la jefa.

—¿Supone eso un problema? —pregunté.

—No. Traigo abrelatas para todo.

Al minuto escaso apareció Meritxell Palau. Me tendió una mano fría y algo trémula y se quedó observando a Juárez, descolocada.

—El sargento Juárez —se lo presenté—. Es uno de nuestros expertos informáticos. Traemos una orden judicial para acceder al ordenador de la señora Barutell. Si le puede indicar dónde está, él se pone con su trabajo y mientras tanto vamos hablando usted y yo.

—Perdone —balbuceó Meritxell—, no entiendo, una orden para...

—Examinar el ordenador de la difunta. Es una rutina. Principalmente —le expliqué— tratamos de ver qué comunicaciones estableció, y con quiénes, en los días previos a su muerte. Los tiempos han cambiado, ahora ya no se habla sólo por teléfono, y nos toca ponernos al día.

—Es que, no sé, tal vez debería consultar...

Le tendí la autorización judicial. Meritxell la leyó y la releyó, aunque no me dio la sensación de que entendiera lo que allí ponía. Creí que debía echarle una mano, y lo hice, admito, como mejor me convino.

—Consulte con su abogado, si tienen uno. Pero lo que le dirá se lo puedo adelantar yo. Desatender el requerimiento que contiene ese papel puede considerarse resistencia a la autoridad y desobediencia.

Meritxell había palidecido y tragaba saliva. La recepcionista ponía cara de haber aterrizado en una película de la que no entendía en absoluto el guión ni el papel que le tocaba representar en ella (lo que, dicho sea de paso, la equiparaba a alguna que otra presunta actriz profesional). Por la simpatía que me inspiraba Meritxell (la recepcionista me era indiferente) me sentí inclinado a ser algo menos brusco.

—Disculpe, no pretendía intimidarla —le aclaré—. Necesitamos esa información y es nuestro deber recabarla con todos los medios legales a nuestra disposición. Por lo demás, no debe inquietarse. Mi compañero sacará copia solamente de los ficheros que puedan servirnos a efectos policiales y sin causarle el menor desperfecto a la máquina.

—Se lo garantizo —aseveró Juárez.

Meritxell aún se mantuvo dubitativa. La miré fijamente, para impedirle hacer el movimiento que por nada del mundo deseaba que se le pasara por la imaginación: llamar a Gabriel Altavella. No sé si llegó a pensarlo o no, si razonó que ayudarnos a dar con el asesino era lo que le debía a su jefa por encima de cualquier otra consideración o si tan sólo le faltaron fuerzas para oponerse. Al fin se rindió:

—Está bien, supongo que... Bueno, les llevo a su despacho.

El despacho de Neus era enorme, no menos de ochenta metros cuadrados repartidos en varios espacios. En las estanterías había libros, cintas de vídeo, colecciones de deuvedés, y multitud de fotos en las que normalmente aparecía la propia Neus junto a alguna figura célebre. De las paredes colgaban varios cuadros originales, incluido uno de no excesivo gusto que retrataba a una mujer que se le parecía. Tenía junto a la mesa de reuniones un cartel que desentonaba con el resto de la decoración: el de la película *Blade Runner*. Debía de gustarle mucho aquel filme, porque el cartel en sí no resultaba muy logrado.

Sobre la inmensa mesa de trabajo, que tenía forma de óvalo muy alargado y estaba sostenida por unas patas tan escuetas que el tablero parecía suspendido en el aire, se veía un teclado inalámbrico y un elegante monitor extraplano. Dónde se hallara el ordenador en sí, a primera vista parecía un misterio insoluble. Pero Juárez observó el terreno y lo acabó encontrando, disimulado en un mueble auxiliar.

—Es un PC —dijo—. Pues nada, a repetir la jugada de esta mañana. Si todo va bien, con una horita tengo más que suficiente.

—¿Dónde prefiere que hablemos? —le pregunté a Meritxell.

—Podemos ir a mi despacho. Aquí al lado.

Mientras salíamos, vi cómo echaba una ojeada recelosa a Juárez.

—Tranquila, es un buen profesional. Lo dejará todo como lo encontró.

—No lo dudo —repuso—. Sólo es que... Comprenderá que esté incómoda y nerviosa, y que no sepa... Ha sido tan repentino, y resulta tan triste y desagradable todo lo que trae consigo una cosa así...

—La comprendo, y le prometo que nosotros no la incordiaremos más de lo que haga falta. Sé de sobra que después de la conmoción inicial queda lo más difícil, recuperar la rutina diaria, reajustar la vida.

—Pues sí. Nada menos.

—¿Me permite una pregunta personal?

Estábamos ya en su despacho, mucho más modesto que el de Neus, impoluto como no podía ser menos, y no exento de coquetería en la elección y disposición del mobiliario. Tenía varias plantas cuyo aspecto rozagante denotaba que recibían un cuidado óptimo. Meritxell me indicó una silla, se sentó sin apresurarse en la suya y dijo:

—Me temo que debo permitírsela.

—No, no me responda si no quiere. No tiene que ver con la investigación. Sólo me preguntaba si sabe qué va a hacer ahora. Me refiero a su trabajo. Si no entendí mal, estaba muy vinculado al de Neus.

Meritxell tomó aire y desvió la mirada hacia la ventana.

—Sí, es el inconveniente de un puesto así. Durante cinco años ha sido estupendo, aunque he tenido que trabajar duro. Con ella una aprendía muchísimo, y tenía acceso a sitios que, en otro trabajo, ni habría podido soñar. Pero ser ayudante personal de alguien te hace demasiado dependiente, y si tienes la desgracia de perder la confianza de esa persona o, como ha sucedido aquí... En fin, no me voy a quedar en el paro. Los demás socios de la productora y los herederos de la señora Barutell me han garantizado que tendrán un lugar para mí mientras yo quiera. Pero, por otra parte, desaparecida Neus, la propia productora ha perdido su principal puntal de actividad, aunque gestione otros programas. No sé, supongo que ahora me toca meditar a fondo.

—Los herederos, dice usted. ¿Quiénes son?

Me miró como si la pregunta hiciera dudar de mi inteligencia.

—Sus padres, y el señor Altavella. A los efectos, el señor Altavella, porque sus padres son ya mayores y no van a meterse en un negocio como éste. Bueno, ya le digo, suponiendo que lo siga siendo después de perder a quien le aseguraba el grueso de la facturación.

—Espero que sí —dije, de manera mecánica, y cuando me oí no pude evitar resultarme un poco estúpido.

—Pues usted me dirá —se ofreció Meritxell—. Para mí ésta es la primera vez que tengo que testificar en relación con un crimen.

—No le voy a pedir que testifique, ahora. Tan sólo que se relaje y responda con la mayor tranquilidad posible. No estoy tomando notas, no voy a levantar un acta, no va a tener que firmar nada.

—Eso es un alivio, se lo confieso.

—¿Ha pensado en lo que le pregunté anteayer?

—¿En qué, de todo?

La experiencia me ha enseñado que las cuestiones embarazosas es mejor enunciarlas con determinación y de la forma más directa posible. A cambio de un pequeño esfuerzo, se ahorra mucha saliva.

—En quién podría estar manteniendo una relación sentimental con Neus en la fecha de su fallecimiento. Aparte del señor Altavella.

Meritxell no se ruborizó esta vez. Pero tampoco encajó la pregunta con la seguridad de que parecía haberse provisto desde que estábamos en su despacho. Volvió a zozobrar, en el fondo y la forma:

—Pues... Pues claro, cómo no. No he pensado, en realidad, en otra cosa desde hace dos días. Si quien le hizo eso fue... No quiero ni imaginar que el asesino pudiera ser alguien a quien yo conozca.

—Señora Palau, debo ser muy concreto en este punto. ¿Puede decirme el nombre de alguien de quien piense con fundamento que mantenía o mantuvo relaciones con la víctima, aparte de su marido?

Ahora sí que lo estaba pasando mal, Meritxell.

—Pues —inspiró a fondo—, puedo darle tres nombres de personas con quienes me quepa sospechar que Neus tuvo algún asunto en los cinco años que estuve con ella. Lo que no puedo, sinceramente, es asegurarle que ninguno de esos asuntos continuara en el momento actual.

—Me interesan, de todos modos.

La ayudante de Neus seguía dudando.

—No soy una de esas cotorras que van a largar intimidades ajenas a los *talk-shows*, Meritxell. Le aseguro que aparte de policía en el ejercicio del cargo soy una persona seria que no juega con estas cosas.

—Está bien —se decidió finalmente—. Le daré los nombres. Carles Andrade, Francesc Torrent-Sunyer y Josep Albert Salvany. ¿Necesita que le diga además quiénes son, dónde están y qué hacen?

Pasado el trago, Meritxell había recuperado las fuerzas y hasta podría decirse que en el brillo de sus ojos y el metal de su voz asomaba algo próximo a la rabia. Yo no necesitaba que me contara quién era Francesc Torrent-Sunyer, porque aun siendo un ignorante enciclopédico en materia arquitectónica, no tenía más remedio que estar enterado de su obra y del prestigio de que gozaba en el ramo a escala mundial. Tampoco me era del todo ajeno el nombre de Carles Andrade, aunque le había perdido la pista en los últimos años. Lo había conocido en tiempos como periodista y locutor de la televisión catalana, y vagamente creía recordar que después se había pasado a la producción. De quién fuera el tal Josep Albert Salvany no tenía la más remota idea, aunque mi instinto de sabueso baqueteado en mil pesquisas me permitió suponer que también se trataba de *alguien*.

—Me falla ese Salvany. Y de Andrade, la verdad, hace mucho tiempo que no sabía. Yo me quedé en cuando presentaba aquella cosa...

—Sí, mejor no mencionar el nombre del programa —dijo Meritxell—. Cuando se lo quitaron por baja audiencia, en vez de deprimirse como algunos, se pasó al otro lado de la cámara, y le fue bien. Es uno de los socios de esta productora, pero además tiene la suya propia.

—Ajá.

—En cuanto a Josep Albert Salvany, se nota que usted no vive aquí. En Cataluña lo conocen hasta los perros.

Es la estrella indiscutible de una de las telecomedias de moda desde hace un par de años.

—Vaya.

—¿Va a juzgarla por eso?

Lo que parecía evidente era que Meritxell sí iba a juzgarme a mí, por lo que respondiera y por el significado que acabara dándole a la exclamación que se me había escapado. Traté de enmendarlo, a fin de cuentas tenía alguna ventaja sobre ella en aquel trance:

—Llevo quince años conviviendo con gente muy rara, señora Palau. Gente que envenena a un anciano molesto, abusa de una niña antes de matarla o trocea con un cuchillo de cocina el cuerpo de un hombre. No voy a juzgar a nadie por dónde y cómo se hacía querer.

—No me queda más remedio que creerle. O hacer como que le creo.

También sabía ser sarcástica, Meritxell. Debía haberlo previsto: Neus nunca se habría buscado a una idiota como ayudante.

—Un pequeño detalle, y no lo fisgo por capricho. ¿En qué fechas ocurrieron, si es que puede decírmelo, todas esas historias?

—Torrent-Sunyer, el primero. Hará cuatro años que dejaron de tener relaciones, que yo sepa. Andrade, el segundo, hará cosa de dos o tres años, y fue algo más bien breve. Salvany, el año pasado. Es el que le dio más fuerte, si le interesa el detalle, y el que más la hizo sufrir.

—¿El que más la hizo sufrir?

—Sí, entiéndame. Con el que peor llevó dejar de verse. Durante un par de meses estuvo hecha polvo. Aunque nadie lo advirtiera en pantalla. Pero conmigo le resultaba más difícil ocultarlo, por más que nunca me hablara de ello, de ninguno de sus asuntos sentimentales.

—¿Y cómo lo supo, entonces?

—Por cuánto, cuándo y cómo les llamaba. Y ellos a ella. Por cuánto, cuándo y cómo los veía. Y por la forma de iluminársele y apagársele la cara en función de si había estado con ellos o no. Si se está atento, las personas, incluso las más reservadas, dejan ver muchas cosas.

Ya desde el principio Meritxell me había parecido un buen testigo, por la cuenta que me trae tengo olfato para eso, pero en aquella conversación debo reconocer que me estaba impresionando. Es una ligereza permitir que el aspecto de una persona, o los signos exteriores de su comportamiento, nos conduzcan a resumirla en una caricatura. Si en algún momento había cometido ese error, iba a cuidarme mucho de prolongarlo en lo sucesivo. Meritxell podía aportarnos mucho.

—En función de esos indicios —recapitulé—, ¿estaría en condiciones de afirmar que ninguna de esas relaciones continuaba a la fecha?

—No. Estaría en condiciones de suponerlo con gran probabilidad.

—Y no está, en cambio, en condiciones de sugerir o intuir, o llámelo como quiera, que pudiera Neus tener algo con otro hombre...

—Lo ha entendido perfectamente.

Asentí en silencio. Había llegado el instante del golpe de efecto. Abrí la carpeta que llevaba conmigo y puse despacio las dos fotografías del individuo del cementerio sobre la mesa de Meritxell.

—¿Conoce de algo a esta persona? —pregunté.

Meritxell, tras la sorpresa inicial, se aplicó con meticulosidad a examinar el rostro que sometía a su escrutinio. Observó primero una fotografía, luego la otra, sin tocarlas en ningún momento. Dejó transcurrir todavía unos segundos antes de responder, muy segura:

—Salvo que me engañe mucho la memoria, no lo he visto en mi vida.

—¿Está segura? —le insistí.

—Del todo. ¿Quién es?

Sopesé si debía darle la información. Pero hice una apuesta, a veces hay que arriesgarse: la de que Meritxell no tenía nada que ver con el crimen ni tampoco iba a hablar con quien lo hubiera cometido.

—Es alguien que estaba en el cementerio esta mañana. Y que se parece a la descripción que tenemos del hombre con el que vieron llegar a Neus a una gasolinera cercana a la casa donde apareció muerta.

Meritxell sopesó visiblemente la trascendencia de lo que acababa de decirle. No sé si al percibirla simpatizó más conmigo, pero el hecho es que sin necesidad de preguntarle se tomó la molestia de ilustrarme sobre algo que debió de suponer que iba a serme de ayuda:

—Andrade y Torrent-Sunyer son bastante mayores que ese chico, como me imagino que sabe. Y Salvany tiene la misma edad y también es moreno, pero yo diría que más guapo y más corpulento.

—Tomo nota de ello. Gracias.

—No sé —pensó en voz alta—. Lo que acaba de decir me deja de piedra. No habría imaginado que... En todo caso, si es que tenía una relación con otra persona, no debían de llevar mucho.

—¿No la vio usted rara, en los últimos días?

—No. Bueno, si me apura, admito que no se la veía muy contenta, y también le diría que estaba algo estresada, pero no de forma diferente de como lo estaba con el trabajo muchas veces. Teníamos entre manos algunos proyectos que nos estaban dando mucha tarea.

—¿Como cuáles?

—En los últimos meses, Neus se había interesado mucho por historias fuertes, protagonizadas por gente anónima. Hicimos una sobre barrios marginales, otra sobre residencias de ancianos, otra sobre el mundo de la prostitución barcelonesa... Eran historias bien bonitas, desde el punto de vista periodístico, pero muy problemáticas. Nos obligaban a trabajar mucho y en circunstancias más difíciles de lo habitual, y después de ponerlas le llegaban mensajes de la dirección de la cadena de que no siguiera por ahí, que eso no encajaba en el perfil de la audiencia del programa, que esperaba algo más amable y más frívolo... En fin, a ella se la llevaban los demonios, se peleaba con ellos, y lo peor es que los datos de audiencia venían a darles la razón a los ejecutivos de la televisión. Algo que Neus llevaba fatal, porque era muy orgullosa.

—¿Cree que con alguno de esos reportajes pudo buscarse enemigos? ¿Alguien que quisiera hacerle mal? ¿Recibió alguna amenaza?

—Pues no, que yo sepa. Y tampoco veo por qué nadie iba a tener necesidad de amenazarla. Los montábamos de manera que todas las identidades quedaran disimuladas, no se trataba de denunciar hechos particulares, sino de dar una visión general de los problemas.

—¿Andaban con alguna otra historia de ésas ahora mismo?

—A medias. Ella quería hacer una secuela del reportaje de la prostitución, en el que vimos de refilón conexiones con el tráfico ilegal de mujeres y menores y de pornografía por Internet. Pero no estaba decidido, en tanto no se viera en qué quedaba su pulso con los de la cadena.

Pensé, era inevitable, que allí tenía de pronto otra veta criminógena que sumar para la investigación. No estaba mal. Un marido burlado que de facto iba a heredar sus negocios, relaciones secretas con jóvenes misteriosos y la manía de meter la nariz en sitios inadecuados. A Neus no le faltaba ni uno de los boletos que típicamente podían exponerla a un final violento. Fingiendo a duras penas energía, dije:

—Me gustaría tener una copia de ese reportaje, y una lista de los sitios a donde fueron y las personas a las que vieron para hacerlo.

Capítulo 8

FINS AL PONENT

El sargento Juárez se las arregló para tener liquidada su tarea cuando yo concluí mi entrevista con Meritxell Palau. En el momento en que ella y yo volvimos al despacho de Neus Barutell mi colega estaba anotando algo con rotulador indeleble sobre la superficie de un cedé.

—Hecho, Vila —me informó, al vernos—. También he precintado la CPU —explicó, dirigiéndose esta vez a Meritxell—. Cuiden de que nadie hurgue en ella. Si necesitan alguna información de la que contiene pueden sacarla de esta copia del disco que les he hecho.

Meritxell tomó aprensivamente los tres cedés que Juárez le tendía.

—Gracias —murmuró, desorientada.

—De nada. Para servir estamos —repuso Juárez.

Meritxell nos acompañó hasta la puerta. Allí seguía la recepcionista, hablando para el pinganillo que salía de sus auriculares con ese gesto un poco anómalo y ausente que se les pone a los usuarios de semejante adminículo comunicador. Al vernos, adoptó una expresión suspicaz con la que nos examinó de arriba abajo. Estuve a punto de preguntarle si aprobaba los diseños de la colección primavera-verano de Carrefour del año anterior, que eran los que componían mi indumentaria. Yo los encontraba resultones, para los euros que me habían costado.

—Gracias por todo —le dije a Meritxell.

—De nada —respondió—. ¿Con esto se ha acabado?

—Me temo que no. Es posible que tengamos algunas preguntas más, cuando me facilite la información que le he pedido. Tampoco excluya que la citen del juzgado para nuevas diligencias. Y luego, si algún día conseguimos detener a alguien, que confío en que sí, vendrá el juicio y volveremos a molestarla, lamento tener que anunciárselo.

Meritxell suspiró levemente. Se la veía mucho más relajada.

—Qué se le va a hacer. Una supone que estas cosas siempre les suceden a los demás, pero ya que estamos, habrá que llevarlo con el mejor talante y aprender lo que se pueda. ¿No le parece?

—Comprendería que tuviera una actitud menos constructiva —admití—. A veces uno llega a pensar que el sistema judicial sabe ser bastante más encarnizado con los inocentes que con los culpables.

—¿Eso quiere decir que estoy descartada como sospechosa? —bromeó.

—Si le tranquiliza saberlo, prácticamente —secundé su broma.

—Me tranquiliza y me decepciona, en las películas siempre resulta mucho más deslumbrante el papel de mujer misteriosa y fatal.

Estuve a punto de decir que si le apetecía podíamos detenerla y meterla una noche en el calabozo, para que saboreara la sensación, pero consideré que podía ser malinterpretado, y no acababa de entender por qué aquella mujer, que me había parecido algo adusta al conocerla, se mostraba ahora casi socarrona. Lo atribuí a los nervios que le afloraban una vez pasado el trago del interrogatorio, aunque bien pude equivocarme. De las mujeres apenas he logrado saber lo indispensable.

—Me temo que ese papel no está disponible en esta

película —dije—, así que no se lo tome como algo personal. Estamos en contacto.

Ya en la calle, Juárez resumió a su manera la gestión:

—Te la has ligado, Vila. ¿Qué les das?

—Las escucho, me intereso por sus problemas, no les miro todo el rato entre las tetas, de vez en cuando les busco los ojos y procuro conducirme con la dosis justa de cortesía y sentido del humor.

—¿Me lo repites para que tome nota? Eres un crack.

—No, tío: soy feo, no soy alto, tengo bastante mal concepto de mí mismo como persona y me he pegado muchas costaladas. La suma de todos esos factores me ha enseñado a ser prudente y respetuoso. No te garantiza el éxito, pero te protege razonablemente del fracaso.

Juárez meneó la cabeza.

—¿Sabes? Siempre que tengo ocasión de hablar un poco contigo me hago la misma pregunta. ¿Qué coño hace éste aquí?

—Si tienes alguna sugerencia sobre dónde podrían pagarme diez mil euros al mes por rascarme la barriga, te prometo que consideraría seriamente la posibilidad de renunciar a mi actual puesto.

—Diez mil euros no sé, pero... Mira, mi cuñada es psicóloga, y también una pavisosa, dicho sea sin acritud y con el respeto debido a la familia política, y la tía curra en lo suyo y no gana mal. No me cuadra cómo un tío con tu coco estaba en el paro y ella encontró empleo.

—A lo mejor ella tenía contactos. Pero tampoco me sobrevalores. Lo que pasa es que ya soy perro viejo y he aprendido a dar el pego. Me sacaron el cociente intelectual de chico y no impresionó a nadie.

—Lo que sí me parece es que lo tendrías a huevo para meterte en la escala facultativa del Cuerpo. Dime tú a mí dónde iban a encontrar a alguien mejor, psicólogo titulado y con tu experiencia policial.

No era la primera vez que me ponían esa zanahoria delante del hocico. El último que me había sugerido presentarme a las pruebas para hacer valer mi título dentro de la empresa había sido nada menos que mi comandante. En un inaudito rapto de generosidad, y asumiendo que como jefe perdería a un investigador valioso, me había animado a probar porque como amigo, cito literalmente, entendía que podía convenirme y no se quedaba tranquilo si no me lo comentaba. Y sí, no negaré que el puñadillo de billetes suplementario era un aliciente, para alguien a dos velas como yo, pero tenía mis objeciones.

—Tendría que pasar un examen —le expliqué a Juárez—, y los exámenes me parecen una experiencia vejatoria incompatible con mi edad y mi carácter. Pero eso no es lo peor. Lo peor es que una vez que lo aprobara me dedicaría a hacerles tests americanos a los tarados con que se fueran encontrando mis compañeros y luego aplicaría la plantilla del test correspondiente para sacar el nivel de rasgos paranoides, narcisistas o esquizoides que presenta el sujeto, como si eso sirviera para algo. Prefiero sentarme delante del tarado, enfrentarlo a las pruebas que haya podido reunir y hacerle confesar o incriminarlo con ellas. Y luego que otros juzguen si el contenido de su cacerola es estándar o se desvía lo bastante de las medias como para perdonarle que hiciera lo que hizo y mandarlo a pudrirse en un psiquiátrico en lugar de una cárcel. Total, ya sé que remedio no le van a dar ni en un sitio ni en otro.

Juárez me miró con detenimiento, y acaso un punto de piedad.

—Crudo te veo, compañero.

—No te preocupes, es sólo la mala leche por ir acumulando pistas y tener cada vez menos claro dónde está la fetén. Si ahora, cuando vuelva, Chamorro ha encontrado algo o Rubio me dice que el rumano de la gasolinera ha identificado al tipo, me pondré como unas castañuelas. Soy así de simple, lo reconozco. Pero tú tienes algo más importante que hacer que preocuparte de mi estado de ánimo. Vamos al aeropuerto, que te vas a meter ya en la hora punta del puente aéreo.

En lo que por lo pronto nos metimos fue en la hora punta del tráfico. Una experiencia que, de no haber sido porque cada minuto que transcurría disminuían las posibilidades de Juárez de darle satisfacción a su heredera, no me habría resultado demasiado desagradable. No soporto la hora punta de Madrid, que apenas tiene ya ningún aspecto novedoso que enseñarme, y que merced a la fiebre zapadora de sus sucesivos alcaldes se ha convertido en la sucursal del infierno más frecuentada por mis pobres conciudadanos. Sin embargo, me gusta ver el ajetreo de la gente en la hora punta de las ciudades donde no vivo. Me interesa el de las pequeñas capitales de provincia, donde a lo sumo uno se ve atrapado en atascos de quince minutos que a los autóctonos se les hacen una enormidad. Y me resulta estimulante el de otras grandes urbes, cada una de ellas un universo comparable a mi ciudad, con millones de vidas y miles de formas de vivirlas confluyendo en las arterias por las que circula el flujo motorizado de la población. Cuando me pilla una de ésas fuera de Madrid, miro a la gente de los otros coches y trato de imaginarme de dónde vienen y adónde van. Cómo es su oficina o su tajo, ese lugar donde pasan tantas horas; cómo son sus compañeros, subordinados o jefes y las relaciones entre todos ellos, sazonadas por la camaradería, el resentimiento o simplemente la rutina. Me figuro, también, cómo es el hogar al que se dirigen y quién les espera allí: una mujer o un marido, unos niños, unos ancianos, o todo a la vez. Juego a adivinarlo mirando las caras, buceando en los gestos. A veces pongo la radio y trato de averiguar, por cómo reaccionan, quiénes van oyendo el mismo programa que yo he escogido. Sé que a la mayoría de los intelectuales elevados, y también a muchos de los que no lo son, esto de indagar en los afanes diariamente repetidos de las personas corrientes les importa un pimiento. Pero qué le voy a hacer, a mí llega a fascinarme, como una especie de juego malsano. También en aquella ciudad donde, al cabo de los años, me encontraba con una cotidianidad a medio camino, ni del todo ajena ni tampoco propia. Encendí la radio y sintonicé una emisora catalana de gran audiencia.

—No jodas. ¿Lo vas a dejar ahí? —dijo Juárez.

—Inmersión lingüística. Voy a tener que convivir con ellos un tiempo.

—Eso sí es tomarse en serio el servicio. Vaya tío sufrido que eres.

—No sufro. Me gusta oírlos. Me trae recuerdos. He vivido aquí.

—¿Que te gusta, dices? ¿El catalán?

—Cada lengua tiene su punto, si se le busca.

—Pues se ve que yo no sé cómo buscárselo a ésta.

—Como a cualquiera. Prueba con las canciones y la poesía.

Juárez me observó más bien estupefacto.

—¿Estás de coña?

—En absoluto —contesté—. A mí me sirvió mucho, cuando vivía aquí. Empecé por los cantautores y de ahí pasé a los poetas. Los tienen interesantes. ¿No has leído nunca nada de Espriu, por ejemplo?

—Tendrían que apuntarme con una pistola a la sien —declaró, con loable franqueza—. Leer yo poesía, y en catalán, nada menos.

—Bueno, admito que no es la alegría de la huerta, pero hace pensar, que nunca sobra. Y suena bien. Mira, tiene unos versos que se me quedaron grabados, porque vienen muy a cuento, en las circunstancias que normalmente nos ocupan. A ver si los recuerdo... *No deixis res / per caminar i mirar fins al ponent. / Car tot en un moment / et serà pres.*

—¿Qué?

—Vamos, hombre, no es tan difícil. *No dejes nada por caminar y mirar, hasta el poniente. Porque todo en un momento te lo quitarán.*

—Muy alentador. ¿Y te sabes muchos poemas de memoria?

—Ése y un par más, sólo.

—Tío, eres raro. Definitivamente.

Por un momento me avergoncé de mi exhibición. No oculto que me complacía desconcertar a mi compañero (a quién no le gusta resultar inesperado y sorprendente a sus semejantes), pero de pronto me pareció que estaba llevando el juego más lejos de lo conveniente.

—Tampoco tanto —dije—. Sólo he aprendido tres o cuatro trucos, para deslumbrar al personal. Ya sabes que en este negocio nuestro nunca está de más darles a los clientes la sensación de que no te ven venir.

Juárez me sopesó con desconfianza.

—No sé yo. No serás un infiltrado, ¿eh?

—Si lo soy, será sin yo saberlo —aseguré.

—Todo cabe en este mundo —ironizó—. Mira los ordenadores esclavos. Gente que funciona sin darse cuenta como nodo distribuidor de material ilegal porque un listo se le ha metido en la máquina y la ha puesto a trabajar para él. Ya no puedes fiarte ni de ti mismo.

—También es verdad —asentí—. O de ti mismo menos que de nadie.

—Ya te digo.

Dejé a Juárez en la terminal, ni muy pronto ni demasiado tarde, y me dispuse a soportar con paciencia el tráfico que me quedaba aún por enfrentar, Llobregat arriba, para regresar a la comandancia.

En la soledad del vehículo comencé, de manera automática, a hacer examen de conciencia. Pero en seguida interrumpí el ejercicio. Por fortuna, los habitantes de los países desarrollados disponemos de un recurso siempre a mano para salvarnos de los peligros del silencio y la introspección: el teléfono móvil. Tomé el aparato y pensé en las llamadas que debía hacer. Siempre hay alguien a quien debes o puedes llamar; los seres preclaros que años atrás tuvieron esa visión y decidieron invertir su dinero en telefonía celular han visto justamente multiplicado su patrimonio, y los imbéciles que nos resistíamos al invento nos vemos merecidamente humillados llevando encima el cacharro, sintiéndonos una y otra vez obligados a usarlo y enriqueciendo cada día un poco más a esos adelantados del futuro. Los seres superiores siempre prosperan a costa de los deficientes, es la dura ley de la vida y del progreso. Y a los deficientes no nos queda otra que acatarla.

Que recordara, en aquel momento, debía llamar sin demora a dos personas. Resolví empezar por lo más sencillo, que es la técnica errónea que preferimos los gandules, y más a la caída de la tarde.

—Dígame —tronó el subteniente Robles al otro lado de la línea.

—Robles, soy yo, Vila.

—Ah, hombre, qué tal. Ya me han dicho que se te escapó el malo.

—Vaya, veo que nadie pierde ocasión de publicar una noticia aciaga. Pero tus fuentes no son muy fiables. Perdimos de vista a un tipo que se parecía a alguien que aún es pronto para decir que sea el malo.

—Bueno, bueno, no te piques. Que todos la hemos cagado alguna vez.

—Oye, ¿quieres seguir metiéndome el dedo en el ojo esta noche, pero con mesa y mantel de por medio?

—Si es en el ojo, ningún problema. Pido permiso a mi señora, pero creo que me dejará. Hoy no tenemos nietas y en la tele le dan la eliminatoria de uno de esos programas de merluzos encerrados que están siempre pegándose el lote debajo del edredón. Es una adicta.

—Me alegro de que puedas. Quiero que me pongas al día de unas cuantas cosas. Es posible que esto se nos complique un poco.

—¿Tienes algo?

—No sé. A lo peor no. Luego te cuento.

—Vale. Te confirmo en media hora.

—Espero ansioso. A tus órdenes.

Después de colgarle a Robles, hice un esfuerzo y marqué sin pensar el otro número. Mientras sonaba el tono de llamada (por un instante había temido encontrarme con el buzón) traté de aguzar mi ingenio.

—Sí. —La voz sonó seca como un chasquido.

—Señor Altavella, soy el sargento Vila, de la Guardia Civil. Espero no interrumpirle en un momento inconveniente.

Hubo un silencio. Pudo prolongarse durante dos o tres segundos, pero fue bastante inhóspito, porque ambos sabíamos que el otro estaba pensando y podíamos inferir que el pensamiento no era cordial.

—No me interrumpe —dijo al fin—. En realidad no estaba haciendo nada, ahora mismo. Aunque eso tampoco quiere decir que el momento sea conveniente. Espero que me disculpe que le sea sincero.

—Puedo llamarle luego, si lo prefiere.

—No, no lo prefiero. Dígame.

—Necesito hablar en persona y despacio con usted. Ya se lo imagina.

—Sí, me lo imagino. ¿Han averiguado algo?

—Tenemos pistas. Nada definitivo por ahora. Pero han ido surgiendo informaciones que nos gustaría contrastar. Aparte de preguntarle por otra serie de asuntos relacionados con su esposa.

—Eso parece poco apetecible. Pero es mi cáliz, lo acepto. ¿Le viene bien mañana por la mañana, en mi casa? ¿O tengo que ir yo a alguna de sus dependencias con una muda y cepillo de dientes?

—Vamos a su casa, si quiere. No se trata de aumentar sus penalidades, sino de disminuirlas en todo lo que nos sea posible.

—Gracias, eso es muy considerado por su parte. ¿Madruga usted?

—Si hace falta, desde luego.

—Les invito a desayunar, a las ocho. Yo suelo levantarme muy temprano y es la hora a la que estoy más fresco. Apunte la dirección.

Me dictó las señas, a la velocidad adecuada para que

pudiera anotarlas sin atropellarme. Cuando quería, Gabriel Altavella podía ponerse en el lugar de otro. Me sorprendió, pero quizá no debía resultarme una habilidad extraña en él. A fin de cuentas, se supone que en eso consiste el oficio de quienes crean personajes y cuentan historias: en adoptar puntos de vista ajenos, en meterse en el pellejo de los demás.

Reconozco que después de colgar experimenté una sensación de alivio, y que observé la caravana de vehículos que tenía ante mí con una sonrisa tontorrona. Hay asuntos que se le quedan a uno chapoteando en esos puñeteros planos abisales del inconsciente y envenenándole la sangre de un modo borroso pero pertinaz. La mala entrada que había tenido con Altavella era uno de ellos. Por una parte me sentía legitimado para cargarle casi todas las culpas a su altanería y me creía sobrado de argumentos para no concederle a su desprecio hacia mí un singular valor. Pero por otro, me quedaba la duda de si le había abordado con la suficiente habilidad, y me fastidiaba de forma especial que alguien como él, alguien a quien yo había leído y en otro tiempo admirado, me hiciera objeto de su displicencia. Los seres humanos tenemos estas flaquezas inconfesables, y si bien a ninguno le gusta proclamarlas ni conviene obsesionarse con ellas, nunca está de más constatarlas. *No deixis res per mirar fins al ponent.* Mientras esto discurría, al otro lado del parabrisas, oportunamente, empezaba a atardecer.

En la comandancia me esperaba mi gente, que había obtenido frutos dispares de su trabajo. Gil y Ponce habían reconvertido las ristras de matrículas que teníamos en listados razonados y segmentados con arreglo a los criterios que podían conducirnos al hombre que buscábamos. Debo admitir que no les había faltado sagacidad al hacerlo. Habían separado los coches de tres puertas de los de cinco puertas, calculando que era probable que un hombre joven y soltero con el perfil del que buscábamos tuviera un modelo de tres puertas. Habían marcado a quienes tenían denuncias por infracciones de tráfico, que podían denotar un carácter más agresivo. Habían clasificado los titulares por barrios de residencia, indicándome cuáles eran más susceptibles de corresponderse con un joven de ascendencia burguesa. Y todavía se les habían ocurrido tres o cuatro cribas más. De su labor no podía extraerse aún nada concluyente, pero una vez que tuviéramos algún otro parámetro para señalarnos el rumbo estaríamos en mejores condiciones de aprovecharlo. Les agradecí el ingrato e inteligente esfuerzo.

Rubio y Tena habían progresado de modo más apreciable con la lista de llamadas del móvil de Neus. Habían cruzado números con la agenda y habían segregado los que correspondían a contactos profesionales o personales localizados de aquellos de los que no nos constaba quiénes eran. Eso nos dejaba apenas media docena de números, tres de ellos móviles prepago de titular desconocido. Los tres se habían comunicado con Neus en las veinticuatro horas anteriores a su muerte. Dos de ellos, por la tarde, en horas que cabía presumir coincidentes con las de su viaje de Barcelona a Zaragoza. Rubio me desafió:

—¿Tienes narices para pedir ya poder rastrearlos?

Medité su propuesta. No carecía de sentido. Pero también había que ir con cautela. Le estábamos pidiendo demasiadas cosas al juzgado, y hasta allí había reaccionado bastante bien, pero no nos convenía abusar. En cualquier momento podían empezar a exigirnos que les justificáramos taxativamente la necesidad de las intervenciones, y respecto de esos tres números telefónicos nuestras sospechas sólo podían formularse de manera muy incierta. No quise decidirlo todavía.

—Espera a mañana —dije.

—Ya sabes lo que es un móvil prepago. Hay que irle en caliente.

—Por eso te digo que sólo esperes a mañana. ¿Y lo otro?

—¿Lo otro?

—Vamos, hombre, ¿a qué puedo referirme?

Rubio puso expresión seria.

—Mal rollo, Vila.

—¿Cómo que mal rollo?

—Ni sí, ni no. El rumano no reconoce cien por cien al tipo de la foto. Pero tampoco lo puede descartar. Dice que podría ser, pero que lo vio poco, y rápido, y lejos y desde un ángulo diferente. Que si viera al sujeto en vivo, cree que tal vez lo reconocería. Pero que con esa foto, no se atreve a afirmarlo con rotundidad. Y eso es lo que hay.

—Lo malo de encontrarse con gente puntillosa —opiné—. A mantener la hipótesis y a buscarse otros caminos, qué remedio.

Mientras mis compañeros me iban dando novedades, yo las iba procesando a fin de convertirlas en un resumen para mi jefe que no me hiciera acreedor a un juicio demasiado severo. Es mezquino sorprenderse pensando cosas así, pero supongo que resulta inevitable. Cuando por último me acerqué a la mesa de Chamorro y le pregunté por los resultados de su trabajo, mi compañera pareció emerger de una profunda somnolencia. Tenía algo de astigmatismo, pero también la dosis de coquetería necesaria para resistirse a usar gafas mientras pudiera evitarlo. Se frotó los ojos y me respondió con voz fatigada:

—Tengo la cabeza como un bombo, y apenas le he metido mano a una cuarta parte de la información. Si además consideras que no entiendo muy bien el catalán y que el ochenta por ciento de los documentos están en ese idioma, pues ya ves cuánto puedes compadecerme.

—No me seas derrotista —la reprendí—. Seguro que algo te ha cundido.

—Sí, algo sí. De entrada, en cuanto he visto que esto se ponía cuesta arriba, me he apresurado a hacer lo que iba a poder resolver con razonable seguridad. He pedido al juzgado que nos autorice a intervenir las cuentas de correo, y parece que no ponen pegas para ordenarlo, aunque, esto te interesará saberlo, vamos a cambiar de señoría.

—¿Qué?

—Me lo ha dicho la oficial. El titular del juzgado estaba apurando sus últimos días en la plaza, tenía ya concedido el traslado a otra. A partir de mañana se incorpora el reemplazo. Una juez sustituta.

—Que Dios nos asista —exclamé.

—¿Por mujer o por sustituta?

—Por sustituta, no me seas tocapelotas.

—Pues no siempre son tan malos, los sustitutos. Depende.

—No, si no digo que sea mala. Digo que va a llevar el asunto alguien que se lo encuentra empezado, y que a nada que sea un poco picajosa, o desconfiada, o se sienta insegura, nos lo va a complicar.

—¿Por qué va a estar insegura? A lo mejor tiene más aplomo que tú.

—Vale, Virgi. Venga, cuéntame qué has sacado de lo de Neus.

—He empezado por lo más obvio. Me he fijado en los alias que utilizaba para identificar sus direcciones de correo electrónico. Algunos no me dicen nada, o me dicen muy poco: *noiaeclectica62*, *maripylyn77*. Otros son relativamente evidentes: *neusb333*, *barutelln62*. Obsérvese, eso sí, la repetición del número 62, que nos remite a...

—Su año de nacimiento, 1962.

—Vale, te estaba poniendo a prueba. Ya veo que no estás completamente dormido, pese a esa cara de zombi que te gastas.

—Gracias.

—Pero ahora, fíjate en éste: *just_a_kitten*. ¿Qué te hace pensar?

—Sólo un gatito. O gatita.

—¿Qué?

—Que eso es lo que significa *just a kitten*, en inglés.

—Vale, mira, mi inglés no llegaba a tanto como para traducir la palabreja. Pero, punto uno: es inglés. Punto dos: empieza con K.

—¿Y?

—La anotación extraña que vimos en su cuaderno. Estaba en inglés y figuraban aquellas dos iniciales, R.K. ¿Recuerdas?

Dediqué a Chamorro una mirada circunspecta. Medité cómo transmitirle lo que pensaba sin resultar muy hiriente. Al final dije:

—No me digas que esto es lo más sustancioso que has encontrado.

En el rostro de mi compañera se dibujó un rictus contrariado. No esperaba otra cosa, así que procedí a razonar mi observación:

—Neus sabía inglés. Lo usaba en sus anotaciones. Y se ponía como alias de correo electrónico una palabra inglesa que comienza con K y que significa *gatita*. O sea, profundizando en el concepto: nada.

Chamorro acertó a mantener la sangre fría.

—A ver —dijo, sin descomponer el gesto—, te ayudaré a analizar el detalle que nos ocupa con algunos datos complementarios. Por partes. He buceado en los archivos que guardaba en el portátil. Entre las fotografías no he encontrado ninguna digna de mención. La mayoría eran de ella o de gente que posa en circunstancias convencionales o anodinas, y no he visto a ningún hombre moreno de alrededor de veinticinco años, si exceptuamos varias imágenes pornográficas en las que se aprecia que los modelos son profesionales, me permito deducir que bajadas de Internet y por tanto de dudosa trascendencia para la investigación. También tenía unas cuantas de mujeres metidas en faena y en poses sugerentes, por si luego te sobra tiempo o no puedes dormir.

—Eres muy amable al preocuparte.

—A mandar.

—Yo ya le he pedido que me saque copia, mi sargento, pero se ha puesto como una pantera —dijo Gil, desde su sitio.

—Gil, tú a lo tuyo —lo acallé—. Sigue —le pedí a Chamorro.

—Otros archivos gráficos —continuó— son cuadros, fotogramas de películas, imágenes de televisión, estampas diversas. En fin, nada por ahí, salvo error u omisión por mi parte. Los archivos de texto, que es con lo que ando todavía, son principalmente profesionales: guiones, escaletas, informes de audiencia, presupuestos, etcétera. Casi todos en catalán, por lo que no te aseguro que los haya descifrado bien, pero nada que resulte llamativo. Lo único interesante, o al menos lo único que suena personal, es esto. —Me mostró un texto en pantalla—. Parece un diario. Está en inglés. Y se repite varias veces una palabra. *Kitten*.

—Ya veo —dije, un poco avergonzado.

—No lo entiendo todo, o mejor dicho, no entiendo casi nada. No sólo por el inglés, que también, sino porque es muy extraño, como si estuviera escrito en clave. Tendrá unas veinte o treinta páginas. Andaba por la mitad. Pero seguro que tú, con tu don de lenguas, tu superior cultura y tu fina perspicacia, puedes sacarle más jugo que yo.

—Está bien, retiro lo de antes. Imprímeme por favor una copia en papel, creo que ya tengo lectura para esta noche. ¿Algo más?

—Depende de cómo se mire. En la documentación relativa a programas y reportajes aparecen muchos nombres propios, muchas direcciones, muchos teléfonos. Todas las personas con las que se contactaba para hacerlos, deduzco. Pero meterse a ciegas en ese bosque...

—¿Te suena algo de un programa sobre prostitución?

—Ajá —asintió, asombrada—. Oye, ¿y tú cómo lo sabes, si no ves tele?

—Meritxell. Búscame todos los documentos relacionados con él, y si no es un volumen excesivo de papel también me los imprimes.

—Pues no sé qué decirte... Ahora lo compruebo. Eso sí, con lo que no me ha dado tiempo a meterme a fondo es con los correos electrónicos. Empecé a mirar y me mareé. Se escribía con cientos de personas. Por si te sirve de algo, entre los más recientes, que ésos sí los vi, tampoco hubo ninguno que me llamara así a bote pronto la atención.

—Me imagino que las comunicaciones que más pueden decirnos las canalizaba a través de todas esas direcciones de correo web —aposté—. Por eso tenía tantas y tan peculiares, seguramente. Hasta que no podamos meterles mano, no creo que demos con nada enjundioso. En las direcciones normales, las que tuviera configuradas en el programa de correo del ordenador, recibiría los mensajes menos comprometidos.

Chamorro exhaló un suspiro.

—Pues hasta aquí hemos llegado. Lamento no poder informarte de nada más. Y me temo que con esto no hay para pedir ninguna diligencia, así que admito que he fracasado en lo que me encargaste.

—No diría yo tanto. Tampoco me tomes al pie de la letra.

En ese instante empezó a zumbar mi teléfono móvil. Temí que fuera mi comandante, porque las revelaciones de Chamorro, sumadas a lo que me habían dicho mis demás compañeros, me habían sumido en un estado mucho más próximo a la confusión que a la certidumbre. Pero por fortuna no se trataba de Pereira, sino del subteniente Robles.

—Perdona que haya tardado tanto en llamar. Hemos tenido una emergencia doméstica, nada de importancia. Todo arreglado. Mi santa me da permiso para irme de juerga contigo. Elijo yo el sitio.

—Pero económico, que tu cubierto lo pago yo, y ya sé cómo zampas.

—No te preocupes. Y no tienes que invitarme, hombre.
—Insisto.
—Que no, capullo. A ver si voy a invitar yo...
—Está bien.
—¿Cuánta gente vamos a reunirnos?

Miré de reojo a Rubio y a Tena. Gil y Ponce estaban en casa, pero ellos dos andaban tan tirados como nosotros. No me pareció elegante dejar de ofrecerles que se sumaran al plan. Le dije al sargento:

—¿Cenáis con nosotros y un viejo amigo? Sin compromiso.

Rubio se volvió hacia Tena.

—Libremente, Susana. ¿Te apetece?

—Por qué no, mi sargento —respondió la guardia, azorada.

—Pues entonces apuntadnos a los dos. Si no es molestia.

—Cinco —dije a Robles—. Pero pagamos a escote, o a medias, si acaso.

—Mira, Vila, como vuelvas a hablarme de dinero te meto el tricornio por donde ya te imaginas —bramó Robles—. Atravesado, naturalmente. Ya te pasaba de jovencillo, joder, siempre pendiente de gilipolleces. Os recojo por ahí a eso de las nueve y media. Corto y cierro.

Eran las ocho y cuarto. Teniendo en cuenta la hora a la que habíamos empezado la jornada, consideré que debía dar licencia a la gente para abandonar la labor. Me dirigí pues a mi abnegado equipo:

—Basta por hoy. Que mañana habrá más y os necesito con fuerzas.

—Ah, creía que esto era una especie de prueba de resistencia —dijo Gil—. Todavía podemos aguantar que nos puteen más, ¿eh?

—Lo tendré en cuenta para otro día.

—¿Plan para mañana? —preguntó Ponce.

—Por la mañana Chamorro y yo nos vamos a ver al viudo, que ya nos conoce y mejor no hacerle aprenderse caras nuevas. Dejadme que piense esta noche en qué es mejor que os ocupéis los demás.

Salieron todos, a excepción de mi compañera.

—Audiencia con Altavella —observó, con retintín—. ¿Has comprado algún libro para que te lo dedique? Si te da vergüenza se lo puedo pedir yo y decir que es para un amigo al que marcó en su juventud.

—No estaría mal comprar uno y que le dijeras que es para una amiga maciza, en vez de un amigo. Pondríamos a su ego a trabajar para nosotros. Pero no nos va a dar tiempo a pasar por la librería. De momento, voy a llamar a Pereira. Quédate, anda. Así me ahorro contar alguna cosa dos veces, y te puedo preguntar si tengo alguna duda.

Mi comandante me cogió el teléfono en seguida. Estaba esperando la llamada y escuchó con un silencio sobrecogedor, al menos para mí, el resumen que le hice de nuestras gestiones del día, incluida mi entrevista con Meritxell (de cuyo relato Chamorro, como yo esperaba, no perdió detalle). Cuando hube acabado, Pereira aún esperó unos segundos antes de hablar. Parsimoniosamente, emitió su veredicto:

—Vamos, que todo está abierto. Bueno, pues tengo una noticia para ti. El caso lo va a llevar una jueza nueva. El otro deja la plaza.

—Lo sé, mi comandante. Nos lo han dicho hoy.

—Lo que no sabes es que me ha pedido tu móvil. El de quien lleve en persona la investigación, me ha dicho. Se lo he dado, por supuesto. Ya sabes lo que espero de ti. Que la tengas siempre contenta. Y a mí al corriente de lo que ella te diga y de todo lo que tú le cuentes.

—Por descontado, mi comandante.

Colgué como quien capitula. Decididamente, aquél no era mi día.

Capítulo 9

ESPÍRITU DE SERVICIO

Había quedado con el subteniente Robles ante la puerta del edificio en el que teníamos nuestro alojamiento. Como no me gusta pasar más tiempo del imprescindible en las habitaciones donde uno duerme accidentalmente, sin más decorado que la propia maleta y un mobiliario siempre diseñado a conciencia para no pertenecer a nadie, bajé con tiempo de sobra y a eso de las nueve y cuarto ya estaba en la calle tomando el fresco. A esa hora había en la comandancia la paz vigilante que caracteriza a las dependencias de la empresa durante los momentos del día que ya no corresponden a la jornada laboral entre quienes trabajan fuera, pero en los que, como siempre, hay guardias de servicio. Por algún caprichoso mecanismo mental, me complace experimentar esa sensación de alerta permanente. Me recuerda mis propios servicios y guardias a deshora y esto, que supongo que debería fastidiarme, no lo hace en absoluto. Trabajar mientras los demás huelgan o duermen le proporciona a uno un plus de conciencia sobre la realidad, y esa percepción singular y distinta, aunque de ciertos asuntos quizá sea mejor saber lo menos posible, siempre me ha provocado una irresistible atracción. Supongo que se trata de una más de las modalidades de masoquismo que permiten considerarme un ser desviado.

Chamorro bajó poco antes de las nueve y veinticinco. En su caso no era debido a ninguna anomalía psíquica (dudo que yo haya conocido a nadie más cabal que ella) sino a su invariable puntualidad.

—¿Qué tal? —preguntó.

—Aquí, con la picha hecha un lío, para qué engañarte.

—No es de extrañar. Oye, he estado pensando. Tendremos que ir a ver más pronto que tarde a ese Josep Albert Salvany, ¿no?

—Sí, me temo que es lo que procede.

—Y a lo mejor tendríamos que enseñarle una foto suya a Radoveanu. Salvo que quieras hacer una rueda de reconocimiento...

—Eso, no se me ocurre nada mejor para comenzar mi relación con la nueva juez que pedirle montar una rueda de reconocimiento con un actor televisivo. Para que piense que estoy loco, o gilipollas.

—Tampoco tendría por qué pensarlo —opinó—. Salvany es famoso sólo aquí, en Cataluña. Y Radoveanu nos dijo que él ve poca tele.

—Prefiero empezar por hablar con él. Y por mandar a Zaragoza una foto del tipo para que se la lleven al rumano. Encárgate mañana. O no, que mañana tú te vienes conmigo a primera hora. Recuérdame que le pida a Rubio que averigüe por dónde para Salvany y que consiga una foto en la que se le vea bien para enviar a sus compañeros.

—¿A primera hora, dices?

—Sí. He quedado con Altavella a las ocho. Por lo visto madruga.

—Ah. Creía que los escritores trasnochaban y se levantaban tarde.

—Habrá de todo. No sé. Tampoco me interesan mucho los hábitos de los literatos. Sólo los de Altavella, y porque es el viudo de mi muerta.

Chamorro quedó silenciosa. Pensé, en un desliz de vanidad, que estaba sopesando la consistencia de mi aristocrático desdén hacia la tribu de los plumíferos, y ya estaba yo afinando alguna ironía complementaria al respecto cuando ella cambió bruscamente de tercio:

—Mira tú que si fuera el Salvany ese... Una estrella de la tele que mata a otra estrella de la tele. Menuda historia para las revistas.

Reaccioné sobre la marcha:

—Demasiado aparatoso como para que me convenza, a primera vista. Y no porque no crea que alguien que trabaja en una teleserie no pueda estar perturbado, más bien me parece que andar todo el día recitando esa clase de guiones le convierte a cualquiera en el candidato ideal para sufrir un aflojamiento generalizado de la tornillería. Pero no me cuadra que un tipo que fácilmente puede cepillarse a un porcentaje de dos dígitos de todas las mujeres con las que se cruza por la calle acabe cometiendo un crimen pasional. Y con tanto ensañamiento.

—Es un razonamiento peculiar —juzgó Chamorro—. No le veo del todo la lógica, pero tampoco me atrevo a darlo por descabellado.

—Iremos a verle y le mandaremos su foto al rumano porque somos meticulosos y porque no se diga que no lo hicimos. Pero me apuesto lo que quieras a que a la postre será una pérdida de tiempo.

Antes de que tuviera tiempo de aceptar o rechazar mi apuesta, aparecieron Tena y Rubio. Ellos, al contrario que nosotros, sí habían podido traerse ropa de sobra. Mientras Chamorro y yo continuábamos con la del día, Rubio se había puesto una camisa más fina y Tena tejanos nuevos y una blusa de color vivo. Venía pintada, también.

—Dios santo, qué elegancia, qué belleza —observé—. Os advierto que Robles nos llevará a un chigre, que es lo que él conoce.

Rubio se miró la camisa con incredulidad. Tena se

sonrojó un poco, lo que me hizo fijarme en ella especialmente. Así vestida, parecía otra chica. Mucho más joven, casi una niña: no habría desentonado demasiado a la salida de cualquier instituto. Al reparar en ello cruzaron por mi cabeza dos ideas inconexas: una, la de cómo los años me iban separando de los días azules que ella vivía aún, y en los que yo había soñado (no hacía tanto tiempo, en mi sentir) demorarme para siempre; y otra, qué deliciosa complejidad podía llegar a alcanzar la naturaleza femenina, para que una chavala que había tenido los arrestos de meterse en la Legión y echar allí un par de años, aguantando Dios sabe qué cosas, mostrara de pronto aquel genuino pudor adolescente ante un comentario galante. No es que trate de negar la complejidad de la naturaleza masculina (de hecho, he conocido en primera persona alguna de sus manifestaciones), pero las contradicciones viriles nunca me han provocado esa admiración, ese tierno estremecimiento.

Contuve mi embeleso, porque tampoco era cuestión de dar pie a interpretaciones inapropiadas, y eché una ojeada a mi reloj:

—Las nueve y treinta y uno —dije—. Robles se está haciendo mayor. En sus buenos tiempos no habría consentido retrasarse un segundo.

Como si su dueño me hubiera oído, el vehículo del subteniente apareció entonces por la esquina. Era un coche japonés, grande, algo viejo y pasado de moda, pero se veía tan impoluto que todo él era un destello. Robles frenó ante la puerta y bajó la ventanilla del copiloto.

—Arriba, tropa, que cabemos todos —ordenó.

—¿No te seguimos, mejor? Así te ahorramos luego traernos.

—Vivo a diez minutos de aquí, Vila, no me seas lerdo. Arriba.

Obedecimos, tampoco nos daba mucha más opción. Según el criterio jerárquico, que siempre resulta lo más neutro, yo ocupé el asiento delantero y los otros tres se colocaron atrás, apiñados. Dentro del habitáculo olía a ambientador de pino, y aunque las tapicerías y el salpicadero ya tenían sus kilómetros, también presentaban un aspecto de limpieza impecable. El propio Robles olía mucho a esa clase de colonia varonil que nunca he podido ponerme, porque me da la impresión de que sólo les corresponde a los hombres como él, a esos que pisan fuerte y no dudan nunca (es decir, el negativo perfecto de mi carácter), y siento que si alguna vez me la echara sería como ir disfrazado.

Por el camino, para aprovechar el tiempo y también ir rompiendo el hielo entre unos y otros, me apliqué a recapitular todos aquellos pormenores de la investigación de los que no estaban al tanto mis compañeros. Rubio me pedía de vez en cuando alguna precisión e incluso tomaba notas en una pequeña libreta que siempre llevaba consigo, donde apuntó, por ejemplo, el nombre del actor al que tendría que intentar localizar al día siguiente. Robles escuchaba mi relato sin decir palabra. Llegaba a resultar forzado aquel empeño en comportarse como un jubilado que ya lo observaba todo desde la barrera. Le conocía lo suficiente como para saber que el subteniente era un policía crónico, uno de esos individuos que no pueden dejar de estar siempre atentos a cualquier indicio sospechoso. En suma, que estaba fingiendo.

—Bueno, pareja de estajanovistas —rompió al fin su silencio—. Aquí es. A partir de ahora, queda terminantemente prohibido hablar de Neus Barutell, que me estáis dando un ejemplo pésimo a las niñas.

—No se preocupe, mi subteniente —intervino Chamorro—, que nosotras ya nos buscamos los ejemplos por nuestra cuenta.

—Eso está bien —aprobó Robles—. Pero apéame el tratamiento, criatura, hazme el favor. Me haría ilusión, más que nada por no sentirme como Matusalén llevando de merienda a Caperucita.

Los viejos mujeriegos nunca mueren, pensé para mis adentros, y al sorprender de reojo la sonrisa indulgente de Chamorro añadí, también para mí, que nunca dejan de disponer de esa bula extraña que logra ablandar las corazas femeninas más recias y acreditadas.

El restaurante, bajo un aspecto insulso de local nuevo de extrarradio, ocultaba una de esas cocinas caseras y copiosas que uno celebra poder paladear cuando pasa mucho tiempo fuera del hogar. El dueño, como era previsible, tenía una más que buena relación con Robles (habría sido el primer hostelero al que no hubiera sabido ganarse) y se le vio desde el principio con voluntad no ya de agradarnos, como el de la noche anterior, sino de demostrarnos que éramos los clientes más importantes que pudieran sentarse jamás a su mesa. Por eso nos eximió de escoger la comida y nos pidió que confiáramos en él, lo que aceptamos sin imaginar hasta qué punto ello iba a enfrentarnos a la tesitura de tener que deglutir más de lo que admitían nuestros estómagos. Las chicas se dejaron la mitad, y Rubio y yo no comimos mucho más que ellas. El subteniente, en cambio, se lo hincó todo, tan campante.

Al calor de la comida, y del vino del Penedés con que la regamos, Robles fue soltándose y convirtiéndose en el alma de la fiesta. Era lo que esperaba, y dicho sea de paso lo que prefería, porque noté que me encontraba un poco más cansado de lo que había creído. Como suele suceder en las reuniones de más de dos guardias, pronto la conversación derivó hacia el deporte de rajar de la empresa. En cierto momento, Rubio dio en romper su cautela habitual:

—La desmilitarización es sólo cuestión de tiempo, por mucho que les pese a algunos. Ni este país es ya lo que era ni los que curramos aquí estamos cortados por el patrón de los de antes. A alguien debería darle que pensar que más de un tercio de la gente esté apuntada al sindicato reivindicativo, que no es otra cosa, aunque lo sigan llamando asociación para guardar las formas. Y más que se van a apuntar.

—¿Estás haciendo proselitismo? —se burló Robles.

—No, yo no me he apuntado. Pero tal vez lo acabe haciendo. Hay que reconocer que se han fajado y han logrado avances. Si no es por ellos nos seguirían aplicando a tacón el Código de Justicia Militar.

—Yo no me apuntaré porque mi instinto gregario está atrofiado desde la infancia —dije, acaso desinhibido por el vino—, y eso me hace sentir de forma atenuada tanto el espíritu de cuerpo como la resistencia frente a ese espíritu. Pero coincido contigo en que han servido para liquidar anacronismos. Lo que no acabo de ver es que se salgan con la suya en la desmilitarización. Los políticos, aunque a veces se esmeren en parecer lo contrario, son listos. Y todos, de todos los colores, siempre han visto la ventaja que es tener a la pandilla del tricornio firmes y en primer tiempo de saludo para comerse lo que nadie más se quiera comer. No es por desilusionarte, pero eso es lo que me parece.

Tena y Chamorro asistían al debate con la contención que su poco grado y acaso también su inteligencia femenina les sugerían. Por ambos caminos, podían llegar a una misma convicción: no merece la pena discutir lo que decidirán otros. Pero es sabido que a los hombres, aquí y en Estambul, nos gusta gastar saliva inútilmente. Después de sopesar en silencio mis palabras, el subteniente hizo su alegato:

—Yo soy de la vieja escuela. Mi padre era guardia. Y mi abuelo. Y mi bisabuelo. Al bisabuelo no lo conocí, pero al abuelo sí, y me imagino si alguien le hubiera dicho que la Guardia Civil iba a dejar de ser militar. Le habría dado una apoplejía. Y a mi padre, tres cuartos de lo mismo. Yo no llegaría a tanto, a fin de cuentas ya he vivido la mayor parte de mi vida en este mundo sin moral y sin principios, pero no me sentiría identificado con una Guardia Civil que no fuera militar. Al final nos haríamos como la pasma, y una vez igualados, nos absorberían ellos a nosotros, y nunca al revés. Para qué mantener rarezas. Todos maderos y a tomar por saco el espíritu de servicio que estableció el carcamal del duque de Ahumada en el punto veintidós de la cartilla.

—De eso cada vez quedará menos por la mutación general de la población —pronostiqué—. Ten en cuenta que ahora hay muchos que no han conocido más sacrificio al llegar a la academia de guardias que quedarse sin jugar con la Play cuando sacaban malas notas.

—Dicho lo cual —continuó Robles—, cómo no vas a entender el descontento de la gente. Mira lo que ha pasado aquí, por ejemplo. Alguien toma una decisión política, que en eso no soy quién para meterme y ellos son los que disponen: fuera la Guardia Civil y ahora vengan los Mossos d'Esquadra. Pues muy bien, si hay que dar autonomía y eso es lo moderno, pues de puta madre. Pero nadie piensa en toda la gente que tiene que moverse de golpe, con sus familias, cuando muchos ya lo tenían todo montado aquí. Y no creas que les dan facilidades. Pide destino y búscate la vida, y si tu mujer trabaja, que pierda el empleo o pasáis a vivir a cientos de kilómetros el uno del otro y os las apañáis como podáis. Eso es lo malo de la Guardia Civil, que con ese jodido prurito de obedecer y no rechistar nunca, acaba siendo más madrastra que madre para los suyos. Por eso a nadie le sorprenderá que el que sepa catalán se pase a los Mossos y le diga ahí te quedas. Algunos de los mejores de los míos lo han hecho. Y no marchan nada mal. Con la experiencia y la costumbre de tragar que tienen, van en moto.

—¿Tienes algún buen amigo en los Mossos? —le pregunté.

—Yo tengo buenos amigos hasta en el infierno, que nunca se sabe. Y en los Mossos, lo que quieras, desde seguridad ciudadana hasta policía judicial. Que en todos los negociados se han colocado chavales de los que yo he criado a mis pechos y que me siguen respetando.

—Pues a lo mejor te pido que me presentes a alguno.

—Sólo tienes que decirme cuándo.

—Y también a alguien de la Policía que se enrolle, si puede ser. Alguno que te deba algún favor y que sea espabilado.

—Pobrecillos, ésos andan todos plegando —dijo—, salvo los que chamullan la lengua, que muchos también acabarán en los Mossos. Pero están pasando un trago, tíos que llevaban aquí veinte años y eran los reyes del mambo de pronto se ven mendigando un hueco por ahí. No se hacían a la idea de que también les iba a acabar tocando a ellos.

—De todas formas, todavía controlarán algo, ¿no?

—Se supone que sí, y que precisamente son los que tienen que pasarles ahora la información a los Mossos, a medida que les hacen el relevo. Trabajan ya con equipos conjuntos en Barcelona, aunque por lo que me llega hay algunas fricciones. Los Mossos tienen otro estilo, no te digo que mejor ni peor, pero otro, y la pasma ya sabes que es bastante suya. No son tan bien mandados como nosotros, ni de lejos. En todo caso, si quieres un contacto te lo doy. ¿Qué es lo que buscas?

—¿Podemos entonces hablar un poco de trabajo, no te importa?

—Y de qué coño estamos hablando. Si es que somos unos soplapollas, siempre dándole vueltas a lo mismo. Dispara, anda.

—Antes de nada, ¿me dejas hacerte una pregunta impertinente?

Robles me observó con suspicacia.

—Eso me suena a encerrona. A ver.

—¿Quién dirías tú que pudo cargarse a Neus?

El subteniente no respondió en seguida. Temí que me saltara con un exabrupto, pero no lo hizo. En voz queda y pausada, dijo:

—Como no te creo tan borrico como para pedirme que te adivine así a huevo la solución de tu crucigrama, me supongo que quieres decir que por dónde creo que va el móvil, y quién podía tenerlo. Sólo puedo hablar por lo que te he oído. Me huele a que a alguien se le cruzaron los cables y se le fue la mano. Esa tía no podía ser una amenaza o un obstáculo para los intereses de nadie, o no hasta el extremo de liquidarla. En su círculo, el de los que viven en la parte alta de Barcelona, que aquí es algo más que una ubicación geográfica, los problemas se resuelven de otra manera. No cabe duda de que está mezclado un asunto de entrepierna, pero yo tampoco lo consideraría como el detonante del desaguisado, aunque a lo mejor te sirva para desenredar la madeja. Esta gente siempre ha combinado con bastante soltura la doble vida, y a diferencia de otros sitios, eso incluye a hombres y mujeres. Ten en cuenta que los matrimonios aquí tienen separación de bienes, que por el comercio la gente viaja mucho y que las mujeres llevan sus propios negocios desde hace décadas. Eso influye en sus costumbres y los vuelve bastante flexibles, y más entre la alta burguesía a la que pertenecía Neus. No apostaría yo que la explicación a tu acertijo sea un asunto de cuernos, ni un amante despechado. Más bien que hubo alguien al que se le fue la olla. Pero como todo esto lo estoy deduciendo sobre la base de casi nada, muy bien puedo columpiarme.

—Me lo apunto, de todas formas. El problema ahora —expliqué— es no tener un perfil claro del sospechoso. Por eso no podemos descartar nada, ningún ambiente, ningún móvil. Lo que me gustaría comentar con los Mossos y con la Policía no es nada en particular, todavía, sino pedirles información general para situarnos. Hay un par de hipótesis, de todos modos, que me rondan por la cabeza y que apuntan a un mismo mundo. En algún momento hemos barajado que el hombre al que vieron con Neus pudiera ser un profesional del sexo. Y está ese reportaje que ella preparaba, justamente, sobre la prostitución barcelonesa.

Robles meditó sin apresurarse, antes de valorar mi conjetura.

—De ese mundo ya no estoy muy al día —me dijo, mirándome a los ojos y sabiendo que sólo yo podía captar con exactitud el alcance que tenía aquel *ya* que había deslizado casi de tapadillo, es decir, hasta qué punto había estado metido en aquellas salsas en el pasado y en qué medida yo había compartido sus conocimientos—. Ha cambiado mucho, como todo, principalmente por la llegada masiva de extranjeros, tanto entre los empresarios como entre las jornaleras. En cuanto a la prostitución masculina, siempre fue minoritaria y lo sigue siendo. Pero suele responder a un perfil estándar. Chico más o menos bien, universitario, y bitensión para hacer caja a pelo y a pluma.

—¿Biqué? ¿Para qué? —susurró Tena a Chamorro.

—Bisexual, quiero decir —explicó Robles, que aún tenía buen oído—. Lo que le da la posibilidad de explotar el negocio homosexual, que es más boyante. Las mujeres que alquilan carne siguen siendo pocas.

—Esas características no nos descuadrarían con lo que sabemos del tipo del Audi —apuntó Chamorro, mostrando que estaba al quite.

—No, desde luego —admití.

El subteniente nos observó alternativamente a uno y otro.

—Te presentaré a quien te conviene para completar tu formación al respecto —me dijo—. Los conozco tanto en los Mossos como en la Policía. Y si quieres abarcar algo más que Barcelona y meterte en Sitges, que es uno de los centros del cotarro, eso todavía es nuestro y también me sé quién lidia con esto sobre el terreno. Cuando quieras.

—¿Ves? —dije—. Ya sabía yo que debía tener esta charla contigo.

El rostro del subteniente adoptó una expresión aviesa.

—Mira que eres buitre, *jodío*. Te salvas porque eres bueno y porque te cogí cariño cuando me llegaste tonto perdido y te enseñé un pedazo grande de lo que sabes. Anda, confiésalo, que te oiga esta gente.

—Nunca lo he negado.

—Y pasamos lo nuestro juntos, ¿eh? —evocó, melancólico—. No todo divertido, ni de todo podemos presumir, porque mira que alguna vez hemos hecho el gil, tú y yo. Pero eso también une, qué coño.

—Y tanto —asentí, confiando en que no diera más detalles.

—Bueno, ahora es el momento en que a los viejos empiezan a humedecérseles los ojos, así que creo que habrá que pedir la cuenta.

La emoción del instante vino a arruinarla un invitado indeseado e imprevisto, aunque siempre previsible para el policía. Desde el bolsillo de mi pantalón empezó a sonar la obertura de *La Gazza Ladra*, que había adoptado como nueva señal de llamada en mi móvil. Miré la pantalla, un número con identidad oculta, y me temí lo peor. Por una vez, me quedé corto. Tras mi desganado y escueto *sí*, al otro lado de la línea me respondió una voz femenina suave, pero llena de nervio:

—¿El sargento Belvilagua?

Me entretuve a pensar una nimiedad, que de todas las formas erróneas en que a lo largo de mi vida habían dicho mi apellido aquélla era una de las más eufónicas. Pero a renglón seguido la corregí:

—Bevilacqua. Suelen llamarme Vila, si le cuesta menos. ¿Quién es?

—Soy Carolina Perea, la juez que a partir de ahora lleva el caso de la muerte de Neus Barutell. Disculpe la hora. ¿Tiene un momento?

Lo que el cuerpo me pedía, por supuesto, era negarme a disculparla por la hora (eran las doce y cinco) y decirle que el momento que me pedía había de dárselo a costa del único rato de relativo descanso de que había gozado desde el alba de aquel largo día. Pero la estima en que tenía mis emolumentos, unida a la información de que disponía sobre cómo un juez, sustituto o no, podía dificultarme el seguir percibiéndolos regularmente, me aconsejó mostrarme más dúctil.

—Perdone —dije, mientras me levantaba y les indicaba por señas a los demás que la llamada era de las alturas y que debía atenderla—. Estoy en un local público y aquí casi no la oigo, espere que me salga.

—Claro, espero.

Caminé hacia la puerta con el teléfono fuertemente apretado en la mano, tratando de anticipar por dónde me atacaría aquella mujer, cuya notoria inoportunidad venía, sin embargo, envuelta en una infrecuente consideración hacia el elemento pisoteable (o sea, yo). Por desgracia, me enturbiaba el raciocinio el alcohol ingerido, contra el que ahora debía luchar para despejarme a toda velocidad. Lo único favorable era que la impregnación etílica siempre potencia el desparpajo.

—Ya —reanudé la conversación, cuando estuve en la calle y en un sitio más o menos propicio—. A sus órdenes, señoría. Usted dirá.

—Le ruego que me disculpe otra vez por la hora —insistió—. No pude llamarle antes y no quería dejar de charlar con usted antes de incorporarme formalmente al juzgado, mañana por la mañana.

—No se preocupe. Aquí dormimos sólo cuando lo permite el servicio. Estábamos todavía cenando, el resto del equipo y yo.

Me arrepentí de mi respuesta. No me gusta ser tan servil.

—Verá, por lo que he hablado con mi predecesor —explicó, como si le importara convencerme—, el caso cuya investigación lleva usted es de largo el más delicado que pende ante el juzgado. Los demás no es que no los valore, pero puedo asumirlos con más calma y no espero tanta presión como sin duda habrá en éste. Por eso quiero tomar las riendas desde el principio y tenerlo controlado en todo momento.

—Lo comprendo —dije, mientras me daba un puñetazo en la frente.

—He estado revisando esta misma tarde las diligencias practicadas y las peticiones que han hecho hasta ahora. Por el papel veo que tenemos algunos indicios prometedores, pero nada muy definido. Lo que me gustaría es que me pusiera al día de lo que los papeles no me cuentan, de cuánto, cómo y por dónde han avanzado en las pesquisas.

Se había revisado todos los papeles, había valorado los indicios, quería información actualizada sobre la investigación. Una juez aplicada y trabajadora, que no es necesariamente lo que prefiere un funcionario policial. Ya me había parecido a mí que hasta allí disfrutábamos de un chollo: un juez que no fisgaba y acordaba todo lo que se le pedía. Claro, como que estaba pensando en su inminente nuevo destino. Aquella juez, en cambio, se remangaba y, o mucho me equivocaba, reclamaría puntual justificación para cualquier diligencia que se nos ocurriera solicitarle. Deseaba que me tragara la tierra, pero me dije que en los trances desesperados es donde un hombre demuestra su valía. Sacando fuerzas de flaqueza y mi mejor verbo de la lengua pastosa que me había dejado el vino, le hice un resumen casi exhaustivo de cómo estaba la situación. Me guardé las suposiciones más arriesgadas y los detalles menores, que es de donde al final salta la chispa, aunque eso no tienen por qué saberlo los jueces. De vez en cuando paraba para cerciorarme de que no se había cortado la comunicación, tal era el silencio que me llegaba por el auricular. Entonces ella me exhortaba:

—Siga, le escucho.

Así le hablé del hombre sospechoso del Audi plateado, del que se nos había escabullido en el entierro, de la peculiar vida conyugal y sentimental de la fallecida, de sus negocios y de los asuntos espinosos sobre los que había versado su trabajo como periodista. Tampoco le ahorré algunos aspectos más mecánicos, como la investigación que estábamos haciendo sobre vehículos, o sobre sus comunicaciones informáticas, para las que le recordé que necesitábamos que acordara la intervención de sus cuentas de correo web, ya que podía aprovechar la ocasión. Poco a poco me fui creciendo, o sería el vino, y como ella seguía sin rechistar, sólo escuchaba, tuve una súbita iluminación y me tiré a la piscina: le conté lo de las comunicaciones con móviles prepago que habíamos localizado entre las llamadas de Neus del día de su muerte, y dejé caer que podría ser muy útil para la investigación que nos autorizara a intervenir y rastrear la ubicación de esos teléfonos, aunque ya entendía que no se lo pedía con argumentos demasiado sólidos.

—Mándenme mañana a primera hora un fax con los números que quieren intervenir —dijo, expeditiva—, razonando que son líneas sin titular conocido y detallando las horas en que se establecieron esas comunicaciones. No tengo ningún inconveniente en autorizarles.

No daba crédito, y seguramente a Rubio aún le iba a costar más creerme, cuando se lo dijera. De todos modos, no me dejé arrastrar por la euforia. Aquella mujer era de las que ejercían su autoridad, y lo mismo que acababa de hacerlo respaldando mi cuestionable propuesta, bien podía demostrármela denegándome otras en el futuro.

—Por lo demás, sigan con su trabajo, entrevisten ustedes a los testigos que tengan por convenientes, no quiero estorbar con burocracias innecesarias. Eso sí, le ruego que tan pronto obtenga un testimonio que pueda tener valor incriminatorio, y a su criterio dejo juzgarlo, me avise para formalizarlo en condiciones, aquí o en Barcelona. Mañana me pondré en contacto con el juez decano para agilizar los exhortos.

—Como usted diga, señoría.

—Y ahora le dejo irse a dormir. Que descanse, sargento.

Estuvo a punto de escapárseme un *igualmente*, que me habría hecho sentir más idiota de lo que ya me sentí cuando se apagó la pantalla de mi receptor y me quedé allí, solo a la puerta del restaurante. Trataba de asimilar lo ocurrido y de prever mi engorroso futuro, haciendo funambulismo entre mi comandante y la juez y procurando no romperme la crisma en el viaje. Otra cosa que trataba de calcular, por una curiosidad frívola e improcedente, o quizá no tanto, era la edad de la juez. Por la voz, por el temple, por la firmeza, ya no era ninguna niña.

Cuando regresé a la mesa, encontré inquietos a mis compañeros. Llevaban no menos de veinte minutos esperando. Saltó Robles:

—¿Quién te llamaba, tío? ¿Dios?

—Más o menos. La nueva juez de instrucción.

—¿Y? —preguntó Rubio.

—Sorprendente. Para empezar, mañana tendrás autorización para intervenir esos móviles prepago que tanto te interesan.

—Bueno, eso no es malo. ¿Y qué más?

—Que habrá que afinar. Parece que nos exigirá tanto como nos apoye.

—Parece un trato justo —observó Chamorro—. Por lo menos, no da la impresión de ser tan perjudicial como te temías.

—Ya veremos, Virgi. Me permitirás que no me sienta relajado con la autoridad judicial. Del que te manda hay que cuidarse siempre.

—*Del amo y del mulo, cuanto más lejos más seguro*, como dicen en mi pueblo —añadió Robles—. Lo siento por ti, Vila. Pero saldrás adelante, y a lo mejor hasta te la ganas. Siempre tuviste mano con las tías bordes.

—¿Ah, sí? —inquirió mi compañera.

—Cuando era más joven —me excusé—. El viejo truco, despertaba su lado maternal. Pero ahora ya no creo que me funcione.

—¿En serio?

—Qué va, boba. Sólo lo dice para cachondearse de mí.

Al final pagó Robles la cena de todos. La única forma de impedirlo habría sido partirle los brazos, empresa para la que no me sentía capacitado en general y mucho menos aquella noche. Luego nos llevó de vuelta a la comandancia. Los demás se recogieron en seguida, pero yo me sentí moralmente obligado a acompañarle durante unos minutos, mientras se fumaba un cigarrillo junto al coche. La noche era tranquila y agradable, aunque refrescaba un poco por la humedad. Estuvimos durante un rato en silencio, hasta que fue él quien lo rompió:

—Ya no me queda nada, Vila. Sólo recuerdos, malos y buenos, más buenos que malos, creo, pero tú sabes que los malos nunca se borran del todo, aunque al menos se van desdibujando con los años.

—Sí, lo sé.

—No me voy a ir de Barcelona, cuando me jubile. Ya no soy de mi pueblo, aunque vuelva todos los veranos. Ahora soy de aquí, de donde está y va a quedarse mi familia. Le he acabado cogiendo cariño a esta gente; ya ves, yo, que siempre me quejaba de ellos. Tienen sus cosas, pero se esfuerzan por cumplir. Me he hecho tanto a su carácter que ahora te diría que los soporto mejor que a la gente de mi pueblo, aunque nunca les entenderé esa manía de no querer ser españoles.

—Y qué, Robles, tampoco hay que darle tanta importancia. Que cada uno sea lo que quiera, siempre que no dé por saco al resto.

—Ya, pero es que yo sí soy español, y me hice a pensar que esto era mi país. En fin, te buscaré esos contactos que me pediste. Mañana te digo algo —prometió, y echó a andar hacia el otro lado del coche.

Pero antes de subirse al vehículo volvió a dirigirse a mí:

—No sé si es muy beneficioso para ti volver por estos pagos.

—La vida me trae. A resignarse. Y a tomarlo con naturalidad.

—¿Lo consigues?

—Lo intento.

—¿Alguna tentación de remover en el pasado?

—Nunca puede descartarse. Pero ando demasiado ocupado ahora.

Robles meneó la cabeza.

—Iba a decirte que no lo hagas. Pero será lo que haya de ser. Cuídate.

—Y tú, mi subteniente. Gracias por la cena.

Le vi subir al coche, con movimientos pesados y algo titubeantes. Luego encendió el motor, se llevó un par de dedos a la frente y arrancó. Me quedé mirando cómo se iba aquel automóvil grande y antiguo, con aquel hombre también grande y antiguo dentro, describiendo una trayectoria más recta de lo que habría cabido temer.

Un cuarto de hora después estaba metido en la cama, con unos folios escritos en un inglés bastante desconcertante. Eran las anotaciones de Neus que me había impreso Chamorro, y que en efecto, como ella había dicho, parecían formar una especie de diario. Al menos, se dividían en bloques precedidos por fechas, que llegaban hasta dos días antes de su muerte. No tenía yo la cabeza en las mejores condiciones para descifrar una escritura hermética, como sin duda pretendía ser aquélla. Manteniendo a duras penas los ojos abiertos y el cuello erguido, me leí pese a todo el texto íntegro, cuyo contenido se me quedó revoloteando en el cerebro como un magma perfectamente absurdo.

Antes de apagar la luz, releí la última anotación. No era muy larga. *For it is now, my cute kitten, something between you and me, between two nobodies, outside the bright spaces where the red guy finally reigns.* Traduje sin muchas ganas: *Ahora, mi lindo gatito, es algo entre tú y yo, entre dos nadies, fuera de los espacios brillantes donde por fin reina el tipo rojo.* Entonces no entendí nada. Hasta tal punto estaba dormido. Pero alguien iba a revelarme, muy pronto, mi grueso despiste.

Capítulo 10

LAS COSAS POR SU NOMBRE

Cuando el despertador suena y uno apenas ha descansado la mitad de lo que necesita, el cerebro embotado sabe cuestionar el sentido de la vida con una contundencia que por fortuna no nos acompaña en circunstancias normales. Aquella mañana, cuando mi teléfono móvil empezó a escupir la melodía de *Come On Eileen* a eso de las seis y cuarto, no sólo lamenté el ocioso momento en que había buscado en Internet de dónde bajar ese tono presuntamente elevador del ánimo, sino que deploré mi existencia toda hasta el punto de aceptar que quienquiera que fuera competente me eximiera de ella sin más trámite.

Dicen que los que se duelen de las fatigas de su vida suelen ser los últimos en renunciar a ella (los verdaderos suicidas tienden a ser más taciturnos y menos quejumbrosos). Después de la ducha y del primer chute de cafeína, mi abatimiento inicial se transformó, si no en euforia, sí en una innegable curiosidad por lo que aquella mañana fuera a depararme. Llega un momento en que uno ya no espera que los días se muestren benévolos, sino que los trabajos y escollos que los jalonan tengan la suficiente dosis de novedad y de emoción. Y me daba que con Gabriel Altavella no iba a faltarme ni lo uno ni lo otro.

Pero antes de nada y como desgaste preliminar nos tocó soportar un formidable atasco de viernes, que Chamorro, al volante de nuestro vehículo, enfrentó con un estoicismo soñoliento, y que a punto estuvo de dar al traste con nuestros propósitos de acudir puntuales a la cita con el escritor. El forzado compás de espera dio para que cada uno pasara un rato sumido en sus cavilaciones y también para que mi compañera me sondeara sobre el fruto de mis lecturas nocturnas.

—¿Qué me dices del diario? —preguntó—. ¿Entendiste algo?

—El inglés de Neus es bastante asequible —dije—. Problemas de traducción no me ha dado ninguno. Otra cosa es que tenga la más remota idea de lo que significa lo que apuntó ahí. Parece personal, como me anticipaste, pero lo redactó en clave y la verdad es que anoche estaba yo demasiado espeso para acertar a penetrar su sentido oculto.

—Así que no sabes quién es la gatita. O el gatito.

—Pues no. Diría que no es ella, al menos en la última anotación se refiere a un *tú y yo*. Me he traído los folios para enseñárselos a Altavella, si consigo que la conversación con él discurra por cauces civilizados y que no se enfurezca por haber abierto contra su voluntad el ordenador de su esposa. A lo mejor él tiene alguna pista para descifrarlo.

Chamorro dejó de mirar al frente y volvió el rostro en mi dirección.

—Estuve pensando, anoche —dijo—. Mi impresión es que Neus no pasaba por un buen momento, y que ese diario guarda el único testimonio que dejó de lo que le sucedía. Pero me temo que no lo entenderemos hasta que no enganchemos a alguien siguiendo alguno de los otros rastros. Dudo que incluso Altavella pueda entenderlo.

—Puede ser —admití—. Es pronto para decirlo. En lo que coincido contigo es en que tenemos que seguir los demás hilos, aplicando la ramplona pero siempre provechosa rutina policial. Eso me recuerda algo. Voy a llamar a Rubio para que vayan poniéndose las pilas.

El sargento Rubio respondió al segundo timbre de llamada. Tena y él estaban desayunando, Gil y Ponce no habían llegado todavía. Repasamos las tareas pendientes y le encargué que contactara con Juárez, para organizar el acceso a las cuentas de correo electrónico de Neus tan pronto como llegara la orden judicial. También le pedí que les dijera a Gil y a Ponce que se aseguraran de disponer de los equipos para rastrear los teléfonos móviles, en cuanto tuviéramos autorizada su intervención. Y por último que llamara a Madrid, al laboratorio, donde ya podían tener algún resultado de los análisis de ADN.

—Ah, y otra cosa —recordé, antes de colgar—. Averíguame por dónde para el actor, Josep Albert Salvany. Así aprovechamos nosotros el viaje, y vosotros os ocupáis de coordinar lo demás desde allí.

—Sí que quieres exprimir el viernes —dijo Chamorro, apenas corté la comunicación—. Por cierto, no hemos hablado aún de qué va a pasar el fin de semana. Si no te parece mal que te lo plantee…

No había pensado en ello. Y la pregunta de mi compañera era no sólo pertinente, sino algo a lo que como jefe debería haberme anticipado. Tampoco era yo quien tenía la última decisión al respecto, ni mucho menos, pero confiaba en que mis superiores se fiaran de mi criterio para evaluar si era necesario o podía tener alguna utilidad significativa maltratar a la tropa privándola del descanso dominical.

—Pues si no hay nada muy novedoso de aquí a las tres —dije—, creo que le propondré a Pereira que nos dé licencia para retomarlo el lunes. De todos modos yo voy a quedarme por aquí, porque este fin de semana no tengo al chico, así que puedo cubrir cualquier imprevisto.

Tú haz lo que más te convenga, no quiero obligarte a seguir mi suerte. También te puedes llevar el coche, si quieres tener más flexibilidad para ir y venir. Eso sí, te quiero de vuelta aquí el lunes a primera hora.

—Vale, pues ya lo pensaré sobre la marcha.

—¿Tenías algún plan?

—Tenía. Pero tampoco era nada del otro mundo. Ya veré.

Uno debe respetar la intimidad de los demás y me abstuve de seguir preguntando. Pero últimamente no veía a Chamorro demasiado contenta, y me costaba reprimirme para no indagar la razón. En apenas tres años se había deshecho de dos novios (no sin fundamento, para decirlo todo) y temía que estuviera deslizándose por esa cuesta que ya había visto bajar a otras mujeres, la que lleva a creer que en el fondo nada ni nadie merece mucho la pena y a cuestionar la posibilidad de establecer ninguna solidaridad firme con un individuo portador de cromosomas masculinos. No me parecía lo más inteligente ni lo más saludable que podía hacer, pero por otra parte yo no era el candidato idóneo para refutarle esa convicción, si es que había llegado a ella, y a partir de ahí poco me cabía remediar. Sólo podía ofrecerle consejos, una mercancía tan inservible que en cualquier sitio te la dan gratis. Para eso, prefería quedarme al margen, aunque fuera al precio de asistir desde una incómoda incertidumbre a sus zozobras. Si alguna vez podía ayudarla en algo (y alguna vez, de hecho, había podido), a ella ya le constaba que no tenía más que hacérmelo saber.

Tras superar el embotellamiento de la ronda, logramos entrar en el casco urbano y llegar a la zona alta del Ensanche, donde Altavella tenía su residencia. Se hallaba en el territorio intermedio entre la parte baja de la ciudad y los barrios de más postín. El edificio, según calculé a bulto, no estaba a más de veinte minutos caminando de las oficinas de la productora. Era un inmueble centenario, que desde fuera no llamaba demasiado la atención del viandante. Pero en cuanto entramos en el portal nos dimos cuenta de que se trataba de la discreción a que suelen recurrir los más listos de entre quienes poseen bienes que otros pueden codiciar. El portero de la finca ya había sido aleccionado. Apenas dijimos a quién veníamos a ver, nos indicó dónde estaba el ascensor y nos proporcionó, diligente, las instrucciones oportunas:

—Último piso. Aprieten con fuerza el botón.

Así lo hicimos, y el artefacto, venerable pero favorecido por una primorosa restauración (y deduje que por una total renovación de la maquinaria original), nos elevó con suavidad y eficacia. Salimos a un descansillo amplio, en el que se veían dos puertas. Antes de que pudiéramos pensar en apretar un timbre, una de ellas se abrió y tras ella apareció una mujer de unos treinta años y aspecto sudamericano.

—Buenos días, ¿los señores guardias civiles?

Chamorro y yo nos miramos durante una fracción de segundo. Nunca nos había dado la impresión de que nuestra condición pudiera llevar aparejado ese respetuoso tratamiento, y desde luego a mí nunca me lo habían aplicado. Estábamos mucho más acostumbrados a que nos llamaran de otras maneras, bastante menos reverentes.

—Sí —dije, en cuanto me hube recobrado del asombro.

—Tengan la bondad de pasar.

Se apartó y nos indicó con la mano la dirección del pasillo. Lo seguimos y precediéndola llegamos hasta un distribuidor del que partía una escalinata de porte señorial. Como dudáramos, nos aclaró:

—En la planta superior, si son ustedes tan amables.

Imposible no ser, ante aquella dulzura, tan amable como ella pidiera. Pensé, y no era la primera vez, que uno de los beneficios más incuestionables de la inmigración era haber recuperado para el uso diario las fórmulas corteses del castellano, que antes de la venida masiva de sudamericanos habían quedado relegadas a los libros antiguos, dada la abrumadora preferencia entre los españoles por el gruñido más o menos articulado como forma usual de requerimiento al prójimo. Al llegar al término de la escalera nos recibió una andanada de sol que entraba por un gran ventanal. La mujer observó, con una sonrisa:

—Hace un bello día, ¿no les parece?

—Verdaderamente —dijo Chamorro.

El día era espléndido, desde luego, pero lo que no merecía nada por debajo de fabuloso era aquella casa. No sólo era enorme, sino que en cada rincón donde uno posara la vista se encontraba algún detalle que demostraba que a sus habitantes no les faltaba el dinero y sabían en qué gastarlo. Obras de arte, muebles de anticuario, centenares de libros, un piano, una pantalla de plasma gigante. Al otro lado del ventanal había una inmensa terraza. La mujer tomó la delantera y abrió la puerta que daba al exterior. Al vernos titubear de nuevo, nos dijo:

—El señor ha creído que estarían mejor en la azotea.

La seguimos. La terraza sólo era una porción de la parte al aire libre de la casa. En un nivel superior tenía una azotea el doble de grande, con, entre otras cosas, un cenador, una pequeña piscina portátil y multitud de plantas exquisitamente cuidadas. Bajo la pérgola del cenador había una mesa preparada con tres servicios. El panorama de Barcelona era fastuoso. Se veía la montaña, la Sagrada Familia, el mar.

—Tomen asiento, en seguida viene el señor.

Cuando nos quedamos solos, Chamorro no pudo callarse:

—Joder, con perdón. ¿Qué puede valer esta choza?

—Supongo que si coges tu sueldo de toda la vida y lo multiplicas por mi sueldo de toda la vida, podríamos pagar la azotea —calculé.

—Qué exagerado, o qué mal andas en aritmética... Hablando en serio.

—¿En serio? No sé, muchísimo, un escándalo. Lo que está fuera de duda es que si el tío pretendía impresionarnos, lo ha conseguido. Claro que con dos destripaterrones como tú y yo lo tiene a huevo.

—¿Y esto se lo compró él con los libros o la mujer con la pasta de la tele? ¿A ti te parece que puede dar para tanto la literatura?

—Bueno, Altavella lleva décadas en activo y ha vendido muchos miles de ejemplares. A lo mejor se compró esto antes de que la especulación con el ladrillo lo pusiera todo por las nubes. Pero me permito dudarlo. Me parece que ya tienes deberes, Virgi: averiguar en el registro de la propiedad a nombre de quién está el Taj Mahal este.

—Estupendo. A ver si así aprendo a callarme.

Altavella se presentó poco después. Mi reloj marcaba las ocho y cinco cuando le vimos venir hacia nosotros, aseado y bien vestido.

—Buenos días —dijo, en tono cordial—. Qué puntuales son ustedes.

—Nos enseñan a serlo. Y es un hábito beneficioso.

—Y que lo diga, aunque haya tanta gente que se da tono retrasándose. En vista de la hora, y teniendo en cuenta su deferencia de venir a mi casa, se me ocurrió que debía invitarles a un buen desayuno —explicó, señalando la mesa—. Espero que no les parezca improcedente.

—No, pero tampoco tenía que haberse molestado.

—No se preocupe, sargento, no es ninguna molestia. Ni intento obtener un trato de favor. No espero que deje de someterme a un interrogatorio implacable, tan sólo procuro hacer la experiencia lo menos ingrata posible a todos. Es algo que mucha gente olvida. Que esforzándose un poco, la vida resulta menos desagradable, y que no estamos aquí tanto tiempo como para afear gratuitamente nuestros días.

—No vamos a someterle a ningún interrogatorio —dije—. Venimos a contarle lo que sabemos hasta ahora, y a charlar con usted para que nos indique por dónde cree que podemos encontrar más pistas para localizar al culpable o los culpables de la muerte de su mujer.

Altavella me contempló con una expresión enigmática. Sus labios estaban distendidos, pero sus ojos me escrutaban con frialdad.

—Le agradezco que utilice la palabra muerte, y no defunción o fallecimiento o cualquier otro de esos lóbregos eufemismos —declaró—. Llamar a las cosas por su nombre siempre me ha parecido el primer paso imprescindible para abordar cualquier problema. Para corresponderle, déjeme decirle antes de nada que no me ofendería en absoluto que me preguntaran si hay alguien que pueda atestiguar que yo estaba la noche del crimen donde les dije que estaba. En realidad, me resulta casi pasmoso que no me lo hayan preguntado todavía.

No suelo permitir a los testigos que me digan cómo debo hacer mi trabajo, y menos aún iba a permitírselo a Altavella. Pero tampoco quería empezar aquel encuentro con una confrontación, así que opté por una respuesta oblicua, que confié en que le hiciera meditar:

—Pues no pensaba preguntárselo, porque por ahora no tengo elementos de juicio que me lleven a la necesidad perentoria de hacerlo, pero tampoco le impediré que me lo cuente, si así lo desea.

Pude apreciar en la mirada de Altavella un momentáneo desconcierto. Como si hubiera visto desviarse inesperadamente una estocada en la que había empeñado toda su audacia y que daba por imparable. Aprovechó para rehacerse la llegada de la mujer sudamericana, que traía en una bandeja café y zumo de naranja recién hechos.

—Muchas gracias, Palmira. Ya sirvo yo el café.

—Como usted diga, señor.

Había algo en el trato de Altavella con su empleada doméstica que me gustó. Al contrario que otros, no se dirigía a ella como si fuera un semoviente que no mereciera mayor atención que contar cada mes los billetes que le pagaba. Tampoco con esa bonhomía impostada y remota que algunos ricos consideran el colmo de la delicadeza para con el servicio. Le sonreía de verdad y la miraba a los ojos. Y ella a él.

El viudo nos preguntó cómo queríamos el café y nos lo sirvió con aplicación y lentitud. Luego le acercó el azucarero a Chamorro.

—Gracias —dijo mi compañera.

—No hay de qué. Quien no vive para servir, no sirve para vivir.

Saltaba a la vista que a Altavella le complacía desempeñarse de modo extravagante, y subrayarlo en la medida justa para que no resultara falso ni embarazoso, sin dejar de llamar la atención. Iba yo a tomar la palabra cuando se acordó de lo que había dejado a medias:

—Pues como les dije, esa noche estaba en mi casa de Gerona. Coincidí un rato con uno de los vecinos hacia las ocho de la tarde, pero después de eso y hasta la mañana siguiente, cuando fui a comprar el pan y el periódico, no vi a nadie. Salvo que alguien pasara por allí y me viera a través de la ventana, lo que bien puede haber sucedido, porque no suelo correr las cortinas, me temo que no tengo a quien pueda respaldar mi coartada en los términos más o menos convencionales. Prefiero decírselo de entrada por si eso supone algún problema. En pura teoría, entre la tarde del lunes y la mañana del martes, pude ir a Zaragoza y volver, la distancia lo permite más que holgadamente.

Ahora era yo quien estaba descolocado. ¿A qué jugaba aquel tipo? ¿Era de una idiotez insólita o de una insólita franqueza? En todo caso, no podía reaccionar a su provocación de una manera vulgar.

—No sé si eso que me dice debería preocuparnos —dije—. Depende.

—¿De qué?

—De si le convenía o deseaba usted la muerte de su mujer, claro está. Pero como no tenemos una máquina para adivinarle los pensamientos ni los deseos, dependerá en suma de si encontramos o no indicios que nos lleven a suponerlo. Y de si usted está dispuesto a hacer algo para disipar nuestras sospechas o, al contrario, para alimentarlas.

—Ya veo. ¿Y cómo podría hacer lo uno y lo otro?

El candor con que lo planteaba sonaba auténtico. Traté de seguir hablando como si aquello fuera en serio, y no la broma inconsecuente que podía parecerle a cualquier otro que estuviera en mi lugar.

—Puede imaginarlo sin mucho esfuerzo —dije—. Sin duda tendríamos que verificar sus movimientos si se confiesa autor del crimen, porque habríamos de contrastarlo por otras vías. Aunque es raro, hay gente que se acusa sin haber hecho nada, y la mayoría de la que se acusa con motivo suele desdecirse en el juicio. También tendríamos que investigarle a usted si viéramos que nos oculta información, o que nos facilita alguna que comprobemos que no se ajusta a la realidad.

—Bien, creo que lo entiendo. ¿Y cómo puedo, en cambio, ayudarles a no considerarme objetivo potencial de sus pesquisas?

—Contándonos todo lo que sepa y pueda orientarnos, para empezar. Y en un terreno más específico, también ayudaría que nos permitiera tomarle una muestra de saliva para obtener su perfil genético.

—No tengo ningún inconveniente. ¿Para qué les sirve eso?

Podría haber rehusado responderle. Pero preferí no ocultárselo:

—Para descartar que usted fuera la persona que mantuvo relaciones sexuales con su esposa poco antes de su muerte.

Altavella me sostuvo la mirada, acaso para demostrarse algo.

—No fui yo. Así que dígame dónde tengo que escupir.
—No tenemos tanta prisa. Ya le tomaremos la muestra. Antes me gustaría ponerle al corriente de lo que hemos ido descubriendo.
—De acuerdo —asintió—. Soy todo oídos.

En los últimos días me había tocado hacer aquel relato varias veces, para oyentes no siempre fáciles, como mi superior directo o la autoridad judicial. Pero con ninguno de ellos me había visto sometido a tanta exigencia como con aquel hombre que me escuchó durante varios minutos con gesto de completa concentración, sin despegar los labios y casi sin mover un músculo de su cuerpo. No sólo era el viudo. Estaba narrándole algo a un narrador consagrado, y por pueril que resultara cualquier afán de competición por mi parte, no quería quedar en ridículo y aspiraba a producir en él un impacto, por lo que administré mis bazas y procuré desplegarlas ante él de la manera más eficaz. No le informé de todo, desde luego. Me callé todavía lo de los amantes que le habíamos averiguado a su mujer, lo del contenido de sus ordenadores, lo de los teléfonos móviles y las cuentas de correo electrónico que íbamos a intervenir. Una cosa era que no quisiera tratarle como un sospechoso y otra que descartase su implicación de forma tan absoluta como para ponerle al corriente de todas las interioridades de la investigación. Pero de lo demás le di buena cuenta, incluido lo relativo al misterioso joven moreno con quien habían visto a Neus poco antes de morir. Me entretuve en facilitarle todos los detalles que teníamos sobre él, y también sobre el desconocido del cementerio con quien provisionalmente lo relacionábamos. Lo que no le participé fueron nuestras hipótesis sobre quién o qué pudiera ser. Ahí esperaba su colaboración.

—¿Conoce usted a alguna persona con estas características, y que pudiera tener algún trato con su esposa? —le pregunté.

Altavella no respondió en seguida. Aún se demoró

unos segundos en aquel ensimismamiento con que me había estado escuchando.

—Hombre, moreno, sobre veinticinco años —recapituló—. No diría yo que ese prototipo abundaba en su círculo de amistades o relaciones. Pero tampoco debía de serle del todo ajeno. Imagino que deberían mirar en su entorno laboral. En la productora. En la tele. A mí, honestamente, no se me ocurre ahora ninguno. Bueno, se me ocurre Marc, uno de mis sobrinos. Pero la verdad, me sorprendería que Marc se hubiera liado con su tía. No es que no crea que la naturaleza humana dé para eso y para mucho más, pero mi sobrino es un crío y un soso y dudo que Neus le hubiera dado oportunidad. Además, él no tiene un Audi plateado, sino un descapotable rojo. Eso ya se lo dice todo.

Llegados ahí, me correspondía abrir mi carpeta, que para eso la llevaba, y sacar de ella una fotografía. Lo que con Meritxell me había parecido un gesto hábil, con Altavella me resultaba más bien tosco. Pero era lo que tenía que hacer y lo hice: le tendí la instantánea en la que se veía al hombre del cementerio. El escritor la cogió con precaución.

—¿Ha visto alguna vez a esta persona? —inquirí.

Altavella meneó la cabeza, mientras sus ojos permanecían clavados en la fotografía como si tratara de memorizarla.

—No, jamás —dijo—. Esto es el cementerio, ¿no?

—Sí, es el hombre al que vimos allí.

—Tiene miedo —afirmó, como quien consignara un dato objetivo.

—¿Por qué piensa eso? —dijo Chamorro.

—La mirada es esquiva —explicó—. Tampoco eso tiene nada de particular, a partir de cierto momento a todos nos sucede, tenemos demasiados errores a la espalda y cuando nos acordamos de ellos, que es más a menudo de lo que desearíamos, nuestros ojos no quieren encontrarse con los de nadie. El que mejor lo describió fue César Vallejo: *y todo lo vivido se empoza, como charco de culpa, en la mirada*. Lo hizo en un poema hermoso y terrible, *Los heraldos negros*. Pero este hombre es demasiado joven. No pesan en su mirada las viejas fechorías, no le ha dado tiempo a acumularlas ni a fermentarlas. Teme por algo reciente.

Mi compañera y yo nos observamos de reojo. Supongo que ambos dudábamos, ella más que yo, si aquello que acabábamos de oír denotaba una singular clarividencia o una singular falta de cordura.

—Perdonen —añadió entonces Altavella—. Es un juego. Me gusta mirar a la gente por fuera y jugar a adivinarla por dentro. No me hagan caso. Me equivoco constantemente, como cualquiera. Lo único que puedo decirles es que no tengo ni idea de quién es este hombre.

—Es posible que no sea nadie —reconocí—, o nadie que tenga que ver con esta historia. Meritxell Palau tampoco nos ha sabido decir quién es. Pero si allí estaba, sería por algo. Y si no lo conoce quien trabajaba codo a codo con Neus, ni tampoco usted... Bueno, podría ser un simple curioso, claro, pero su actitud no es la que se espera de alguien así. ¿Me permitiría que le hiciera una pregunta un poco personal?

—Hágala, no se apure. Todas lo son, en este contexto. Han matado a mi mujer y lo único que parece claro es que ella estaba con otro.

No distinguí si era resignación o altivez. Aproveché, no obstante:

—¿Cree usted que su mujer estaba pasando una mala racha?

Altavella alzó las cejas.

—¿Una mala racha? ¿De qué? ¿De fortuna? ¿De salud?

—Me refiero —y sopesé las palabras que iba a pronunciar a continuación— a si tiene usted la impresión de que pudiera atravesar por un estado de ánimo que la predispusiera a tener un comportamiento fuera de lo normal. Que la impulsara a correr riesgos, a hacer cosas extrañas o a relacionarse con gente fuera de sus círculos habituales.

Comprendí al instante que no lo había expresado del todo bien. El rostro de Altavella mostraba ahora, si cabía, un estupor mayor.

—¿Me está preguntando si mi mujer tenía algún problema psicológico? ¿Si había perdido la cabeza, si estaba trastornada o algo así?

—No exactamente —le aclaré—. Problemas psicológicos, en mayor o menor grado, los tiene todo el mundo, pero de una persona que llevaba adelante su vida y su trabajo, con éxito y superando no pocas dificultades, nunca me atrevería a plantear que pudiera estar trastornada. Parto de la premisa de que Neus estaba en sus cabales y como cualquiera tendría sus altibajos. Lo que me pregunto es si estaba pasando por un momento de desencanto que la impulsara a buscarse aventuras, y a no cuidarse mucho de dónde ni con quién las buscaba.

El escritor adoptó de pronto un gesto circunspecto.

—Ahora le entiendo —dijo—. Y entiendo, también, por qué me avisaba de que era una pregunta personal. Pues sí, eso sí es posible. Verá usted, sargento, mi mujer y yo no nos llevábamos mal y nos teníamos plena confianza. Nos consultábamos sobre casi todo. De hecho, para mí ninguna opinión valía como la suya y creo que puedo decir que otro tanto le sucedía a ella con la mía. Pero es cierto que nuestro matrimonio había perdido desde hace años la capacidad de arrebatarnos, a ambos. Y que una vez constatado eso, en vez de hacer un drama, decidimos aceptarlo y sobrellevarlo de la manera más serena e imaginativa posible, porque entre nosotros existía el afecto y la comprensión suficientes como para no desear la convivencia con otra persona. Cada uno se arregló por su lado, y nos acostumbramos a respetar cada uno los espacios particulares del otro. Yo no me entrometía en los suyos ni ella en los míos. Sobre si ella se apañaba bien o mal en esos espacios, sólo puedo especular.

Pero no diría, eso es cierto, que en los últimos tiempos anduviera muy sobrada de experiencias satisfactorias.

Por un momento, pareció calibrar el efecto de su revelación.

—Disculpen que hable de esto de una manera tan general —agregó—. Prefiero hacerlo así. Pero si necesitan que sea más concreto...

—No —dije—. Creo que le seguimos, en lo esencial. Y por otra parte no es cosa nuestra cómo se arreglaran ustedes. Para serle sincero, tampoco nos coge de sorpresa. Hemos podido saber que su mujer mantuvo relaciones más o menos duraderas con varias personas en los últimos años. Lo que sucede es que ninguno de los nombres que nos han dado nos casa con ese hombre con el que la vieron el lunes, ni tampoco con el crimen que estamos investigando. Por eso suponemos que se trata de una persona nueva, alguien con quien se veía desde hacía poco tiempo. Incluso barajamos que pudiera ser alguien a quien no conocía mucho, lo que complicaría bastante nuestro trabajo. ¿No puede darnos usted ninguna pista de dónde y cómo pudo coincidir con él?

Altavella me escuchaba con toda atención. Mientras yo hablaba, él iba asimilando hasta dónde habíamos llegado a desvelar las peculiaridades de su matrimonio. A cualquier otro le habría resultado molesto, pero a él parecía aliviarle no tener que contárnoslo todo.

—Sobre eso, no puedo ayudarles —dijo—. He llegado a saber, era inevitable, el nombre de algunos con quienes estuvo Neus. Siempre hay algún samaritano al revés a quien le complace hacerte llegar lo que interpreta que recibirás como una puñalada en el corazón. Pero a ella no le pregunté nunca adónde se arrimaba o se dejaba de arrimar, ni esperaba que me tuviera al tanto. Yo tampoco la tenía a ella.

—¿No le contó que estuviera angustiada por algo o por alguien? ¿Ni siquiera para desahogarse o pedirle consejo?

—No. Hablábamos de nuestros asuntos comunes. O del trabajo.

—¿Tampoco le consta que tuviera problemas en ese terreno?

—Si los tenía, no me lo dijo. Pero me extrañaría. De eso sí solía estar informado. Por razones profesionales. Soy socio de la productora.

—¿Hablaron alguna vez del proyecto que tenía para hacer un reportaje sobre el mundo de la prostitución barcelonesa?

Altavella se lo pensó antes de responder.

—No era un proyecto —me corrigió—. Lo hizo, y se emitió en su día.

—Me refiero a una segunda parte.

—De eso no sé nada. Estaría en una fase preliminar. De todos modos, después del primero yo le desaconsejé que siguiera con ese tipo de temas. La vida de los desgraciados, al final, no le interesa a nadie. Y los que se sientan delante de la tele por la noche no quieren que les recuerden en qué sucio mundo viven, sino evadirse de sí mismos.

—¿Y ella cómo se lo tomó?

—Se cabreó. No le gustaba que le dijeran que había metido la pata. De todos modos yo no la presionaba en ningún sentido. Ella era la estrella. Sabía que cualquiera que fuera su decisión, yo la apoyaría.

Era una ocasión inmejorable para tocar un aspecto delicado:

—Por cierto, ¿qué es lo que va a suceder en adelante con la productora? Tengo entendido que ahora será usted quien la controle.

—No sé quién le ha dicho eso, pero se confunde. Actualmente poseo un 10 por ciento. Neus poseía el 75 y otros socios minoritarios se repartían el 15 por ciento restante. De la parte de Neus yo heredaré un tercio, según su testamento, y los otros dos tercios irán a sus padres. Esa misma regla rige para todos sus bienes. Fue lo que pactamos en su día para estar en igualdad de condiciones. Si hubiera muerto yo antes, dos tercios de mi herencia habrían sido para la hija que tengo de un matrimonio anterior y un tercio para ella. Echen cuentas y verán que no reúno ni de lejos la mayoría del capital. Sólo el 35 por ciento.

Nos dio noticia de todos aquellos pormenores accionariales y testamentarios sin el menor reparo, con una naturalidad que, en este mundo donde el flujo de caja dicta el curso de tantas vidas, muy poca gente acierta a mostrar cuando de hablar de dinero se trata. No oculto que el detalle le hizo ganarse mis simpatías. De todos modos, no me dejé cegar por el baile de porcentajes y reformulé mi pregunta:

—Pero al final será usted quien administre la parte de sus suegros...

—Tampoco. Estoy buscando un gestor profesional para que se ocupe. Lo que les he propuesto a mis suegros es que vendamos nuestras acciones en cuanto podamos. Yo desde luego venderé las mías. Si es que valen algo, ahora que se ha hundido el buque insignia de la empresa. La televisión no es mi negocio, ni me atrae lo más mínimo.

En este punto, tuve la sensación de que me quedaba sin preguntas. A partir de lo que nos había dicho, y salvo que cuestionáramos la veracidad de su testimonio, no era mucho más lo que aquel hombre nos podía aportar. Y si eso era todo, los resultados de la entrevista iban a quedar muy por debajo de mis expectativas. Sólo me quedaba algo que no estaba seguro de que conviniera sacarle, porque podía ser la manera de hacerle perder la amabilidad y la paciencia que nos había dispensado hasta entonces. Pero qué sentido tenía reservármelo. Volví a abrir mi carpeta y, mientras tomaba de ella unos folios, le dije:

—Me gustaría pedirle algo, si no es abusar de su tiempo.

—Hasta ahora no lo ha hecho —juzgó, magnánimo—. Más bien tengo que alabarles el miramiento y la meticulosidad con que enfrentan su labor. Ya me hago cargo de que no debe resultarles nada fácil trabajar de ese modo, mientras ahí afuera los medios de comunicación hacen todo el ruido posible a propósito de esta desdichada historia.

—Sólo cumplimos con nuestro deber —le quité importancia—. Del ruido, prescindimos. Para que se haga una idea, no he visto ni un segundo de televisión ni he leído una línea de periódico desde que me encargaron esto. Lo mejor es mantener los ojos y los oídos limpios, poner los cinco sentidos en las pruebas que uno se encuentra y no perder el tiempo con dimes y diretes. Por eso mismo, para recabar pruebas, hemos pedido autorización judicial para examinar el ordenador de su mujer, como ya le anticipé —y al decir esto, aguardé a que algo en su expresión evocara el roce que habíamos tenido al respecto.

—Ya me lo anunció, sí —dijo, sin alterarse—. Y disculpe mi reacción en ese momento. Luego lo hablé con mi abogado y me hizo entender que era su obligación. Sólo espero que no haga falta advertirle que tendrán que atenerse ustedes a las consecuencias si sale a la luz algo de lo que hay en ese disco duro que no guarde relación con el caso.

—Pierda cuidado. Somos conscientes de nuestras responsabilidades. El hecho es que entre los ficheros hemos encontrado este texto, que nos intriga. Está en inglés, pero no es eso lo que nos dificulta interpretarlo, sino que parece estar escrito en clave. Se me ha ocurrido que tal vez usted podría echarle un vistazo y decirnos si le sugiere algo.

—Déjeme ver.

Le tendí los folios. Altavella examinó deprisa el primero y de ahí pasó al segundo, al tercero, al cuarto. Luego saltó a la mitad y antes de continuar alzó hacia nosotros una mirada inquisitiva.

—La clave no puede ser más obvia —dijo—. No me digan que no se les ha ocurrido. ¿Ninguno de ustedes ha leído *Alicia a través del espejo*?

Capítulo 11

UN SUEÑO DEL REY ROJO

Altavella leyó entonces, con una más que decente pronunciación:

—*I look for butterflies that sleep among the wheat: I make them into mutton pies and sell them in the street. I sell them unto men who sail on stormy seas.* Esto —comentó— es una cita literal de la canción del Caballero Blanco. Capítulo octavo, si no recuerdo mal. Neus adoraba ese libro.

—¿Qué significa? —preguntó Chamorro.

—Ah, perdone, creí que entendían inglés.

—Yo no tanto como mi compañero —confesó, sin tapujos.

—Bueno, es uno de esos poemas sin mucho sentido aparente que le gustaban tanto a Lewis Carroll. *Busco mariposas que duermen entre el trigo. Con ellas hago pasteles y los vendo en la calle. Se los vendo a los hombres que salen a navegar por mares tempestuosos.* Eso dice, más o menos.

—Mariposas que duermen entre el trigo —repitió mi compañera.

—Y aquí —añadió Altavella, que leía ahora el penúltimo folio— hay otra cita, del mismo capítulo: *I don't like belonging to another person's dream. I've a great mind to go and wake the Red King, and see what happens.* Ésta es más fácil, pero se la traduzco también: *No me gusta pertenecer al sueño de otro. Estoy por ir a despertar al Rey Rojo, y ver qué pasa.*

—El Rey Rojo... *Red King* —dijo Chamorro, mirándome.

Asentí, en silencio. Me costaba encontrar las palabras para reconocer que había tenido delante de las narices algo que habría debido identificar y que, sin embargo, me había pasado inadvertido. No sólo aquellas dos palabras, *Red King*, iniciales R.K., que Chamorro no había llegado a leer, porque la había interrumpido antes de llegar a esa parte, pero que yo sí había visto (deduje, avergonzado, que en algún momento en el que los ojos se me cerraban por el sueño). También me acordaba ahora de aquella última anotación, que no tenía excusa alguna para haber pasado por alto: *donde finalmente reina el tipo rojo*. Había cambiado *rey* por *tipo*, pero el verbo *reinar* habría debido alertarme. Y por si eso no bastara, estaba aquella otra palabra, *kitten*. No podía ser más evidente. El gatito de Alicia. El que acaricia cuando vuelve a la realidad.

Aquí debo admitir una pequeña miseria. Me fastidiaba no haber descifrado yo el acertijo, desde luego, pero eso sólo me pesaba hasta cierto punto, porque nunca he sido muy ducho para las adivinanzas ni encuentro en quienes tienen facilidad para resolverlas una forma de inteligencia a la que atribuya un gran valor. Lo que me dolía, sobre todo, era haberle dado a Altavella la oportunidad de tratarnos como a un par de ignorantes, de lucirse con aquellas citas y con aquellas traducciones sobre la marcha como si desbastara a dos obtusos representantes del vulgo. El orgullo, que a veces juega malas pasadas.

—Tiene usted razón —le concedí, aunque me escociera—. Está tan claro que resulta imperdonable que no lo viéramos nosotros. No sé mi compañera, pero yo sí he leído a Lewis Carroll, lo que en el fondo no hace sino agravar mi negligencia. Ha sido buena idea enseñárselo.

—No sufra usted por eso —trató de consolarme—. A

veces uno anda a otras cuestiones y no ve lo que le pasa por delante. Ustedes tienen que procesar mucha información a la vez. Yo, en cambio, me he puesto a leer esto con la cabeza despejada. Y tengo una ventaja nada despreciable: que sé hasta qué punto Neus era fanática de este libro.

—¿Ha visto la última anotación? —le dije.

—No, aún no.

—Léala, si hace el favor. Yo le di anoche un par de vueltas, pero ha quedado demostrado que no lo hice con mucha lucidez.

Altavella buscó el final del texto y leyó, en silencio.

—¿Qué es lo que dice? —preguntó Chamorro.

—Esto no es una cita del libro —explicó Altavella—. Es algo que escribió ella, Neus. Se lo leo traducido al castellano, directamente: *Porque ahora se trata, mi hermoso gatito, de algo entre tú y yo, entre dos nadies, fuera de los espacios brillantes donde finalmente reina el tipo rojo.*

Después de leer aquellas palabras, el escritor se sumió en una meditación sombría. Imaginé que no podía penetrar el sentido preciso de la anotación, pero que, como a mí mismo, ahora que manejaba la clave, le sobraban recursos para barruntar el significado general.

—¿Ha leído usted *A través del espejo*, agente? —se dirigió a Chamorro.

—Hace mucho tiempo, apenas me acuerdo —respondió, algo cortada.

—No pasa nada. Hay tantos libros… Se lo preguntaba por dar la historia por sobreentendida o no. Como usted recordará —dijo, volviéndose esta vez a mí—, en ese libro Alicia empieza siendo un peón blanco de ajedrez y consigue coronarse reina, en una partida delirante que tiene todo el aspecto de un sueño y que ocurre en un mundo fantástico al otro lado del espejo del salón de su casa. Lo que no se sabe es si el sueño es suyo o del rey rojo, que pasa toda la partida dormido en una de las casillas centrales del tablero. Finalmente Alicia despierta, o regresa del otro lado del espejo, como prefieran, y sigue siendo incapaz de decidir de quién fue el sueño. Con esa pregunta termina el libro.

Altavella se interrumpió aquí. Debió de percatarse de que si continuaba en ese tono didáctico podía resultar pedante. Al dar su interpretación de la anotación de su mujer optó por ser más escueto:

—Neus parece haber decidido que todo era un sueño del rey rojo.

—Y que Alicia está ya para siempre fuera del espejo —añadí—. O lo que es lo mismo, que el sueño de ser reina no sigue más allá.

—Sí, eso es lo que viene a decir —murmuró.

Durante unos segundos, flotó en aquella azotea privilegiada un silencio que volvió irrelevante todo lo que nos rodeaba, la magnificencia de la casa y la ciudad que se extendía ante nuestros ojos.

—Creo que esto confirma sus suposiciones, sargento —habló al fin el viudo—. Neus tenía problemas. Y era consciente de ello. No sé si sabía que podía estar cerca de algo tan terrible como lo que le ocurrió. Pero sí que no debió de ser un accidente completamente inesperado.

—Coincido con usted —dije.

—Lo que me duele es no haberme enterado de nada. Quizá no fuimos tan listos, tan sensatos como nos creíamos. Quizá todo acabó siendo un amaño torpe que aceptamos por cobardía, y que no...

—No se atormente ahora —le atajé—. No creo que deba.

—No, desde luego. Es algo que tendré que resolver a solas.

—En todo caso, creo que no debemos molestarle más por hoy. Ya nos ha sido muy útil, y tenemos aún bastante trabajo por delante.

Altavella no pareció oírme. Seguía absorto en sus pensamientos, como si anduviera todavía dándole vueltas a algo.

—Podría interpretarse de una manera menos dramática —propuso de pronto—. El espejo es el mundo irreal. El mundo en el que vivía ella durante gran parte del tiempo, y que a mí tampoco me es del todo ajeno. Ese mundo en el que no eres tú mismo, sino un personaje a quien sueñan los demás. No saben ustedes lo que es esa sensación. Que la gente, cuando te da la mano, cuando te pregunta o cuando te escucha, ni te dé la mano ni te pregunte ni te escuche a ti, sino a la proyección mental que han hecho sobre ti en su imaginación. Al principio halaga sentirlo, porque en ese ejercicio de inventarte que hacen los demás hay una forma conmovedora de afecto hacia uno. Pero a medida que pasan los años, llega a asfixiarte. Acabas acorralado entre quienes te envidian o te desprecian y quienes te admiran tomándote por lo que no eres. Y entre medias cada vez queda menos espacio, y entre medias es el único lugar donde uno puede seguir viviendo sin perder la cabeza. Tal vez lo que Neus quisiera decir con esa frase no era que el sueño se había terminado, sino que ella misma deseaba acabar con él; no con todo, sino con la parte de mentira y de impostura que implicaba. Ya me disculparán, esta manera barata de hablar. A lo mejor es una tontería, pero cuando a alguien como yo le dan una metáfora, no tiene más remedio que manosearla. No se vive impunemente de la literatura.

Juzgué que debía ser generoso con él:

—A mí me parece bastante consistente lo que dice.

—En fin, perdónenme de todas formas que haya acabado derivando a mi tema —se excusó—. Temo aburrir cuando hablo de ello con desconocidos, porque cada vez tengo más la sensación de que este negocio al que me dedico es un vestigio de otra época. Al menos las señales son alarmantes. La mayoría de la gente que está dispuesta a gastar dinero en un libro sólo tiene afición a leer patrañas prefabricadas, los políticos que deberían fomentar la lectura son ineptos o directamente analfabetos y los escritores nos acabamos volviendo todos banales y cascarrabias, por no hablar de nuestra creciente incomprensión de la realidad. En el fondo, debería asombrarnos que alguien nos lea.

—No creo que todo sea tan catastrófico. A mí me gusta leer literatura, y a mi compañera también. Y ya ve a qué nos dedicamos.

—Sí, ya veo. Y es verdad que a veces uno tiene prejuicios necios —dijo, como si pensara en voz alta—. Para serles franco, había asumido que no les alegraría mucho verse obligados a tratar con alguien como yo.

El tono de Altavella era inocente, pero no podía dejar de advertir lo que sus palabras daban a entender. Si había llegado a notar que no me caía bien, era un fallo por mi parte. Traté de enmendarlo:

—Le aseguro que es mucho menos penoso tratar con alguien como usted que con buena parte de nuestra clientela habitual. Para empezar, no nos invitan a desayunar ni a disfrutar de estas vistas. Pero no podemos entretenernos ni entretenerle más. Debemos irnos.

—Sí, tampoco quiero distraerles yo. Les acompaño.

Al entrar en la casa apareció la empleada, sigilosa y siempre pertrechada con su incombustible sonrisa. Diríase que estaba allí aguardando, para recibir las órdenes que su jefe tuviera que impartirle.

—Yo les acompaño abajo, Palmira —dijo Altavella—. Si haces el favor, puedes recoger ya lo del desayuno y seguir a tus cosas.

Mientras bajábamos por las escaleras, me acordé de algo. La insospechada placidez con que había transcurrido nuestro encuentro me invitó a atreverme a mencionárselo a nuestro anfitrión:

—Una curiosidad. ¿Fue usted quien escogió la música de Corelli que sonó en la capilla? ¿Y el poema de Ausiàs March para el cementerio?

Altavella se detuvo y me observó con una expresión anonadada, que he de confesar que me sirvió para paliar el bochorno de no haberme dado cuenta de las alusiones de Neus a la historia de Alicia.

—¿Le gusta Corelli? ¿Ha leído a Ausiàs March? ¿Entiende catalán?

El escritor desplegó aquella batería de preguntas como si cada una se refiriera a un prodigio más inconcebible. Me halagó, claro.

—*Una miqueta* —repuse a lo último—. Pero no tiene mucho mérito, estuve destinado aquí durante tres años. Lo debería hablar mucho mejor. En cuanto a Corelli, sí, me aficioné a él de chaval. Luego lo redescubrí en la época de la universidad por las versiones de Geminiani. Tenía un compañero de clase que estudiaba música y que me trató de convencer de que Geminiani había mejorado las composiciones de su maestro. Pero prefiero el original. Geminiani me parece frío. A Ausiàs March lo conozco por Raimon —remaché, lo que no era mentir del todo.

—Me sorprende, tengo que reconocérselo.

—Bueno, es una casualidad. Nada más.

—Creo que no puedo dejar de decírselo —se sinceró—. A medida que uno va cumpliendo años le va costando más callarse lo que piensa, aunque no sea muy presentable, como es el caso. Me había hecho otra idea de ustedes, de cómo serían. No imaginé que iba a hablar con alguien que ha ido a la universidad, que conoce a Corelli y escucha a Raimon. Y mucho menos, que sabe quién era Geminiani. Me disculpará si le ofende, pero no es eso lo que asocio a un guardia civil.

—Ni usted ni mucha gente. Ni mis compañeros son en general tan marcianos como yo. Pero hay bastantes más universitarios, no crea. A mi compañera, sin ir más lejos, sólo le queda una asignatura para terminar la licenciatura en Ciencias Matemáticas. ¿O eran dos, Vir?

—Tres —precisó Chamorro, mosqueada.

—¿Y qué carrera estudió usted? —preguntó Altavella. No respondí en seguida. Sabía que iba a devaluarme.

—Psicología, una pérdida de tiempo.

—¿Por qué lo dice?

—Supo expresar mucho más del alma humana Ausiàs March, en esos pocos versos, que lo que han acertado a atisbar miles de psicólogos y psiquiatras en toneladas de páginas llenas de jerga y de especulaciones pseudocientíficas. No digo que todos sean unos cantamañanas durante todo el tiempo, pero incluso a los más capacitados, como Jung o Freud, se les escaparon de la pluma insignes memeces.

Altavella parecía seguir sin dar crédito, y noté que Chamorro me miraba de reojo con reprobación. Tenía razón, me estaba pasando.

—Tampoco hay que verlo con tanta dureza —opinó el viudo—. Al fin y al cabo, que nadie está exento de la estupidez ya lo decía Montaigne, hace unos pocos siglos, y creo que fue Nietzsche quien llegó a invocarla como un derecho. En lo que estamos de acuerdo es en la sutileza de los versos de Ausiàs March. Los escogí yo, sí. Y a Corelli también. Por una debilidad romántica. Elegí una música que nos gustaba a los dos, a Neus y a mí. Ya que no estuve con ella cuando murió, me pareció una forma de acompañarla a título póstumo. Una bobada, ya ve.

—Discrepo. Creo que fue una elección acertada. No recordará usted, por cierto, en qué disco está esa canción de Raimon...

A Chamorro los ojos le echaban chispas. Pero a mí también me pasaba un poco como a Altavella. Ya era demasiado mayor para callarme algo que quería preguntar, salvo que pudiera causar un cataclismo.

—Claro que me acuerdo. Espere un momento.

Antes de que pudiéramos reaccionar, Altavella desapareció por el pasillo. Durante los quince o veinte segundos que tardó en regresar, mi compañera no despegó los labios. Pero la manera en que me miraba se parecía bastante a la que recordaba de mi madre el día que le desintegré de un balonazo una costosa porcelana de Lladró (por accidente, no por impulso estético, los gustos de una madre no se juzgan).

El escritor regresó con un cedé en la mano.

—Tenga usted —dijo, tendiéndomelo.

—Ah, gracias. Me anotaré el título.

—No, quédeselo.

—Es el suyo, no puedo aceptarlo.

—Vamos, hombre, como soborno es poca cosa. Acépteme el regalo. Me conforta mucho desprenderme de un objeto dándoselo a quien sé que lo va a disfrutar. Yo ya poseo demasiados. Y si algún día tengo ganas de volverlo a oír, ya me lo compraré. No se preocupe.

—Pues muchas gracias —resistirme más habría sido grosero.

Nos despedimos en el descansillo. Altavella estrechó nuestras manos y declaró, con un énfasis que no solía exhibir:

—Ha sido muy grato conversar con ustedes, pese a las circunstancias. Por favor, no duden en llamarme para lo que necesiten.

—Tal vez le pidamos que nos deje examinar otro día las cosas de su mujer. Su cuarto, sus papeles. No hay prisa —me apresuré a aclararle—, porque ahora mismo tenemos material de sobra para analizar.

—Bueno, si han de hacerlo, no me opondré. No se ha tocado nada. ¿Me dejarían que ahora les hiciera yo una pregunta personal?

Nos había puesto difícil negárselo.

—¿En qué año nacieron ustedes?

—Yo, en 1963 —dije—. Mi compañera no sé si querrá revelar su edad.

—Por qué no. Yo soy del 74 —rezongó Chamorro.

—Claro —asintió, pensativo—. Es que son ustedes muy jóvenes. Lo que yo guardo aún en la cabeza es un país muy antiguo, un país mugriento que ustedes han tenido la suerte de no conocer, apenas. No saben el favor que me han hecho. Ya no tendré que pensar en un tío con bigote, pocas luces y mala leche, cuando alguien me hable de la Guardia Civil. Lo dicho, un placer conocerles, y aquí tienen su casa.

A eso no supe si debía responder. Preferí retirarme en silencio.

Ya en la calle, mi compañera soltó lo que había estado reteniendo.

—Mira que te gusta dar la nota, ¿eh?

—¿Por qué lo dices?

—Claro que también el rival se las traía —observó, inclemente—. Cuando habéis empezado a competir por ver quién resultaba más redicho, he tenido la sensación de estar en un jardín de infancia. ¿Cómo es posible que a los hombres os idiotice tanto la vanidad?

—Bah, y yo me pregunto cómo es posible que las mujeres nos toméis tan en serio. No era más que un juego. Por su parte y por la mía. Y si a los dos nos divierte, y no le hacemos mal a nadie...

—Bueno, teníais público. Que no podía marcharse, además. Y al que os encantaba dejar sin oportunidad de terciar en vuestro torneo.

—Vamos, Chamorro, no me seas susceptible. Además, si alguien ha quedado en ridículo, he sido yo. Tuve la clave delante de las narices y he necesitado que me la destapara él para darme cuenta.

—Sabes que lo has compensado de sobra luego, con el alarde musical. Por eso sonríes así, que ya nos vamos conociendo.

—No. Sonrío porque al final, cuando ya casi creía que esta gestión iba a resultar baldía, hemos dado un paso importante, más importante de lo que parece. Y por cierto, ese paso acredita el valor de tu intuición, así que no deberías sentirte disminuida —la provoqué.

—Gracias, hombre. No me siento *nada* disminuida.

—El hecho es que Neus andaba metida en alguna clase de apuro: lo estaba pasando mal, como tú imaginabas. Eso quiere decir que aumentan las posibilidades de que su muerte no fuera totalmente aleatoria. Y con ellas, las posibilidades de que la resolvamos. Para empezar ya sabemos qué demonios significan las misteriosas iniciales R.K., aunque sea a su vez un signo de algo que tendremos que encontrar. Y acuérdate de la frase que leímos en su bloc junto a esas dos letras.

—*Suyo, no mío* —citó.

—Lo que coincide con el sentido de la última anotación del diario.

—Sí, pero sólo tenemos símbolos crípticos. ¿Quién es el Rey Rojo?

—Que los símbolos cuadren y resulten coherentes ya es un paso. Ayer no entendíamos nada. Lo demás ya vendrá, a su tiempo.

Habíamos llegado al coche. Le ordené a Chamorro:

—Tira para el centro.

—¿Para el centro? ¿Adónde vamos?

—De momento, a una librería. A ver si tienen un ejemplar de *A través del espejo* en inglés. Me da que va a merecer la pena refrescarlo.

Por el camino llamé a Rubio. No había estado de brazos cruzados. Tenía los resultados del laboratorio de ADN: el perfil genético del semen hallado en el cuerpo de la difunta no se correspondía con el de nadie que tuviéramos en nuestro banco de datos. Había conseguido además el retrato-robot del acompañante de Neus: en su opinión, una birria a la que difícilmente se parecería alguien. También había localizado a Josep Albert Salvany: aquella mañana tenía rodaje en unos estudios situados en un polígono de la periferia. Me apunté la dirección. Por otra parte, Juárez ya había contactado con los proveedores de Internet y a primera hora de la tarde, nos aseguraba, dispondríamos de las claves para acceder a las cuentas de correo web de Neus. Donde no había habido tanta suerte era con los teléfonos móviles prepago. Dos de ellos correspondían a la compañía donde trabajaba la amiga de Chamorro y también podríamos tenerlos intervenidos y estar en condiciones de rastrear su ubicación a mediodía, pero el tercero era de otra compañía donde no habían ofrecido tantas facilidades. Exigían ver el original de la orden judicial, no les valía el fax, y le habían dicho a Rubio que debían someterlo a su departamento de asesoría jurídica antes de darnos acceso a la línea, ya que ése era su procedimiento interno para evitar incurrir en responsabilidades frente a sus clientes. No me sorprendía mucho; no era la primera vez que me encontraba con ese celo para preservar la intimidad de la clientela en alguna compañía de servicios. Un celo que entendía, desde luego, y que habría entendido mucho mejor si no me constara, por propia experiencia, cómo muchas de ellas aprovechaban después los datos personales de los usuarios para desarrollar otros negocios, cuando no para traficar con ellos. Pero no me engañaba: entre otras razones, los móviles prepago son una mina de oro para las empresas de telefonía porque permiten el anonimato y resultan más escurridizos; ser demasiado ágiles a la hora de facilitar su intervención equivaldría a sabotear su propio negocio. Le pedí a Rubio el número de teléfono y el nombre del representante de la compañía, para tratar de ejercitar con él mis dotes de persuasión.

Me dio tiempo a hablar con él mientras íbamos hacia la librería. El señor López-Tuñón, que así se llamaba o hacía llamar el sujeto, resultó ser un contrincante coriáceo, de la peor especie: alguien que había recibido de sus superiores unas directrices y cifraba sus expectativas de futuro en atenerse a ellas a todo trance. Me fallaron consecutivamente los trucos de ser amable, darle pena y hasta sugerirle que su rigidez burocrática podía favorecer a un peligroso criminal. A esto último se permitió incluso responder echando mano del sarcasmo:

—Pues entenderá, sargento, si tan grave es el caso, que esperemos que se tomen la molestia de facilitarnos el original del mandamiento.

—El juzgado está en Zaragoza, nosotros en Barcelona, y ustedes en Madrid. ¿Comprende las dificultades que eso nos plantea? —dije.

—Yo lo comprendo todo. Sólo le pido que me comprenda a mí.

—Muy bien. Creo que le he comprendido. Daré a su señoría cuenta de esta conversación. Mencionando su nombre, por supuesto.

—¿Qué pretende con eso? ¿Asustarme?

—No. Sólo apuro mis posibilidades. Si le asustan o no las consecuencias de obstaculizar una orden judicial, usted sabrá. —Y colgué.

Odio atacar por las malas algo que no debería costar mucho despejar por las buenas, pero cuando a uno le obligan, no queda otra. En cualquier caso, mi advertencia era hasta cierto punto un farol. No sabía en qué medida podía recurrir al auxilio de la autoridad judicial. La nueva juez bien podía ser una de esas que prometen mucho pero que luego, a la hora de la verdad, le dejan a uno solo delante del toro.

Le pedí a Chamorro que parase en doble fila ante la puerta de Laie, que recordaba de mi época barcelonesa como una de las librerías mejor surtidas. No me defraudó. Tenían *Alicia en el País de las Maravillas* y *A través del espejo* en una edición inglesa muy económica y en un solo volumen. También vi, junto a la caja, una oferta de libros de poesía catalana a euro y medio el ejemplar. Reconocí algunos nombres, otros no. Cuando uno adquiere el hábito de vivir de las gangas, le resulta difícil rehuir una. Bien podía desprenderme de tres euros. Tomé una antología de Joan Margarit, una elección al azar. Y otra de Vicent Andrés Estellés. En este caso sí sabía, de sobra, lo que me estaba llevando.

Con todo, la transacción apenas me llevó cinco minutos. Cuando estuve de vuelta en el coche, le dije a Chamorro:

—Listo. Y ahora, hacia la ronda. Vamos a ver a Salvany.

El tráfico había bajado considerablemente y el trayecto hasta los estudios de grabación resultó rápido. Mi compañera seguía de morros. Si hubiera sido propenso a pensar mal, habría creído que la fastidiaba que yo no hubiera salido del encuentro con Altavella tan descalabrado como había previsto. En cierto momento llegó a decirme:

—Supongo que el idilio que habéis iniciado esta mañana el escritor y tú no te impedirá preocuparte de comprobar su coartada.

No le respondí en seguida. A veces hay que hacer sentir el mando.

—La duda ofende, Chamorro. Claro que la comprobaremos. Pero no creo que sea ahora la prioridad. No veo que haya móvil para un crimen pasional, visto el arreglo conyugal que tenía con Neus, ni para un crimen económico, si sólo iba a sacar un tercio de una herencia que me parece que no necesita. Mi prioridad sigue siendo el moreno.

—Vale —acató, lacónica—. Era sólo por saber.

Nos llevó un tiempo orientarnos en el polígono industrial donde se hallaban los estudios de grabación. Lo malo de esos lugares es que la gente que te tropiezas sólo sabe dónde está su empresa, y que esperar que dar el nombre de la calle sirva de algo es como esperar que un jugador de golf asuma que no hay agua para regarle el vicio.

Después de un rato dimos con la nave. Ante ella había un nutrido grupo de fans, entre las que atravesamos no sin ciertos esfuerzos.

—¿Esta gente no debería estar en el instituto? —dije, viendo las edades.

—Debería —confirmó Chamorro—. Pero ahora cualquiera les obliga a algo, si no les apetece. Eso me cuenta mi primo, el que está de profesor. Hay alumnos a los que ni ve el pelo. Y menos aún a los padres.

En la recepción había una muchacha bastante moderna, punteada de *piercings* y rebosante de carnes, o a lo mejor era sólo que la ropa que llevaba correspondía a la talla que había tenido en tiempos de su ya lejana Primera Comunión. A ella le preguntamos por Salvany.

—*No es pot veure'l* —dijo—. *Avui tenim gravació tot el dia.*

—Joder, qué manía —renegó Chamorro—. ¿Qué ha dicho?

—Perdone, mi compañera no entiende el catalán —la excusé, al tiempo que la invitaba con un ademán a que se calmara.

—Ah, lo siento —se apresuró a corregir la recepcionista—. Les decía que hoy tenemos grabación todo el día y no se le puede ver.

—Sólo le robaremos unos minutos —dije—. Seguro que hay descansos.

—Mis instrucciones son que nadie puede pasar. Lo siento.

No quería hacerlo, si podía evitarlo, pero acabé sacando la placa.

—¿Sería usted tan amable de confirmar esas instrucciones con su jefe?

Cinco minutos después estábamos hablando con un tipo disfrazado de activista antiglobalización (al menos, a ese movimiento remitían las consignas de su camiseta) que dijo ser el jefe de producción de los estudios. Trató de repelernos con las generalidades de rigor, pero esta vez ya me cogió con la reserva de diplomacia algo mermada.

—Mire, esto es muy fácil. Funciona así: cuando nosotros necesitamos hablar con alguien para esclarecer un delito, como es el caso, lo intentamos por las buenas, es decir, lo pedimos por favor, como estamos haciendo ahora. Si la persona se niega, y está en su derecho, lo citamos judicialmente, o incluso, si vemos algo a lo que agarrarnos, tratamos de conseguir una orden de detención. ¿No le parece a usted que debería cerciorarse de que el señor Salvany no quiere atendernos?

El activista dudó. Debió de pensar en las escasas opciones que tenía de seguir allí si por su culpa la estrella tenía algún disgusto.

Diez minutos después estábamos en una salita de invitados esperando a Josep Albert Salvany. Una joven muy atractiva, relaciones públicas de la productora, nos ofreció café, zumos y sándwiches. Era un detalle que rectificaran así, pero declinamos la invitación.

El actor tardó un cuarto de hora en venir. Apareció maquillado y caracterizado para la serie, con pantalones de rapero y una camiseta de tirantes que dejaba al descubierto sus fornidos brazos. Era moreno y guapo, en eso había que darle la razón a Meritxell, y traía puesta la sonrisa que debía de usar con los admiradores. Mientras nos daba la mano nos miró muy dentro de los ojos. A Chamorro, más.

—*Bon dia* —nos saludó—. ¿Qué desean de mí? La verdad es que cuando a uno le dicen que viene a verle la Guardia Civil, impresiona.

—No queremos molestarle más de la cuenta —le tranquilicé—, sabemos que está usted trabajando. Muchas gracias por recibirnos.

—Por favor, un honor colaborar con las fuerzas del orden —exclamó, ensanchando aún más la sonrisa—. Aunque no sé qué puedo yo...

—Neus Barutell —dije, para orientarle.

La mención de aquel nombre obró el efecto de demudarle a Salvany el semblante en el acto. Desde luego, si por algún motivo le interesaba ocultar sus verdaderas emociones, no podía afirmarse que mostrara una gran competencia interpretativa. Pero en la televisión, colegí, no debían de exigirle mucho más que explotar su fotogenia.

—Sí, ya sé —murmuró—. He visto la noticia. Un asunto chungo, ¿no?

—¿La conocía usted? —preguntó Chamorro.

Ahora Salvany no la buscaba con sus ojos penetrantes; al contrario, le rehuía la mirada. Casi podía oírsele calcular hasta qué punto tenía sentido ocultar algo que, si estábamos allí, ya debíamos de saber.

—Sí, la conocía.

—¿Mucho? —le apretó Chamorro, con una pizca de maldad.

—Digamos que algo —repuso el actor.

—¿Tanto como para haber compartido su dormitorio? —inquirí.

Salvany no esperaba un ataque tan directo.

—Yo no voy presumiendo de esas cosas por ahí —se revolvió, digno.

—Vamos, no se lo contaremos a nadie —dijo Chamorro.

—Bueno, es posible. Aunque de eso hace ya tiempo.

—¿Cuánto? —intervine—. ¿Cuándo fue la última vez que vio a Neus?

—Hará tres meses. Pero lo habíamos dejado antes. Y tampoco fue algo demasiado serio ni demasiado profundo, no se vayan a creer.

—¿Ah, no?

—Pues no. Alguien nos presentó, congeniamos y supongo que a los dos nos dio el punto de probar. Y probamos. Sin más historias.

—No es eso lo que nos han contado.

—¿Ah, no? ¿Y qué les han contado?

—Que ella estuvo muy enamorada de usted.

A la legua se veía que Salvany no era un caballero. Lo delató la petulancia con que acogió mis palabras, y lo ratificó al decir:

—No sé, no se puede saber nunca qué siente otra persona. Pero les aseguro que para mí no tuvo la menor importancia.

Mi compañera me hizo una seña. Le dejé pista libre.

—¿Quiere decir que para usted fue sólo algo físico, o sea, un rollete pasajero? —preguntó, afectando ingenuidad.

—Bueno, fue, en fin, cómo quiere que se lo cuente,

una de tantas historias entre dos adultos que hacen uso de su libertad.

La palabra *adulto* en labios de Salvany sonaba un tanto pintoresca, pero mi compañera le siguió el juego y se hizo aún más la tonta:

—Pero la señora Barutell estaba casada.

—¿Y hay alguna ley que prohíba a las casadas divertirse?

—No, sólo recordaba el dato. No es lo mismo jugar con quien anda desparejada que con quien tiene un marido. Dependiendo del marido, puede llegar a convertirse incluso en una experiencia peligrosa.

—Pongamos que no era el caso.

—Ajá. ¿Tendría inconveniente en decirnos en qué circunstancias conoció usted a Neus Barutell?

—En una fiesta, en casa de Oriol.

—Oriol qué —pregunté. Si hay un esnobismo que me revienta es el de los que se dan pisto omitiendo el apellido de sus conocidos célebres.

—Oriol Solsona, quién va a ser. Mi productor.

—Ah, perdone, es que no veo tele.

Salvany me miró como si mi confesión me certificara como una especie de anormal irremediable. Chamorro siguió escarbándole:

—¿Se vieron muchas veces? ¿Lo llevó a su casa de Zaragoza?

—Qué sé yo, una docena de veces. Pero siempre aquí, en Barcelona.

Mi compañera calló unos instantes. Súbitamente, le espetó:

—¿Dónde estaba usted la noche del lunes al martes?

—Pues... —Salvany parecía de repente nervioso—. A ver, déjeme hacer memoria. Salí por ahí, con amigos. Tengo... Al menos tengo diez o doce personas que pueden confirmarlo. ¿No creerán que...?

—No, todavía no creemos nada —aclaró Chamorro, mientras sacaba su libreta—. ¿Podría darme el nombre de esas diez o doce personas y decirme cómo podríamos contactar con ellas en caso de necesidad?

Salvany me miró, como buscando ayuda. No se la ofrecí. En realidad, mi mente estaba muy lejos de aquella habitación. Ni por asomo creía que semejante zopenco pudiera tener que ver con el crimen. Mientras Chamorro cumplía un trámite inútil y rutinario, yo sólo pensaba en el Rey Rojo. En lo que había podido mover a Neus a abdicar de sí misma hasta el extremo de mezclarse con aquel muñeco, colgarse de él y, unos meses después, acabar cosida a puñaladas sobre la cama que según todos los indicios acababa de compartir con otro nadie.

Capítulo 12

A PASO LIGERO

Mientras regresábamos a la comandancia, después de nuestro vano encuentro con Josep Albert Salvany (viendo cómo tragaba saliva frente a Chamorro, calculé que había tantas probabilidades de que el actor tuviera alguna relación con la muerte de Neus como de que Josef Stalin alcanzara el estatus de héroe de Disney), me entregué a otra sesión intensiva con el que iba camino de convertirse en mi mejor amigo, o al menos aquel con quien más gastaba: mi teléfono móvil.

Para empezar, llamé a su señoría la juez de instrucción. Tardó apenas veinte segundos en aparecerme en la línea, desde que pregunté por ella a la oficial del juzgado que me atendió en primera instancia. Le expliqué por encima las actividades del día, para darle la impresión de que me había tomado muy en serio su petición de la víspera y también de que era un chico servicial y dócil, el tipo de varón que hace las delicias de las mujeres que ejercen autoridad. Luego fui a lo que de veras motivaba mi llamada: la resistencia de una de las compañías de telefonía a darnos acceso rápido a la línea de móvil prepago. La juez escuchó mi explicación y me pidió el nombre y el número del sujeto.

—Llamaré yo —prometió—. Aquí algunos no se han dado cuenta de que esto es el siglo XXI no sólo para lo que les conviene a ellos.

Y colgó. No le arrendaba la ganancia al señor López-Tuñón, con la locomotora desbocada que estaba a punto de embestirle.

—¿Qué? —consultó Chamorro.

—Pues nada, que ésta los tiene cuadrados. Ya podemos cuidarnos de desairarla, porque nos vemos reciclados de matones para una constructora, tratando con las mafias que hostigan las obras y cosas así.

—Me encantaría verte de matón —se mofó.

—¿Dudas de mi capacidad para el puesto? Tú no sabes la mala hostia que yo puedo llegar a tener. Ni mi destreza para los golpes bajos.

—Ya, ya.

—¿Quieres que al próximo que detengamos, al asesino de Neus, por ejemplo, lo trate en plan Harry el Sucio? Hombre, no tengo el Magnum 357, pero ahora que me he comprado la Walther, me apaño para montar una escena potente. ¿Prefieres que le meta el cañón en la boca o que se lo clave debajo de la barbilla mientras le retuerzo los huevos?

Mi compañera estalló en una carcajada.

—Para, anda. Y ten cuidado con la Walther, no vayas a hacerte daño. Si me admites una opinión, creo que deberías haber seguido con el revólver pequeño, iba más con tu verdadera personalidad.

Sopesé su apreciación.

—Puede ser, pero mi amigo el armero me comió el coco. Que si potencia de fuego, que si precisión, que si seguridad. Y encima me la sacó a buen precio. Ya sabes cómo soy. Cuando alguien se me muestra tan solícito y me lo da todo hecho me cuesta mucho decir que no.

—Tu amigo el armero está un poco volado. Pero oye, tú sabrás.

—De todos modos, no me digas que no es chula —dije, sacándola—. Tienen algo, estas armas alemanas, que lo convierten a uno en cuanto se descuida en un psicótico al estilo del protagonista de *Taxi Driver*. A veces me sorprendo mirándola con un embeleso que me asusta. Si creyera algo en los psiquiatras, hasta estaría tentado de ir a uno.

—Está bien, no sigas. Ya se me ha pasado el enfado.

—Supuse que sólo te hacía falta desahogarte un poco. Te has divertido apretándole las tuercas al musculitos, ¿eh?

—No voy a negarlo —sonrió.

—Dios mío, qué lugar más peligroso va a ser el mundo dentro de diez años, cuando esté lleno de mujeres como tú y Condolezza Rice.

—No más peligroso que ahora, contigo y George W. Bush.

—En fin, no apostaré. Siguiente llamada.

Marqué el número de mi líder espiritual y material, aquel a quien seguiría al fin del mundo, en el improbable caso de que le diera por poner rumbo a ese lugar: mi nunca bastante celebrado comandante Pereira. Como la juez, tampoco él tardó mucho en atenderme. Le di cuenta de las novedades. De manera particular, le puse al corriente del contacto que había establecido con su señoría, y de su singular entrega a la causa y a resolvernos los problemas que iban surgiendo.

—Luego la llamaré, para que se sienta cuidada —dijo Pereira.

—No sé si necesita mucho eso —se me escapó.

—Pero como el comandante soy yo, seguiré mi criterio.

A Pereira, al contrario que al resto de los mortales, no le sentaban demasiado bien los viernes. Me apresuré a rectificar:

—Claro, era sólo un decir.

—Para que lo sepas —me explicó—, nos están tocando un poco las pelotas con esto. El delegado del gobierno ayer, y hoy ya directamente el ministro. Parece que algunos periodistas amigos de la muerta, de esos que pueden llamar a los políticos al móvil, que es una ligereza que nunca entenderé, dicho sea entre tú y yo, les han pedido que demos cuanto antes información para poner coto a los rumores que circulan por ahí. Los dos primeros días se cortaron un poco, pero ayer ya han empezado algunas serpientes a soltar veneno a chorros.

—Nada que deba sorprendernos mucho —comenté.

—Te lo digo por si ves que me voy poniendo tenso a medida que pasan los días. Para que no pienses que es que he dejado de quererte.

—Cómo iba a pensar eso, mi comandante.

—Por si acaso. Ya sabes que a pesar de todo confío en ti.

No era el mejor momento para plantearle ciertas cuestiones, pero temí que tampoco iba a tener otro, así que me lancé:

—Mi comandante, yo me quedaré este fin de semana por aquí, pero pensaba darle permiso a Chamorro para que se vuelva. Y lo mismo a los de Zaragoza, para que pasen un par de días con la familia.

—Como tú veas. Si puedes cubrir tú el frente con la gente de allí...

—Creo que podré.

—Pues nada. Tú decides. Cuéntame lo que haya. Gracias, Vila.

Cuando colgué, Chamorro me dijo:

—Gracias por el esfuerzo. Pero yo voy a quedarme. Tampoco tengo nada apasionante que hacer allí, y así no te dejo sin coche.

—Por eso no lo hagas. Ya pediría uno por aquí.

—No es por eso. De paso te echo una mano, si sale algo. Y te hago compañía. Salvo que te moleste la perspectiva y prefieras estar solo...

Por un lado, sí, creía que estar solo iba a venirme bien, para recapacitar sobre ciertas cosas, y acaso también para mirar a la cara a ciertos fantasmas. Pero por otro, tenía razones para prever que no era lo que más me convenía, y la oferta de Chamorro me conmovió.

—Tú nunca molestas, Vir —dije—. Y se agradece el gesto.

Sonó entonces mi teléfono. Iban a nombrarme cliente del mes. Y lo más chusco del asunto: mi compañía no era otra que la que se negaba a cooperar con nuestra investigación. Paradojas de la vida.

—Sargento —dijo una voz femenina que reconocí al punto—. He hablado con el individuo y creo que ha recibido el mensaje. Cada vez se le iba oyendo menos. Pero me ha salido con una pega: que si es viernes y no trabajan por la tarde y que ya no le va a dar tiempo a hacer todas las gestiones internas antes del lunes. Y aquí le pregunto: ¿podemos esperar el fin de semana o vuelvo a llamar y le digo que si no tenemos intervenido el teléfono a las cuatro le echo a los perros?

Así puesto, era una responsabilidad. Lo fácil habría sido decir que sí, pero no era cuestión de gastar toda la pólvora en el primer cañonazo. Aunque luego iba a arrepentirme, en ese momento me rajé:

—Tampoco puedo asegurarle que esperar dos días sea algo desastroso. Si el usuario teme que el teléfono está caliente ya lo habrá dejado de utilizar. Y si no, supongo que el lunes seguirá estando ahí.

La juez carraspeó levemente.

—Bien. Pues entonces lo dejo como está. Le he dicho al López-Tuñón este que si no me llama el lunes antes de las diez, citaré al consejero delegado de la compañía como imputado por un delito de desobediencia. Me ha parecido que me tomaba por una demente capaz de hacerlo, que era justo lo que pretendía. Así que me imagino que el lunes lo tendremos.

—Muchas gracias, señoría.

—De nada. Para eso me pagan. Suerte, y llámeme si me necesitan.

Mi expresión debía de ser elocuente, porque Chamorro preguntó:

—¿Qué?

—Que con diez o doce jueces como ésta, España dejaba en un año de ser el paraíso de todos los canallas de Europa —exclamé.

—Cuidado, mi sargento, no vayas a estarte enamorando.

—Pues a nada de morbo que tenga en persona...

—Anda que si te oyera decir eso...

—Quién sabe, a lo mejor la tentaba. A fin de cuentas soy un individuo maduro, con experiencia de la vida, cultivado, abierto, cosmopolita. Justo el tipo de hombre que una mujer como ella busca.

—Lástima que todos los accesorios esos que mencionas no vayan instalados en una carrocería como la de George Clooney.

—Oye, ¿qué tiene ese tío? Si es el peor actor del mundo. Siempre pone la misma carita, como si le estuvieran depilando el pecho con pinzas.

—Nadie se fija tampoco en las dotes interpretativas de Sharon Stone.

—De acuerdo, recibido. —Miré el reloj: la una y media—. Menos mal, parece que no nos ha cogido el atasco. Llegaremos bien a comer.

Todavía antes de traspasar la puerta de la comandancia tuve otra conversación telefónica. Esta vez era el subteniente Robles:

—Vila, he estado currando para ti y tengo resultados. Primero: esta tarde coincidirán por aquí la cabo primero Jimena, que está destinada en la unidad de mujer y menores de Sitges y se conoce bien el percal del putiferio de por allí, incluida trata de blancas y demás basura, y el inspector Cruz, que es uno de los expertos de la pasma en la materia. Les he liado para tomar un café contigo, si no te viene mal.

—Cómo iba a venirme mal, Robles.

—Y a ver, la otra. He hablado con Asensi, uno de los chavales que estaba conmigo por aquí y que se pasó a los Mossos. Está en policía judicial y tiene de jefe a uno de los pata negra de ellos, de los primeros que se desplegaron en Gerona. Años de experiencia, vamos. Mi chaval me dice que es un figura y el mejor contacto que puede darnos allí. Si no tienes un plan mejor, les he arrancado cita para comer mañana.

—Pues qué diligencia, mi subteniente. Compro.

—Yo soy de la vieja escuela. Lo que hay que hacer, a paso ligero.

—¿A qué hora esta tarde?

—Pon entre las cinco y media y las seis, tienen aquí una reunión de coordinación que acabará sobre esa hora. Yo te aviso.

Proporciona una deliciosa satisfacción ver que un día que empezó mal se va enderezando, y más cuando ello no se debe al afán o el mérito de uno, sino a la súbita conjura en su favor de los dioses. El hombre ha malgastado litros de tinta ensalzando el valor del sacrificio; nada conforta tanto como sentir que sales adelante de pura potra.

En el centro de operaciones de nuestro grupo reinaba una actividad frenética. Rubio estaba al habla por teléfono con Juárez y le iba dando a Tena las claves para entrar en el correo electrónico de Neus, que ya nos había conseguido nuestro experto informático. Gil y Ponce andaban con el equipo de escucha y rastreo de teléfonos. No sólo grababa en soporte digital todas las conversaciones que se produjeran (adiós a la penosa antigualla de las cintas magnetofónicas) sino que daba la posición del usuario con un desfase temporal de unos pocos segundos y apenas un centenar de metros de error. Desde que lo teníamos, aquél se había convertido en uno de los juguetes preferidos de todos, y al guardia Gil también le divertía notoriamente utilizarlo.

—Uno de ellos está muerto —me dijo, apenas me

vio—. No lo ha conectado desde que lo tenemos pinchado. Pero el otro sufre adicción. No sólo no lo apaga, sino que no para de darle uso. Aunque lo que dice no termina de resultar demasiado interesante. Mira, otra vez.

Gil subió el sonido del aparato. Empezó la conversación.

—*Ey,* nen, *por dónde andas.*

—*Por aquí, tío, en medio de un congreso de lolailos.*

De fondo se oía, en efecto, música de rumba.

—*¿Y eso?*

—*Qué sé yo, tío, la última gilipollez de la bruja esta. A ver si se me echa un novio que la taladre como Dios manda y deja de putear.*

—*Yo no contaría con eso, chaval. ¿Te vienes esta noche?*

—*No sé, tú, lo tengo más bien* fotut. *Tendré que montar hasta tarde, ya sabes, y espérate que a la petarda esta le guste la pieza, que si no...*

—*¿Me das un toque a media tarde?*

—*Pos vale. Pero no cuentes mucho conmigo, que además estoy hecho mierda. Llevo dos noches que apenas duermo tres horas.*

—*Vale.* Déu.

—Déu. *Pásalo bien.*

Ahí se cortó. Miré a Gil.

—¿Quién es el nuestro?

—El de la jefa hijaputa —informó, mirando a Chamorro.

—Qué suerte —dijo mi compañera, sin rehuirle—. Menos mal que en el equipo tenemos a alguien que habla su mismo lenguaje.

—Haya paz —medié—. ¿Qué dirías que es lo que tiene que montar?

—Una pieza de televisión —apuntó Gil—. Éste trabaja en el medio. Los colegas nos reconocemos fácilmente, ya sabes.

—Sí, a eso suena. Y promete. ¿Dónde anda?

—Ahora mismo, en Santa Coloma de Gramanet —reveló el guardia, exhibiendo su dominio—. ¿Vamos por él o le dejamos largar más?

—Déjale un poco de carrete. Éste no va a cortarse. Esta tarde ya vemos. Y de paso, a ver si suena la flauta y se despierta el otro.

Me acerqué a donde estaban Rubio y Tena. El sargento me informó:

—Ya está, las siete cuentas abiertas y operativas. Listas para hincarles el diente. No sé muy bien qué mano tiene este Juárez con la peña de los proveedores de Internet, pero desde luego le da resultado.

—No preguntes —dije—. No descartes que los haya pescado alguna vez en uno de esos chats de pedófilos donde se infiltra, y que se guarde el as en la manga para ocasiones como ésta. A aprovecharse.

—¿Por cuál quieres que empecemos?

—Por la que quieras. La abres y me imprimes todos los mensajes que tenga guardados en la bandeja de entrada, en la de salida y en la papelera, si es que se le ha quedado alguno ahí. Y luego la siguiente. Lo que te dé tiempo de aquí a las dos y media. Después, tú y Tena os volvéis a Zaragoza. Ya está hablado con el comandante. Chamorro y yo nos quedamos aquí, para lo que surja, y vosotros os reincorporáis el lunes.

Rubio me buscó los ojos.

—Eh, Vila, que si hace falta que nos quedemos...

—No estoy seguro de que haga falta. Y de lo que sí estoy seguro es de que a ti te van a echar de menos tu mujer y tus hijos y de que a Tena la echará de menos el novio. No quiero que nadie se refiera a mí en sus conversaciones como *el cabrón ese*. O no si puedo evitarlo.

—Y menos querrías eso con el novio de Tena —se rió Rubio.

Tena se sonrojó, una vez más. Tenía una facilidad increíble.

—Venga, mi sargento, no empiece —protestó.

—Ahora está destinado en una unidad normal, pero fue uno de los comandos que asaltaron el Perejil, nada menos —explicó Rubio—. Además el tío lo cuenta muy bien. Dice que si no es por el suboficial marroquí que mandaba a los cuatro *mataos* que estaban allí, y que al ver que los españoles eran muchos más les ordenó rendirse, podía haber sido una desgracia. Él asegura que por supuesto habrían asado a todos los moros, ya sabes que a esta gente le gusta fardar más que...

—Más que a usted contar la historia —le afeó Tena—. Voy a tener que decirle a Roberto que le cobre algo por los derechos.

—Tranqui, Tena. No, si es un buen tío —me aclaró—. Y se puede hablar de todo con él. Yo creía que a estos *rambos* les colgaba el labio inferior y hablaban con voz hueca. No hay que fiarse de las películas.

Tena estaba ahora más que enfurruñada. Y de color carmesí.

—Muy gracioso, nunca le había oído el chiste, mi sargento.

—Venga, perdona, me callo. Vamos a ir imprimiendo esto.

—Y le pasáis también todas las claves a Chamorro —le pedí—. Ella se meterá esta tarde con lo que dejéis pendiente.

Mi compañera adoptó una expresión dubitativa.

—Ah, ¿no vas a querer mirarlo tú también?

—Sí, pero tengo otras tareas. Tómales tú el relevo.

Después de un almuerzo más bien expeditivo, Rubio y Tena hicieron las maletas y se dispusieron a regresar a casa. Antes de irse, el sargento insistió una vez más en su disponibilidad para el servicio:

—Tienes mi móvil. Si hay algo, me das un toque y nos plantamos aquí en dos horas. —Y mirando a Tena añadió—: Y nos traemos al Delta Force, por si hay que eliminar a alguien sin que se oiga el estertor.

—Joder, mi sargento —se quejó la guardia.

—Se agradece —dije—. Pero relájate, y descansad, que la semana que viene me temo que va a ser dura. Y cuidado con la carretera.

Regresamos a nuestro cubil, Chamorro, los otros dos miembros del equipo y yo. Gil y Ponce volvieron a enchufarse al aparato:

—Ahora está en la zona del Raval —me cantó Gil—. Jobar, este cacharro es la leche. Creo que voy a dejar de usar el móvil cuando haga cosas feas. Es como llevar a la KGB pegada a la chepa todo el tiempo.

—Bueno, en tu caso, pegada a otra cosa, porque siempre lo llevas en el bolsillo del pantalón —le corrigió Ponce.

—Pues sí, compadre, peor me lo pones.

—Cuidado con eso —avisó Chamorro—. Que dicen que deja estéril.

—Mejor para mí —juzgó Gil—. No tengo ganas de ver más gilitos correteando por ahí. Ni ganas, ni euros para llenarles la andorga.

—Y dicen que también deja impotente —añadió mi compañera—. Claro, que eso sólo irá por aquellos que previamente funcionaran.

—Mira que eres siesa cuando te pones, ¿eh, mi cabo?

—No me refería a nadie en concreto, hombre.

Me senté con Chamorro mientras iba abriendo las sucesivas cuentas de correo de Neus e imprimiendo su contenido. La mayoría tenía pocos mensajes, y muy espaciados en el tiempo. En la bandeja de entrada abundaba el *spam*; se veía que no era muy diligente para borrar el correo basura, o que andaba siempre con prisa. De cada tres mensajes, dos eran ofertas de préstamos instantáneos, de títulos universitarios sin necesidad de estudiar y de todo tipo de pastillas que podían proporcionar la felicidad o corregir en breve plazo cualquier anomalía o limitación física de quien las consumiera. Como ambos habíamos previsto, todo cambió al llegar a la bandeja de la cuenta *just_a_kitten*. El mensaje más antiguo era de hacía sólo tres semanas. Pero de ahí hasta la fecha misma de la muerte se sucedían hasta tres mensajes diarios, tanto entre los enviados como entre los recibidos. Y algo que no podía dejar de llamar la atención: sólo había dos direcciones a las que escribiera desde ahí. La que más aparecía era la de un tal *whiterknight_79*, pero también se escribía bastante con *nemosín_for_alice*. Viendo uno y otro apodo, tanto mi compañera como yo comprendimos, sin necesidad de intercambiar una sola palabra, que ahí estaba el pastel que teníamos que abrir. La dejé convirtiendo en papel todos aquellos mensajes y volví junto a Gil y Ponce, que seguían con su pasatiempo.

—¿El otro no enciende el teléfono?

—Ni de coña. Debe de ser un malo que te cagas —conjeturó Ponce—. Alguno de los que ya se han coscado de que les podemos tener puesto este *rabo* electrónico en cuanto aprietan la tecla de encendido.

—Pues ya sabéis lo que significa eso.

—¿Hum? —dudó Ponce.

—Hay que hablar con la compañía y averiguar dónde se compró ese teléfono y todos los datos que tengan del comprador. Puede que no sean muchos, y si es alguien curtido en esto puede que el lugar tampoco nos diga gran cosa, pero debemos mirarlo por si acaso.

—A tus órdenes, mi sargento. Nos ocupamos.

En ese instante volvió a conectar el que teníamos localizado. Seguía en el barrio del Raval, según la pantalla. Ahora llamaba él, y la interlocutora era una mujer. Esta vez hablaban ambos en catalán:

—*Escolta, que arribo una mica tard.*

—*Molt bé. Vols que li digui qualsevol cosa a la* jefa?

—*Que he trobat moltíssim trànsit. Pero que m'emporto el material, tot complet, i puc montar-ho abans de les set.*

—*Més val, tu.*

—*Fins ara.*

—*Fins ara.*

Y ahí cortó. Ponce me observó con expresión astuta.

—¿Qué le parece, mi sargento? —dijo—. Para mí, que con esto ya tenemos trincado al pichón. ¿Me deja contarle lo que se me ocurre?

—Adelante —le invité.

—Ya sé que no soy Sherlock Holmes ni un experto de la unidad central como usted, mi sargento, y que por tanto mis ideas valen lo que valen —dijo, con un retintín que junto al *usted* y la insistencia irónica en llamarme *mi sargento*, no contribuyó mucho a predisponerme en su favor—. Pero deduzco que aquí el colega este se ha despistado por ahí para comer con alguien, se ha entretenido más de la cuenta y ahora va a pijo *sacao* hacia el lugar donde trabaja para rematar el encargo que le ha hecho su jefa, esa que parece que no tiene suficientes alegrías horizontales, o como a ella le guste ponerse, que tampoco voy a meterme en cómo lo tiene que hacer, no vaya a regañarme la cabo.

—Sí, mejor no te metas, anda —le rogó Chamorro, con gesto aburrido.

—Lo que calculo —prosiguió Ponce— es que dentro de poco tiempo el teléfono dejará de moverse y permanecerá en el mismo sitio durante al menos tres horas. El tiempo que necesita para montar lo que ha grabado, según acaba de decirle a la tía con la que hablaba. La maniobra es pan comido: cuando veamos que deja de moverse durante un tiempo prudencial, pongamos veinte minutos, es que está ahí. Acotamos la zona, buscamos productoras o empresas de televisión situadas dentro del perímetro, que con un poco de suerte no habrá más que una, nos vamos a la puerta y esperamos a que vaya saliendo la gente. Cuando veamos aparecer a un maromo que nos dé el tufo, llamadita al canto. Y el que lo coja, pues ése es. Como además parece un poco atropellado y un poco capullo, nos marcamos un seguimiento discreto. Si se mueve en coche, como parece por el sonido de la última conversación, ya es nuestro. Y si no, vamos tras él hasta su casa. En cualquier caso, me apuesto una paella para seis a que esta noche puedo decirte cómo se llama y alguna que otra cosa más. Si das tu permiso, claro.

Ahora volvía a tutearme. Pero no iba a tenerle demasiado en cuenta aquellas oscilaciones en el tratamiento, por lo demás habituales entre suboficiales y guardias que comparten fatigas. Lo cierto era que había tenido una idea simple, eficaz y económica para resolver aquella identificación. Y que el plan, además, debía ponerse en práctica sobre la marcha. Le sopesé la mirada, enfrenté luego la de Gil y les dije:

—Tenéis mi permiso. Y apúntate una, Ponce.

Chamorro continuaba dándole trabajo a la impresora, y en el semblante con que iba ojeando los folios que la máquina le escupía vi aquella concentración que la caracterizaba cuando estaba procesando material prometedor. Pensé que cada uno tenía en qué ocuparse y que como jefe del grupo únicamente me tocaba dejarles afanarse en la labor y esperar a que me trajeran resultados. Así que les anuncié:

—Me voy a hablar con Robles. Ponce y Gil, cuando tengáis ubicado al pajarito, le dais cuenta a la cabo de dónde vais, que para eso es la jefa en mi ausencia, y hacéis lo que hemos acordado. Y a ti, Chamorro, te veo luego. Ve avanzando con eso todo lo que puedas.

Asintió, absorta. Ni siquiera le importó quedarse con aquellos dos.

Me cité con Robles en la cafetería de la comandancia. Apenas tuve que esperarle diez minutos. Poco después entraron un hombre de paisano en la cuarentena y una mujer treintañera de uniforme, que al ver al subteniente se vinieron directos hacia nosotros.

—A sus órdenes, mi subteniente —dijo la mujer, muy seria. Era de complexión más o menos robusta, y tenía ese aire de estar siempre prevenida común a las veteranas, las guardias de las primeras promociones que habían debido abrirse paso frente a reservas y recelos que las más nuevas habían conocido ya muy atenuados.

—Mira, qué a tiempo —dijo Robles—. La cabo primero Jimena y el inspector Cruz, de quienes ya te hablé. Y éste es el sargento Vila. Bueno, en realidad se llama Belculibabia o algo así, pero yo siempre le he llamado Vila para no equivocarme, y os aconsejo que hagáis igual. Ya os he dicho quién es: la vedette de los necrófilos de Madrid. Por eso nos lo han mandado para que resuelva lo de la Neus Barutell.

—Gracias —le dije—. Es Bevilacqua, como él bien sabe —me dirigí a los otros—, pero sí, llamadme Vila, que cuesta menos y ya estoy resignado. Y de vedette y de necrófilo tengo lo que él de diplomático.

Les estreché las manos. Jimena forzó una sonrisa y Cruz me pareció un poco más distante. Ambos estaban ahí porque Robles los había convocado, pero me hice cargo de que era un viernes por la tarde y el plan no era lo que más debía de apetecerles a aquellas alturas de la semana. Les invité a sentarnos sin más demora para abreviar el asunto.

Les expliqué someramente las circunstancias de la investigación y por qué me había parecido oportuno hablar con ellos. La cabo primero me escuchaba con atención, pero en el policía advertí desde el principio una especie de suficiencia, no supe bien si la que suele aquejar a algunos policías de la escala superior frente a los guardias a quienes no consideran sus iguales (o lo que es lo mismo, todos los que somos algo por debajo de oficial) o la que en general tiende a sentir el policía especializado en algo frente a otro policía que es profano en su materia y le pregunta por ella, como era el caso. A mis insinuaciones sobre la posibilidad de que los trabajos periodísticos que había hecho o preparaba Neus sobre el mundo de la prostitución barcelonesa pudieran estar relacionados con el crimen, Cruz replicó, algo despectivo:

—Lo que estuviera preparando, lo desconozco, pero no sé si has visto el reportaje que pasó en su programa.

—Tengo el deuvedé, todavía no he podido.

Cruz meneó la cabeza.

—Nada de nada —opinó—. Tres o cuatro generalidades, unas cuantas entrevistas con la cara borrosa y voz distorsionada diciendo lo que todo el mundo sabe y, eso sí, una música muy siniestra y un montaje muy efectista para que la historia impresionara mucho. Pero para mí que lo hicieron llamando a cuatro o cinco anuncios por palabras del periódico y convenciendo a la lumi de turno para que se pusiera melodramática en su testimonio. Cuando no a fabular, como la presunta prostituta de alto nivel, que por cierto no pasaría de 1.60.

Observé el efecto del chiste en Jimena, que no superaba en demasiados centímetros aquella estatura. Se mantuvo imperturbable.

—Entonces, no os parece que ahí tengamos algo que rascar.

Cruz se encogió de hombros.

—Hombre, apenas sé del caso lo que acabas de contarnos, no me puedo poner a valorar probabilidades con mucha base. Pero lo que sí te puedo decir es que el contenido de ese reportaje no es una amenaza para nadie, y menos para alguien que pudiera tomar una decisión tan fuerte como quitarla de en medio. Aquí el grueso de este negocio se mueve a gran escala. Una buena parte está en manos de gente que lo lleva con una seriedad acojonante, en fin, en plan catalán, no te digo más. Pagando impuestos, Seguridad Social, con extranjeras perfectamente legalizadas y pidiendo todas las licencias a las autoridades locales. Ésos no tienen nada que temer, ya se arreglan para ser respetados por la comunidad por la pasta que mueven, la riqueza que crean y el servicio que prestan. Y los otros, los de las mafias, los que pululan por el lado oscuro, no salieron en el reportaje ni de refilón. Porque acercarse a ellos y a sus chicas es algo que requiere un reportero más intrépido de lo que podía ser una Neus Barutell, acostumbrada ya desde hace años a no oler más que a Chanel y a pisar sólo moqueta.

Consulté con la mirada a la cabo primero.

—Sí, yo también vi el reportaje, y básicamente estoy de acuerdo con lo que dice el compañero —observó—. No era demasiado revelador. No se acercaba a la gran industria digamos regular, a los macroprostíbulos con cientos de chicas que tenemos por ejemplo en nuestra zona, y apenas apuntaba vaguedades respecto a los malos de verdad, los del Este que traen menores para explotarlas en vivo y *online*. Quiero decir, que las prostituyen aquí y a la vez venden su imagen por Internet.

—Es que en este país a cualquier cosa le llaman periodismo de investigación —apostilló Cruz, con una sonrisa sardónica.

—Su ayudante me habló de algo de eso, menores e Internet —dije.

—Pues desde luego, en el reportaje que yo vi, ese punto ni siquiera lo tocaron —recordó Jimena—. Sólo hablaban, en un momento, y a propósito de una chica rumana a la que entrevistaban, de las mafias que suelen traerlas, y decían que no distinguen si son menores o no y que las someten a todo tipo de explotaciones, sin precisar mucho más. Sólo con lo que yo he visto en los últimos tres meses, te podría dar para contar veinte historias mucho más concretas y truculentas. No creo que hubieran dado con ninguna de estas redes. Ni de lejos, vamos.

—Tenemos el material de soporte del reportaje que se emitió, y del que estaba preparando —dije—. A lo mejor, si os lo paso y le echáis un vistazo, me podéis decir si ahí sí podía haber algo más sensible.

—Yo, a su disposición, mi sargento —se ofreció la guardia.

—Si podemos ser útiles al cuerpo hermano, ya sabes, no tienes más que pedirlo —se sumó el policía.

—A propósito —me dirigí a Cruz—. ¿Cómo está la situación del traspaso vuestro con los Mossos? Lo digo por saber hasta qué punto se han hecho ya ellos con todos estos temas en Barcelona capital.

Cruz curvó los labios en una mueca desdeñosa.

—Pues ahí están, aterrizando. Y nosotros, enseñándoles lo que se dejan enseñar antes de que nos acaben de fumigar. No les auguro yo mucho futuro, con tanto *ciutadà, deposi la seva actitud* y tanto ordenancismo como se gastan. Barcelona es una gran ciudad, un laberinto duro y jodido, y está llena de hijos de perra más listos que el hambre y con menos escrúpulos que una hiena. Por esas calles hay que ir con más firmeza y menos protocolo, siempre dentro de los límites del Estado de Derecho, claro está. Pero bueno, ya irán aprendiendo a fuerza de cagarla, que es como al final aprendemos todos. Si me pides un resumen, te diría que están todavía bastante perdidos, y les llevará un rato hacerse con las riendas del cotarro. En esto y en todo lo demás.

—Deduzco que no tienes pensado pasarte a sus filas.

—No puedo, tío —respondió—. No doy la talla en la lengua vernácula. Si no me consigo pronto un empleo fuera de la policía por aquí, que es lo que ya me estoy mirando y lo que te confieso que preferiría, porque ya son unos cuantos años dejándome la piel para que al final me paguen como me están pagando, me tocará hacer las maletas.

No era extraño que se hubiera instalado en aquella actitud negativa; de pronto, me sentí inclinado a ser comprensivo con él. Antes de disolver la reunión, quise consultarles un último aspecto: la organización de la prostitución masculina, y cómo podíamos movernos para localizar a un eventual sospechoso relacionado con ese mundillo.

—Que yo sepa, sólo está algo organizada para gays —dijo Cruz—. En la parte que atiende la demanda femenina, predomina el autónomo.

Miré a la cabo primero. También a eso asintió. Tomé nota, de todo. No suele pasar que los expertos en algo muestren tal unanimidad.

Capítulo 13

DESEMPARADA I CÀLIDA

Encontré a Chamorro sola en nuestro centro de operaciones. Había apartado todo el papelote y toda la cacharrería de una de las mesas para extender sin estorbos sobre ella una serie de folios impresos. Estaba tan sumida en la lectura y en sus pensamientos que no advirtió inmediatamente mi presencia. Al ver que no reaccionaba, me hice notar:

—Estoy de vuelta, Vir. ¿Cómo ha ido eso?

Mi compañera ni siquiera respondió en seguida. Continuó leyendo el folio que tenía ante los ojos, como si algo más fuerte que ella (y desde luego mucho más imperioso que la exigua autoridad que sobre su ánimo pudieran conferirme mis galones) la mantuviera imantada.

—Ah, mi sargento —dijo, aún sin mirarme—. Ven, mejor siéntate.

—¿Tan gordo es?

Chamorro regresó entonces de golpe a la habitación y me contempló con una sonrisa tan ancha que le abarcaba toda la cara.

—Lo tenemos. Al gatito. Al sujeto que jugó a ser el Caballero Blanco. Al chico moreno del Audi. Al hombre que fue a acostarse con Neus a la casa de Zaragoza. Todos son el mismo, y llevo dos horas leyéndole y leyendo lo que Neus le escribió. Si nos las arreglamos para conectar su identidad virtual con la real, es nuestro. Eso es todo lo que queda.

Traté de asimilar aquella amalgama de información. Sabía que Chamorro no era tan frívola como para hacer afirmaciones categóricas sin un buen fundamento. Pero me pareció que debía enfriarla:

—A ver, a ver. Para empezar, ya sabes que eso que acabas de decir, conectar a alguien de carne y hueso con su personalidad en Internet, no es moco de pavo. Depende de cómo entre en la red, y en este caso dependerá además de si sigue utilizando esas cuentas, y tenemos alguna que otra razón para temer que estén ya en desuso.

La sonrisa de Chamorro siguió inconmovible.

—Coincido contigo en las dificultades generales —dijo—, y en que *whiterknight_79* y *nemosín_for_alice* deben de ser a estas alturas cuentas de correo inactivas, y por tanto no interceptables, ya que parece que su titular sólo las utilizaba para comunicarse con alguien que ya nunca va a poder responderle. Así y todo, se puede tratar de recuperar su tráfico pasado, aunque también estoy de acuerdo en que será difícil. Pero por suerte, a veces el de enfrente tiene un desliz. Una vez, sólo una vez, el gatito le escribió a Neus desde otra cuenta: *pab_penya_79*. No cabe duda de que es la misma persona, por el tono, por los sobreentendidos entre ellos, porque en ese mensaje le dice que no puede olvidar la última noche que han pasado en la casa de Zaragoza. Y tengo el pálpito de que esa cuenta de correo sí va a seguir utilizándola.

Normalmente, le habría reprochado con severidad a Chamorro su recurso a un concepto policial tan pobre y tan deleznable como el de *pálpito*. Pero, a esas alturas, mi cerebro andaba desbordado por las muchas cuestiones que se le amontonaban de golpe. Opté por una:

—¿Quieres decir que fueron más veces a la casa de Zaragoza?

—Afirmativo, jefe. No menos de tres veces, antes de la llamémosla definitiva. Era el nidito de amor, hasta donde he podido deducir.

—Déjame ver ese apodo —pedí, y me tendió, impreso, el mensaje al que se había referido—. ¿Qué puede querer decir *pab_penya_79*?

—¿Pablo Peña, nacido en el 79? Lo del año estoy ya casi por asegurarlo. Es el mismo número que usa en el otro apodo, y si haces cálculos, nos da que nuestro hombrecito andaría en este momento por los...

—Veinticinco años —dije.

—Oye, vas mejorando en aritmética. En cuanto a lo de Pablo Peña...

—Hay algo que no habrás dejado de hacer, ¿no?

—No, no he dejado de hacerlo. He buscado en el listado de los titulares de Audis para ver si hay alguien con ese nombre y ese apellido. Y lamento decirte que no es el caso. Tampoco hay Peñas, aunque sí Pablos o Paus. Nada menos que ocho. Pero yo no iría por ahí.

—¿Por dónde irías?

Mi compañera se demoró unos segundos. Disfrutaba del momento.

—Por donde siempre me has dicho, para que veas hasta qué punto aprecio y no desatiendo tus sabias enseñanzas. Por buscar el fondo de las personas y sus motivaciones. Pablo Peña puede ser un nombre falso que usa el individuo con afán de hacerlo pasar por verdadero, o al menos por verosímil. Para poder jugar en los chats de Internet el juego de la personalidad ficticia. Por eso mismo presumo que lo ha usado más veces, y que no va a abandonarlo sin más, porque bajo esa identidad puede haber hecho relaciones que le interese mantener.

—Te confieso que en Internet no entro demasiado, y que chatear me parece una de las actividades más aburridas a las que puede dedicarse un ser humano después de la filatelia, la papiroflexia y el bingo.

—Tampoco yo estoy ahí pegada todo el día. Como

mucho he jugado alguna vez. Pero hazme caso: *Pabpenya 79* volverá a conectarse.

Traté de recapitular. Temía estarme dispersando.

—Deja por un momento eso —le rogué—. ¿Te importaría mucho que lo repasáramos todo desde el principio? Tienes la ventaja de que tú te has leído los papeles, y apenas me has explicado lo que has encontrado.

—Perdona, tienes razón —admitió—. Los papeles aquí están, a tu disposición. Merecerá la pena que pierdas un rato con ellos, te van a esclarecer muchas cosas. Pero si quieres, te hago una síntesis.

—Ardo en deseos de escucharla.

—Muy bien. Procuraré distinguir entre aquello que podemos dar por contrastado y lo que resulta más o menos hipotético. Yendo al comienzo de todo: Neus y este caballero se conocieron hace exactamente veintitrés días. Las referencias a esa fecha crucial son abundantes y coincidentes. En cuanto al dónde, no puedo ser tan taxativa. Da la impresión de que fue en un acto social, una fiesta, un cóctel o algo así. Supongo que si cruzamos con su agenda o con Meritxell podremos saber adónde fue Neus ese día. También te puedo decir que la pasión fue fulminante, y que tuvo su consumación esa misma noche, en el vehículo de Neus, lo que dicho sea de paso acredita, dado el espacio disponible, la fogosidad y las dotes de contorsionista de ambos. ¿Me sigues?

—Con la boca abierta.

—Si hay que creer lo que Neus y su galán escribieron al respecto, he de anotar que con una franqueza notable, el encuentro carnal fue de una intensidad tal que generó en ambos la necesidad de repetirlo a la mayor brevedad posible. Y eso fue al día siguiente. Desde entonces, se las arreglaron para verse casi todos los días, y el muchacho este debe de estar bastante en forma, porque Neus se declara más que satisfecha de las prestaciones exhibidas en todos y cada uno de sus encuentros. También parece que desde el primer momento entraron en el juego de asumir el papel de personajes de *A través del espejo*. Él empezó siendo el Caballero Blanco, o más blanco aún que el blanco, *whiter knight*. Neus adoptó naturalmente la identidad de Alicia, aunque a la vez jugaba con lo de la gatita, de ahí el apodo *just a kitten*. Con el tiempo, *kitten* sirvió también para referirse a él, es decir, se convirtieron en gatitos los dos. Como ves la historia no deja de estar teñida de ese toque de ternura y confusión que suele caracterizar a las parejas de enamorados.

—Confusión y ofuscación —dije, recordando alguna lectura.

—Hacia la mitad de la relación, empezaron a jugar con otro concepto. Lo dice aquí, en este mensaje, el primero de *nemosín_for_alice*. Cito: *Si quieres, yo seré tu Nemo, ese nadie que nadie conoce y que te monta en su submarino para llevarte a los mares nunca vistos*. En fin, el estilo no es nada del otro mundo, pero la metáfora tiene su gracia, y la verdad es que el apodo también, con el diminutivo *nemosín* le quita toda la solemnidad que pudieras achacarle. En general, el chico tiene bastante sentido del humor, no sé si llegaría a decir que encanto. Aunque Neus, de lo que le escribe se desprende, sí que estaba encantada con él.

—Continúa.

—Los mensajes que se cruzaron nos permiten precisar un montón de detalles. La fisonomía y complexión física del sujeto, por ejemplo, en todo coincidente con la descripción que nos hizo el rumano de la gasolinera. Neus se refiere a ella con meticulosos e inflamados adjetivos que abarcan, además, algunas partes que nuestro testigo no pudo ver pero según parece ella pudo examinar a su antojo. También tenemos información sobre su vehículo, que él le describe en uno de sus mensajes, el de la víspera de la primera excursión a Zaragoza, como un Audi A3 plateado. Mientras lo leía ya se me hacía la boca agua pensando que pudiera facilitarle la matrícula para mayor precisión, pero no, no llegó a tanto. De lo que por desgracia no deja demasiada constancia es de dónde vive, a qué se dedica, etcétera. El mundo exterior no existe en esta correspondencia, sólo la pasión y las almas y los cuerpos de los amantes, y aquello que en uno u otro momento les sirve para realizar o amparar sus escaramuzas amorosas. Como mucho, hay alguna alusión al mundo de ella, la famosa, la estrella televisiva, como cuando nuestro caballero blanco consigna el subidón que le ha dado verla presentando el programa y pensar que esa a la que ahora contemplan todos, maquillada y esplendorosa en la pantalla, es la mujer a la que ha tenido entre sus brazos, desnuda y gimiente, apenas unas horas antes.

—Veo que te ha afectado la lectura. Nunca te había visto tan lírica.

—Citaba más o menos de memoria las palabras que emplean ellos —se descargó—. Los dos son bastante ardientes y tienden al alarde poético, quizá Neus más que él. Lo de él resulta un poco más barato.

—Pero dirías que ambos estaban enamorados...

—O lo fingían muy bien, que también puede ser. Es una idea a la que le vengo dando vueltas desde hace tiempo. Cuando las cartas eran manuscritas, lo que leías en ellas resultaba más fiable. Tener el trazo dibujado por la mano de la otra persona, con su firmeza o sus temblores, era como tener un signo adicional, algo que a lo mejor no descifrabas conscientemente, pero que de forma inconsciente te permitía intuir la verdad o la mentira de lo que te escribían. Pero ahora, con los textos electrónicos, que no te consta cuántas veces han sido reescritos, que siempre son rectilíneos e impecables, quién sabe cuándo le mienten y cuándo le abren el corazón. Ni siquiera en el chat, donde la escritura es más o menos instantánea. Hay auténticos virtuosos del fingimiento automático, férreos simuladores de espontaneidades, y las letras de molde son la mejor pantalla tras la que pueden ocultar sus intenciones.

Observé a mi compañera. No sabía que dedicara sus ratos libres a elaborar aquellas piezas de filosofía de la comunicación.

—Interesante —aprecié—. Y sobre esa base, ¿qué te parece la relación entre estos dos? Puedes equivocarte, estamos solos.

Chamorro meditó con expresión empeñosa.

—Diría que fuego había. Eso lo prueba la urgencia, los varios mensajes diarios, las palabras sin tapujos, el deseo irrefrenable de repetir sus encuentros, la caña que se metían cuando se juntaban. Por lo demás, en lo que escribe Neus, por excesivo y hasta pornográfico que pueda resultar, siempre hay la sensación de que lo controla. Con él, no estaría tan segura. Pero eso no excluye que cualquiera de los dos pudiera mentir, ni tampoco que ambos fueran sinceros. Entre otras cosas, cuando la pasión desborda a los amantes, nunca hay que descartar que el mecanismo del engaño sea precisamente que cada uno se engaña a sí mismo antes de engañar al otro, con lo que en cierto modo ninguno de los dos estaría dejando de decir, a su manera, la verdad.

Sonreí, sin poder evitarlo.

—En la segunda parte me parece que te has embrollado, Virgi. Por un momento, me has empezado a sonar como una psicóloga.

—¿Eh?

—Sí... Por las ideas sin contenido, que al final te llevan a razonamientos tautológicos. Eso es precisamente lo que me alejó de esa disciplina en la que dilapidé los mejores años de mi juventud. ¿Qué coño es engañarse sobre lo que uno siente? ¿Qué concepto objetivo es ése? Una palpitación, una convulsión, un desmayo, un insomnio son objetivos. Todo eso existe, es innegable. Pero ¿quién puede afirmar científicamente que otro se engaña respecto de sus sentimientos? ¿Dónde está el medidor de sentimientos y el reactivo que se tiñe de azul si el sentimiento es cabal y de rojo si es falso? Aquí tenemos algo objetivo, y perdóname que sea un poco burro al decirlo: si no he entendido mal el sentido de tus eufemismos, estos dos follaban como perros, y cuando no lo estaban haciendo, se escribían sobre cómo lo habían hecho y sobre volver a hacerlo. Y eso es verdad. Y a eso es a lo que me atengo yo.

Chamorro quedó un poco aturdida.

—Yo... —balbuceó—. En fin. ¿No es una interpretación un poco simple?

—No. Es un dato, un hecho, algo sobre lo que se puede construir.

—Pero ¿construir qué?

—Luego veremos qué especulaciones se nos ocurren, a partir de ahí: qué podemos atisbar con los ojos de la intuición y convertir en hipótesis compatibles con ese dato. Esa apuesta es lo que hace que el conocimiento sobre algo progrese, no soy tan ceporro como para no saberlo. Pero siempre teniendo presente qué es lo que está amarrado y lo que no. A lo mejor, al final, llegamos a poder decir que al mismo tiempo que se entregaba corporalmente, alguno de estos dos se reservaba mentalmente. Es posible, desde luego; los trastornos de la personalidad existen y el de personalidad múltiple tal vez sea uno de los más frecuentes, mucho más normal de lo que alguna gente se cree. Pero esto lo afirmaremos cuando encontremos alguna prueba de esa reserva. Mientras tanto, tenemos a un hombre encoñado y a una mujer encaprichada con él. Que es un hallazgo relevante, a nuestros efectos.

—¿A nuestros efectos?

—Claro, Virgi. Por si lo habías olvidado, te recuerdo que no escribimos libros de autoayuda ni atendemos el consultorio de una revista femenina. Para eso ya están mis compañeros de carrera. Tratamos de esclarecer crímenes y de colgarle el mochuelo a alguien que se lo lleve bien puesto a una mazmorra de nuestro sistema carcelario.

Mi compañera encajó mal mi ironía.

—Gracias por iluminarme, en mi inexperiencia. Ahora déjame pensar qué has querido decir con ese recordatorio innecesario y borde.

Le ofrecí, conciliador:

—Piensa, te dejo.

Se tomó apenas unos segundos.

—Ya, ya veo —dijo.

—Pues desembucha.

—Crimen pasional.

—Bien, veo que has recuperado el uso del hemisferio cerebral adecuado. Una relación ardiente, difícil, clandestina, sedienta. Todo va de fábula mientras los amantes se complacen. Pero, ay, cuando surge un problemilla, una desavenencia, un desaire, el edificio es frágil, está demasiado amenazado, y los sentimientos están demasiado a flor de piel. Y si uno de los dos integrantes del equipo padece, por casualidad, algún tipo de desajuste, la pendiente al desastre esta servida.

—¿Debo entender que eso es una teoría? ¿*La* teoría?

—Por favor, Vir, parece que no me conocieras —protesté—. Ni con un bazooka apuntado a la perola me consentiría poner todas mis fichas en una casilla de la ruleta. Pero es algo que en este momento, sobre lo que me cuentas y sobre lo que me han contado los expertos en prostitución con los que acabo de estar, me suena consistente, o más consistente que otras posibilidades de las que hemos estado barajando.

—Vale, en una parte me llevas ventaja. ¿Qué te han contado?

—Que el célebre reportaje era una gilipollez. Algo que podría haber hecho cualquier becario con un periódico y un teléfono con quince euros de saldo, y que debía preocupar tanto a los tíos malos del negocio como a los dirigentes del capitalismo mundial el adversario que puedan representar actualmente los viejos sindicatos de clase.

—Lo último no lo entendí del todo, ya sabes que soy apolítica.

—Si yo digo eso, me disculpa la edad. En tu caso no sé...

—Bueno, va, no abramos más frentes. La cuestión es que por ese lado no esperas mucho, o que lo das directamente por cerrado.

—No. He quedado en mandarles al madero y a la compañera la documentación que tenemos del segundo reportaje, por si ahí ven algo que les resulte sospechoso. Hazles una copia de esos ficheros del ordenador de Neus y de los papeles que nos ha enviado Meritxell.

—De acuerdo. ¿Podemos volver a lo que dejamos antes a medias?

—¿A qué te refieres?

—A esa otra dirección de correo electrónico. Al margen de tus teorías y de las mías, ¿no te parece que tendríamos que meterle mano?

—Sí, eso es indiscutible. Y un problema.

—¿Por?

—Es viernes, siete de la tarde. Puedo llamar a la juez al móvil, puede que incluso me las arregle para convencerla de que dicte la orden con carácter urgente, pero, ¿cómo demonios la hacemos valer antes del lunes? O mucho me equivoco o todo el mundo está ya de fin de semana y en el proveedor de Internet correspondiente sólo atiende un robot o un técnico que no va a tomar esa clase de decisiones.

—Qué flojo te veo, mi sargento —me reprochó—. ¿No se supone que en situaciones como ésta el buen policía hace otra cosa?

—¿Qué?

—Buscar alternativas. Concedamos que no podemos intervenir esta cuenta hasta el lunes. Aun así, no tenemos por qué perder los dos días. Hay otros caminos para llegar a ella, y a su titular.

—Lo conseguiste. Me he perdido. ¿Cómo?

—Mensajería instantánea —dijo—. Neus tenía en su ordenador un programa de mensajería instantánea, y al abrirlo, ahora que dispongo de las claves de sus cuentas de correo, he visto que había incluido como contactos a *nemosín* y *whiterknight*. Eso quiere decir que nuestro hombre también tiene un programa de mensajería instantánea y lo usa. Lo que te propongo es bien sencillo. Me creo una identidad y una cuenta de correo web, me bajo el programa de mensajería instantánea y lo abro con esa cuenta, y le mando una invitación a *pabpenya* para que se comunique conmigo. Cuando él abra su programa, la recibirá, y si he conseguido crearle la curiosidad suficiente, la aceptará.

—Espera, no sé si te sigo bien. ¿Por qué va a hacerlo?

—Ya me ocupo yo de que mi apodo le parezca sugerente.

—Pero ¿cómo vas a justificarle que tienes su dirección?

—Fácil. Que me la ha dado una amiga. Y que me ha dicho que es muy simpático y que le mola mucho chatear con él. Y cuando me pregunte qué amiga es ésa, le respondo que es un secreto, así le pico más.

—¿Y se lo creerá?

—Probablemente. Y si no, querrá averiguar quién de sus antiguos contactos soy, reciclada bajo una nueva identidad. Todo lo que puede suceder es que no quiera chatear conmigo. En ese supuesto, tendremos que esperar al lunes, que es como ya estábamos. Pero me apuesto algo contigo a que consigo hablar con él. Si se conecta, claro.

—¿No le pondremos sobre aviso?

—Descuida. Ya impediré que sospeche que soy una guardia civil.

—Caramba, Chamorro. No te hacía tan puesta en estas cosas.

—Ya te dije antes. Alguna vez he matado el aburrimiento jugando con el ordenador. Y si una pone atención, siempre aprende algo. Ya ves, nunca sabes cuándo algo que has aprendido te puede servir.

Dudé si debía aceptar o no su propuesta. No acababa de tener claro que aquella maniobra no sirviera precisamente para cercenar un cabo del que podíamos tirar el lunes de forma más segura. Pero me pareció que negarme era a la vez desconfiar de la capacidad de Chamorro para conducirse con la habilidad suficiente y no ponerle la mosca detrás de la oreja a aquel sujeto. Y pensé que siempre que uno reprime una audacia, le acaba quedando el runrún de si acometerla no habría sido mejor que abstenerse de ella. Esto último inclinó la balanza:

—De acuerdo. Vía libre. Pero ya me puedes afinar.

—Afinaré —prometió—. Verás como no te arrepientes.

—Oye, otra cosa. ¿Y el dúo dinámico?

—Ah, se me había olvidado. El teléfono se quedó inmovilizado en una ciudad de la periferia, por ahí apunté el nombre. Encontraron una productora de televisión que tiene allí los estudios. Y si no me han engañado para irse al bar, ahora mismo estarán vigilándola.

—Voy a controlarlos, no es que no me fíe, pero...

Marqué el número del teléfono móvil de Gil. Lo cogió como un rayo.

—Sí, mi sargento. Te me has adelantado. Buenas y malas noticias.

—A ver.

—Tenemos la matrícula de su coche, y ya la he comprobado. Gervasi López Fernández, nacido en 1980, vecino de Cornellá, calle tal, piso etcétera. Ahora mismo le estamos siguiendo y me atrevería a jurar que es él y que ésa es su dirección, porque el camino que está haciendo es justamente el que lleva hacia allí. No obstante, cuando veamos dónde se mete, haremos la comprobación con los buzones del portal.

—Nada de eso me parece malo —observé.

—No, eso está de puta madre, ¿verdad? El ordenador de Tráfico es así de chulo. Las pegas están en otra parte. Primera: no lleva un Audi A3 plateado, sino un Seat León amarillo, con pegatinas bastante horteras. Y segunda pega: el tipo es pelirrojo modelo zanahoria.

—Ah, eso sí que me enfría un poco el entusiasmo, mira tú.

—Ya nos lo temíamos, mi sargento. A pesar de todo, vamos a terminar de ficharlo. Y si quieres, vamos por él. De todos modos, merecerá la pena saber por qué Neus Barutell llamó a este mindundi en su último día de vida hacia las doce de la mañana, ¿no te parece?

—Sí, pero no nos precipitemos —dije—. Me confirmáis la identificación sin haceros notar, seguimos escuchándole y el lunes decidimos.

—A tus órdenes, jefe.

Colgué y me quedé cavilando sobre quién o qué pudiera ser para Neus Barutell aquel Gervasi López Fernández, residente para más señas en una zona como Cornellá, es decir, lo que los pudientes y sus portavoces denominarían una zona *popular* o de *gente trabajadora*.

—He oído lo que te decía —habló Chamorro—. Imposible no hacerlo, con los berridos que pega éste. Lo que te aseguro es que el que mantenía con Neus esta tórrida correspondencia no era pelirrojo.

—Ya. Un personaje más en la función. Qué fastidio, la verdad.

—Muy buenas, gente, ¿se puede? —preguntó alguien desde la puerta.

Era el capitán Cantero. Tenía que reconocer que estaba siendo más que respetuoso con nuestra autonomía. Desde la víspera, ni le había visto ni había hablado con él, y pensé que una mínima cortesía exigía darle alguna atención mayor de la que le estaba dedicando.

—Buenas tardes, mi capitán —dije—. Adelante, está en su casa.

Avanzó hacia donde estábamos y se dejó caer en una silla. Su semblante no parecía menos fatigado que el nuestro.

—Qué coñazo, tú, esto de la droga. Menuda paliza que nos hemos metido. Y lo que más me jode es que encima de las identificaciones y de toda la burocracia, hemos tenido que montar la exposición de paquetitos y accesorios para que el delegado del gobierno se haga la foto delante de las cámaras de la tele. Un trabajo, porque éstos eran mayoristas de los de verdad, cientos y cientos de kilos. Jesús, qué paciencia hay que tener. Bueno, ¿qué tal vosotros, cómo va el asunto?

—Pues, ni bien ni mal —juzgué—. Un poco mejor que ayer, y espero que un poco peor que mañana.

—Me han contado que estáis utilizando el equipo de intervención telefónica. Eso es que ya habéis pillado chicha donde morder.

—Sí, pero con resultados escasos, por ahora.

Le expliqué al capitán el estado general de la investigación y todos los flecos que teníamos abiertos. Repasándolos para él, me di cuenta de que eran unos cuantos. Uno nunca sabe, cuando maneja tantas variables, si está levantando el sistema de ecuaciones que le permitirá despejar todas las incógnitas o simplemente chapotea en el caos.

—Coño, no diría yo que estáis tan mal —opinó Cantero.

—No, tampoco he dicho eso. Parece que en un par de caminos estamos a punto. Pero nos sigue faltando eso. El punto.

—¿Mi gente se porta bien?

Tuve oportunidad de cazarle a Chamorro la mirada escéptica.

—No tengo queja —respondí, con rotundidad.

—Si alguno falla, o si te hacen falta más, ya sabes.

—Sí, ya sé, mi capitán.

Cantero se puso en pie.

—No os doy más la lata. ¿Qué hacéis esta noche?

—Pues no lo habíamos hablado, pero estamos hechos polvo. Casi votaría por cenar rapidito y recogernos. Además, yo tengo bastante lectura pendiente. ¿O a ti te apetece ir a alguna parte, Chamorro?

—La verdad es que hoy preferiría no moverme. Incluso creo que sería bueno trabajar un rato esta noche con eso que te he dicho.

No le había contado al capitán la idea de mi compañera para conectar con el usuario del apodo cibernético *pab_penya_79*, ni tampoco deseaba hacerlo ahora, así que asentí sin darle mucha importancia.

—Impresionante, tú —exclamó Cantero—. Qué abnegación.

—No, mi capitán —dije—, es la costumbre de andar siempre fuera de casa. Te haces a trabajar a todas horas, para poder volver cuanto antes.

—Ya, imagino. Pues oye, que os cunda.

Una hora después regresaron Gil y Ponce. Habían contrastado la identificación de Gervasi López, que era en efecto el nombre que se leía en uno de los buzones del portal del bloque de pisos de Cornellá hasta el que lo siguieron. El número del portal y el piso coincidían con los del titular del coche que conducía según el ordenador de Tráfico.

—Mientras yo miraba los buzones, Ponce se fijó en la fachada —refirió Gil—. Y vio encenderse las luces del piso en cuestión. No te voy a decir que sea fiable al cien por cien, podría estar viviendo en casa de su primo y conduciendo su coche, pero vamos, como que me extrañaría.

—A mí también. Mirad cuando podáis si tiene antecedentes. Y el lunes veremos. Por mí, podéis considerar inaugurado el fin de semana.

—Se lo agradezco en el alma, mi sargento, porque la última vez que he hablado con la parienta iba a cambiarme la cerradura —dijo Ponce.

—¿No va necesitar nada de nosotros estos dos días? —dijo Gil.

—Que os paséis por aquí de vez en cuando a ver qué

registra el ordenador de los teléfonos intervenidos. Y si eso no nos da ningún resultado digno de mención, nada más. Que disfrutéis del fin de semana.

Chamorro y yo nos conformamos esa noche con una cena frugal. No hablamos demasiado mientras dábamos cuenta de ella. Quizá pensábamos los dos lo mismo, que habíamos salido de Madrid sin previo aviso el martes, y que ahora, mientras otros saboreaban la perspectiva de un fin de semana con los suyos, nosotros estábamos allí, varados como ballenas suicidas, ocupándonos no de nuestras vidas sino de la muerte de otro. El hecho invitaba a hacer alguna que otra consideración existencial, pero confieso que durante buena parte del tiempo no pude zafarme de un pensamiento de mucha menos envergadura: necesitaba encontrar un sitio donde me lavaran la ropa, porque estiraba ya mi última muda y las camisas no me aguantaban más.

Después de cenar, volvimos a nuestro lugar de trabajo. Chamorro se puso a trastear con el ordenador, para descargarse el programa y una vez instalado éste y cursada la invitación a *pab_penya_79*, montar guardia frente a la máquina con la esperanza de que apareciera nuestro hombre. Yo había pensado en un principio irme a leer a mi habitación, pero me pareció más solidario quedarme allí. Así le hacía compañía y ella tenía con quien pegar la hebra cuando le entrara la modorra. Me dediqué a hojear todos los papeles atrasados. Leí en primer lugar la correspondencia electrónica entre Neus y su amante, que no sólo me confirmó todo lo que Chamorro me había contado sino que me permitió apreciar su capacidad para resumir. En esencia, lo que allí había, relevante para nuestra investigación, era lo que mi compañera ya me había adelantado. Sin embargo, la lectura me proporcionó algo más que la información que aquellas páginas contenían. Pude escuchar la voz de Neus, sin postizos idiomáticos o criptográficos como los que empleaba en aquel diario en inglés que había leído la noche anterior. Era cierto, como había sugerido Chamorro, que daba la impresión de tener un gran dominio sobre lo que decía o dejaba de decir. Pero, más allá de lo que pudiera fingir ante su corresponsal, era la versión más auténtica de la personalidad de mi muerta que había tenido hasta entonces. Y debo consignar que no me desagradó. Con toda su procacidad, con esa exigencia egoísta que como amante hambrienta exhibía a veces, aun con esa cursilería bobalicona que sólo quien se abrasa en la llama del amor puede ponderar sin sonrojo, vi en ella a alguien que, al menos en esa relación y frente a ese hombre, no hacía trampas y sólo buscaba ser libre y disfrutar de lo que otro le daba en el ejercicio de su propia libertad. En sus mensajes no había subterfugios, ni máscaras, ni remilgos propios de cualquier forma de cálculo o de hipocresía. Nunca sabría, desde luego, si le quería o no, porque entre otras cosas, no es probar ese tipo de abstracciones inasibles y delicuescentes lo que suele ocuparme ni interesarme. Pero lo que sí constaba era que se le había entregado, con alegría y plenitud. Y él a ella, habría jurado que también. Pero, por si mi conocimiento de la naturaleza masculina no fuera ya bastante para ponerlo metódicamente en duda, estaba ese desenlace bajo cuyo influjo irremediable debía ahora analizarlo todo.

A continuación releí el diario en inglés. Aquí sí que vi, ahora y en comparación, a una Neus artificiosa y comediante, que intelectualizaba y disfrazaba y por tanto corrompía sus emociones. Pero no por ello desprecié lo que me podía aportar. Me fijé sobre todo en las citas literales que contenía de *A través del espejo*, y hube de concluir que Altavella había tenido tino para localizarlas. Quizá las dos que él nos había leído eran las más significativas. El trozo del poema del Caballero Blanco que hablaba de mariposas convertidas en pasteles para ser vendidas a los hombres que navegan por mares tempestuosos, por ejemplo. ¿Se refería Neus a sí misma, como *entertainer* televisiva? ¿O bien a sí misma como la amante que hace de su cuerpo un dulce cuyo sabor y recuerdo podrá llevarse el hombre al que se entrega, cuando vuelva a navegar por el océano de su propia soledad? Pero la cita que más me hizo pensar era aquella en la que Alicia, tras manifestar que no quiere formar parte del sueño de otra persona, anuncia que va a ir a despertar al Rey Rojo y *ver qué pasa*. ¿Estaba Neus, tan deliberadamente, embarcada en una estrategia de autodestrucción, o cuando menos, destinada a poner a prueba la seguridad y las certezas de su mundo?

No tenía respuestas, pero después de aquel ejercicio sentí que era más completo el mapa de mis preguntas. Miré a Chamorro:

—Nada —dijo—. Hay que darle tiempo.

Era ya medianoche, pero no parecía tener prisa por irse. Me puse a leer a Lewis Carroll, en la edición inglesa donde había cotejado las citas de Neus y que había comprado ese mismo día. Recobré la fascinación por la dolorosa inteligencia de aquella alegoría escrita por un hombre que se sabe despojado de sus sueños, sobre una niña que aún aspira a poseer los suyos. Y pensé en lo que significaba para Neus.

Después, y como vi que Chamorro no se rendía, les eché un vistazo a los libros de poesía que había comprado de oferta. No quise, esa noche, leer a Estellés, así que me enfrenté al que me era desconocido, el de Joan Margarit. Y encontré estos versos, que acaso lo resumían todo:

> *Jo era un jove inexpert i tu una noia*
> *desemparada i càlida.*
> *L'ombra de l'última oportunitat*
> *està ocultant la lluna.*
> *Sóc un vell inexpert.*
> *I tu una dona gran desemparada.**

---

* *Yo era un joven inexperto y tú una chica / desamparada y cálida. / La sombra de la última oportunidad / está ocultando la luna. / Soy un viejo inexperto. / Y tú una mujer mayor desamparada.*

Capítulo 14

ANTE TODO POLICÍAS

A eso de la una y media los párpados me empezaron a pesar demasiado para seguir leyendo en condiciones de entender algo. Pero Chamorro seguía allí, pegada a la pantalla del ordenador, aguardando en vano la irrupción de *pab_penya_79*. Para sobrellevar el tedio, ojeaba ficheros del ordenador de Neus, sin grandes resultados, o al menos ninguno que estimara oportuno comunicarme. Antes de retirarme a mis modestos aposentos le pregunté si iba a quedarse mucho rato.

—Aún trataré de aguantar un par de horas —dijo—. La gente aficionada a chatear a veces lo hace muy de madrugada.

No parecía tener sueño, aunque la mirada se le veía brumosa. Me admiré de su resistencia y, para subrayar su mérito, declaré:

—Yo estoy *kaputt*. Nos vemos mañana.

Por un día, no puse el despertador. Amanecí alrededor de las nueve y media, una hora más que tardía para mí, porque a medida que uno cumple años cada vez va siendo más difícil abandonarse a la experiencia placentera (por anuladora de nuestros dos lastres más pesados, el mundo real y el yo) que supone un sueño largo y profundo. De hecho, cuando consigo dormir un poco más de lo común, los crujidos y pinchazos que se producen en mis articulaciones y en mis vísceras al volver a colgarse de la percha llegan a hacerme dudar si el precio que uno paga está justificado por la pobre imitación de aquellos océanos de inconsciencia por los que se podía navegar en la edad juvenil.

No me di prisa en afeitarme ni asearme. Pude hacer lo primero sin apenas derramamiento de sangre, procurando que la cuchilla buscara a la velocidad justa los relieves de mi rostro, y lo segundo sin tener la impresión de baldearme de cualquier manera. Dejé que el agua caliente me agasajara la nuca y la espalda y me repicara en el cráneo, que es algo que me complace de forma peculiar. Es curioso pensar que sólo ese tabiquillo óseo protege todo lo que somos. Que cualquier burro, con casi cualquier cosa, puede darnos de baja de nosotros mismos quebrando el precario muro defensivo de nuestro cosmos. No es imprescindible, ni mucho menos, el refinamiento simbólico del piolet que utilizaron contra León Trotsky, ni el tortuoso impulso que animaba la mano que lo empuñó para abolirle al ruso el porvenir.

Desayuné con calma e hice un par de llamadas. Primero telefoneé a mi madre, que me reconvino como de costumbre por lo poco que me acordaba de ella, y a quien una vez más traté de convencer, sin mucho éxito, de que no sólo me venía a la mente en las escasas ocasiones en que tenía tiempo y espacio para llamarla y hablar, del modo en que me parece que un hijo debe hacerlo con su madre (y no con esa rutina sumaria con que tanta gente se da y pide novedades por ahí). Luego calculé que mi hijo estaba a punto de salir para el fútbol, y pensé que podría robarle cinco minutos. Me cogió él mismo el teléfono y, sí, se dejó robar cinco minutos, ni uno más. Pero me hice cargo y fueron suficientes para saber que todo andaba bien. Aquella actividad deportiva, a su modo, lo confirmaba. Andrés sabía que yo detestaba el fútbol, incluso había intentado adoctrinarle para compadecer a los batracios que en él cifraban el clímax de su ocio dominical. Y él había reaccionado de la forma más saludable: haciéndose delantero centro. Eso quería decir que comenzaba a rebasarme, a superarme como presunto modelo y referente, lo que me fortalecía en la idea de que no lo había hecho del todo mal y me daba pie a pronosticar que al cabo de un número no excesivo de años llegaría a quererme como lo que soy: un pobre tipo que lo trató como pudo y supo, con irregular acierto pero siempre con un fondo de buena voluntad. Incluso me cabía contemplar que se apiadara razonablemente de mí en la vejez, y que cuando me diera por contarle alguna batallita lo tolerara y pusiera cara de atención.

Pregunté en la cafetería dónde podía encontrar una lavandería que tuviera servicio rápido. Me facilitaron una dirección en el mismo pueblo y allí me fui, con mi ropa maloliente, que en un tiempo récord recogí transformada en ropa ajena (es la sensación que siempre me da después de pasarla por algún proceso industrial de higienización). Después me dirigí al centro de operaciones, a la sazón vacío. Me entretuve mirando papeles y viendo en el ordenador el deuvedé del famoso reportaje sobre la prostitución barcelonesa, que me pareció tan poca cosa como me habían dicho los expertos en la materia en cuanto a su contenido informativo, aunque meritorio desde el punto de vista del acercamiento a los personajes. Sobre todo a la prostituta rumana, una rubia teñida que no tenía tan buen español como nuestro amigo Radoveanu, pero se explicaba lo bastante bien como para poder valorar hasta qué punto resultaban instructivos los extrarradios de la vida.

Entre unas cosas y otras, se me hizo más de la una. Empezaba a calcular que ya era admisible llamar a Chamorro para ver por dónde paraba cuando apareció en el umbral y dijo con voz espesa:

—Perdón, me he dormido.

—No pasa nada, Vir —la disculpé—. No teníamos ningún plan, yo también me he relajado, y por lo que a mí respecta puedes permitirte de vez en cuando alguna flaqueza. Sobre todo después de trasnochar como me imagino que lo hiciste. ¿A qué hora recogiste la tienda?

—Esperé hasta las cinco. Por si nuestro amigo había salido por ahí de farra y se enganchaba al ordenador al regresar a casa.

—¿Y?

—O estuvo de farra hasta más tarde, o cuando volvió se metió directo en el sobre. Nada de nada.

Mi compañera tenía mala cara. Estaba ojerosa, con los párpados hinchados, e incluso pude advertir algunas arrugas en su rostro. No sin alguna melancolía, constaté que el tiempo iba pasando inexorablemente y que Chamorro iba dejando de ser, en todos los aspectos, la lozana principiante que yo había conocido y que, en cierto modo, siempre estaría ahí para mí, indisociable de mi percepción de ella.

—Te veo perjudicada, compañera.

—Es por estar tanto tiempo con la pantalla —alegó—. Cuando me acosté tenía un dolor de cabeza monumental. Y lo malo es que no he traído ibuprofeno, no repuse el envase de reserva del bolso de viaje.

Me extrañó aquella imprevisión en Chamorro. El ibuprofeno era uno de sus mejores amigos, y también, indirectamente, de los míos. No en vano aquella sustancia le permitía sobrellevar con niveles aceptables de mal humor los días críticos del mes, que, como no podía ser menos, siempre le coincidían con viajes o con puntas de trabajo.

—Lo que tienes que hacer es ir al oculista.

—Siempre hay tiempo de convertirse en cuatro ojos. Aún aguanto.

—Hablando de otro tema. ¿Vas a querer venirte a la comida?

—¿Es indispensable? —consultó, con una expresión remisa que no era nada propia de ella.

—Indispensables hay pocas cosas. No, no creo que lo sea.

—Pues mira, si no te importa, me parece que me quedo. Descanso un poco, cubro el frente, estoy pendiente de la máquina de los teléfonos y me vuelvo a conectar para esperar al príncipe azul.

—Está bien. Como te apetezca. Es sábado. Y en realidad tu deberías estar en Madrid, yendo de compras o tumbada a la bartola.

—¿Yendo de compras? Qué carca eres a veces, tío. Que mi abuelo crea que eso es todo lo que puedo hacer con mi tiempo libre, pase. Pero válgame Dios, cuando tú naciste hasta existían ya los Beatles.

—Bueno, apenas, estaban empezando... —me excusé.

—Nada, que me quedo. Así la reunión es más recogida.

El almuerzo, más que recogido, fue casi íntimo: sólo cuatro personas. Además, Robles y su ex subordinado concertaron la cita en un restaurante bastante pequeño y apartado, en una localidad a medio camino entre Barcelona y Gerona. Yendo con el subteniente, ya me imaginaba que llegaríamos con un buen rato de adelanto. Al final esperamos sólo quince minutos, porque ellos se presentaron también antes de la hora. Eran dos hombres altos, ambos en el filo del 1,90, más o menos del mismo porte que Robles. Aquella concentración de torres a mi alrededor me hacía parecer el hobbit de la película, pero por mi bien he aprendido a no dar mucha importancia a esas situaciones. Además de ser dos tipos bien plantados, se distinguían por su elegancia. Aunque iban de sport, ambos llevaban ropa de marca, que les sentaba como un guante (en detalles así se les notaba que ganaban mucho mejor sueldo que nosotros, o por lo menos mucho mejor que yo). El ex guardia civil ya ni siquiera parecía un picoleto, con su fino polo oscuro de manga larga. Y en cuanto al otro, el mosso de *pura sangre*, habría podido pasar sin despertar sospechas por un joven profesional liberal en día de ocio. La verdad era que daba gusto verlos, y que si se comparaba su aliño indumentario con el estilo bastante más soso y anticuado del común del personal benemérito al vestir de paisano, había que reconocer que en aquel aspecto nos superaban con creces.

Robles estrechó la mano del ex guardia y me dijo:

—Éste es Asensi. Mira qué buen color, desde que colgó el tricornio. Y éste —le informó al otro— es el sargento Bevilacqua. Pero como suena a nombre de modisto gay y podía despistar le pusimos Vila.

—Recuérdame que no te deje presentarme más, Robles —le pedí.

—Qué pasa, no serás homófobo, ¿eh? —se burló.

—Es así, no puede evitarlo —dijo Asensi, mientras me tendía la mano. Su sonrisa era franca y la mirada inteligente y cordial.

—Yo soy Riudavets —intervino entonces el jefe de Asensi, dirigiéndose a Robles—. David lo tiene en un pedestal, todo un honor conocerle.

—Asensi me conoció cuando todavía era impresionable, no le hagas mucho caso. Y si me quieres hacer un favor, me tuteas.

—Cómo no. Mucho gusto —se dirigió a mí, mientras mi mano desaparecía en la celda cálida y aparatosa de sus dedos—. También me ha dado mi compañero las mejores referencias, tanto tuyas como de tu unidad. Aunque no hacía falta. Vuestras hazañas pueden leerse en los periódicos. Casi intimida un poco que nos pidáis asesoramiento.

Riudavets era menos risueño y tenía un aire más reservado. Pero tampoco me disgustó, en la primera impresión. Parecía un tipo serio y cauteloso, y por ello no me permití considerar que lo que acababa de decir fuera una malicia, aunque así habría podido interpretarse, recordando un par de infortunados patinazos a los que debía mi unidad la mayor parte de su notoriedad pública en los últimos tiempos.

—Para lo que dicen los periódicos cuando se ocupan de nosotros, mejor sería no salir —observé, sin poner demasiado énfasis—. Los éxitos siempre habrá algún listo que se los apunte para él, así que en la tómbola informativa de este país los de infantería sólo llevamos papeletas cuando se sortea un marrón. Entonces sí, premio seguro.

—Sí, tienes razón. No me había dado cuenta —se disculpó—. No hablaba por lo último, sino por la trayectoria de estos años.

—Ya lo sé, descuida. Menos mal que alguien se acuerda de lo de antes, porque los que se quedan en lo último y en el escándalo montado alrededor ya son un buen contingente. Y alguno viste toga.

—Eso sí que es un problema.

—Pues sí. Porque nadie quiere salir en los papeles y lo fácil es cogérsela con papel de fumar. Ahora tenemos que amarrar que no veas a la hora de pedir una diligencia. Y no te digo ya una detención.

—Bueno, en eso andamos todos —dijo Riudavets—. Y lo difícil es hacerle entender al que no está en tu lugar que las garantías son cojonudas, y que nosotros somos los primeros interesados en que se respeten, para no meter la pata, pero que hay un montón de hijos de perra por ahí que van en moto mientras nosotros los perseguimos en patinete.

Sólo con escucharle aquello, me di cuenta de que me encontraba ante un policía profesional con el que iba a entenderme. Cualquiera podía mantener el discurso seráfico-humanitario, de una parte, o el de la férrea mano dura contra el malhechor, de la otra. Pero atreverse a formular aquella queja, con aquellos precisos matices, exigía algo más.

Nos colocaron en un rincón, de nuevo detrás de un

biombo. Últimamente parecía que me dedicara a algún tipo de industria clandestina. Abundando en mis reflexiones anteriores, se me ocurrió que era un signo de los tiempos que los policías nos encontráramos en lugares oscuros mientras los grandes estafadores se lucían en las revistas y los traficantes de todo tipo de mercancía ilegal, incluida la carne humana, hacían ostentación de sus deportivos, sus yates y sus mansiones. O que la coordinación entre dos cuerpos policiales se articulara así, a través del contacto personal, y que, mi experiencia me lo decía, aquélla fuera la mejor forma de compartir información y hasta de colaborar desde el punto de vista operativo, si llegaba a ser necesario hacerlo. Todo aquello acreditaba, a mi humilde juicio, la obsolescencia estrepitosa del sistema para hacer frente a la realidad de una nueva era que nos desbordaba por todas partes. Pero éste, en definitiva, no era más que el razonamiento desdeñable de un engranaje de la máquina. A los que estaban a los mandos, aquella inercia no les producía gran perjuicio. Al revés, les ahorraba tener que aprender a vivir de otra manera.

Para apartarme de tan desalentadoras divagaciones, me apliqué a situar a Riudavets y Asensi en el contexto de nuestra investigación. Confieso que fui un poco más vago y genérico que con otros, lo que venía a delatar, supongo, cierto recelo inconsciente por mi parte. Nadie es impermeable a su entorno, y las bromas del capitán Cantero, sumadas a la visión entre competitiva y condescendiente que era moneda más o menos común en el Cuerpo frente a otras policías, y en especial las más nuevas, me influían a la hora de plantear mi relación con aquellos dos hombres. Con todo, y aunque me ahorrase muchos detalles, debí de darles la impresión de confiar suficientemente en ellos. Cuando menos, Asensi se apresuró a manifestar, después de mi resumen:

—El jefe me corregirá, si digo algo que no debo. Pero por nuestra parte, cuenta con la ayuda que podamos daros. Y no tengas miedo de ser tan concreto como creas oportuno. Dinos qué necesitas.

Riudavets no ratificó expresamente el ofrecimiento. Pero tampoco lo desautorizó. Así que decidí tantear un poco el terreno:

—Hay un aspecto accesorio, pero en el que podéis prestarnos una ayuda insustituible. Se trata de la coartada del viudo. No tenemos muchas razones para sospechar por ahora que esté implicado, pero para hacer las cosas bien, deberíamos contrastar lo que nos dijo. La casa de la Costa Brava está en vuestra zona. Si vamos nosotros a lo mejor alborotamos más y nos cuesta más trabajo. Me da que vuestra gente sobre el terreno lo puede comprobar sin demasiado esfuerzo.

—Cuenta con ello —dijo Riudavets—. Conozco por allí a alguien.

—Por lo demás, me imagino que tendréis vuestras antenas repartidas por ahí. Si en algún momento recogierais algo, cualquier rumor, o cualquier especulación, os agradecería que nos lo trasladarais.

—Claro, eso por descontado —asintió Riudavets—. Que yo sepa, no nos ha llegado ningún soplo. Además ya sabes que en Barcelona estamos todavía aterrizando y te puedes imaginar lo que es hacerse cargo de semejante melón. De hecho, y para serte sincero, es el gran desafío para nosotros. Hasta ahora nos hemos desplegado en zonas rurales o ciudades pequeñas. Pero Barcelona es una gran área metropolitana y eso son palabras mayores. Todo lo que puedo decirte es que veo al personal bastante despistado con el caso Barutell. Nadie se atreve a hacer una hipótesis y todo el mundo habla de algo misterioso y turbio. Bueno, algunos se preguntan si no fue sólo un loco que asaltó su casa.

—Eso ya te digo que tenemos razones para creer que no.

—Tampoco te desvelo ningún secreto, es lo que han empezado a escupir en los programas del corazón. Tal vez porque decir eso, que hay algo oscuro o un psicópata detrás de todo, les da más audiencia. Al viudo nadie apunta, eso es curioso, al fin y al cabo los asuntos de cuernos siempre venden. Pero Altavella es un tipo muy respetado, y quien tenga información sobre esa flexibilidad con que la pareja se tomaba el matrimonio, por lo que nos has contado, será gente más o menos discreta y próxima a ellos que no va a ir pregonándolo por ahí.

—Bueno, dales tiempo.

—También es verdad. Aquí ya todo es cuestión del cheque que les pongan delante. Dependerá de si detenéis pronto a alguien o no.

—Verás, en cuanto a eso —creí que debía serle franco—, hemos abierto una vía que creemos que puede conducirnos al acompañante de la muerta, que por ahora es nuestro principal sospechoso. No sé si conseguiremos culminarla, pero si es así, es posible que en algún momento tengamos que actuar en vuestra zona y hasta pediros algún soporte con cierta urgencia. Me han dicho que el conducto normal es lento y demasiado burocrático y, si vamos, iremos en caliente.

—Sí, todo pasa por un departamento centralizado. Qué quieres que te diga. Apúntate mi móvil y me llamas en cuanto haya algo. Al final, lo hacemos todos así, y mira, puedes tener tus reparos, pero es por el bien del servicio. Además, hay otra cosa. Cuando hemos necesitado algo de vosotros, aquí Asensi se ha movido y asunto resuelto. Y yo no puedo ponerme en plan perro con quien se porta bien conmigo.

—No te creas que esto funciona siempre tan bien —explicó Asensi—. Porque aquí mi jefe es un tío legal. Pero han pasado cosas escandalosas. Desde un grupo de mossos y otro de guardias yendo a la vez por el mismo malo y no liándose a tiros de milagro, hasta jefes que reciben información del otro cuerpo y se la abrochan para apuntarse la medalla cuando a ellos les convenga. Hay mucho que mejorar. Aunque es verdad que la mayoría de la gente va entrando en razón.

Al escucharle, me entró una curiosidad que no pude reprimir:

—Y tú, ¿cómo lo llevas? Porque debe de ser todo un cambio.

Asensi esbozó una sonrisa sardónica.

—Pues ya ves, después de doce años de picolo, casi un *shock*. También me he divertido un montón, no creas. Mi primer destino en esto de la *mosseria* fue en seguridad ciudadana, de patrullero. Iba con un chaval de veinte años, más tiernito que una crema catalana bajo la costra. No veas cómo palidecía cuando le decía que teníamos que meternos a poner orden en una pelea en un bar de un barrio chungo, y que como alguien le oliera el acojone íbamos a acabar los dos hechos carne picada. O con qué cara de espanto me miraba cuando le recordaba la vieja regla de oro de la Benemérita: *paso corto, vista larga y mala leche*. Pero oye, después de cinco o seis sustos, lo endurecí. Aplicando el método Robles, que uno siempre sigue a los maestros. Ahora, en policía judicial, estoy mucho mejor. Entre la gente hay ganas de hacerlo bien, de ser tan buenos como los que más, y conciencia de que eso es algo que no se improvisa y que nos va a llevar tiempo, como a cualquier otra policía. Pero ya hay tíos como Riu, y lo siento si se me pone colorado, que es de primera de verdad. Veinte homicidios y todos resueltos. Y alguno nada fácil. Lo que yo creo es que hay que mejorar alguna cosa de funcionamiento, y si lo explico espero que no me abra un expediente.

Riudavets lo miró con gesto de extrañeza.

—*Collons*, Asensi, ¿te he amenazado yo alguna vez? —protestó—. Me parece que te respeto bastante más que todo eso.

Asensi alzó las manos.

—Es verdad, ya quisiera yo haber tenido jefes tan dialogantes en la picolicie, y no lo digo por nadie. Mi impresión —prosiguió— es que aquí pesan demasiado el reglamento y las formalidades. Tú fíjate: a los chavales les dicen que no vayan a tomar nada a los bares de los pueblos, o al menos que no se entretengan allí como hacían los civiles, para dar impresión de policía más trabajadora, más seria. Lo que no sabe el genio que sacó esa instrucción es la cantidad de cosas de las que se enteraba un guardia durante media hora en el bar. Y coño, que eso te acerca a la gente, que sin llegar al compadreo es algo que te hace falta para ser poli. Luego les extrañará que tengamos fama de estirados.

—Siempre se lo digo a los compañeros —se adhirió Riudavets—: no te puedes creer que eres de golpe y porrazo y por ciencia infusa más listo que unos tíos que llevan siglo y medio haciendo lo que hacen. Y aunque a Asensi le guste polemizar conmigo, a él le consta. Que mi teoría es que el modelo mejor que podemos seguir sois vosotros. La Policía nos vale menos, por muchas razones, entre otras que no están en el campo. Luego lo podremos mejorar, cómo no, y en algunas cosas quizá ya lo hemos hecho, por ejemplo en cuestión de sistemas informáticos para procesar el trabajo, que eso sí es verdad que los tenemos de primera categoría. Pero no se resuelve todo con cacharritos.

La autocrítica parecía honesta. Y más que meditada.

—Para qué nos vamos a engañar —tomó la palabra de nuevo Asensi—: este tinglado se montó con afán político, como una seña de identidad más, pero ahora se han dado cuenta de que hay que ser ante todo policías. Para plantarles cara a los narcos o a los chorizos, igual me da, de poco te vale la *senyera* y decir que tú eres diferente, porque el malo ni tiene patria ni respeta a la madre que le parió. Te tiene que temer. Y el temor hay que saber ganárselo, lo mismo que el respeto.

—Lo de la identidad es verdad —corroboró Riudavets—. Y mira que yo soy catalán hasta la médula y me joden como al que más todos los tópicos y la caricatura que hacen por ahí de nosotros. Pero a veces hay que reconocer que lo ponemos a huevo. Mira si no, esto.

Se sacó del bolsillo trasero del pantalón la cartera y me mostró la placa. Me quedé mirándola. Vi el escudo, las barras amarillas y rojas, en fin, nada que a primera vista me pareciera anormal.

—Fíjate en la forma. ¿No te recuerda algo?

—Pues... —dudé.

—Es clavada al escudo del Barça. Si es que parece hasta de broma.

Bien mirado, tenía razón. Por si no me desconcertaba lo bastante aquella salida, de alguien tan aparentemente circunspecto como Riudavets, vino a rematarla con una revelación sorprendente:

—Y lo más grande del asunto es que yo soy merengue de toda la vida, que es algo que muy bien puede ser un catalán de Gerona, aunque haya quien no se lo crea, empezando por mis compañeros.

—Doy fe, yo que sí soy del Barça —anotó Asensi, jocosamente—. Lleva meses sufriendo. Y los que le quedan, lo siento, Riu.

—Yo sí me lo creo —dije—. El mundo es complejo, y cualquier mente humana un laberinto lleno de contradicciones. Si aprendiéramos a aceptarlo con naturalidad, y a ser un poco más leales a la realidad de las cosas, nos ahorraríamos muchos disgustos, bastante saliva y alguna sangre. Pero el personal traga mejor los pensamientos comprimidos. Aunque al final se acaben indigestando o causando úlceras.

—Estamos de acuerdo —dijo Riudavets—. Y yo añadiría algo. A mucha gente le falta pisar más la calle. Al cabo de un par de años viendo lo que hay por ahí, te vuelves inmune a según qué mamonadas.

Prolongamos la sobremesa charlando de asuntos relacionados con el trabajo de cada día. Teníamos muchos problemas comunes, y pocas diferencias en la manera de enfocarlos. Me alegré de que se me hubiera ocurrido la idea de hablar con ellos, porque sentí que aquella noche me iba a acostar con algunos prejuicios menos de los que abrigaba al levantarme, lo que siempre es digno de celebración. Quizá la sabiduría de un hombre no se mida tanto por las luces que adquiere como por las sombras de las que acierta a despojarse en el camino de la vida. También les comenté la hipótesis que en algún momento habíamos considerado, y que a aquellas alturas ya casi daba por amortizada, de que la muerte de Neus pudiera tener algo que ver con su labor como informadora acerca de ciertos submundos. Riudavets me dijo:

—Tengo un compañero que controla bastante el tema. Si quieres que le pregunte por algo o que le enseñe alguna cosa...

Lo sopesé. Qué podía perder con ello.

—Te mandaré unos papeles. Para que les eche un vistazo, si tiene un momento. Sin prisa y sin ninguna presión. Por si le sugiere algo.

De vuelta a la comandancia, Robles, que había hablado poco o nada durante la comida, me preguntó mi impresión sobre el encuentro. No me precipité a responderle, porque sabía que iba con intención.

—No son ningunos pardillos, como todavía cree mucha gente en Madrid —dije—. O por lo menos éstos no lo son. Y si nos hacen falta, me parece que los tendremos ahí, que al final es lo que me importa.

—Eso no lo dudes. De Asensi ya te respondo yo. Y el otro parece buen elemento. Les quedan diez años —sentenció, con la altanería del profesional curtido—. Dentro de diez años supongo que sí, serán una policía en condiciones. La prueba del nueve la pasarán cuando a sus antidisturbios dejen de acogotarlos los niñatos, como pasa ahora.

—Hombre, seamos más generosos, Robles.

—Por qué. Yo ya soy viejo. Digo lo que me sale de los cojones.

—Faltaría más. No seré quien te niegue el derecho, mi subteniente.

Robles me dejó en la comandancia hacia las seis. Cuando fui a ver a Chamorro la encontré delante del ordenador, con cara de estar más aburrida que una ostra y más cabreada que una mona. Pese a todo, y aunque la respuesta cabía adivinarla, me permití inquirir:

—¿Alguna novedad?

—No —dijo—. Fracaso total.

—Habrás comido algo, por lo menos.

—Un sándwich.

Reflexioné brevemente. Se imponía usar mi autoridad.

—Apaga eso. Nos vamos.

—¿A dónde?

—A dar una vuelta. Hacer turismo. Tomar el aire. Cenar.

—Hay que ser constante con esto —protestó—, puede entrar en cualquier momento, y más siendo sábado, que es el día que...

—Chamorro, es una orden. Ponte en pie. Y no me repliques. Como tu superior que soy, sé lo que es mejor para ti como tú misma no lo sabes: ésa es la filosofía militar, que suscribiste al jurar bandera. Además, soy egoísta. No quiero tener la semana que viene un despojo a mi lado. Vamos a despejarnos, ya habrá tiempo de continuar con eso.

—Entendido. Pero lo voy a dejar encendido, por si acaso.

—Ay, Virgi —suspiré—. Ni que tuvieras acciones de la empresa.

De camino hacia Barcelona, recordé que llevaba en el coche el cedé de Raimon que me había regalado Altavella. Aunque temí que a ella no le gustara demasiado, me entraron ganas de escucharlo. Introduje el disco en la ranura y empezó a sonar una canción lenta y cargada de emoción. Pronto comprendí que se refería a una pareja y a su vida compartida. En el momento musical culminante, decía el cantautor:

> *Hem viscut junts, ben junts*
> *ara fa ja molts anys,*
> *qui sap què ens portarà,*
> *què ens portarà demà.*
> *I volem viure junts*
> *els temps nous que vindran,*
> *i volem lluitar junts*
> *per tot el que hem lluitat.**

Por el gesto impasible, deduje que Chamorro no estaba entendiendo gran cosa de la letra. Tampoco me preguntó por lo que significaba, y no me apresuré a ofrecerme como traductor. Aquella letra y aquella música me hacían pensar de golpe en demasiadas cosas. En Altavella y Neus, en primera instancia, pero también en mí mismo y en algunos trozos rotos de mi historia, incluso en lo que Virginia y yo habíamos vivido juntos. Sentí erizarse mi piel con una violencia que casi me sacudió. Si seguía por ahí, corría el peligro de ponerme sentimental.

—Voy a darte una vuelta por lo que no viste de Barcelona —le dije, tratando de sonar a la vez despreocupado y enérgico.

—Ya que estamos, podríamos ir a visitar eso del Fórum.

Meneé la cabeza.

—Lo siento, soy objetor frente a los eventos institucionales programados. No estuve en la Expo, y cuando las olimpiadas, que me pillaron aquí, me abstuve rigu-

---

* *Hemos vivido juntos, muy juntos / desde hace ya muchos años, / quién sabe qué nos traerá, qué nos traerá el mañana. / Y queremos vivir juntos / los nuevos tiempos que llegarán, / y queremos luchar juntos / por todo lo que hemos luchado.*

rosamente de acercarme a ellas. Si quieres te coges mañana el coche y te vas a verlo tú sola. Yo paso.

—Vale, no he dicho nada. A ver, tu plan alternativo. Ahora recuerdo que ibas a descubrirme no sé qué de la Sagrada Familia.

—Muy bien, empecemos por ahí.

Llegamos aún a tiempo de hacer algo que suponía que ella habría omitido de niña: subir a lo más alto de una de las torres. La experiencia de trepar por las escaleras en espiral, cada vez más empinadas y cerradas en su giro, ya era de por sí inolvidable, por fatigosa y claustrofóbica. Pero la de ver la ciudad desde los cien metros de altura de la torre pude advertir que la impresionaba, como no podía ser menos.

—La gente se queda mirando las fachadas, las estatuas y todas esas cosas —dije—. A mí me gusta encaramarme aquí, a la máxima expresión de la soberbia del arquitecto. Siempre que venía me imaginaba lo que sería subir a la torre central que nunca llegó a construirse, y que iba a levantarse hasta los 170 metros, según el proyecto de Gaudí.

Chamorro me examinó con suspicacia.

—¿Y por qué, este afán de subir? ¿Aires de grandeza?

—No. Porque mirar una ciudad desde arriba es a la vez como si estuvieras y no estuvieras en ella. Una mezcla de proximidad y lejanía. No sabría explicarlo del todo. Te llevaré a ver otro ejemplo.

Fuimos al Parc Güell. No lo conocía, y se admiró de la escalinata, la sala hipóstila, los viaductos. La dejé disfrutar de todo bajo la luz suave del atardecer. A mí no dejaba de afectarme, más que nada porque evocaba otros atardeceres allí. En especial me sentí flaquear al pasar por el viaducto de los Enamorados, desde el que se contemplaba una vista de la ciudad que recordaba bien y que Chamorro propuso sentarse a admirar. Pero mi meta estaba más allá de los monumentos.

—Subamos un poco más.

Cuando empezamos a adentrarnos en la parte alta del parque, entre las pocas casas de la frustrada colonia Güell, Chamorro observó:

—Aquí ya no hay nada, parece.

—No te fíes de las apariencias.

Llegamos a lo alto de la colina. Atravesamos la plataforma y la llevé al borde desde el que se dominaba toda la ciudad. Empezaban a encenderse las luces que punteaban en amarillo las venas y las células del organismo urbano. Al fondo, se difuminaba en violeta el mar.

—Vaya —observó Chamorro.

Había otra pareja, sentada con los pies colgando ante el panorama. Los imité, y Chamorro hizo lo propio, a mi lado. De pronto, me arrepentí de aquella torpe reproducción de episodios que me dolía llevar en la memoria. Tenía una sensación extraña, de usurpación de mi propia vida. Mi compañera notó algo, y trató acaso de distraerme.

—Merecía la pena subir —dijo—. ¿Qué es aquello de ahí atrás?

—El Tibidabo. Si quieres y tenemos tiempo podemos ir otro día. La vista es aún más amplia, pero a mí me gusta menos que ésta. Desde aquí la ciudad está más cerca, casi parece que pudieras tocarla.

—Sí, es como sobrevolarla a vista de pájaro —apreció.

—Hace diez años venía por aquí a menudo. Cuando quería aclararme la cabeza. Y a veces también para oscurecérmela —bromeé.

—¿Algo de nostalgia?

—Siempre la hay, de todo lo que dejaste de vivir. Pero ya va siendo tanto que se me amontona. Empieza a costarme distinguirlo.

Chamorro inspiró hondo. Y se atrevió a decirme:

—¿Te acuerdas de algo, de alguien en especial?

—Algo y alguien, sí. Pero no es una bonita historia. O sí, quién sabe. No soy quién para juzgarlo, no ahora, por lo menos.

No quise decir más. Ni ella preguntó.

Después, y mientras anochecía, dimos una vuelta por las faldas del Carmelo, otro paisaje que siempre me había parecido singular, con sus rampas y callejones. Sobre un muro leímos una pintada que vino a desdramatizar el instante, tras mi confesión en lo alto del mirador: *SI EL PERRO ES TULLO, SU MIERDA TAMBIÉN LO ES*. Luego recuperamos el coche y bajamos a cenar al centro. Al pasar junto a una galería comercial, Chamorro me dijo que aparcara un momento a la entrada, porque quería mirar si tenían algo. Volvió al cabo de diez minutos con una caja no demasiado grande. No pude dejar de indagar:

—¿Qué has comprado?

—Un micrófono para el ordenador.

—¿Y eso?

—Sólo cuesta cinco euros.

—Sí, un buen precio. Pero ¿para qué lo quieres?

—Ya lo verás.

Así como ella antes había respetado mi reserva, me pareció fuera de lugar tratar de romper la suya. Fuimos a cenar a un restaurante de cocina autóctona, donde la inicié en varias especialidades catalanas que no parecieron desagradar mucho a su paladar. La velada la dedicamos a hablar de nada y de todo, con una doble precaución, tanto por su parte como por la mía: ni mencionamos a Neus Barutell, ni mi vida pasada en Barcelona. Fue relajante, que era de lo que se trataba. A las once y media levantamos el campo. De camino hacia el coche, descubrí una tienda de miniaturas. Chamorro se mostró comprensiva:

—Adelante, hombre, fisga todo lo que quieras.

El contenido del escaparate era bastante convencional, con una salvedad reseñable: la figura de un carabinero republicano, de los que allá por agosto del 36 defendieron hasta la muerte las murallas de Badajoz, frente al asalto de las finalmente victoriosas tropas africanas. Mi especialidad única son los soldados derrotados, y ya llevaba tiempo buscando aquella pieza, así que me tomé nota de la tienda para volver en cuanto tuviera oportunidad de visitarla en horario comercial.

Esa noche, antes de dormir, tuve el valor de abrir el libro de Vicent Andrés Estellés y empecé a leer el poema que no debía:

> *No hi havia a València dos amants com nosaltres.*
> *Feroçment ens amàvem des del matí a la nit.*
> *Tot ho recorde mentre vas estenent la roba.*
> *Han passat anys, molts anys; han passat moltes coses...**

Si uno juega con fuego, no debe sorprenderle que acabe quemándose. No conseguí llegar más que hasta ahí, hasta ese cuarto verso, antes de que mi mirada se empañara por completo. Durante muchos años, durante la mayor parte de mi existencia en realidad, yo he sido incapaz de derramar una sola lágrima. Pero llega un momento en que un hombre se ve en la necesidad de llorar, salvo que sea un trozo de madera petrificada que haría mejor en hundirse en el río del olvido.

No impedí, pues, que el llanto se desbordara y corriera por mis mejillas. Allí estaba, sintiéndome a la vez un poco imbécil y un poco mejor que mientras reprimía mis sentimientos, cuando mi teléfono móvil se puso a interpretar con estridencia la obertura de *La Gazza Ladra*.

—Sí —dije, tratando de evitar que se me quebrara la voz.

Chamorro me anunció entonces, eufórica:

—Rubén, he conectado.

---

* *No había en Valencia dos amantes como nosotros. / Ferozmente nos amábamos desde la mañana hasta la noche. / Lo recuerdo todo mientras tiendes la ropa. / Han pasado años, muchos años; han pasado muchas cosas...*

Capítulo 15

EL CABALLERO BLANCO

Chamorro estaba frente al ordenador, con un gesto de concentración absoluta. Leía la pantalla y tecleaba a gran velocidad. Me acerqué con ese miramiento que nos retrae a quienes hemos recibido una educación anticuada (las nuevas generaciones se ven exentas de tales rigideces) cuando sabemos que abordamos a alguien que está atareado.

—Siéntate conmigo —me pidió—. Aunque él crea otra cosa, lo que le escribo no tiene el menor contenido personal.

Me senté, todavía dubitativo. En la pantalla tenía abierto un cuadro de diálogo de chat. Al otro lado estaba en efecto *pab_penya_79*, que además de ese alias usaba otro sobrenombre cuando menos contundente: *The Pleasure Machine*. En cuanto a Chamorro, se identificaba con la dirección de correo *loba_verde_84* y un lema que, por cierto, tampoco pasaba inadvertido: *¿Eres el que tiene la llave para abrir mi cajita de las delicias?* Por si todo eso no hubiera sido bastante para orientarme, vi que el tipo utilizaba como presentación gráfica un desnudo, bronceado y esculpido torso viril, y mi compañera, por su parte, un vientre femenino con un *piercing* en el ombligo del que colgaba una perlita.

—Vaya —observé—, tiene toda la pinta de que la conversación no es apta para niños ni para detractores del relativismo moral.

—Relax, mi sargento —dijo, con una sonrisa—. Estoy jugando con él. De la forma que nunca falla para jugar con un hombre.

—Bueno, están los ascetas. Y los eunucos.

—Éste no es ni lo uno ni lo otro, de eso ya tenemos constancia. Ha mordido el anzuelo tal y como yo preveía. Le he dicho que tengo diecinueve añitos y que soy una perrita insaciable, entre otros detalles que mejor te ahorro. Ahora llevamos un rato chismorreando sobre mi presunta amiga, la que le he dicho que me ha pasado su dirección. Dentro de veinte minutos no se preocupará por eso. Me parece que tiene algunas dudas sobre si soy realmente una chica, es lo normal, en el chat miente todo el mundo. Pero justo para eso tengo el micrófono. En el momento oportuno, lo utilizaré y entonces ya lo habré liado.

—Dios santo, Chamorro. No conocía tu faceta de *Cibermatahari*.

—Bah, está chupado. De todos modos, seamos prudentes. Todos los hombres os volvéis unos cretinos ante el reclamo de un Colacao calentito y dispuesto para que mojéis vuestro bizcocho. Eso no quiere decir que en frío el tipo sea igual de memo. No le he preguntado nada y en todo momento me estoy ciñendo al papel de niñata salida, sin tratar de ser tampoco muy original. Lo que voy a dejarle caer en cuanto pueda es que estoy dispuesta a ir más allá del coqueteo cibernético.

—¿Y eso?

—Quiero que sienta deseos de seguir encontrándose conmigo. Que lo hagamos otra vez mañana. Y a ser posible, también el lunes. Cuando le tengamos ya intervenida la cuenta y podamos rastrearle la dirección

IP. Con un poquito de cebo y otro poquito de regateo, es nuestro.

Mientras hablaba conmigo, mi compañera no dejaba de teclear obscenidades que nunca habría creído ni remotamente compatibles con su carácter. Prodigaba los *mmmms, ummms* y *ahhhhs* con una soltura pasmosa para mí y estimulante para su interlocutor, a juzgar por cómo le respondía éste. La verdad es que el que había sido el Caballero Blanco de Neus me decepcionó un poco. Su conversación no iba más lejos de lo que se habría podido esperar de un marinero recién desembarcado después de una larga travesía llena de onanismo sustitutorio. Lo recordaba menos perentorio y esquemático, pese a la fogosidad propia e inseparable del caso, en su correspondencia con Neus. Así se lo comenté a Chamorro, que seguía enfrascada en la conversación.

—Vete a saber, lo mismo está pedo —especuló, mientras escribía sin inmutarse, a petición del individuo, todo lo que haría con las diversas partes de su aparato genital si las tuviera a mano.

—Qué barbaridad, Vir —no pude privarme de opinar—. Esto no lo aprenderías en el colegio de monjas, ¿eh?

—No, la gente que había allí tenía ideas aún peores. Esto lo aprendí en la época de mis primeros escarceos con el chat. Y la verdad es que no me acordaba de lo divertido que puede llegar a ser.

—No, si no digo que sea aburrido.

—Me refiero a que me hace mucha gracia pensar que al otro lado hay un tipo creyéndose que voy en serio con todas estas chorradas. Recuerdo a una viejecita a la que vi en un programa de la tele. Era un reportaje sobre cómo se entretenían con los ordenadores en un asilo, como terapia ocupacional o algo así. La viejecita estaba encantada de que les hubieran llevado aquello. Tenía ochenta años, el pelo todo blanquito y muy bien puesto, y contaba con una picardía increíble cómo estaba hablando con un joven de no sé dónde haciéndose pasar por una muchacha ligera de cascos. Usó esas palabras, *ligera de cascos*, y yo me dije que con semejante vocabulario ya tenía que ser lelo el otro para dejarse engañar. Pero sí, aquí lo ves, que la gente se vuelve tan boba como haga falta para creer que las cosas son como quiere que sean.

—Eso que acabas de discurrir es muy profundo, Virgi. Me recuerda algo que le leí a un psicólogo evolutivo. De los buenos, aclaro.

—Pues ya ves, simple experiencia y sentido común. Bien, creo que va siendo hora de pegarle el tiro de gracia. Antes voy a emplazarle para volver a hablar mañana. O mejor, que me lo suplique él.

—Lo que me llama la atención —dije—, es que muy pronto se le ha pasado el duelo o el remordimiento por lo de Neus. Salvo que se trate de uno de esos casos en los que el individuo trata de luchar contra la depresión activando compulsivamente las palancas más rudimentarias del circuito del placer, verbigracia, la que ahora os ocupa.

—¿Cómo dices? Aquí liada con esto no te he entendido.

—Nada, una estupidez. Un residuo inoportuno de todo lo que estudié y todavía no he acertado a olvidar. Tú sigue a lo tuyo.

Chamorro alegó ante su interlocutor que sus padres estaban a punto de llegar y que tenía que interrumpir la conversación. El Caballero Blanco se mostró desolado, insistió para que no se fuera, y al final fue él quien propuso hablar al día siguiente. Mi compañera me guiñó un ojo y aún se hizo de rogar un poco más. Finalmente, le dio hora para por la tarde, que el otro aceptó sobre la marcha. Antes de despedirse, le dijo que tenía una sorpresa para él. Conectó el micrófono y me indicó con el dedo que no hiciera ningún ruido. Luego le susurró:

—Mañana va a ser aún mejor, tesoro.

Me quedé estupefacto al oírla. Costaba creer que había salido de ella aquella voz: aterciopelada, sensual y cargada de una ingenuidad que resultaba lo más provocativo de todo. Acto seguido cortó la comunicación. El cuadro de diálogo desapareció de la pantalla.

—¿Qué? —se volvió hacia mí—. ¿Me lo he ligado o no?

—Diría que hay al menos una posibilidad entre dos. Oye, muy favorecido tu ombligo en esa fotografía, no sabía que le colgaras abalorios.

—No es mío, es de Anastacia. Fue el que más me convenció, cuando estuve buscando por la red. Pero seguro que él no lo ha reconocido.

—Sí, todo esto está muy bien —admití—. Pero la prueba de fuego será mañana a las seis. Entonces veremos si realmente le has interesado o si ha hecho contigo lo que tú con él, jugar a hacerse el idiota.

—Es verdad. Sin embargo, es un riesgo que hay que correr, para poder tenerlo el lunes a tiro. Hay que dejar que la presa vuele libre, si uno quiere llegar a saborear de veras el placer de la caza.

—Me da que tú te lo estás pasando demasiado bien con este trabajo.

—No te lo niego. ¿Debería sufrir?

—Es una pregunta con aristas, la que acabas de hacer. Durante algún tiempo creí que el sufrimiento ennoblecía a la gente y la hacía mejor. Ahora no estoy tan seguro. Creo que eso es así en determinadas circunstancias del experimento, relativas a la dosis y a la actitud de la cobaya. En dosis altas, y con cobayas que no han llegado a desarrollar una cierta filosofía del dolor, el sufrimiento puede convertirse en algo muy degradante. Así que no me parece mal que disfrutes.

—¿Eso me clasifica como una cobaya tipo B?

—Qué malpensada eres, Virgi. Anda, vamos a dormir.

El domingo tuvo poca historia, hasta que llegaron las seis, la hora a la que habíamos quedado (o mejor dicho, había quedado *loba_verde*) con *The Pleasure Machine*. En general, a partir de este momento mis recuerdos se concentran y sintetizan, como suele ocurrir cuando una investigación empieza a dar frutos y a precipitar acontecimientos. A lo largo de la jornada hablé con el capitán Cantero y con el guardia Ponce, a quienes les anticipé que el lunes probablemente tendríamos festival. También llamé a Rubio, para que él y Tena se fueran preparando y a ser posible regresaran para la hora de la cena. Aguardé, empero, antes de decirles nada a mi comandante y a la juez. Por un lado, tenía más prevención a perturbar su ocio dominical. Por otro, quería cerciorarme de que Chamorro había enganchado de veras al pichón.

A las seis de la tarde estábamos ambos ante el ordenador, con el programa de mensajería instantánea abierto. Según me explicó mi compañera, tenía una opción que le permitía a uno estar conectado, y ver si el otro lo estaba, sin que el otro te viera a ti. Resultaba ventajista y desleal, sin duda, pero nos convenía, de modo que obviamos los escrúpulos y así fue como le aguardamos. A las seis y tres minutos, sonó un *cling* y el nombre de *pab_penya_79* se iluminó como contacto en línea. Virginia me observó con semblante triunfal. Toda sobrada, dijo:

—Vamos a darle un poco de emoción. Para que no sospeche que le estábamos esperando agazapados, y para probarle la sed que trae.

Transcurrieron tres eternos minutos, en los que demostró su sangre fría y yo noté que la mía dejaba algo que desear. Si de pronto el tipo se desconectaba, la cara de tontos que se nos iba a quedar haría historia. Por fin, a las seis y seis según el reloj del ordenador, Chamorro hizo un par de maniobras con el ratón y se descubrió como conectada. Su ansioso Caballero Blanco no tardó ni dos segundos en saludar.

Lo que siguió fue una conversación aún más volcánica que la de la víspera. Me causaba algún apuro estar allí leyéndola, lo que probaba mi condición de hombre de otro siglo, aunque también había otras razones, más recónditas y personales, que justificaban que me sintiera violento viendo a Chamorro abordar a calzón quitado aquellos asuntos. Lo único que me facilitaba el trago eran las carcajadas que se le escapaban con frecuencia, más después de haber escrito ella algo que por leer lo que el otro le respondía. Por lo que tocaba a su inventiva verbal, aquél era un Caballero Blanco en horas muy bajas, lo que me reafirmaba en la suposición de que tal vez se hallara deprimido y sólo se arrojara al flirteo cibernético como un pasatiempo con el que apartarse de los pensamientos tenebrosos que pudieran acompañarle.

Allí estábamos, leyendo sus ramplonerías, cuando se presentaron el sargento Rubio y la guardia Tena. Habían salido tan pronto de Zaragoza que llegaron con un par de horas de adelanto. Cuando traté de llevármelos a ambos aparte para ponerlos al día, dijo Chamorro:

—Susana, ven aquí. Mira qué gracioso.

Por un momento dudé si no debía oponerme a que organizara un carnaval a costa de aquello (a fin de cuentas, y por *sui generis* que fuera, una actuación policial). Mi compañera se percató en seguida.

—Vamos, mi sargento —pidió—. No pasa nada por distraerse un poco, ya que tenemos que trabajar en domingo. Y además, se me ha ocurrido una pequeña mejora para el señuelo. Si le digo que acaba de llegar una amiga que también quiere hablar con él, se le cae la baba.

Tena se había quedado a medio camino. La miré y comprendí que lo que no tenía sentido era hacer una montaña de la cuestión.

—Está bien —concedí—, mofaos a gusto del machote, sin espantármelo. Yo me llevo a Rubio a tomar algo y ya nos ocupamos de la parte aburrida. Pero no seáis demasiado crueles con el chaval, que allá arriba el buen Dios y acá abajo vuestra conciencia os están mirando.

—Descuida. Lo haremos todo con mucho amor —se rió Chamorro.

Salí con Rubio, que aún trataba de descifrar nuestro coloquio, y nos fuimos a tomar unas cervezas mientras le explicaba dónde andábamos y qué planeábamos para el día siguiente. Mi colega se mostró sorprendido por lo que nos había dado de sí el fin de semana.

—Cuando lo pienso, me parece que vivimos en un mundo raro de cojones —observó—. Olvídate de las técnicas y de las herramientas tradicionales. Cuando todo lo demás lo teníamos atorado, resulta que va Chamorro, se lanza al océano de Internet y da con el tipo. Y ahí está, hablando con él, y no sabemos desde dónde coño le escribe, pero no cabe duda de que ha establecido la conexión. Y ahora, para localizarle, la clave es que podamos rastrearle una huella electrónica.

—Pues ya ves, es lo que hay. A adaptarse.

—Yo tengo un chaval de seis años —dijo—. Dentro de otros seis, o de siete, ya estará ahí. Viviendo en un mundo que yo no sé si entiendo, que no sé si en general hemos acertado a entender aún, aunque ya todos vivamos en él, y cada día más metidos y más enredados.

—Mi chaval tiene doce. Así que sospecho que ya sabe más que yo. Pero la vida, en el fondo, siempre ha sido así. Tenemos hijos y los educamos para un mundo del que ignoramos casi todo. Vivir en esa perplejidad es la aventura que a nosotros nos hace levantarnos cada mañana. Ellos también tienen derecho a estar perdidos, ¿no crees?

—Pero da miedo, tío. Da miedo de que nos volvamos todos locos.

—Todos estamos locos ya. Eso no es demasiado grave. Lo grave es tener un cáncer de páncreas o una septicemia.

—Lo tendré en cuenta. Viniendo de un psicólogo…

—No confíes en ese título. El único importante me lo dan los años que llevo levantando muertos y enchiquerando a los que matan. Y que no es que me hayan enseñado a ser sabio, pero sí a no prejuzgar.

—¿Tampoco prejuzgas a ese cabrón?

—Tampoco, compañero. Esperaré a verlo temblando delante de mí. O comoquiera que reaccione. Ésa es la hora de la verdad, y ése es nuestro privilegio, que compensa algo toda la mierda que nos comemos. Nosotros vemos a la gente en la hora de la verdad, sin los arreglos varios con que despistan a los demás sobre su auténtica condición.

—¿Y crees que eso es un privilegio?

—Pues claro. *La verdad os hará libres.* ¿No?

—Ya ves tú lo libres que somos tú y yo. Aquí clavados, el domingo por la tarde, mientras todo Cristo anda viendo el partido.

—Mi cuerpo puede estar más prisionero, pero mi alma la siento un poco más libre que la de esos a los que mencionas.

—Claro, porque a ti el fútbol no te gusta.

—Sí, eso también contribuye —reconocí.

Cuando regresamos, Chamorro y Tena seguían metidas en harina. En el momento en que hicimos acto de presencia, se oía decir a la más joven y bisoña de las dos, con voz entre traviesa y mimosa:

—Negro, con encajitos.

Chamorro alzó las cejas y colocó el índice formando una cruz con sus labios fruncidos. El ordenador hizo un ruido y Tena añadió:

—Bueno, dejan intuir lo más interesante.

Era un espectáculo digno de verse. Chamorro tenía que hacer grandes esfuerzos por no soltar una risotada. Sonó otra vez la musiquita del ordenador y Tena miró a Chamorro con gesto interrogativo. Mi compañera colocó sus dos manos abiertas delante de su pecho e hizo el ademán de acercarlas y después separarlas más de una cuarta, varias veces. Tena entendió el mensaje, como no podía ser menos.

—Una 95 —dijo.

En fin, aquello era una juerga en toda regla, pero no era de lo que se trataba. Me fastidiaba mucho tener que representar el papel de aguafiestas, y mucho más el de sargento-profesor regañando a las alumnas díscolas, pero me acerqué y le pedí a Chamorro el folio en el que estaba haciendo anotaciones. Cogí un bolígrafo y le escribí:

CORTA MICRO Y QUEDA MAÑANA, TARDE.

Puso morritos, como si le estuviera quitando un juguete. Le indiqué con la palma oblicua respecto de mi frente que era una orden. Lo captó y me devolvió el gesto. Escribió a toda prisa que alguien acababa de abrir la puerta y que tenía que cortar el micrófono, e hizo un clic.

En cuanto estuvo segura de que el otro ya no la oía, a Chamorro le entró la risa floja. Tena la secundó, aunque ruborizándose.

—De verdad, es que es un pardillo total —juzgó mi compañera, mientras seguía tecleando para concertar la cita del día siguiente.

—Ya. Te recuerdo que existe alguna posibilidad de que ese pardillo haya convertido un cuerpo humano vivo en un *steak tartar* con nata.

—De acuerdo, pero lo uno no quita lo otro. A ver, jefe, instrucciones para mañana. ¿Alguna preferencia en cuanto a la hora?

—Que sea lo más tarde posible. Así tenemos tiempo para prepararlo y también le pillamos menos despierto y más desprevenido.

—¿Te hace las nueve y media?

—Por qué no.

—Muy bien.

Chamorro seguía aporreando el teclado, con rostro absorto.

—Me dice que si puedo comprarme una webcam de aquí a mañana.

—Joder, este tío es un vicioso —anotó Tena.

—Le estoy escribiendo que no tengo pelas. Soy estudiante.

—Pero qué bruja eres.

—Qué tío. Me informa que las tengo por 15 euros.
—¿Tan baratas?
—¿Qué me dices, papá, me das quince euros para comprarme una webcam y hacerle un numerito mañana al salido éste?

Hube de advertir que la pregunta se dirigía a mí. Se la devolví:

—Tú verás. Si te apetece y estás dispuesta a arrostrar las consecuencias... Como padre no creo en la pedagogía de la prohibición, sino en educar a los hijos en libertad y responsabilizarlos de sus actos.

—Uf, hacerle posturitas ya me da pereza. Le diré que me lo pienso. A los efectos de picarle vale igual y así mañana no siente que he incumplido el trato si no me la he conseguido. ¿Te parece, mi sargento?

—Te lo he dicho —reiteré—. A este respecto tienes autonomía operativa. Sigue tu iniciativa personal, aquí no puedo darte órdenes.

—*Okey*, lo dejo en veremos. —Y escribió como una ametralladora—. Mira qué mono. Me da las gracias. Por mi generosidad. Qué guay.

—Por lo menos es educado —dijo Tena.

—Pues ya está todo, voy a decirle que cortocierro, que papi ya ha pasado por mi habitación, nos ha preguntado qué hacemos con el ordenador y me ha dado tiempo de milagrito a cambiarme a la página web de Shakira. No me negaréis que tengo una imaginación desbordante.

—Estoy más que impactado, por tu imaginación —confesé.

Le arreó un dedazo fuerte a la tecla *Enter* y proclamó:

—Ya está. La trampa lista, el pichoncito caliente.

—Te felicito. Pero mañana el juego será un poco más tenso. Y tienes que arreglártelas para que se quede ahí pegado un buen rato.

—No lo dudes. Me las arreglaré.

Creí llegado el momento de poner al tanto a mis superiores. Llamé primero a Pereira, porque con él tenía que seguir viviendo después de aquel caso y sabía que no me disculparía que diera un paso de tamaño calibre sin debatirlo previamente con él. Él sí estaba viendo el partido, por lo que se oía de fondo, y me pareció que, pese a lo trascendental que pudiera ser lo que le estaba contando, me atendía con la atención dividida. Al día siguiente me enteraría de que el Madrid había empezado encajando un gol y terminado empatando por los pelos, todo ello en el Santiago Bernabéu, y me hice cargo de su dispersión. Por lo menos, dio en aprobar mi plan y me autorizó a llamar a la juez.

A mi respetada señoría doña Carolina Perea la cogí en su casa, escuchando música de *blues* y acaso leyendo un libro o estudiando un expediente de su recién asumido juzgado. Lo primero puedo afirmarlo porque también lo oí, lo otro es mi conjetura basada en que al principio, igual que Pereira, me pareció algo ausente. Pero en cuanto le hube dibujado a grandes rasgos el panorama, se implicó a fondo.

—Visto, sargento. Dígame, acciones.

Aquella fe en mí, aquella energía, y por añadidura, la voz clara y cristalina con que me decía todo, me desarmaban. Que yo recordara, era la primera vez que me sentía seducido por una mujer que ejercía la función jurisdiccional. ¿Se trataba de una perversión? ¿Podía achacarla a la edad, al aburrimiento, a la nunca extinta sed de aventura?

Todas estas cuestiones me parecían fascinantes, pero por desgracia hube de descender a territorios mucho más prosaicos.

—Necesitaríamos tener intervenida esta cuenta de correo electrónico lo antes posible —le dije.

—Mañana yo estaré en el juzgado a las siete de la mañana. Mándeme en un mensaje a la dirección del juzgado los datos de la cuenta y a las ocho, como tarde, tienen el fax ordenándolo. ¿Le vale?

Juárez, el informático, cuyos contactos y ciencia necesitábamos para que la orden fuera eficaz, no estaría antes de esa hora en su puesto.

—De sobra.

—Pues cuente con ello —me garantizó—. ¿Entiendo que lo del teléfono que nos faltaba por intervenir le sigue interesando, o ya no? Se lo digo para gastarme apretándole las tuercas al lechuguino de la compañía telefónica o dedicarme a otras cosas. Ando un poco desbordada.

—Si puede, nos sigue interesando.

—Lo persigo, entonces. ¿Algo más?

—De momento esto basta. Si hay que entrar en domicilio o algo...

—Me lo pide. Para usted, estaré a tiro de móvil permanentemente. Además, mañana no tengo vistas. Llámeme siempre desde ese número de teléfono, será el único que coja en cualquier situación.

Me encantaba. Hasta tal punto que me dije que debía vigilarme.

—Gracias. A sus órdenes, señoría.

—Gracias a usted, sargento. Buenas noches.

La mañana siguiente fue trepidante. A las ocho menos cinco teníamos en nuestro poder el fax que nos autorizaba a fisgar todas las miserias de *pab_penya_79*, y a las ocho y cuarto ya se lo habíamos retransmitido a Juárez, con el requerimiento de que forzara la máquina con su contacto en el proveedor de Internet y fuera montando el dispositivo técnico necesario para localizar en tiempo real desde dónde se conectaba nuestro objetivo. Le pedí que iniciara la vigilancia cuanto antes, tan pronto como tuviera acceso, por si nuestro hombre usaba la cuenta antes de su cita con Chamorro. Entre tanto, también nos desbloquearon el acceso al teléfono móvil que nos faltaba, aunque nuestro gozo al respecto se vio enfriado cuando al cabo de dos horas no dio ninguna señal de vida. En vista del fiasco, autoricé a Gil y a Ponce para que fueran a ver a Gervasi Sánchez, el pelirrojo usuario de la única línea telefónica cuyas comunicaciones habíamos conseguido interceptar, y trataran de averiguar qué le relacionaba con Neus y de qué habían hablado el día de su muerte hacia las doce de la mañana.

Gil y Ponce cumplieron el encargo con presteza: tras entrevistarse con él, me llamaron para contarme que Gervasi juraba no haber hablado con Neus más que esa vez en su vida y que parecía sincero. La razón, que al propio Gervasi le había sorprendido: Neus le había llamado por recomendación de alguien que la había informado de que en cierta ocasión el joven periodista había hecho para la televisión local un reportaje sobre clubes de alterne. Le preguntó direcciones y le pidió contactos, que Gervasi le prometió, pero nunca llegó a darle, porque lo siguiente que supo de ella fue la noticia de su asesinato. Recibí todas aquellas novedades, que en otras circunstancias habrían ocupado por entero mi atención, como si formaran parte del ruido de fondo. Algún resorte seguía, no obstante, funcionando en mí para hacer que no perdiera la mínima diligencia policial exigible. Pedí a Gil y a Ponce que trataran de contrastar la historia con Meritxell. Apenas una hora después, cuando ya nos íbamos a comer, volvió a llamarme Gil:

—La señorita Pepis lo confirma. Que Neus hizo la llamada en su presencia. Y que la hizo con su móvil y personalmente para agilizar la gestión. Que Neus era así, dice, que no se le caían los anillos por hacer lo que hubiera que hacer. A mí me ha convencido, y conmovido.

—No seas malo, Gil —le reprendí—. Volved acá echando cohetes.

—*Susórdenes*, mi sargento.

Después de la comida organizamos una reunión de coordinación. Vinieron también Cantero y Vendrell. La idea era sencilla en su planteamiento, pero en función de las circunstancias podía resultar complicada de ejecutar. Había que fijar la posición del sospechoso, con la aproximación que nos permitiera el tipo de conexión a Internet que utilizara, y después controlar el área y buscarle con la información de que disponíamos sobre él. Si le ubicábamos en un domicilio particular, y considerábamos que debíamos entrar y sorprenderle, nos tocaría pasar antes por el trámite de la orden de entrada y registro, obtenida sobre la marcha. No podíamos arriesgarnos a cometer un error y allanar la morada de alguien sin tener cobertura judicial para ello.

—Puedo hacer como la otra vez. Poner una docena de hombres a tu disposición —me ofreció Cantero—. ¿Bastará?

—Si hay suerte, puede que incluso sobre.

El capitán no comprendió.

—¿Si hay suerte?

—Si está en un establecimiento público. Cuéntale, Chamorro.

—Sé que no es definitivo, porque nada garantiza que me dijera la verdad —explicó mi compañera—. Pero ayer me contó que hablaba conmigo desde un cibercafé que hay en su barrio, que tiene buenos ordenadores y donde le dan auriculares para que el sonido no llegue a oídos indiscretos. Si no me mintió, y si esta noche por lo que sea no le da por quedarse en casa, tal vez podríamos agarrarle ahí.

—Ojalá —dijo Cantero—. Eso sería un chollo.

—Pues rezad, los que creáis —rogué.

Por la tarde tuvimos una novedad relevante. El teléfono móvil que habíamos intervenido por la mañana despertó de pronto. Apareció en la zona de Sant Cugat, y pudimos oír esta conversación:

—*Cómo va. Soy Luis.*

—*Ya, ya te tengo fichado. El teléfono me lo chiva.*

—*¿Te pillo bien?*

—*Sí, aquí estoy, leyendo el guión para la prueba.*

—*¿Cuándo la tienes?*

—*Mañana, tú, qué nervios.*

—O sea, que hoy no te meneas.

—Pues me da que no. ¿Me ibas a ofrecer algún plan?

—Psé. Se me había ocurrido que nos divirtiéramos juntos esta noche con una paridilla que me he montado.

—Qué paridilla.

—Si no vas a venir, para qué voy a contártelo, tía.

—Qué borde eres. Si no estuvieras tan bueno, te iban a dar.

—Ya lo sé.

—Y tú, ¿dónde andas?

—Aquí, salgo de una entrevista.

—¿Sí? ¿Y?

—Pues mal rollo, creo que me cogen.

—¿Y cómo dices eso, hombre?

—Porque es para la chorrada de siempre. Estoy harto de hacer de fondo.

—Ah, amigo, ya sabes lo que cuesta... Bueno, tú, que si no vas a contarme nada te cuelgo, que yo tengo que aprenderme bien esto.

—Vale.

—Déu, *cochinote*.

—Déu, *cerdita*.

Cuando se interrumpió la comunicación, los seis guardias que la habíamos estado escuchando guardamos un denso silencio. Lo rompió Chamorro para preguntar, erigiéndose en portavoz del resto:

—Decidme que el que tenemos intervenido es Luis.

—Es Luis, mi cabo —confirmó Gil.

—Dios, se me va a salir la adrenalina por las orejas.

—No nos precipitemos —advirtió el sargento Rubio.

—Hay un detalle esperanzador —dije, con toda la frialdad de que era capaz de armarme—. Habla en castellano. La lengua en que está escrita casi toda la correspondencia de Neus con su galán. Teniendo en cuenta que ella era catalanoparlante, podemos inferir que el Caballero Blanco no domina el catalán y prefiere expresarse en castellano.

—También puede ser que la castellanoparlante sea la

chica, y que por eso él no le haya hablado en catalán, aunque sepa —dijo Ponce.

—Teóricamente sí —admití—. Pero él no tiene mucho acento catalán. Y a ella, en cambio, sí que le salía en las eles y en las vocales.

—A ver, tú, da *replay* —pidió Ponce a Gil.

Volvimos a escuchar la conversación. Todos estuvieron de acuerdo con mi apreciación sobre sus acentos. Ella parecía catalana, él no.

—Y la buena noticia —añadió Gil, señalando la pantalla—. No apaga el chivato, y se dirige hacia Barcelona. Hacia el centro.

—A lo mejor nos ha venido Dios a ver. Todos listos.

Las horas que faltaban hasta las nueve y media transcurrieron con exasperante lentitud. Apenas podíamos reprimir los nervios cuando vimos que el teléfono se inmovilizaba en la zona de Gracia. No lo apagaba, no hablaba ni le llamaban, pero se mantenía por allí, moviéndose en un radio de apenas quinientos metros. A las ocho no pude más y llamé a Cantero. El capitán se personó de inmediato en la sala.

—Mira, no se va de ahí —le dije—. ¿Te parece que vayamos mandando ya a media docena de tíos para ir controlando los cibercafés?

—No sé cuántos habrá en esa zona. Pon que unos pocos.

—Que abarquen los que puedan, mi capitán, el caso es que ya nos vamos situando sobre el terreno —le apremié.

—Vale, vale, tú marcas el ritmo —se plegó.

Rebusqué en mi cartera y después de apartar algunas otras encontré la tarjeta de Riudavets. Marqué su número y al cabo de siete interminables tonos de llamada apareció su voz en la línea:

—*Digui.*

—Riudavets, soy yo, Vila, el guardia de Madrid. El del caso Barutell.

—Ah, sí, hombre, dime.

—Vamos a montar una operación. No te puedo asegurar todavía cien por cien dónde, pero todo apunta a que lo hagamos en Gracia.

—Ya. Si no me equivoco, ésa es aún zona compartida.

—¿Puedes encargarte de avisar a quien proceda a través de tu gente para que a nadie le coja de improviso?

—Sí, claro, hago una llamada. ¿Necesitáis algo?

—No, si todo sale bien es poca cosa y tiene poco riesgo.

—Muy bien, pues mucha suerte. Ya me contarás. Por pura curiosidad. Ah, por cierto. Tengo noticias para ti sobre la coartada de Altavella.

—Salvo que vayas a contarme que era falsa, ya te llamo yo, si no te importa, aquí estamos ahora mismo hasta arriba de trabajo.

—No, no era falsa. Estaba allí. Ya te daré los detalles.
—Gracias.

A las nueve y cuarto se conectó *pab_penya_79*. Segundos después llamaron al teléfono móvil de Luis. Oímos cómo sonaba la señal de llamada en el altavoz del equipo de escucha. No lo cogió. Telefoneé a Juárez, que estaba al quite con su ordenador en Madrid.

—Se ha enganchado —le anuncié—. ¿Cuánto tardas?

—Minutillos —prometió—. Cuelga, te llamo yo.

No sé cómo pude, pero colgué y me puse a esperar.

—¿Me conecto? —preguntó Chamorro.

—No, aún no, no son y media todavía.

A las nueve y treinta y uno, sonó mi teléfono móvil. Era Juárez.

—Lo tengo —dijo solamente.

Le di luz verde a Chamorro y se conectó como una centella.

—Hemos pillado la dirección IP —dijo Juárez—. Y según las gestiones extraoficiales que me han hecho mis colegas está censada como perteneciente a un cibercafé en... ¿Te tomas nota de la calle?

—Por tus muertos, Juárez.

En cuanto tuve las señas, llamé al teniente Vendrell,

que mandaba el equipo que ya estaba sobre el terreno, para que aseguraran el lugar. Luego me dirigí a Chamorro y a Tena y las arengué:

—Chicas, no os volveré a pedir esto. Sed tan guarras como podáis. Dependemos de vosotras. Cuento con que no nos defraudaréis.

—Pierde cuidado, mi sargento. Nos lo vamos a comer.

Me fui con Rubio y batí el récord del trayecto que separaba la comandancia del centro de Barcelona. Cuando llegamos ante el cibercafé, nos salió al encuentro Vendrell, que me explicó, solvente:

—Dos salidas. Ambas controladas. Quieres ir tú, supongo.

—Supones bien —confirmé.

Entré, lo vi absorto en la pantalla, me acerqué. Sabía que tenía toda la ventaja, con los auriculares no podía oírme. Le puse la mano en el hombro y, no lo oculto, pocas veces he disfrutado tanto al decir:

—Guardia Civil. ¿Me acompaña, por favor?

Capítulo 16

ABIERTO DE MENTE

Era, sin ninguna duda, el mismo hombre al que habíamos visto en el cementerio. Se llamaba Luis Fernando Vinuesa Tovar, tenía veinticinco años, conducía un Audi A3 plateado, modelo 1.9 TDI y matrícula CHD, y cuando le preguntamos por su profesión dijo que era bailarín y actor, aunque en ese momento se encontraba sin trabajo.

Pero eso fue más tarde, ya en la comandancia. Durante todo el tiempo que estuvimos en el cibercafé (fotografiando la pantalla del ordenador con el cuadro de chat abierto, copiando en un disquete la conversación, tomando los datos de las personas que allí se encontraban como testigos) y después, durante el trayecto en coche, nuestro hombre permaneció en estado de *shock*. Le había dicho inmediatamente, ateniéndome a la ley, que lo deteníamos para esclarecer su posible participación en el asesinato de Neus Barutell. La noticia lo dejó clavado en el sitio, con los ojos desorbitados. Se dejó esposar sin oponer ni siquiera un amago de resistencia. No le habría valido de mucho contra cuatro hombres, pero se le veía lo bastante en forma como para habernos exigido algún esfuerzo en caso de revolverse contra nosotros.

Después de los trámites de registro, lo metimos en el calabozo para que fuera debatiendo consigo mismo la gravedad de su situación. Aproveché ese momento para avisar al comandante Pereira y a la juez. Ésta, después de pedirme un par de detalles sobre cómo habíamos practicado la detención y cómo se encontraba el sujeto, concluyó:

—Pues no le voy a decir lo que tiene que hacer. Disponen de setenta y dos horas, ya lo sabe, aunque se ganaría usted mi gratitud personal si me proporcionara alguna novedad antes de ese plazo.

—Por supuesto. De hecho, creo que deberíamos ir adelantando una diligencia, no vayamos a tener luego un disgusto con ella.

—Cuál.

—La rueda de reconocimiento con el empleado de la gasolinera.

—Ah, cierto. ¿Prefieren hacerla allí?

—Pues, si fuera posible...

—De acuerdo, mañana curso a primera hora el exhorto al juzgado de guardia de Barcelona. ¿Se ocupan ustedes de localizar y trasladar al testigo?

—Sí, descuide.

—Buena suerte. Ah, y buen trabajo, sargento.

Aunque los años me vayan convirtiendo en un hombre escéptico y resabiado, aún me ablanda como a cualquiera que me pasen la manita por el lomo, y la felicitación de Carolina Perea tenía para mí un valor especial. Animado por ella, y por el éxito de nuestra celada, me olvidé de que era casi medianoche y no me sentí apenas desgraciado por tener por delante una dificultosa labor mientras la mayoría de mis compatriotas se entregaban al descanso o a la juerga. A la hora de medir tu suerte hay que elegir bien con quién te comparas. Peor estaba mi oponente, del lado chungo de la puerta y sin la llave para abrirla.

Por lo común, era yo quien dirigía los interrogatorios de los detenidos. Para eso me cualificaban mi mayor grado, mi antigüedad y mi experiencia en esas lides. Pero nunca habría llegado a adquirir esta última si un buen día alguien más experto que yo no me hubiera dejado el sitio, y no con cualquiera, sino con una presa de peso. Me pareció que era la ocasión idónea para que Chamorro asumiera la responsabilidad. Conocía bien el caso y había obtenido, cuando no elaborado, una buena parte de la información que nos había permitido capturar a aquel hombre. Además, disponía sobre él de la ventaja de haberle demostrado que podía ser tan lista como para engañarle. En cierto modo, se había ganado ocuparse ella de ponerle la guinda al pastel. Mientras yo discurría todo esto, ella charlaba con Tena y con Ponce. La observé. Debía de dar por sentado que me ocuparía yo, como de costumbre, y que como mucho le cabría estar a mi lado. La llamé aparte.

—Vir, quiero que lo interrogues tú —le dije, sin más preámbulos.

—¿Yo? ¿Sola?

—No, quiero escuchar lo que dice. Entraré contigo. Pero voy a dejar que le preguntes tú. Sólo intervendré si encuentro razones excepcionales para hacerlo. El trabajo de rendirlo será todo tuyo.

—Pues... —dudó—. ¿Y qué ha dicho hasta ahora?

—Fuera de sus datos de filiación y profesión, ni una palabra.

—Vaya, esto promete.

—Está todavía bajo los efectos de la conmoción. Tendrás que sacarlo poco a poco de ella. O de golpe, como te parezca que debes hacerlo.

—¿Estás seguro de que quieres dejármelo a mí?

—Razonablemente seguro. ¿Te sientes incapaz?

—No. Me sentiré incapaz cuando haya fracasado, si se da el caso.

—Pues adelante. Pídele a Ponce que lo traiga a la sala de interrogatorios y te reúnes conmigo. Yo voy yendo para allá.

Llegó apenas treinta segundos después que yo y se sentó en la silla que estaba a mi lado. Más que nerviosa, parecía expectante. Me hacía cargo de su excitación. Era un caso de envergadura, en el que además se había metido a fondo, y aquél era el momento crucial. De su astucia o de su torpeza dependería en buena medida lo que sacáramos.

Luis Fernando Vinuesa entró un par de minutos después, esposado, cabeceando y con la mirada perdida. Me inspiró lástima. Por malos que sean, no lo puedo evitar, me la inspiran siempre, aquellos a los que tengo en un calabozo, sumidos en la incertidumbre, mientras yo puedo entrar y salir y, lo que es más importante, estoy en condiciones de calcular las posibilidades que tienen ellos de quedarse o de irse. Aquel hombre tenía pocas papeletas de librarse, y tal vez se lo olía.

—Buenas noches otra vez, señor Vinuesa —dije, una vez que lo hubieron sentado—. Soy el sargento Vila, el que ha tenido el mal gusto de interrumpirle antes la conversación que estaba usted sosteniendo a través del ordenador. Le ruego que me disculpe por ello, nuestro trabajo a veces nos obliga a comportarnos de modo descortés. Pero en la medida de lo posible, me gustaría reparar mi grosería, y por eso le he hecho traer aquí, para que tenga la oportunidad de continuar la charla. Le presento a *Loba Verde*. Será ella, ya que tiene más familiaridad con usted, quien se ocupe de preguntarle lo que queremos saber.

Al ver su expresión, temí haber incurrido en un exceso de sadismo. La detención sorpresiva, la hora tardía y el pánico a lo desconocido ya eran suficiente menoscabo para el ánimo de aquel individuo. Confrontarlo además y sin anestesia con su propia estupidez, y con aquella que la había cebado y explotado, estuvo a punto de demolerlo. No dijo nada, tan sólo se limitó a abrir y cerrar la boca un par de veces y luego bajó la cabeza. Le indiqué a Chamorro que era todo suyo.

—Buenas noches, señor Vinuesa —comenzó—. Creo

que ha sido usted informado de los motivos de su detención.

El sospechoso continuó callado.

—Bien, por si acaso no le quedó claro o lo ha olvidado, le diré que tenemos razones para pensar que pudo usted participar en un homicidio. En concreto, en la muerte de Neus Barutell Pividal, acaecida entre la noche del lunes y la madrugada del martes pasado en Zaragoza.

Cerró los párpados. Fue toda su reacción.

—Como formalidad preliminar, voy a preguntarle cómo se declara usted en relación con ese hecho. No responda si no quiere, sabe que tiene usted derecho a no declarar en contra de sí mismo.

Vinuesa alzó la vista y la volvió a bajar. Apretó los labios con fuerza. Quedó claro que iba a hacer uso de su derecho a guardar silencio.

—De acuerdo —se resignó mi compañera—. Déjeme entonces abordar otras cuestiones menos espinosas. ¿Podría decirme usted desde cuándo conocía a la difunta? Porque la conocía usted, ¿o no?

El tipo despegó la barbilla del pecho. Miró a Chamorro y dijo:

—No, no la conocía.

Mi compañera me observó con asombro. Con una mueca le di a entender que era su sospechoso, que a ella le tocaba sacarlo de ahí.

—Bueno, bueno —dijo—. Permítame que me sorprenda. ¿No ve usted nunca la televisión, no lee ninguna revista, ningún periódico?

—Si se refiere a si la conocía por ahí, claro, como cualquiera.

—Ya. Pero en persona pretende usted hacernos creer que no.

—Crean lo que les parezca. Yo les digo lo que hay. No la conocía.

—Ajá.

Chamorro se levantó y dio un par de vueltas a la habitación, en silencio y con gesto pensativo. Le buscaba la mirada a Vinuesa cuando pasaba junto a él, pero el otro se la rehuía siempre. De pronto se detuvo y así, de pie, se dirigió con voz dulce al sospechoso:

—Perdone, no le hemos preguntado. ¿Ha cenado usted?

—Sí.

—¿Le apetece agua, un cigarrillo? Puedo ofrecerle también refrescos y es posible que hasta nos quede alguna lata de cerveza en la máquina. Ah, y café, por supuesto, pero a lo mejor luego no duerme bien.

El detenido la espió de reojo, con aire desconcertado

—Me tomaría una Coca-Cola *light* —murmuró.

—No sé si la tendremos *light*. ¿Le da igual de la otra?

—Sí.

—Ponce —grité.

El guardia, que vigilaba afuera, abrió la puerta bruscamente y asomó al umbral un rostro entre somnoliento y sobresaltado.

—¿Sí, mi sargento?

—Tráenos tres Coca-Colas, haz el favor. —Y le tiré unas monedas.

Ponce tardó alrededor de cinco minutos en hacer el recado. Durante todo ese tiempo, ni Chamorro, ni el detenido, ni por supuesto yo, dijimos una sola palabra. Me fijé en cómo se retorcía las manos, cuyos movimientos le embarazaban las esposas, y en cómo le sudaba la frente. Para entretenerme, aposté conmigo mismo sobre las opciones que tenía aquel hombre de mantener más allá de media hora el juego al que estaba intentando jugar. Considerando su inferioridad inicial y la sangre fría de mi compañera, me dije que pocas o ninguna. Chamorro, mientras tanto, hojeaba su bloc de notas y en todas las páginas se detenía para subrayar algo. Se preocupaba de que el sonido del bolígrafo al deslizarse sobre el papel resultara notoriamente audible.

Nos pusieron las tres latas de Coca-Cola sobre la mesa. Ella no tocó la suya. Yo cogí la mía y me metí un buen trago, sin dejar de mirar a Vinuesa. Él adelantó las manos esposadas para tomar su bebida.

—Deje, le ayudo —se ofreció Chamorro.

Le abrió la lata y se la puso en las manos. Vinuesa bebió con ansia. Debía de tener, a la sazón, la boca más seca y pastosa en cien kilómetros a la redonda. Luego dejó torpemente la lata sobre la mesa.

—Bien, ahora ya se ha refrescado —dijo Chamorro—. Espero que la cafeína le desperece un poco las neuronas, le aclare los pensamientos y le devuelva la memoria. Y que me diga usted dónde, cuándo y cómo conoció a Neus Barutell. También puede hacer otra cosa, volver a fingir que no la conoce. Entonces le leeré las diecisiete pruebas que en un rato he encontrado en mi bloc y que me permiten afirmar que eso es una mentira que sólo sostendría alguien lo bastante estúpido como para complicarse su situación gratuitamente y renunciar a cualquier posibilidad de obtener alguna clemencia por parte de la justicia.

—Pues, no sé, debo de ser estúpido. Demuéstremelo usted.

Oírle aquello me produjo una suerte de admiración. La voz le temblaba, y si tenía alguna inteligencia (y como aconsejaba Descartes, yo se la presumo a todo el mundo) debía de percatarse no sólo de que no iba a convencernos, sino de que al fin y al cabo conocer a Neus no era ningún delito, y quedaban muchos pasos para llegar desde ahí hasta la imputación del crimen. Aquella resistencia desesperada en la línea más exterior (y menos sólida) era un despropósito heroico. Pero sentí curiosidad por ver cómo Chamorro trataba de doblegarlo.

—Está bien —dijo mi compañera—. Se lo voy a demostrar. Sé que conocía usted a Neus Barutell porque tengo registradas las llamadas entre sus dos teléfonos. Porque he interceptado toda la correspondencia que le dirigió usted desde tres cuentas diferentes de correo electrónico, y ella a usted desde otras tantas. Porque sé qué día se acostó con ella por primera vez, y podría enumerarle sin saltarme una sola todas las demás veces, hasta la última, el mismo día que la mataron. Porque tenemos identificado su rostro y su coche por un testigo que le vio con ella esa misma tarde en una gasolinera de Zaragoza. Porque le tenemos fotografiado en su entierro, y supongo que usted no va a los entierros de la gente a la que no conoce. Y porque guardamos en el laboratorio un poco de semen de usted que nos tomamos la fea molestia de extraer de la vagina y del recto del cadáver, aparte de muestras de su vello púbico, su cabello y las huellas dactilares que cometió usted la ligereza de dejar por toda la casa. Y esto, señor Vinuesa, es sólo el aperitivo.

Permanecí hierático, pero me costó un poco, lo confieso. Para hacer aquel envite Chamorro había arriesgado a tope, había puesto muchas cartas boca arriba y se había tirado más de un farol. No la recriminaba por eso: cuando a uno le encomiendan una responsabilidad, es para que la asuma y si lo considera necesario se la juegue. Pero ahora quedaba ver la reacción que producía su andanada de artillería. Me fijé en nuestro hombre. Por lo pronto, había palidecido. Ella le apretó:

—Se ha confundido de película, señor Vinuesa. No le estaba preguntando nada que no sepa. Me estaba enrollando con usted. Y le estaba dando la ocasión de enrollarse conmigo. Fíjese, qué desperdicio.

Seguía pálido. Cada vez más. Los ojos se le extraviaron.

—¿Le pasa algo? —pregunté.

Se tambaleó en la silla. Llegué de milagro a sujetarle antes de que terminara de perder el equilibrio y se fuera al suelo. Pesaba bastante, y me las arreglé como pude para bajarlo suavemente y tenderlo. Chamorro vino entonces a ayudarme. Le puso algo bajo la nuca.

—Qué bestia, Virgi —dije—. Lo has tumbado.

—Yo... No imaginaba que...

—Pues ya ves, nos ha salido un alma sensible. ¡Ponce! —llamé.

El guardia irrumpió de nuevo en la habitación y exclamó:

—Anda, ¿lo habéis hostiado? Yo creía que eso ya no se podía hacer.

—No fastidies, Ponce, que se nos ha desmayado él solito. ¿Hay por aquí cerca algún médico o algo que se le parezca y que pueda venir?

El ATS de la comandancia, pese a lo intempestivo de la hora, tardó apenas unos minutos en presentarse. Examinó con detenimiento a Vinuesa, que había vuelto en sí medio minuto después de su desvanecimiento. Tras tomarle la tensión y el pulso, mirarle las pupilas, palparle el cuello y vigilar su respiración, se atrevió a diagnosticar:

—Nada. Este tío está tan enfermo como tú o yo. Se habrá asustado, por verse aquí. De todos modos, yo que vosotros ahora lo dejaría descansar y lo observaría un poco, por si las moscas. Y si queréis, mañana traemos a un médico para que le explore, como precaución.

Hablábamos en un aparte, para que él no pudiera oírnos. Me acerqué a la camilla donde lo habíamos tendido y le pregunté:

—¿Cómo se encuentra?

—Mejor —dijo, avergonzado.

Enfrenté su mirada, o lo intenté. Era como si los ojos de aquel hombre estuvieran vacíos, como si no hubiera nadie detrás

—Está bien. Es tarde. Ahora vamos a dejarle dormir. Aproveche y reponga fuerzas, porque mañana tendremos que seguir interrogándole. Le sugiero que aproveche estas horas para meditar. Y que no confíe en simular indisposiciones para evitarse el trago. Si hace falta traeremos a un médico para que esté presente en el interrogatorio y nos certifique en todo momento que se encuentra usted en condiciones.

Vinuesa, de pronto, me miró como un animal acorralado. Me descolocaba su actitud. No encajaba del todo en ninguno de los esquemas típicos: ni era, comprobado quedaba, el criminal *amateur* que de puro anonadado renuncia a seguir una estrategia y se rinde, ni tenía, puesto a hacerse el listo, el cuajo necesario para engañar a un párvulo. Me permití esperar que el descanso nocturno le hiciera entrar en razón y le mostrara la inutilidad de perseverar en aquella tierra de nadie donde ninguna recompensa verosímil aguardaba a sus esfuerzos.

Aprovechamos también nosotros para dormir unas horas. No quise ni siquiera perder un minuto en discutir con Chamorro la táctica del día siguiente. No había ninguna duda, era nuestro hombre. Por si aún lo cuestionábamos, antes de acostarnos nos certificaron la coincidencia de sus huellas dactilares con las que habíamos recogido en la casa. Y aunque el ADN todavía tardaría un par de días o tres, estaba convencido de que sólo era un trámite: el perfil genético del semen extraído del cuerpo de Neus coincidiría con el de la saliva que habíamos tomado de la lata de Coca-Cola de la que Vinuesa acababa de beber. De lo que se trataba era de arrancarle la confesión, y a ser posible de lograr que nos dijera dónde había tirado el cuchillo. Pero con lo recogido hasta ahí ya teníamos de sobra para empapelarlo por homicidio, ante noventa y nueve de cada cien hipotéticos juzgadores. Sólo habría que hacer valer un móvil pasional que la turbulenta y clandestina relación entre ambos, documentada con todo lujo de detalles, más el informe psiquiátrico-forense que a no dudarlo descubriría en su azotea más de un desperfecto, bastarían para soportar. Por eso me pareció que lo mejor era retirarse y volver a la carga a la mañana siguiente, tan relajados como pudiéramos. Y que mi compañera continuara con el interrogatorio como tuviera por conveniente, sin presiones añadidas por mi parte. Lo peor que podía pasar era que hubiéramos de gastar los tres días repitiendo las mismas preguntas, hasta que, una de dos, se derrumbara o probara su determinación de negarlo todo. Y en tal supuesto ya estableceríamos el oportuno sistema de relevos entre ambos.

Por la mañana, para asegurar, hicimos que lo viera un médico, que corroboró lo que nos había dicho el ATS por la noche: Luis Fernando Vinuesa era un hombre que gozaba de un estado de salud tan impecable como cabía presumirle en función de su edad y aspecto. Para mantenerle en tan envidiable condición, nos preocupamos de que le sirvieran un buen desayuno, con café, bollería, zumo y fruta. Me asomé a ver cómo daba cuenta de él y me alentó comprobar que lo hacía con ganas. Rubio se encargó mientras tanto de organizar con sus compañeros de la comandancia de Zaragoza el traslado de Radoveanu para la rueda de reconocimiento. A eso de las nueve y media, volvimos a conducir al detenido a la sala y Chamorro reanudó el interrogatorio.

—Buenos días. ¿Ha dormido usted bien?

Vinuesa sonrió, por primera vez. Buena señal.

—He dormido mejor en otras ocasiones —dijo—, pero vaya.

—¿Ha pensado usted sobre lo que ocurrió ayer?

—Qué remedio.

—Me gustaría que me contara a qué conclusiones ha llegado, si es que ha llegado a alguna que esté dispuesto a compartir conmigo.

—Conclusiones, lo que se dice conclusiones... Está bien, creo que ya no tiene ningún sentido que niegue que conocía a Neus.

—¿Por qué lo negó anoche, entonces?

Se encogió de hombros.

—Porque nunca me habían detenido antes, porque ella está muerta y veo que me lo van a querer colgar, o a lo mejor por costumbre.

—¿Por costumbre?

—Sí. Nos encontrábamos a escondidas, y yo nunca le

conté a nadie que estaba con ella. Le recuerdo que era una mujer casada.

—¿Niega tener alguna responsabilidad sobre el crimen?

—Claro que lo niego. Yo no la maté. Nunca habría podido ponerle una mano encima. Ya que han leído lo que le escribía, creo que no hace falta que se lo cuente, ahí tienen la prueba: estaba loco por esa mujer.

Chamorro no se dejó impresionar.

—Ésa podría ser, justamente, la razón —dijo—. Que usted la quisiera y que no soportara verla así a hurtadillas, que deseara que fuera sólo suya y que al no poder conseguirlo... Me estoy limitando a describir la hipótesis que se plantearía cualquiera al repasar su historia.

—Ya. Me parece que ve usted demasiados culebrones, agente. Yo hasta he hecho algún papelito en alguno. Y supongo que esas cosas pasan, pero no conmigo. Yo sabía cómo iba todo, desde el comienzo. Y respetaba su libertad de decidir cómo quería estar y con quién, como pido que respeten la mía. Soy un tío joven y abierto de mente, no uno de esos cafres que van por ahí en plan *la maté porque era mía*.

Siempre se me hace raro cuando uno se refiere a sí mismo como *joven*, *abierto* o cualquier otro adjetivo de contenido positivo, y no lo hace como broma, sino tan en serio como lo acababa de hacer Vinuesa. No porque crea que uno debe ser humilde, sino porque uno no tiene consigo mismo la distancia necesaria como para poder dar fe más que del fango y la mugre en que se revuelca. Lo cierto era que el detenido, aparte de esa notable autoestima, exhibía aquella mañana una firmeza y un aplomo que nada tenían que ver con su comportamiento de unas pocas horas atrás. Y tampoco andaba desprovisto de sutileza.

—Supongo que tiene sus razones para decir eso —admitió Chamorro—. ¿Le parece que a mí podrían convencerme, esas razones suyas?

—No la sigo.

—Afirma que es inocente. Y me parece bien, a lo mejor yo haría lo mismo en su lugar. La cuestión es, ¿cree que aparte de repetirlo una y otra vez, podría convencernos a mí y a mi compañero de ello?

—Disculpe, pero creía que era al revés. Que se supone que yo soy inocente mientras no prueben ustedes lo contrario.

Chamorro asintió, comprensiva.

—Claro, ésa es la teoría general. Pero cuando uno es la última persona con quien vieron a la muerta, cuando uno dejó toda clase de huellas y de vestigios en el lugar del crimen, y cuando uno, después de descubrirse lo que ha sucedido, no se preocupa de acudir a la policía, sino que huye de ella y se esconde, la situación varía ligeramente.

Vinuesa inspiró hondo y repuso:

—Nada de eso es una prueba irrefutable.

—¿Y quién le dice a usted que hace falta tanto para condenarlo? Basta con que la gente que le juzgue llegue al convencimiento de que usted y no otra persona cometió el crimen. Y analícelo fríamente, si puede, ¿qué le parece que pensaría una persona normal sobre la base de todas esas circunstancias? ¿Que usted sólo pasaba por allí?

El detenido tomó conciencia del apuro en que estaba. O quizá ya la había tomado antes, pero no con la precisión con que acababan de enunciárselo. Se le veía ansioso de encontrar por dónde salir.

—A ver, retrocedamos al principio —dijo Chamorro—. Vamos a repasar en qué estamos de acuerdo. Ya hemos admitido que usted y Neus Barutell se conocían, y que mantenían una relación sentimental desde hacía unas tres semanas en la fecha de su muerte. ¿Me equivoco?

—No.

—¿También me admitiría usted que se vieron varias

veces en la misma casa de Zaragoza donde apareció asesinada?

—También.

—¿Y que fue allí con ella el día de su muerte?

—Tienen testigos, ¿no?

—¿Y que mantuvo relaciones sexuales con ella?

—Para qué lo voy a negar. Eso no es ningún delito. Fue con su consentimiento, como todas las demás veces.

Mi compañera lo escrutó fijamente, haciéndole sentir la gravedad del momento. Vinuesa, he de consignarlo, aguantó el tipo.

—Imagino que sabe usted que tenemos medios para fechar la muerte de una persona, y no creo que se le oculte que los hemos utilizado también en este caso. Apenas queda margen temporal, entre la hora de su llegada y el momento en que acabaron con la vida de Neus, para que el hecho no sucediera, digámoslo así, *en su presencia*.

—Le juro que yo ya no estaba allí.

Chamorro puso esa cara de decepción que yo conocía bien.

—Jurar es gratis. Lo puede hacer cualquiera. Así no me convencerá.

—¿Y cómo la convenzo, entonces?

—A ver, voy a tratar de echarle un cable. ¿Me puede contar, con el mayor detalle posible, qué pasó aquella tarde entre ustedes?

El detenido se cogió la cabeza entre las manos, cerró los ojos y después se los restregó con fuerza. Si había que juzgarlo por la aparatosidad del gesto, se disponía de veras a hacer memoria.

—Pues, veo que no tengo más remedio que renunciar a mi intimidad para usted, señora agente. O señora número, ¿o cómo la llamo?

—Hace muchos años que ya no somos números —replicó Chamorro—. Ahora somos personas, como los demás. Y yo en particular soy cabo. Pero llámeme como quiera. Mi nombre de pila es Virginia.

—Podría llamarla *Loba Verde*, también —dijo, con una sonrisa amarga—. La verdad es que me llevó usted al huerto del todo. Supongo que debí de parecerle el tío más capullo del mundo, mientras me liaba.

—No, por qué. Yo jugaba con ventaja. Pero iba a contarme algo.

—Sí —asintió—. Mi última tarde con Neus. Bueno, lo habíamos organizado para aprovecharla. Al día siguiente yo tenía que estar muy temprano en Barcelona, y a ella vendría a verla su ayudante para trabajar, también pronto. Así que preferí no pasar allí la noche. No me molesta conducir, y a autopista vacía en dos horas me recorría la distancia entre la casa y Barcelona. Entre las seis, que fue cuando llegamos, y las once, que era mi hora de Cenicienta, nos cabían unas copas, una cena y un par de polvos. Y eso fue lo que tuvimos. La cena, sin muchas complicaciones. Bueno, si registraron la casa ya encontrarían los restos, así que no tengo que especificarles más. Las copas, no fueron muchas, porque yo tenía que conducir luego. Y los polvos, ¿quieren detalles?

—No —repuso Chamorro—. Ya alquilaremos algo del videoclub si nos entra el apretón. Lo que sí me gustaría es que me dijera la secuencia horaria precisa. Desde que llegaron, hasta que se marchó usted.

—Llegamos a las seis, como le digo. De seis a siete y media o así, copas y primer polvo. De siete y media a ocho y algo, ducha y preparar la cena. De ocho y media a nueve y media, cena viendo las noticias. De nueve y media a diez y media segundo polvo. Y luego me duché otra vez, para conducir fresco, y me puse en ruta. No serían más de las once y cuarto. Era la una y cuarto cuando estaba entrando en mi casa.

—¿Alguien puede dar fe de eso último?

—Vivo solo. Si alguna vecina cotilla me vio, puede ser.

Chamorro administró el silencio durante unos segundos. Quien la viera, habría pensado que el relato de Vinuesa, y su manera de decir las cosas, la dejaban del todo indiferente. Yo sabía que no era así, por diversas razones. Tampoco a mí me resulta el colmo de la elegancia que alguien se refiera con el término *polvo* al rato compartido con una mujer que ha tenido la gentileza de separar las rodillas para él. Creo que uno debe ser un poco más respetuoso con aquellos que le regalan algo de sí mismos. Aunque tampoco juzgaba con demasiada severidad a aquel muchacho. Pertenecía a una generación que no había sido educada para andarse con excesivas contemplaciones, ni a la hora de actuar ni de nombrar lo actuado. Mi compañera habló al fin:

—Hay un asunto, por lo menos, que ha omitido contarme.

—¿El qué?

—En la casa encontramos algo más que restos de copas y de comida.

—¿No puede hablar más claramente?

—Cocaína.

—Ah, sí, nos metimos unos tiritos. Un par, sólo, tampoco quería ponerme ciego por lo mismo, tenía que conducir. Pero mis últimas noticias son que eso había dejado de ser delito. ¿Cambiaron la ley?

—No. ¿Está usted enganchado? ¿Lo estaba ella?

—Consumo de vez en cuando. Y en cuanto a ella, mi impresión es que tampoco se metía mucho. No sé, depende de lo que considere estar enganchado. Yo creo que controlo. Y que ella controlaba.

Chamorro hizo algunas anotaciones en su bloc, sin prisa. Vinuesa se había ido creciendo a lo largo del interrogatorio. Nadie habría dicho que era el mismo que se nos había desmayado en el primer encuentro. Yo seguía sin calarlo del todo. Y eso empezaba a fastidiarme.

—Bien —resumió Chamorro—. Así que esto es lo que quiere usted que nos traguemos. Es original lo de cenar viendo las noticias, eso se lo reconozco. Lo demás, como argumento de la escena barata de adulterio de esos culebrones de los que hablaba usted antes y en los que parece que ha trabajado, me podría valer. ¿Sacó la idea de ahí?

Vinuesa no se esperaba el ataque. Y le hizo daño. Se revolvió:

—Oígame, cabo Virginia, o como sea que tenga que llamarla. Ya sé que yo estoy jodido y que en esta habitación usted tiene la sartén por el mango. Y ya sé que por el hecho de ser actor y bailarín usted me considera un gilipollas integral. Pero fui a la universidad y me saqué una licenciatura en Historia del Arte con media de nueve. Que no me sirve ni para tomar por culo, pero sí para no tolerarle que me trate como a un imbécil. Mi situación es difícil, de acuerdo, pero lo que les he contado es la verdad, y ustedes han de probar que yo maté a alguien para seguir teniéndome encerrado, y si no, con todas sus sospechas y con todo lo mal que les caiga, el juez me pondrá en la puta calle.

Chamorro sonrió con indulgencia.

—Ah, ahora lo veo. ¿En eso confía? Quizá le interese saber que la juez que lleva este caso, porque es una mujer, ya ve usted qué mala suerte ha tenido, está al tanto de todo lo que estamos haciendo. Y como es usted una persona instruida, sabrá que tiene una posibilidad legal de pedir ser llevado a su presencia en cualquier momento. Se llama *habeas corpus*. Si quiere le traemos el formulario para que lo rellene.

Vinuesa no dijo nada. De pronto, se había puesto carmesí.

—Vamos, ¿se lo traigo? —le insistió—. ¿O prefiere pensarse mejor si lo que le conviene es seguir manteniendo ese cuento idiota de los fantasmas que vinieron en medio de la noche a acuchillar a Neus?

Aborrezco la violencia. No suele ser útil para casi nada, ni siquiera para reducir a las alimañas, como piensan los guionistas de casi todas las películas norteamericanas y una buena parte de los pacíficos ciudadanos de los países democráticos y civilizados. Si el *homo sapiens* ha podido imponerse a la naturaleza no ha sido por su limitada capacidad de embestirla, sino por su habilidad para domeñarla dando rodeos. Por otra parte, intervenir era tanto como desautorizar a mi compañera. Pero me pareció que debía tratar de apaciguar la situación.

—Señor Vinuesa —dije, en tono sosegado—. No crea que no comprendemos sus dificultades. No es fácil hacerse cargo de una cosa así, y nosotros lo sabemos probablemente mejor que nadie. Sólo le pediría que recapacite. A veces, en la vida, llega la hora de la verdad, y es entonces cuando se pone a prueba lo que somos. A usted le ha llegado el momento. Piense que no es cualquier cosa. Que tiene que estar a la altura. Que tiene que ser inteligente y buscar su propio beneficio, y que uno siempre puede hacer por empeorar o mejorar su suerte. Por lo demás, se lo dijimos al principio, tiene derecho a no hablar, pero no se haga ilusiones, no trate de convencerse de que no llueve cuando le está cayendo una tromba encima, porque esto no se va a parar así como así. Seguiremos adelante, porque no estamos actuando al tuntún.

—Yo no lo hice —contestó, al borde del llanto.

—Vamos a dejarlo aquí por ahora —concluí—. Volveremos a vernos luego. Trate de aclarar sus ideas. Por su propio bien.

Devolvimos al detenido al calabozo. Mi compañera estaba visiblemente malhumorada. No había tenido el mejor estreno posible como interrogadora, y su orgullo le pasaba ahora factura por ello.

—No te hagas mala sangre, Vir —le dije—. No se puede ganar siempre.

—Es que me revienta que se me ponga chulo ese mierda —rezongó.

—Mal camino, compañera. Para interrogar a un sospechoso, ni le puedes odiar, ni puedes subestimarle. A lo mejor ese mierda, aunque se desmaye cuando se le ponen delante las pruebas que le acusan y sea un *gigoló* presuntuoso, tiene un aguante fuera de serie para sostener lo que quiere hacernos creer. La gente a veces despista mucho.

—Pero nos está tomando por idiotas. ¿A qué aspira con eso?

—No se da cuenta. No puede juzgar su actuación desde fuera.

—¿Y qué vamos a hacer?

—Ahora mismo, ir a tomarnos un café. Tenemos mucho tiempo, que podemos aprovechar para despejarnos, para pensar estrategias, para ver si se nos ocurre cómo tratar de minar su ánimo. Él sólo puede mirar las paredes del calabozo y sentir miedo de la cárcel. Pero no te tortures más. Anda, vamos a darnos una tregua, y así aprovecho para hacer una llamada que tengo pendiente. Me había olvidado.

Estaba quedando mal con Riudavets. Casi le había colgado la víspera y no le había llamado todavía. Pero él era del gremio, sabía cómo iba el trabajo y no estaba ofendido. Me atendió con toda amabilidad, y después de contarle yo nuestras novedades, me dio las suyas:

—Altavella estuvo el lunes por la tarde y el martes por la mañana en su casa de Gerona, en efecto. La urbanización no es muy grande y los vecinos le tienen bien fichado. Pero en algo te mintió. Hay alguien que le consta positivamente que podría respaldar su coartada.

—¿Quién?

—La mujer con la que pasó la noche. Unos treinta años, rubia, y bastante maciza, al parecer. No era la primera vez que la llevaba allí.

Hay muchas razones para mentir. Pero a un investigador de homicidios le cuesta creer que alguien lo hace por motivos inocuos.

Capítulo 17

EL PUNTO FLACO

La rueda de reconocimiento, aprecié al ver a Vinuesa flanqueado por todos aquellos guardias de paisano, era modélica. No siempre podía uno rodear al sospechoso de gente tan similar a él, por edad, estatura, color de pelo, etcétera. Resultaba que nuestro hombre encajaba en el prototipo de varón español joven, como la mayoría de quienes nutrían nuestras filas en aquella demarcación. Pero aquella gratificante sensación de pulcritud en la preparación de la diligencia me venía mezclada con un presentimiento de desastre. La mañana no estaba marchando por los mejores derroteros. Al fallido interrogatorio de nuestro detenido se había unido la inopinada apertura de un flanco que consideraba tranquilo y cubierto, el del viudo. Tenía coartada y me seguía pareciendo carente de móvil, por su carácter y el laxo convenio conyugal que le permitía hacer su vida sin estorbos. Pero me había engañado, y eso, que siempre molesta, me obligaba a encontrar una explicación satisfactoria o a pedírsela. Lo único que nos faltaba, en esas circunstancias, era que Radoveanu, de tan bien que habíamos preparado la rueda de reconocimiento, no fuera capaz de identificar a Vinuesa, o señalara a otro. Confieso que mi pulso iba a algo más de las 70-80 percusiones por minuto habituales cuando lo pusimos al otro lado del cristal.

Pero en la vida, aunque no suceda con frecuencia, uno se encuentra a veces personas providenciales, a las que puede encomendarse en los momentos más aciagos o de mayor angustia sin temor de verse defraudado. El rumano (a quien, dicho sea de paso, el capitán Navarro, de Zaragoza, le había empujado entre tanto la renovación de su permiso de residencia) cumplió con lo que de él se esperaba. En honor a la verdad, Vinuesa le dio alguna facilidad, porque, frente a la impasibilidad de los guardias que posaban junto a él, no dejó de parpadear ni de morderse los labios durante todo el tiempo. Pero me constaba que nuestro testigo, que había sido precavido hasta allí, no habría dicho de no haberlo visto con absoluta claridad lo que entonces dijo:

—El número tres. El perfil, la forma de moverse, la mirada. Aquí sí que lo veo, no como en la foto. Ése es el hombre que iba con ella.

—Pero ¿se lo parece o está completamente seguro? —preguntó la funcionaria judicial que levantaba acta, una cincuentona muy pintada, más bien antipática y flaca como un palo de escoba. Se la veía diligente y resolutiva, de esas que no hacen las cosas de cualquier modo.

—Estoy completamente seguro —repuso Radoveanu.

—Muy bien. Pues espere un momento.

La funcionaria terminó de redactar el acta. Luego la imprimió y se la dio a leer al testigo. Nos facilitó una copia también a nosotros.

—Si está de acuerdo, la firma —le requirió.

Radoveanu leyó sin prisa. Inmigrante y todo, no se sentía tan intimidado como para firmar sin más lo que le pusieran delante, ni tampoco tenía vergüenza de hacernos esperar, a nosotros y a la envarada funcionaria, para asegurarse de que el texto del acta se ajustaba a lo que allí había acontecido. Era digno de tenerse en cuenta, al menos para quien como yo había visto a tanta gente poner su garabato sin leer ni entender, sólo por los nervios o el apocamiento del instante.

—¿Me dejan un bolígrafo? —preguntó al fin.

Tenía una firma pinturera, Gheorghe Radoveanu. Una letra airosa y con personalidad. Pensé que en un mundo mejor organizado, a escala planetaria, serían muchos de los que le tendían las llaves con desprecio los que le llenarían el depósito de gasolina a él. Pero ya se sabe que la fortuna reparte las cartas como se le antoja y que el mejor jugador del mundo sucumbe sin remedio a cualquier lila que ligue cuatro ases. Nuestro testigo lo sabía de primera mano, y parecía llevarlo bien, pero no renunciaba a afirmarse en esos espacios particulares, como la firma, en los que el torpe gerente de la tómbola no tenía jurisdicción.

Mientras Ponce y Gil se llevaban al detenido de vuelta al chiquero, los demás nos quedamos charlando con el testigo. De todo el equipo investigador, Chamorro era la que le estaba más agradecida:

—Muchas gracias por su colaboración, Gheorghe. No se crea que nos ayudan tanto, a veces, los que se supone que más deberían hacerlo, ya que gozan de las ventajas de ser ciudadanos de este país.

—No sé —dijo Radoveanu, con modestia—. A nadie le gusta verse en líos de leyes y juzgados, claro, pero si te toca, qué le vas a hacer. En lo poco que traté con esa mujer no me pareció mala persona. Si puedo ayudar a resolver su muerte, creo que se lo debo.

—Puede, no lo dude —aseveró mi compañera.

—Así que lo hizo él.

—Eso es lo que creemos.

—Parece poca cosa, como hombre —juzgó el rumano, sobre la base de una experiencia que reconozco tuve que contenerme para no indagar—. Claro que casi siempre son así los que atacan a las mujeres.

—Estoy de acuerdo con usted —suscribió Chamorro.

A mi compañera se la notaba demasiado enardecida

y beligerante. Había que hacer algo para aplacarla. Miré la hora. Si Radoveanu y los guardias que lo habían traído emprendían viaje hacia Zaragoza iban a llegar demasiado tarde para comer. Sobre la marcha, propuse:

—¿Por qué no os quedáis a almorzar por aquí? Así no os maltratamos ni a vosotros ni a este hombre más de lo imprescindible.

—Pues yo le tomo la palabra, mi sargento —dijo uno de los guardias.

—¿Le parece bien, o tiene prisa por volver? —pregunté al rumano.

Gheorghe Radoveanu sonrió ampliamente, mostrando una hilera de dientes muy blancos y dispuestos en perfecta alineación.

—¿Prisa? Qué va. Me esperan la manguera y el jefe, ya ve usted qué panorama. Y tengo hambre, para qué le voy a engañar.

Lo llevamos a comer en la propia comandancia. Tenían un menú del día típico de comedor colectivo, con los inevitables macarrones boloñesa y el no menos inevitable pescado rebozado con patatas o lechuga. A veces, sin embargo, a uno le apetece comer así. Nuestro testigo se arrojó sobre los macarrones con ansia, y a mí no me hizo mucha gracia que cuando andaba a mitad del plato sonara mi teléfono móvil. Me contrarió más aún reconocer la voz de Ponce, porque eso representaba un alto índice de probabilidades de tener que abandonar la mesa. Y así fue, aunque lo que me cogió de improviso fue el motivo concreto:

—Mi sargento, el muñeco dice que quiere hablar —me anunció Ponce.

—Qué oportuno —masculló—. Llévalo a la sala. Vamos en seguida.

—¿Qué pasa? —preguntó el sargento Rubio.

—Los muros del castillo se resquebrajan, al fin.

—¿Canta?

—Eso parece.

—La rueda de reconocimiento le ha jodido —opinó Tena.

—No cantemos victoria —dije—. Vamos, Chamorro, hoy hacemos dieta. Lo siento —me dirigí a Radoveanu—. Este trabajo es así. Si no puedo verle antes de que se vayan, muchas gracias por su ayuda. Y suerte.

—Igualmente, sargento —respondió—. Suerte.

—Gracias. Nunca sobra.

Llegamos ante la puerta de la sala de interrogatorios, que vigilaban los guardias Gil y Ponce. Este último nos informó:

—No sé con qué se va a descolgar, pero está cagadito vivo.

—Por fin, coño —exclamó Chamorro.

—¿Qué te dije, Virgi? Que fueras paciente. Y ahora prométeme que vas a estar calmada y que no vas a permitir que te descomponga. Con esa condición, te dejo que sigas tú. Si no, tendré que ocuparme yo.

Quizá tenía que habérselo dicho antes, a solas. Al verla enrojecer, me arrepentí de hacerlo en presencia de extraños.

—Estoy muy tranquila —dijo, mordiendo las palabras.

—Pues vamos, adelante. —Abrí la puerta y le cedí el paso.

En el interior de la sala de interrogatorios nos aguardaba un Luis Fernando Vinuesa demudado y tembloroso. Podía ser el efecto de la experiencia de la rueda de reconocimiento, como había sugerido la guardia Tena. Es una situación en la que sólo he estado como relleno, pero aun así tiene algo de humillante exponerse como mera carne a la tasación de un espectador invisible. Si uno es el protagonista, deben de afectar cien veces más los preparativos, el momento en sí y, sobre todo, el regreso al encierro. Para redondearlo, nos preocupamos de facilitarle a Vinuesa la comunicación con el abogado de oficio al que habíamos hecho venir esa misma mañana para darle asistencia letrada, y que ya le habría informado del resultado de la identificación positiva por parte del testigo. Todo esto, más las largas horas del calabozo (llevaba sólo quince, le quedaban aún cincuenta y siete hasta llegar al máximo legal), había ido erosionándolo inexorablemente. A fin de cuentas era un novato, y carecía del entrenamiento que permite a un delincuente consumado mirarte con cara de haba y sin soltar prenda por más horas que lo tengas encerrado y por más tretas que uses para hacerlo derrotar. A nuestro prisionero, por el contrario, se le veía deseoso de aliviarse. Si acertábamos a aprovecharlo, la confesión estaba servida.

—Buenas tardes —dijo Chamorro, después de sentarse—. Nos han dicho que quiere usted contarnos algo. Le escuchamos.

Vinuesa la miró, desencajado.

—No sé si quiero contárselo a usted.

Chamorro se volvió hacia mí. Tragándose la rabia, me preguntó:

—¿Me voy?

Era un bonito dilema. Tenía que escoger entre ofenderla a ella o arriesgarme a perder la confesión de él. Pero algo bueno tiene hacerse viejo: sabes que hay pasos reversibles e irreversibles, y que no hay que apresurarse a dar los segundos. Si la echaba, eso ya no tenía vuelta atrás. Si le permitía quedarse y el detenido reaccionaba demasiado mal, siempre podría reconsiderarlo y vestirlo de gesto magnánimo.

—Lo siento, señor Vinuesa —dije—. Esto no es un restaurante a la carta. Aquí no elige usted con quién habla y con quién no. La cabo lleva este caso y tanto si le gusta como si no tendrá que tratar con ella.

También era, por otra parte, una manera de probarle las fuerzas.

—Joder, todo esto es una mierda —gimoteó.

—Se lo admito. Pero por nuestra parte, y le aseguro que eso incluye a la cabo, no tenemos el menor deseo de hacerle sufrir. Confíe en nosotros y haremos lo que podamos para ayudarle. Se lo prometo.

—Y yo —se sumó Chamorro—. Disculpe si antes le presioné más de la cuenta. Crea que me gustaría que pudiéramos entendernos.

Vinuesa necesitaba a alguien en quien confiar. Quizá fue eso lo que le hizo caer, o quizá lo ablandó que mi compañera hubiera recuperado en sus últimas palabras el tono complaciente de *Loba Verde*. Cuesta adivinar lo que pasa por la cabeza de un hombre en semejante trance. El hecho es que en este punto se desmoronó y rompió a llorar.

Chamorro me consultó con la mirada. Moví la mano abierta en círculos y se lo señalé. Se acercó a él y le puso la mano en el hombro. El otro, por lo menos, no dio en rechazarla. Con voz cálida, ella le pidió:

—Vamos, Luis, cuéntanos eso que te está quemando dentro.

Vinuesa se enjugó las lágrimas, tomó aire. Chamorro volvió entonces a su asiento, sin dejar de ofrecerle su semblante más compasivo.

—Quiero... —empezó, inseguro—. Quiero que intenten comprenderme. Lo que les voy a contar... Yo sé que no está bien. Pero no merezco pagarlo así. No soy tan canalla ni tan hijo de puta, aunque sé que he cometido un error, y les juro que estoy dispuesto a aceptar el castigo que me corresponda por ello. Pero no soy un asesino, no puedo ir por ahí cargando con eso, ni mi familia tiene que vivir con esa losa. No sería justo, si no lo hacen por mí, les pido que piensen en ellos...

Mi compañera intentó confortarle:

—No tengas ninguna duda. Pensaremos en ellos, por supuesto.

—Pues, lo primero de todo, sí, creo que tengo que admitir que Neus está ahora muerta por mi culpa, y quisiera decirles, y que me creyeran, que eso es algo que me va a aplastar toda la vida. Yo la quería, y la quería mucho. Parecíamos muy diferentes, empezando por la edad, y estoy seguro de que cualquiera que lo supiera habría hecho el clásico chiste de la madura y el jovencito guaperas. Pero nos compenetrábamos muy bien, en el fondo yo creo que éramos muy iguales, y que ella me dejó ver a mí lo que no dejaba ver a nadie, una personalidad maravillosa, limpia y atrevida que el peso de la fama le impedía enseñar. Conmigo recuperaba la libertad que había perdido, en su trabajo, en su vida pública, en su matrimonio, en su círculo social... Lo nuestro era sexo, claro que sí, y mucho y bueno, pero no sólo eso. Había una comunión que iba más allá, algo espiritual, ¿me entienden?

—Sí, cómo no —dijo Chamorro, rotunda.

Yo no estaba tan seguro. Todavía no veía hacia dónde se dirigía.

—Les cuento todo esto para que no crean que soy lo que les va a parecer en cuanto les diga lo que hice. Tampoco se lo puedo explicar. Creo que fue una mezcla de despecho y de... No sé, estupidez. A lo mejor quise demostrarme a mí mismo que ella no me importaba tanto como de verdad me importaba, porque después de todo sólo podía aspirar a ser su amante secreto, porque nunca la podría llevar del brazo por la calle a la vista de todo el mundo, ¿saben a qué me refiero?

—Desde luego.

Me sorprendía la seguridad de Chamorro. Parecía que se había tomado demasiado a pecho lo de ser amable. Prosiguió Vinuesa:

—Lo que más me pesa es que esa gente, sean quienes sean, me notaron la debilidad. Que supieron que yo era el punto flaco por el que podían atacarla, y que no se equivocaron. —Aquí la voz se le quebró—. Ella no se lo merecía. No sé por qué coño lo hicieron, por qué coño les ayudé, pero lo que sí sé es que ella no se lo merecía, joder.

—Cálmese. ¿De quién nos habla? ¿Quién más estaba allí?

—No lo sé. No sé quiénes son. Ni quién la apuñaló, ni siquiera quién era el que hablaba conmigo. Me dijo que se llamaba Jaime, pero imagino que era un nombre inventado. Sólo tengo un número de móvil, y el de la cabina desde la que me llamaba él. He marcado ese número de móvil muchas veces, todos estos días, pero está desconectado.

Mi compañera y yo nos contemplamos, perplejos.

—Me tienen que creer. Yo la quería. Por eso fui al entierro, y miren si estaba acojonado, que todo el rato me parecía que el cementerio estaba lleno de policías que me buscaban y que conocían mi cara, aunque nadie me hubiera visto nunca con Neus. Tenía que ir a despedirme, tenía que ir a darle un beso a su lápida, pero la pusieron ahí, tan alta...

Luis Fernando Vinuesa se deshizo en un llanto lleno de hipidos y sorbos. Una posible lectura era que aquel hombre había perdido por completo el juicio. Era, no lo oculto, la hipótesis a la que me sentía más inclinado, ante aquella avalancha de declaraciones incoherentes. Pero antes de interpretar nada necesitábamos desenredar la madeja.

—A ver, vayamos poco a poco —dijo Chamorro, con la delicadeza con que un adulto juicioso se dirige a un niño histérico—. Empecemos por ese tal Jaime. ¿Puede decirnos dónde le conoció?

—Me abordó él —respondió, tratando de serenarse—. Supongo que andaba siguiendo a Neus, que un día nos vio juntos y que después me siguió a mí. Me entró en un bar donde suelo ir a tomar copas. Entabló conmigo una conversación casual y luego, de pronto, me encontré con que me estaba hablando de Neus. Con que me proponía ganar muchísimo dinero. Y con que me adelantaba tres mil euros, para probarme que no era una broma. No sé para ustedes, pero para mí eso es una pasta. Y me ofrecía diez veces más. Sé que no es excusa, pero... Llevo una mala racha, haciendo trabajos inmundos y sin cobrarlos. Seguro que ellos se enteraron de eso, antes de venir a proponérmelo.

—¿A proponerle qué, exactamente?

—Que los tuviera al corriente de los días que fuera a verme con Neus, y que les ayudara a tomar unas fotos comprometedoras.

Chamorro puso cara incrédula. Le indiqué que le diera carrete.

—¿Qué clase de fotos? —le preguntó.

—Fotos que dieran a entender que estábamos juntos.

—Y usted lo aceptó.

—No en seguida. Pero el tipo me llamaba todos los días y me decía que la oferta seguía en pie. Y yo, lo confieso, no paraba de darle vueltas. Pensé que ella no tenía por qué saber que yo andaba compinchado. Que unas fotos así me darían a conocer, y pondrían a prueba lo que ella sentía por mí, si era algo más que un capricho. Y de paso ganaba dinero, y fama, que no me venía nada mal. Así que acabé aceptando su oferta. Me citó en una cafetería, en el centro, y allí me dio seis mil euros más. Me dijo que quería unas fotos que no dejaran lugar a dudas, y me preguntó si alguna vez nos íbamos a algún lugar apartado. Entonces... —y aquí se interrumpió y enterró la cara entre las manos.

—¿Entonces?

—Le hablé de la casa de Zaragoza.

—Entiendo. ¿Y?

—Y nada. Que le avisé de que iríamos allí el lunes. Él me pidió que me ocupara de dejar alguna ventana y alguna puerta abierta. Me dijo que ellos se las arreglarían para hacer las fotos sin que Neus los descubriese. Y que esa misma noche me esperaría en un área de servicio de la autopista para darme otros tres mil euros. El resto lo tendría cuando se publicaran las fotos y ellos hubieran cobrado de la revista.

—¿Y era verdad, le estaba esperando?

—Sí. Y en el sobre que me dio había tres mil euros.

Apenas cruzamos un par de palabras. Desde entonces, no he vuelto a saber de él.

Respiré hondo. Tanto si era verdadera como si se la había inventado en un alarde de imaginación, la historia tenía su miga. Confié en que Chamorro sabría lo que tenía que hacer. No me decepcionó:

—¿Puede describirme a ese hombre, con el máximo detalle posible?

—Pues, sobre treinta y pocos años. Alrededor de uno ochenta. Con un pendiente de aro en cada oreja, pelo largo y rizado, barba de días... Nunca pude verle los ojos, siempre llevaba puestas gafas de sol de espejo, incluso de noche. Complexión fuerte, manos grandes...

—¿Cómo hablaba, le parecía de aquí, castellano, extranjero?

—No, extranjero no, ni catalán tampoco. Castellano.

—¿Recuerda qué coche llevaba?

—Sí, eso sí. Un Ford Mondeo, oscuro. Apostaría que azul marino, pero no se lo puedo asegurar. Sólo lo vi aquella noche, en la gasolinera.

—¿Se fijó en la matrícula?

—No, pero el coche no era muy viejo.

—¿Y esos números de teléfono?

—Están en la memoria de mi móvil. Y mi móvil ustedes sabrán dónde lo tienen, ya que me lo quitaron cuando entré aquí.

—Señor Vinuesa —rompí mi silencio—, creo que es consciente de lo que se juega. Y quiero creer que también lo es de las consecuencias, si descubrimos que en algo de lo que nos cuenta ha faltado a la verdad.

—Sí, soy consciente.

—Sabiendo eso, ¿se ratifica en todo lo que acaba de decir?

—Sí. Nos tendieron una trampa. A los dos. A ella le costó la vida. Y a mí, supongo que calcularon que me costaría comerme el marrón.

—Y no tiene usted más información que darnos...

—Eso es todo lo que sé. Díganme que me creen —suplicó.

—Es pronto. Pero investigaremos. De momento, a pesar de todo, no nos queda más remedio que mantenerle detenido. No es porque no le creamos, sino por precaución. Si se le ocurre algún otro dato que pueda sernos de ayuda, avísenos. Vamos a hacer gestiones con lo que tenemos. Y esté tranquilo, no echaremos nada en saco roto.

Pedí a Ponce y a Gil que se lo llevaran otra vez a su celda y me quedé a solas con Chamorro en la sala de interrogatorios. Ninguno de los dos abrió la boca durante un buen rato. Finalmente hablé yo:

—¿Hace un café de máquina?

—Vale.

Mientras removíamos con la paleta de plástico aquel ardiente brebaje sintético, traduje a palabras la confusión de mis pensamientos.

—Lo mismo es una majadería que se le ha ocurrido a él o un cuento que le ha inspirado el abogado. A veces tienen estas cosas, esos leguleyos, y les parece el súmmum de la inteligencia. Una teoría estrambótica, un personaje misterioso, se revuelve el potaje y échale un galgo. Como no ha aparecido el arma del crimen, se admiten apuestas.

—En eso mismo pensaba yo. Por pensar algo.

—Pero también podría ser la oscura, desconcertante y desagradable verdad. Que Luis Fernando sólo sea un pipiolín, el cabeza de turco ideal que mete la pata hasta la ingle y se queda a recibir el tiro. Y que nuestra Neus fuera víctima de un asesinato de encargo maquiavélicamente urdido y ejecutado. Una fea posibilidad, por cierto.

Chamorro asintió, circunspecta.

—Pues sí. Se busca inductor. Que tendrá coartada, seguro. Y que ya se las habrá arreglado para dejar pocas trazas de su conexión con el autor material. Sólo tendríamos a ese falso Jaime. ¿Y qué podemos hacer, con el número de una cabina telefónica, una descripción física somera, un coche común sin matrícula y un móvil que no coge ya nadie?

—Tú qué crees. Cortárnosla.

—Eso tú, si acaso. También podemos poner a Vinuesa a mirar fotos.

—Sí. ¿Recortas tú en papel de plata la forma de las gafas de sol de espejo para ponerla encima de los caretos y que se haga más idea?

—Pues, tú dirás. Eres el jefe.

—Hay momentos en que eso es una putada. Se me ocurre ver dónde está la cabina: si ese Jaime le llamaba regularmente desde ella, puede significar algo. Y habrá que investigar el número de móvil, claro. Con nuestra suerte, será de la operadora para la que trabaja el señor López-Tuñón, y no donde está empleada esa amiga tuya tan maja.

—Seamos optimistas, hombre.

Volvimos a la sala de operaciones, donde nos encontramos a Rubio, Tena y los otros dos guardias de Zaragoza, arremolinados en torno al equipo de escuchas telefónicas. El sargento me explicó por qué:

—El móvil dormido. El que nos faltaba, de los tres con los que habló Neus el último día. Se ha despertado de pronto. Está en la zona de Hospitalet y le hemos interceptado una conversación, muy corta.

—¿Sobre qué?

Rubio se encogió de hombros.

—Ni castaña. Idioma raro. Uno de los chavales dice que le suena a rumano. Por eso hemos entretenido un poco a Radoveanu.

—Ya sabes que es una irregularidad. Tendríamos que traer a un intérprete, y no compartir la información con un testigo.

—Ya, ya lo sé. Pero la diferencia entre una cosa y otra es saberlo ya o mañana. Y yo creo que éste es buen chaval y no va a contarlo.

Si uno cumpliera siempre los reglamentos, no sólo viviría una vida mucho más aburrida, sino que perdería una buena parte de las oportunidades que se presentan de resolver los problemas. Así que me acerqué a Radoveanu y le propuse el trato. Si nos traducía aquello, le daba cincuenta euros. Luego ya vería cómo los justificaba. En último extremo, pensé, podía pedírselos prestados a Vinuesa de los cuatrocientos que llevaba en la cartera. Con todos los ingresos extra que afirmaba haber tenido en los últimos tiempos, bien podía estirarse. El rumano consideró mi propuesta y debió de advertir que no era muy ortodoxa. Pero le había caído bien, o le convenía ganarse cincuenta euros.

—Con mucho gusto, sargento —dijo, trincando el billete.

Le llevé junto al ordenador. Le pedí a Gil, que era el que mejor lo controlaba, que fuera poniendo la conversación fragmento a fragmento, cortando después de cada intervención para que Radoveanu nos la fuera traduciendo y pudiéramos apuntar lo que nos dijera.

—*Alo?* —iniciaba una voz masculina.

—Dice que diga —tradujo Radoveanu.

—*Ştefan* —entraba a continuación una apurada voz femenina, la de quien llamaba desde el teléfono intervenido.

—Dice Stefan, un nombre propio.

—*Cine e?*

—Él dice quién es.

—*Sunt eu, Cătă.*

—Ella dice soy yo, Cata. Supongo que otro nombre, Cata, de Catalina.

—*De ce mă suni aici? Doar ţi-am spus că...*

—Él dice por qué me llamas aquí, te dije que... Y se corta la frase.

—*Ştefane, au venit să mă ia, a înebunit de tot, vorbeşte cu el, te rog, cu...*

—Ella dice Stefan vienen por mí, se ha vuelto loco,

habla con él, por favor, con... Pero no llega a decir con quién quiere que él hable.

—*Îmi pare rău, n-am cum să te ajut, trebuia să te gândeşti înainte.*

—Él dice lo siento, yo no puedo ayudarte, haberlo pensado antes.

—*Ştefane, Ştefane...*

—Ella dice Stefan, Stefan...

Y eso era todo. En ese punto Stefan colgaba y se acababa la conversación. Miré la pantalla. El teléfono seguía inmovilizado en Hospitalet. Trataba de pensar a toda prisa, pero de repente me encontraba torpe y disperso. Todo se me había escapado de control, y me costaba mucho asimilar que donde creía tener un asunto resuelto volvía a estar todo manga por hombro. En esas situaciones, lo mejor es ir paso a paso.

—¿Lo tienes todo apuntado? —le pregunté a Chamorro.

—Sí, mi sargento.

—Muy bien, Gheorghe, muchas gracias y perdone por haberle entretenido. Mis compañeros lo llevarán de vuelta a casa.

—De nada. No sé quién es esa chica, pero me parece muy asustada.

—Sin entender ni jota de rumano, a mí también. Buen viaje.

Cuando se lo hubieron llevado, me encaré con el equipo.

—A ver, hay que repartirse la tela, que nos sobra. Un tío, o tía, tiene que estar pendiente de esa pantalla. Algún voluntario.

—Gil —dijo Ponce—. Es el que mejor se conoce el programa.

—Vale. A ver, tú, Chamorro. Ocúpate de recuperar esos dos números de teléfono de la memoria del móvil de Vinuesa y me los investigas. Si el móvil es de la compañía de tu amiga y puede ayudarnos antes de recibir la orden judicial, te autorizo a prometerle que nunca denunciarás su delito. Si no, llama al juzgado y sal adelante como puedas.

—Entendido —dijo mi compañera.

—Rubio, tú y Tena, en un coche. Ponce, tú y yo, en otro.

—¿Rumbo adónde? —preguntó Rubio.

—Adónde va a ser —repuse—. A L'Hospitalet. Tenemos que buscar a una tía con pinta de rumana y de estar cagándose la pata abajo, en un radio de cien metros del punto que señala el cacharro ese.

—¿Y con eso tú crees que podremos pillarla?

—Puedo hacer una apuesta. Que será rubia teñida, tez bronceada, relativamente alta, y con tetas tirando a generosas.

—Joder, ¿se lo nota en la voz, mi sargento? —dijo Ponce, fascinado.

—No, es que tengo poderes. Ya os lo explicaré. Vamos.

Dejé a Ponce que condujera. Rubio y Tena partieron tras nosotros. El tráfico empezaba a engordar, pero en dirección de entrada a la ciudad no era demasiado denso. Cubrimos el trayecto en unos veinte minutos. Cuando llegamos a la altura de L'Hospitalet, Ponce me informó:

—Hay varias entradas, ahora necesito saber adónde vamos.

Llamé a Gil.

—Dame posición exacta del teléfono.

—Se ha movido. Ahora está en...

—Espera, le pongo el teléfono en la oreja a Ponce. Explícale.

Ponce le fue pidiendo detalles a Gil. Al cabo de medio minuto, alzó el pulgar para darme a entender que lo tenía. Recobré el teléfono.

—Gil, si se aparta de donde está ahora quiero novedades inmediatas. Me llamas siempre a mí. Dejo la línea libre. ¿Lo tienes claro?

—Transparente, mi sargento.

Ponce empezó a callejear por un barrio de bloques

ajados y calles más bien estrechas. Por eso, y por la vida que discurría a borbotones por las aceras, bajo rostros de todos los colores y expresiones, se veía que no estábamos precisamente en el mundo de Neus Barutell. Toda una paradoja, que investigando su muerte fuéramos a parar allí.

—Aquí es —dijo Ponce—. Esta plaza.

Un lugar lleno de gente. Niños jugando, viejos sentados en los bancos, mujeres charlando en corros, adolescentes fumando.

—Para aquí.

Me bajé y fui a hablar con Rubio y Tena, que habían parado detrás.

—Aparcad donde podáis. Vamos a desplegarnos por la plaza para buscarla. Si alguno da con algo, que me avise al móvil.

Pocas cosas hay más ingratas que tratar de encontrar a una persona entre la multitud: aun si uno la conoce bien y está seguro de que podrá identificarla si se tropieza con ella. Barrimos aquel espacio con los ojos abiertos de par en par, sin saber siquiera si la mujer podía estar justo en la plaza o en alguna de las calles aledañas, o si el pequeño desfase temporal con que recibíamos la señal de su posición no le habría permitido ya alejarse a doscientos o trescientos metros de allí. Mientras escrutaba aquella masa de rostros, sonó mi teléfono móvil.

—Mi sargento, lo siento —dijo un mustio Gil.

—¿Qué? ¿Qué es lo que sientes?

—Lo ha apagado. Señal desvanecida.

—Dios, me cago en...

Avisé a los demás. Aún estuvimos dando vueltas por allí durante media hora más, hasta que me convencí de que no servía de nada. Era como buscar una aguja en un pajar. Ordené el repliegue.

Volvimos a la comandancia con el rabo entre las piernas. Y en cuanto a mí, de un humor de perros. Pensaba que no podría retrasar mucho más el llamar a mis jefes y darles cuenta del embrollo endiablado en que de pronto se me había transformado aquella investigación.

Pero la adversidad nunca resulta absoluta. Chamorro me recibió con un gesto en el que leí que sus esfuerzos no habían sido tan infructuosos como los nuestros. Aunque tampoco tenía nada que pudiéramos considerar la solución a nuestros males. Me explicó:

—Punto uno, el número supuestamente perteneciente a una cabina telefónica. En efecto, así es. Situación de la cabina: Vía Layetana.

—Coño, al lado del cuartel general de la pasma —dijo Ponce—. Mira, eso es un detalle de sentido del humor, tratándose de un malo.

—Sí —gruñí—. Me desternillo, tú.

—Punto dos. El número de móvil. De la compañía de mi amiga. Un prepago activado hace dos semanas en la FNAC del Triangle por un cliente sin identificar, que sólo ha tenido una recarga de quince euros. La lista de llamadas la recibiremos esta noche o mañana. Le he prometido sigilo total, dice que si la pillan le puede caer un paquete.

—Dile que tranquila, que si alguien le toca un pelo, le pego un tiro.

—Pues no sé si eso la va a tranquilizar mucho.

Me sujeté la cabeza con ambas manos. Me hervía.

—Tengo que llamar a Pereira. Y a la juez. Y no sé qué decirles. Y ahí, en el calabozo, tenemos a un tío sobre el que hay que resolver.

—Limpio no está —dijo Chamorro.

—No, pero te recuerdo que lo tenemos ahí por homicidio. Si sólo se limitó a vender su intimidad puede ser muy reprobable, pero no es asunto nuestro. Nuestro negocio se limita al maldito Código Penal.

—¿Le das alguna credibilidad a su cuento?

—Dijo que el número era de una cabina y es de una cabina. Y lo demás, de acuerdo, es delirante. Pero a lo mejor resulta demasiado delirante como para que se lo haya inventado. No sé qué pensar.

Rubio metió baza:

—Hay que enfriarse un poco, Vila. Ese tío está bien detenido. No tiene ninguna coartada, apuntan a él un montón de indicios y el testigo lo ha reconocido sin ningún género de dudas. Tuvo ocasión y tenía móvil. Si resulta que termina siendo inocente, ya le soltaremos y le pediremos perdón. Cualquiera nos comprenderá de sobra. Podemos retenerle aún dos días. Investiguemos sin amontonarnos todo lo demás.

Miré a mi compañero con gratitud.

—Sí, creo que tienes razón. Voy a contarles todo esto sincera y fríamente a Pereira y a la juez. Rezo para que compartan tu visión.

Afronté el trago sin más demora. Mi superior se mostró del mismo criterio que el sargento Rubio. En cuanto a su señoría, pidió algunas explicaciones más, pero también pareció hacerse cargo.

—No se trata de batir ningún récord de velocidad, sargento —me dijo, con calma—. Lo único que le pido es que en caso de que surja algún indicio serio de que el detenido pueda ser inocente me lo comunique en seguida para valorar si hay que ponerlo en libertad, aunque sea bajo protección. Si su historia es cierta, puede que corra algún peligro.

Después de eso, di permiso a los locales para volver a sus casas y Rubio, Tena, Chamorro y yo nos fuimos a cenar. Pensé que más que obcecarnos en caminos que por el momento teníamos cerrados convenía descansar y pensar bien la estrategia para el día siguiente.

Pero la capacidad de un policía para planificar su futuro es siempre reducida. Antes de que termináramos la cena sonó mi teléfono móvil. De entrada me costó ubicar a mi interlocutor. Era Riudavets.

—Vila, siento molestarte, ya sé que no son horas. Estoy en Gerona, delante de un cadáver. Es un poco largo de explicar. Pero tengo buenas razones para creer que te va a interesar venir a verlo.

Capítulo 18

DESPIERTA SI QUIERES

Cuando llegamos a Gerona, ya la habían trasladado al depósito. Sin decirnos nada aún, Riudavets nos condujo hacia la zona de las neveras y le pidió al empleado que la sacara. Ahí estaba, otro cadáver para la colección. En la mía, calculé, hacía un número mayor que en la de cualquiera de los otros. Riudavets, como Rubio, no me andaría muy lejos; Chamorro iba sumando, pero sin posibilidad de alcanzarme mientras siguiera trabajando conmigo; y para Tena, ya se notaba, seguía siendo uno de los primeros: uno de esos seis o siete que todavía le hacen a uno acordarse de la gente de su familia y pensar en la propia corporeidad, las propias vísceras y la propia muerte futura. Andando el tiempo se le pasarían esos escrúpulos, como se nos pasaban a todos. Aunque conservaría otros, o eso esperaba, por su bien.

Era una mujer de veintitantos años, alrededor de 1,70, piel artificialmente bronceada, cabello rubio teñido, pechos abundantes y ahora vencidos hacia las costillas. Acaso había sido bella, pero eso ya no iba a poder asegurarlo, porque la primera vez que la había visto, que no era por cierto aquella noche, tenía el rostro difuminado por un trucaje digital, y allí, donde la veía por segunda y última vez, lo que le borraba las facciones era la acción conjunta de un buen número de golpes, infligidos por alguien de puño recio, y los tres plomazos de grueso calibre que le habían metido en la frente y en ambos pómulos.

—Te explico por qué te he llamado —dijo Riudavets, mientras volvía a cubrir el cadáver y le indicaba al empleado que lo guardara.

—Todavía no sé cómo has llegado a deducir que tenías que hacerlo, pero sin que me lo digas ya sé que no ha sido porque sí —dije.

—¿La conoces? —preguntó el mosso.

—No personalmente. Pero sí en pantalla. De un tiempo a esta parte, a todas las muertas que me encuentro las he visto antes en pantalla.

Riudavets me observó con aire caviloso. Y mis compañeros, a quienes no les había confiado aún todas las hipótesis que mi cerebro barajaba en las últimas horas, no estaban menos intrigados.

—El reportaje de Neus —les dije—. Me lo tragué el sábado, por matar el rato. Si no me equivoco, esta mujer es una de las prostitutas que daban su testimonio. La rumana que hablaba de las redes que traen a sus compatriotas desde su país para explotarlas aquí. De cuello para arriba la imagen salía distorsionada, pero el busto era muy similar, y también tenía la piel morena, y el cabello teñido con ese tono de rubio.

—Rumana es —confirmó Riudavets—. Catalina Iliescu, casi con toda probabilidad. No llevaba documentación encima, y como ves se han preocupado de perjudicarle la fisonomía para que nos cueste identificarla por otro medio. Pero cometieron un error, o no contaron con que la gente tiene sus rarezas. Aunque parece que se molestaron en vaciarle los bolsillos, no se pararon a mirar en la copa del sostén, donde se había escondido el resguardo de un envío de dinero a Rumanía hecho bajo ese nombre. Más que sustancioso, mil quinientos euros.

Por qué se lo guardó ahí, no me preguntes. A lo mejor era importante para ella, o le resultó más expeditivo metérselo en el escote que abrir el bolso. Hemos recuperado las huellas que una Catalina Iliescu puso en su día para la tarjeta de residencia, y ahora me están haciendo el cotejo dactiloscópico con las del cadáver. Pero a primera vista coinciden.

—¿Y cómo la vinculasteis con el caso Barutell? —preguntó Chamorro.

—Nos llevó un par de pasos, no más —dijo Riudavets—. Por el aspecto, la nacionalidad, etcétera, en seguida pensamos en una prostituta y en algún ajuste de cuentas relacionado con su actividad. Así que descolgué el teléfono y llamé a nuestro especialista en la materia. El mismo al que le envié los papeles que nos dejasteis sobre el reportaje. Cuando le di el nombre Catalina Iliescu, me dijo que no sólo le sonaba, sino que lo había subrayado hacía apenas media hora: en esos papeles, y más en concreto en las anotaciones de trabajo de Neus Barutell. Me leyó la anotación en cuestión: *Conectar con Cata Iliescu y convencerla de presentar amigas, posible secuencia varias de ellas charlando sobre sus experiencias*. Bueno, más o menos, y traducido sobre la marcha. Comprenderás —se dirigió a mí— que después de oír eso habría debido tener todas las neuronas de vacaciones para no coger el teléfono y llamarte.

—Lo comprendo, y sé que no es el caso. ¿Dónde estaba?

—Tirada en un descampado, en las afueras. La encontró una de nuestras patrullas de seguridad ciudadana que fue a investigar un aviso. Un vecino llamó diciendo que creía haber oído disparos.

—¿Y su último domicilio conocido, según la tarjeta de residencia?

—L'Hospitalet de Llobregat.

—Sí que empiezan a ser demasiadas coincidencias —opinó Rubio.

—¿Por qué? —preguntó Riudavets.

Consideré que debía contarle sin más retraso lo que le faltaba:

—Esta tarde hemos estado intentando localizar a la usuaria de un teléfono móvil con el que se comunicó Neus Barutell el día de su muerte. Le hemos interceptado una conversación en rumano, en la que la mujer que hablaba se identificaba como Cata. Estaba por la zona de Hospitalet, pero cuando hemos llegado allí y hemos querido ir a engancharla, el teléfono se ha quedado muerto. O lo apagó, o se lo apagaron.

—Visto lo visto, me inclino por lo segundo —apostó el mosso.

—Esto quiere decir —resumí— que cada uno tenemos una muerta, que las dos están relacionadas y que nos necesitamos mutuamente.

—Y que lo digas. Déjame hacerte dos preguntas que entenderás que no puedo aguantarme: ¿tenéis el listado de llamadas de esa Cata en los últimos días? ¿Ha vuelto a utilizar alguien su teléfono?

Miré a mis compañeros. Luego le respondí a Riudavets:

—A lo segundo, negativo. A lo primero, si me guardas el secreto, te diré que tenemos algo que quizá te va a valer más. El último número al que llamó la chica, el nombre de quien se lo cogió, la conversación completa y la traducción de lo que hablaron. Ella parecía muy asustada, y el otro, un tal Stefan, se desentendió de todo y acabó colgando. Cata hablaba de alguien que iba por ella y le pedía ayuda. Él le dijo que no podía hacer nada y que se lo hubiera pensado mejor.

Riudavets meditó sobre lo que acababa de contarle.

—Da gusto juntar las fuerzas —declaró, con una euforia apenas reprimida—. Que yo recuerde, nunca había avanzado tanto en dos horas de investigación. Si tenéis la bondad de darme el número de teléfono de ese Stefan, me voy zumbando al juzgado de guardia para que me autoricen a intervenirlo y tenerlo controlado lo antes posible.

No le dije en seguida que sí. También yo tenía mis prioridades.

—Te lo daremos, pero con una condición.

—¿Cuál?

—Que podamos avanzar a la vez. Tú te beneficias de la información que yo tengo y yo de la que tú saques. Lo que te propongo es, uno, que compartamos en tiempo real lo que la intervención de ese teléfono vaya produciendo. Y dos, que, cuando estemos en disposición de echarle el guante a ese Stefan, lo hagamos de forma conjunta. No me importa que formalmente lo detengas tú. Pero quiero tener acceso franco a él para preguntarle lo que necesite en relación con Neus.

Riudavets tampoco se apresuró a darme lo que le pedía.

—Es algo irregular y contrario a nuestros procedimientos —juzgó—. Pero al mismo tiempo es justo. Y aquí contamos con una ventaja.

—¿Sí?

—Lo que yo tengo es el asesinato de una puta extranjera. Es decir, algo que básicamente no le importa a nadie y que desde luego no me va a obligar a trabajar con el aliento de mis jefes en el cogote. Mientras lo hagamos con discreción, no ha de haber ningún problema.

—¿Tenemos entonces un trato?

—Lo tenemos.

Le tendí la mano. Me la estrechó con fuerza.

—A ver, Chamorro, dale el número —dije.

Mi compañera rebuscó entre sus notas y encontró el número de teléfono de Stefan. Lo escribió en una hoja de bloc que luego arrancó y entregó a Riudavets. Mientras plegaba el papel, el mosso observó:

—Estamos también de suerte con el juez al que le toca hoy guardia. Es de esos que no tienen horas y no consienten que nadie les dé largas. A veces es una faena, como cuando te has tirado un par de noches sin dormir y le entregas al sospechoso deseando irte a la cama y te pide informes o diligencias complementarias urgentes sin importarle que estés hecho polvo. Pero para esto nos va a venir bien. Dándosenos un poco bien, mañana mismo tenemos pinchado este canuto.

—Eso es ahora cosa vuestra. Nosotros nos encargamos del teléfono de Catalina. Y mañana te remitimos el listado de sus llamadas.

—Perfecto. Me voy al juzgado. Intentad dormir algo.

—Y tú —le recomendé.

Dormimos, pero no mucho. Al final serían cerca de las tres cuando nos metimos en la cama, y a las siete menos cuarto ya tenía los ojos abiertos. No me entretuve entre las sábanas, aunque habría podido quedarme un poco más. Me afeité, me aseé, me vestí y me fui a tomar el desayuno. Siempre tonifica madrugar y mirar el mundo cuando todavía no se ha puesto en funcionamiento. En el recinto de la comandancia no se veía más bicho viviente que los que habían estado de servicio durante la noche. Hacia las siete y media, con el café humeante bajo la nariz, vi venir a Chamorro y a Tena. Tampoco ellas habían podido quedarse a remolonear en la cama. A las ocho menos cuarto se nos sumó el sargento Rubio, completando la nómina de los forasteros. Sin esperar a Ponce y a Gil, que solían llegar sobre las ocho, nos pusimos a planificar la jornada. Había mucho juego que repartir.

—Alguien tiene que estar con los mossos, en cuanto tengan pinchado el teléfono de Stefan —dije—. No es que no me fíe de ellos, creo que Riudavets es un tipo legal. Pero me siento más tranquilo si alguno de nosotros, bien empapado de todos los detalles de nuestro caso, está encima para procesar la información según la vayan obteniendo.

—Si quieres, lo hacemos nosotros —dijo Rubio.

Celebré que se anticipara a mi elección. Siempre es más agradable aceptarle a un voluntario el ofrecimiento que dar una orden.

—Muy bien, adjudicado. Te paso el móvil de Riudavets y a una hora prudencial, las nueve o así, le pegas un toque. Alguien tiene que estar pendiente de los listados de llamadas que nos faltan. Como la fuente es amiga tuya, Chamorro, me temo que te toca. Y ya que te quedas aquí, aprovecha para darle una vuelta al amigo Vinuesa. Que no sienta que le desatendemos, por una parte, y de paso procura también averiguar si no tiene alguna otra información que pueda sernos útil.

—Entendido —dijo Chamorro.

—Mientras tanto, yo iré a hacerle una visita a Altavella.

—¿Y eso?

—Hay un par de cosas que no quiero dejar de amarrar —expliqué—. Desde hace unos días los acontecimientos nos han superado un poco y nos han ido quedando flecos por ahí. Tengo que preguntarle algo al viudo, ya sabes a qué me refiero, y por otra parte esta mañana me he acordado con cierto desasosiego de que no hemos mirado los papeles que pudiera tener Neus en su domicilio. Nos cegamos con el contenido de los ordenadores o, por decirlo de una manera más benévola con nosotros mismos, nos dieron mucha y muy buena información, y eso nos ha hecho menospreciar lo que pueda haber en otra parte.

—¿Qué crees que puedes encontrar en su casa?

—No lo sé. Por eso mismo hay que investigarlo.

—Veo que no les asignas nada a Pin y Pon —anotó Chamorro, cruzando una mirada maliciosa con la guardia Tena.

—Sí. Te los dejo como ayudantes. Por si hay que hacer alguna gestión, para que te echen una mano con las comprobaciones de números de teléfono y también para que te hagan de gorilas con Vinuesa.

—Qué suerte tengo. Menos mal que para gorilas sirven.

—No seas tan dura. Sirven para algo más, mujer.

—Psé.

—Hablando de los reyes de Roma —avisó Tena.

Gil y Ponce se sentaron a tomar un café rápido, el tiempo que me llevó informarles de lo que ya había hablado con los otros. A las ocho y cuarto nos levantamos y cada uno asumió su cometido.

El mío consistió en coger el coche y meterme en el atasco de entrada a Barcelona. Durante diez o quince minutos estuve escuchando las noticias del día, o mejor dicho esa mezcla de acontecimientos reales y ficciones rutinariamente elaboradas (desde los cruces de declaraciones de los líderes políticos hasta los resultados deportivos) que nos resignamos a aceptar que constituyen las noticias del día. Luego me aburrí y decidí escuchar algo de música. Apreté el botón del reproductor de discos compactos y entró una pista del cedé de Raimon:

> *Tots els colors de la terra i de l'aigua*
> *que són suaus en aquesta hora incerta,*
> *i aquests ocells que van de branca en branca*
> *i el sol ixent i la llum que em desperta*
> *van parlant-me de tu,*
> *van parlant-me de tu...**

Cuando uno va solo en el coche, y cuando uno tiene un camino a las espaldas, resulta arriesgado escuchar canciones tras las que alienta la voz de un poeta, o lo que es lo mismo, alguien que sabe dotarlas de significado y hondura. Lo confirmé unos versos más adelante:

> *Si vols futur t'ompliré d'esperances:*
> *vull viure el temps ben acordat amb tu.***

---

* *Todos los colores de la tierra y del agua / que son suaves a esta hora incierta, / y estos pájaros que van de rama en rama / y el sol naciente y la luz que me despierta / me hablan de ti, / me hablan de ti...*

** *Si quieres futuro te llenaré de esperanzas: / quiero vivir el tiempo bien acordado contigo.*

La canción era hermosa, pero no era el día ni el momento de permitirse melancolías, así que busqué la frecuencia de alguna radiofórmula. Por suerte, tropecé en seguida con una de esas piezas de vacío rimadas en inglés rudimentario con acompañamiento de sonidos sintéticos que sirven para alejar el alma de cualquier cosa que le incumba. Con ella de fondo pude volver a pensar sin estorbos en las tareas concretas que me traía entre manos. Y en seguida se me ocurrió una idea pertinente: aunque Altavella fuera un hombre madrugador, no estaba de más llamarle para advertirle antes de presentarme en su morada.

Marqué su número de teléfono móvil. Sonó varias veces antes de que lo cogiera. Llegué a temer que no lo tuviera encima. Pero tras el octavo o noveno tono oí un chasquido y su voz cortante:

—Sí.

—Buenos días, soy el sargento Vila. ¿Le interrumpo algo?

—La lectura de una revista infecta. Se lo agradezco.

—Ah, vaya.

—Basura sobre Neus. O lo que es peor: gilipolleces mal escritas por ignorantes que se dicen periodistas sin saber siquiera gramática.

—Son los tiempos. Todo vale.

—Ya. Lástima que no valga que yo vaya y le descerraje un tiro en el coño a esta Verónica S. F. que digamos firma lo que acabo de leer.

—No le dé tanta importancia. Ya se puede imaginar que será alguna becaria, tratando de buscarse un lugar bajo el sol.

—Que aprenda a buscárselo sin dar por culo, como la gente honrada. En fin, perdone el desahogo, es que me coge caliente.

—Pues yo me proponía molestarle un poco más, lo lamento.

—Dígame usted, sin miedo, que Verónica le ha puesto el listón muy alto. Como no venga a hacerme beber aceite de ricino…

—No, eso ya no lo usamos —bromeé—. Se trata de algo mucho más llevadero. Tengo pendiente ir a mirar los papeles de su esposa.

—Sí, recuerdo. Cuando usted quiera. Ahí sigue todo. Como lo dejó.

—¿Le va bien dentro de media hora o tres cuartos?

—Cuando quiera, le digo. Aquí estoy.

—Nos vemos ahora, entonces. Muchas gracias.

—No hay de qué. Estoy deseando que terminen ustedes, para ver si esta pandilla vomita toda su mierda y cambia de pasatiempo.

Mi cálculo pecó de optimista. Tardé cincuenta y cinco minutos en llegar ante la puerta de Altavella y apretar el timbre. Me abrió, como la otra vez, la suave y eficaz Palmira, que recordaba mi apellido:

—Buenos días, señor Bevilacqua, ¿cómo está usted? El señor Altavella le espera en su despacho. Si es tan amable de seguirme…

Quién con un alma podía negarle nada a Palmira. La seguí como un cordero, pensando en todos los idiotas desabridos que habitan el mundo, a quienes el ruido de sus propios ladridos impide escuchar la dulce música que más y mejor espolea los corazones humanos.

—Hola —dijo Altavella en cuanto me vio, levantándose de la silla—. Me va a disculpar que lo lleve al despacho de Neus y lo deje solo. Acaba de llamarme mi editor francés para pedirme que le mande con urgencia unas correcciones a la traducción de mi último libro. No sé por qué sigo ocupándome de estas cosas, a mi edad ya debería dejar todo al albur de la Providencia. Pero cogí la manía de controlar las traducciones a los idiomas que entiendo y ahora estoy atrapado en mi propia trampa, porque cuando te pones a revisar siempre encuentras algún error. Ya ve, sargento, la tonta vanidad, que acaba saliendo cara.

No supe qué decir. No me debía explicaciones. Y prefería estar solo.

Me guió hasta una habitación situada al otro extremo del corredor. Era más pequeña que su despacho, pero también resultaba espaciosa. No menos de veinte metros cuadrados, estimé, tomando como referencia el parco salón-comedor-vestíbulo de mi apartamento. Estaba llena de libros, con las tres paredes sin ventana forradas de estanterías. La mesa en la que supuse que trabajaba Neus era, como la de la productora, de diseño bastante espartano. Y como aquella otra, se veía también muy despejada. Los papeles se amontonaban sobre una mesa auxiliar. La difunta gustaba de tener espacio libre allí donde producía.

—Todo está a su disposición —me ofreció Altavella—. Y llévese lo que le parezca. Sólo le pido que me diga lo que coge, salvo que sea algo que me incrimine a mí, que eso ya supongo que no podrá contármelo.

Me quedé parado. Pero al verle sonreír comprendí que era un chiste. Gabriel Altavella conservaba su particular sentido del humor.

—Descuide —dije.

—Bueno, luego le veo. Voy a pasar al *e-mail* mis pegas, para que los franceses sigan creyendo que soy unególatra fastidioso. No se apure, les he sacado unas cuantas, así que tardaré un buen rato.

Aunque en un principio no me había otorgado mucho más de un par de horas para aquel trámite, he de admitir que no me vino mal disponer de tiempo y soledad para revolver el despacho de Neus Barutell. En las pilas de papeles había de todo: infinidad de publicaciones y una copiosísima correspondencia. Tenía un montón específico donde sólo se apilaban invitaciones para acudir a los lugares y actividades más dispares. Tan pronto le proponían presentar o asistir a fiestas benéficas, en favor de toda clase de causas, como le solicitaban que fuera a dar pregones en medio centenar de municipios dispersos por la geografía nacional. También había cartas de admiradores, de detractores, de chiflados que le exponían su historia para que la tratara en su programa, de presos que le contaban cómo habían sido encarcelados sin motivo, denunciaban a los supuestos responsables del montaje que les había arruinado la vida (a menudo, los propios jueces) y le pedían a Neus que desenmascarara a los malvados y los ayudara a ellos, pobres víctimas de la injusticia, a recobrar la libertad. De éstas había no menos de veinte, y lo que me estremeció fue pensar que por pura probabilidad estadística alguno de los casos sería verídico. Traté de ponerme en el pellejo de Neus, el colector único al que iba a parar aquel flujo torrencial, y que debía vivir día a día sintiéndose el rompeolas de tanta fantasía, tanta angustia o tanta ambición ajenas. Me pareció que esto la hacía acreedora a algo más de compasión que de envidia, y no dejé de valorar como merecía que conservara todas las cartas, aunque materialmente no fuera capaz de atenderlas, en vez de tirarlas sin más.

No podría dar ahora cuenta precisa de todo lo que leí y hojeé, con una sensación de desbordamiento y a ratos hasta de ahogo. Me pareció un destino abrumador, el de Neus: por concentrar no sólo la atención y la admiración o la animadversión de tantos millones de personas, sino por sufrir además el asedio febril de cientos o miles, el cariño real o fingido, generoso o utilitario, que inspiraba todas aquellas misivas con casi infinita diversidad de caligrafías, tipografías y logotipos, pero invariablemente portadoras de algún ávido requerimiento.

Entre aquel marasmo, aunque no puedo descartar que hubiera otras muchas cosas que hubieran debido hacerlo, encontré cuatro objetos que llamaron mi atención, por motivos diferentes. Dos libros, un bloc y un papel que guardaba en uno de los dos volúmenes. Primero di con el bloc. Era uno de esos que venden en las tiendas de los museos, con la reproducción de alguna famosa obra de arte en las tapas y un papel de calidad superior a la habitual. No era muy grande y se hallaba en un cajón de su mesa. El cuadro que aparecía en la tapa, incluso un ignaro guardia civil como yo podía identificarlo, era *Nighthawks*, de Hopper, esa conocidísima imagen de varios solitarios en la barra de un bar que hace esquina, en la desierta noche de una indeterminada ciudad norteamericana. Sólo había escrito unas líneas en la primera página, sin indicar fecha alguna. Era un texto que iba a darme que pensar:

> Miedo, por qué iba a tener miedo. Quiero decir, miedo de eso en particular. Sí tengo miedo de todo: de mí misma, de cualquiera que me mire... De que todo sea un error, de que todo haya estado mal desde el principio, y de que cuando creía que estaba mejor, fuera en realidad cuando peor estaba, cuando daba los pasos que me llevaban al desastre. Me da miedo lo que quiero, lo que quieren los otros. Me da miedo que todo sea tan injusto... Pienso en L., pero también en los demás (en Alty, al que más admiraré siempre, con todo, y en los que se llevó el tiempo). Ellos nos gustan, a nosotras... Pero creo que nosotras no les gustamos, en realidad. Sólo juegan a que les gustamos. Eso sí que da miedo, porque significa que estamos solas, y que ellos están solos también... Vamos, despierta si quieres, R.K. Alicia está lista.

Me pareció casi estremecedor, acceder de aquella manera tan diáfana, tan directa, a la intimidad de mi muerta. Ni en su diario en clave, ni en los mensajes que cruzaba con Vinuesa, la había visto tan desnuda. Y me pregunté por qué habría escrito aquello en castellano, si ella solía hablar en catalán. Por qué, para sus anotaciones íntimas, escapaba sistemáticamente de su lengua materna. Acaso fuera algo más que pudor o afán de esconderse en esas palabras adquiridas. Caí en la cuenta de que Neus era de una generación que había recibido su formación escolar en castellano, que en esa lengua había hecho el grueso de sus lecturas, y que en ella podía tener más facilidad para expresar ciertos matices por escrito. De todos modos, mis restantes hallazgos me alejaron en seguida de estas preocupaciones filológicas. Lo siguiente que descubrí fue el mismo libro de Joan Margarit que yo había comprado días atrás. Lo cogí por esa coincidencia, y vi que tenía marcada una página con un ticket de aparcamiento de hacía un par de meses. Leí:

> *Darrere les paraules només et tinc a tu.*
> *Trist el qui mai no ha perdut*
> *per amor una casa.*
> *Trist el qui mor envoltat de respecte i prestigi.*
> *Jo em crec el que passa en la nit*
> *estrellada d'un vers.**

El poema se llamaba *Dona de primavera*. Y junto con la anotación del bloc, contribuía sin duda a construir una interpretación sobre el momento vital de Neus en sus últimos tiempos. Pero aún iba a encontrar pistas adicionales en el otro libro. Estaba en lo alto de una pila de volúmenes que descansaba sobre la mesa auxiliar. Me llamó la atención el título, *Locura*, y el nombre del autor, Patrick McGrath, para mí entonces desconocido. Miré en la solapa el resumen del argumento. Era la historia de la mujer de un psiquiatra que se enamora de uno de los pacientes de su marido, un escultor recluido por el asesinato de su esposa que le proporcionará a la protagonista toda la pasión y la excitación que el austero escrutador de mentes nunca ha sabido darle. Según afirmaba el editor, la novela indagaba en la relación entre la locura y el amor obsesivo. Si el argumento suscitó mi in-

---

* *Detrás de las palabras sólo te tengo a ti. / Triste el que jamás ha perdido / por amor una casa. / Triste el que muere rodeado de respeto y prestigio. / Yo me creo en lo que pasa en la noche / estrellada de un verso.*

terés, mucho más me iba a impresionar lo que al abrirlo encontré dentro. Era una cuartilla doblada donde alguien había compuesto con letras de imprenta este mensaje:

sI TE cReeS aLgo estas eKivOcADa. nO sigAS y No tEndReMos K dEmoStrArte k no TienEs nAda y no erEs naDA cUAndo tE PoNen vAjo TieRra, lisTA dE MiERdA. uLTimo aBiSo

Literal, faltas de ortografía incluidas. Los caracteres habían sido recortados de titulares de periódico. En cuanto vi el formato, tuve cuidado de coger el papel por los bordes. Pero un examen a la luz de la ventana no me reveló restos de huellas en las letras. Quienes lo hubieran hecho eran tan profesionales como para no dejarlas. Y debían de haberse cerciorado por otro medio de que Neus entendía qué era aquello con lo que no tenía que seguir, ya que ahí no lo decían.

Fue en el momento en que trataba de asimilar aquel mensaje y sus consecuencias para mi investigación cuando unos nudillos golpearon en la puerta abierta. Me volví como quien se ve cogido en falta.

—¿Se puede? —preguntó Altavella.

—Claro, cómo no. Es su casa.

—Bueno, sometida a la investigación de la justicia.

—No somos policías norteamericanos —aclaré—. No vamos a andarnos con aspavientos peliculeros ni a poner cintas con la leyenda *crime scene do not enter* donde no tiene ningún sentido ponerlas.

—Es todo un detalle. ¿Algún hallazgo? Ah —dijo, reparando en el libro—, veo que se ha interesado usted por el amigo McGrath. Se lo recomiendo: un buen novelista, que se curra las historias y los personajes en lugar de hacer castillitos de epítetos, como se estila entre nosotros. Sencillo, potente y al grano. Y con profundidad de la buena, ojo. Deberíamos aprender de los anglosajones, por aquí. Vea si no la lección que dejó Beckett antes de morirse, *Stirrings Still.* ¿Lo ha leído?

Me costó seguirle. Por un lado, mi mente estaba en otra parte, y por otro, no era fácil acompasarse a sus caprichosas digresiones.

—Pues no, la verdad.

—Un libro admirable, en mi modesta opinión. Habla de un viejo que se muere y que se da cuenta de cómo le abandona todo. Es muy corto. No le sobra ni una sola palabra. Retórica cero. Naturalmente. La retórica es el oficio de quienes no tienen nada esencial de lo que ocuparse. Pero un tío que siente que se muere... Esencia pura.

—Ya veo. Creo que aguardaré a estar más relajado para leerlo.

—Sí, quizá sea mejor... Perdone, no le di tiempo a responderme. ¿Ha encontrado algo que le sirva? ¿Cómo llevan la investigación?

Sopesé si era el momento de participarle lo que sabía y lo que sospechaba. Me pareció que no, que ni siquiera debía decirle que habíamos localizado y detenido al acompañante de su mujer, información que hasta aquel momento habíamos logrado que no trascendiera a los medios, gracias a la discreción de su señoría, la prudencia de Pereira y el insólito respeto del secreto del sumario por parte del abogado de oficio, un chaval bastante joven que aún andaba reponiéndose del susto. Para incentivar su silencio, la juez le había dado la víspera esperanzas de ordenar la libertad de su cliente, siempre que nos dejara trabajar un par de días en verificar su historia sin ruido de fondo.

—Pues, si le soy sincero —expliqué a Altavella, escogiendo bien las palabras para no mentirle pero tampoco revelarle más de lo debido—, aunque mi sensación es que vamos avanzando y que tenemos un par de líneas que pueden darnos resultados, resulta prematuro afirmar nada por el momento. Ya querría poder contarle otra cosa. Sobre la inspección de esta mañana, la verdad es que tampoco he dado con nada que arroje mucha luz sobre el caso. Si no le importa, me llevo este bloc y el libro de McGrath. Parece que Neus lo estaba leyendo y he visto algunos pasajes subrayados que me gustaría analizar con más detalle. Este otro libro se lo dejo, ya he leído lo que tenía señalado.

—A ver —me pidió que se lo mostrara—. Ah, Margarit. Un poeta estimable. Qué se apuesta que le adivino lo que tenía marcado Neus.

—Prefiero no apostar, cuando veo tan seguro al de enfrente.

—*Trist el qui mor envoltat de respecte i prestigi* —recitó.

—Pues sí, acertó usted.

—Hemos comentado más de una vez ese poema, Neus y yo. Cada uno a su manera y por su lado, le encontrábamos mucho sentido. ¿Sabe usted, sargento? La gente se hace a pensar que las personas que ve en el escenario, o en lo alto del tabladillo de marionetas, como prefiera llamarlo, son diferentes, que tienen un aura o algo así. Por eso les atrae morbosamente averiguarles las miserias. Descubrir que somos mezquinos, que enfermamos, que padecemos desamor, indefensión, zozobras múltiples. Alguna vez, yendo por la calle, he oído a alguien decir: *míralo, no es tan alto*, o *míralo, qué desmejorado está*, o *míralo, qué cara de mala leche*. Y yendo con Neus, ni le digo. A la gente le complace percatarse de nuestra mortalidad, y uno acaba preguntándose qué crimen ha cometido para perder el derecho que tiene cualquier hijo de vecino a ser un pobre diablo, a fallar y flaquear sin que sea un espectáculo, sin despertar esa conmiseración sobreactuada y anormal. La verdad es que Margarit lo clava: *Trist el qui mor envoltat de respecte i prestigi*.

No podían quedarme más lejanas aquellas cuitas de Altavella. Mi asunción general era que, frente a esos pequeños inconvenientes, las personas ilustres gozaban de no pocas ventajas, sobre todo si lograban prorrogar su celebridad hasta la vejez, en la que no se veían arrojados al desamparo y la indiferencia, cuando no el desdén, que los demás debemos temer al menos cautelarmente. Pero a la luz de los papeles de Neus lo vi de forma distinta. Casi llegué a tenerles lástima, y a sentirme culpable, como integrante de la plebe ingrata y carroñera.

—No sé qué decirle —respondí, con precaución—. Al final, lo que quiere todo el mundo es sentirse lo mejor posible dentro del pellejo en que se encuentra. Por eso supongo que nos resulta gratificante conocer los tropiezos y las carencias de las personas que tienen éxito. Vuelve nuestro propio destino, incluso nuestra mediocridad, llegado el caso, mucho más soportable. Según un tipo que se llama Steven Pinker, y al que debo reconocer el raro mérito de escribir sobre psicología con bastante sentido común y sin apenas propensión a decir extravagancias, es lo que se llama el mecanismo de manipulación de las propias creencias, que es en realidad una de las funciones primordiales de la mente: engañarnos acerca de lo efectivos y buenos que somos. O como dice otro teórico, Elliot Aronson, que se dedica a estudiar la psicología social: nuestro cerebro trabaja a destajo para aniquilar todo lo que se contradiga con la proposición «soy estupendo y tengo el control».

—Interesante —apreció Altavella—. ¿De dónde ha sacado todo eso?

—Del libro de Pinker. Si tiene curiosidad se llama *Cómo funciona la mente* y está traducido al español. Es un buen tocho, le aviso.

—Me lo apuntaré. Resulta muy instructivo charlar con usted, sargento. Ya me gustaría haber coincidido en otras circunstancias.

—Y a mí, se lo aseguro. A propósito, tengo algo que comentarle. No me hace sentir demasiado cómodo, pero es mi deber.

Altavella me observó con recelo.

—Vaya, eso suena regular. Usted dirá.

Podía equivocarme, pero creí que era mejor hacerlo a bocajarro.

—¿Por qué me mintió sobre su coartada?

—¿A qué se refiere?

—A la mujer con la que pasó esa noche. ¿Por qué me dijo que nadie podía respaldar su coartada si la tenía a ella?

Altavella respiró hondo.

—No la tengo —dijo—. Es una mujer casada y no quiero crearle ningún problema por culpa de esto. Si no se fían de mí, deténganme. Pero a ella déjenla en paz. No tiene nada que ver con su caso.

—No voy a detenerle —aclaré—. Ni creo que sea necesario molestarla. Sólo le recomiendo que no vuelva a jugar con algo así. Puede costarle un disgusto, y costárselo a la persona a quien trata de proteger.

Busqué sus ojos. No los hurtó. Me sostuvo con calma la mirada.

—Me tomo nota, sargento. De esto sabe usted mucho más que yo. Y le pido disculpas por mentirle. Pero creí que debía hacerlo.

—Por mí no se preocupe. Yo sólo soy el ordenanza de la ley.

—Diría que es algo más. Al menos en mi consideración.

Desbaratando de golpe la emoción del momento, brotaron desde mi americana las notas familiares de Rossini. Saqué el teléfono:

—¿Diga?

—Rubén, soy yo, Virginia —me anunció Chamorro—. ¿Sabes más o menos por dónde queda un pueblo que se llama Gavá?

—Sí.

—Pues ponte en camino para allá. Tenemos a Stefan.

Capítulo 19

EL REY ROJO

Improvisé para Altavella una vaga excusa relacionada con una diligencia que debía acometer de inmediato y ante la tardanza del ascensor volé escaleras abajo hasta el portal. Una vez que me hube instalado en el asiento del coche y me hube incorporado al tráfico marqué el número del teléfono móvil de Chamorro. Por el ruido de fondo pude deducir que ella ya estaba también en un vehículo en marcha.

—A ver, sitúame —le pedí.

—Tengo varias cosas que contarte —comenzó—. La mañana nos ha cundido bastante, lo que prueba que la ausencia del jefe es un factor crucial para el fomento de la productividad.

—Nunca he dudado de eso, en términos generales. Desembucha.

—Yendo a lo más urgente, por qué vamos hacia Gavá. Resulta que Stefan tiene el teléfono activo y que, según Rubio, que estaba allí al quite con los mossos, desde el mismo momento en que se lo han pinchado ha empezado a hablar por él. Lamentablemente en rumano, con lo que tenemos grabadas varias conversaciones que pueden ser muy enjundiosas y de las que no entendemos ni papa. Pero bueno, que hable por el teléfono es buena señal. Significa que no nos espera y que no teme que le tengamos puesto el canuto. Supongo que a Cata le quitaron el teléfono y se deshicieron de él con el propósito de que no pudiéramos ver que le había llamado, sin sospechar que era ya a Cata a quien teníamos pinchada. Por una vez, la suerte está de nuestro lado.

—Para variar, no está mal.

—La otra buena noticia es que sabemos por dónde se mueve. Ha tenido una mañana inquieta, pero desde hace media hora está clavado en Gavá. Y además, desde que llegó ahí, no habla. Sólo ha recibido dos llamadas que no ha cogido. Eso quiere decir que está enfrascado con algo, por eso Riudavets ha pensado que era una buena oportunidad para ir por él. Viene de camino con su gente y con Rubio y Tena. Según dicen, la zona donde está Stefan es un polígono industrial, nos bastará con vigilar un par de naves o tres para acabar dando con él.

—Sí, aunque a ver cómo le reconocemos.

—También respecto de eso tengo novedades interesantes. Hace poco, según su compañía telefónica, recargó el teléfono desde un cajero automático. No me preguntes cómo hizo esa pardillada, lo mismo le pilló en un apuro sin efectivo o sin dónde comprar una recarga. La tarjeta de débito donde cargó el gasto corresponde, mira tú que casualidad, a un tal Stefan Gheorghiu, y la gente de Riudavets ha conseguido la foto de alguien con permiso de residencia bajo ese nombre que vive en Viladecans. Los de extranjería nos dicen que el apellido es relativamente común entre los rumanos y que no nos entusiasmemos, pero algo es algo. Y Viladecans, según me dicen, está al lado de Gavá.

—Bien, ¿algo más?

—Sí. Y agárrate para cuando te lo diga. Hemos mirado el listado de llamadas del teléfono móvil de Cata y también el del móvil prepago que nos dio Vinuesa. Desde donde le llamaba aquel misterioso Jaime, según su versión. Del de Cata no hemos sacado gran cosa, por ahora, pero en el otro hay varias llamadas a un número que te va a gustar.

—Virginia, por tus muertos, no me juegues al suspense, que ya he entrado en la edad de riesgo coronario. Lárgalo ya.

—El de Stefan. ¿Qué te parece?

Apreté la mano izquierda contra el volante y dije:

—Que ha sonado la hora de las hormiguitas. Que después de inflarnos a amontonar grano llega el momento de sacarle partido. Ahora sí, Vir. Yo tampoco he perdido el tiempo, aunque te lo parezca.

—¿Has encontrado algo?

—Más o menos —dije—. Un anónimo amenazante. Alguien le advirtió a Neus, de bastante mala manera y con una pésima ortografía, que si seguía por donde iba se encontraría pronto bajo tierra.

—Eso termina de darle color al dibujo, ¿no?

—No sé, siempre cabe que fuera un chalado al que no le gustara su programa. Pero Neus se había guardado el anónimo en un libro que parecía interesarle mucho. Hay razones para pensar que tenemos encerrado a alguien que podría no ser el causante del estropicio.

—He hablado esta mañana un rato con él —dijo Chamorro—. No ha sabido decirme nada más, o nada más que nos sirva a efectos prácticos. La verdad es que el hombre está hecho polvo. O eso, o finge muy bien. Me ha hecho sentir mal, por la caña que le di el otro día.

—Te mantuviste dentro de los límites. No te tortures.

—¿Por dónde vas?

—Voy a tomar ya la autovía. Os llamo cuando esté cerca de allí. ¿Dónde habéis fijado el punto de encuentro?

—A la entrada del pueblo.

Llegué el último. Estaban arremolinados en torno al capó de un coche, mirando un plano. Riudavets y cuatro de los suyos, entre ellos Asensi, y la gente de mi equipo. Riudavets comentaba con Rubio la topografía del objetivo mientras Asensi se mantenía en comunicación con su centro de operaciones, desde donde controlaban la posición del teléfono móvil de Stefan. Al verme llegar, Riudavets me apremió:

—Hola, Vila, me dicen que ya estás al corriente.

—Aproximadamente sí.

Me señaló un punto en el plano.

—Podrían ser varias naves, con el margen de error del localizador, pero nos inclinamos a pensar que sea ésta, la que está en la esquina de esta manzana. Las dos contiguas son una imprenta y un depósito de una cadena de supermercados bastante conocida. Ésta, sin embargo, es un almacén de una empresa logística que no le suena a nadie.

—Me sumo a tu criterio. Parece grande.

—Sí, menos mal que somos una pandilla. Propongo rodearla y esperar a que salga. Lo más normal es que lo haga por la puerta principal, así que, si te parece, ahí nos apostamos tú y yo para identificarlo.

—Me parece.

—Con los demás creo que podremos cubrir las otras salidas.

—Y a echarle paciencia.

—Tranquilo —dijo—. Hemos comprado bebida y bocadillos.

—Previsión catalana —bromeé—. ¿Y nos vais a convidar y todo?

—Qué va, hemos traído el ticket del Caprabo para cargaros seis onceavos del importe a los parásitos del Estado centralista.

—Vale, me lo he ganado.

El almacén tenía atrás un pequeño muelle de carga y una puerta lateral, además de la entrada situada en la fachada que daba al frente de la calle. Nos repartimos estratégicamente. Asensi, con otros dos de los suyos y Gil, cubrió el muelle de carga. Rubio y Ponce y un mosso, la puerta lateral. Y Riudavets y yo, junto a uno de sus hombres y Tena y Chamorro, la entrada principal. Salvo que tuvieran un túnel al estilo *La Gran Evasión*, nadie podría entrar o salir de la nave sin que lo viéramos. Infringiendo su habitual reserva, Tena se permitió observar:

—Es la primera vez desde que estoy aquí que tengo la sensación de haber vuelto al ejército. Me recuerda a las maniobras de despliegue en población. Aunque con malos enfrente, que cambia un poco.

—Tena viene de la mili —le expliqué a Riudavets—. Y no de cualquier parte de la mili, si me dejas que se lo cuente, Tena.

—Yo no me avergüenzo —dijo—. Aunque a la gente le choque.

—¿Dónde estuviste? —preguntó Riudavets.

—En la Legión —reveló Tena, con orgullo.

Riudavets no supo controlar ahí sus cejas, que subieron hasta casi rozarle el tupé. Consideré oportuno tranquilizarle un poco:

—Pero no te preocupes. Suele avisar antes de disparar.

Tena sonrió forzadamente. Y dijo:

—Ya sé que a todo el mundo se le hace raro. Pero con dieciocho años, a mí me pareció mucho mejor meterme ahí que hacerme camarera, como mis amigas. Y no me arrepiento. Me enseñaron muchas cosas y he podido entrar en la Guardia Civil y tener un camino en la vida.

—Claro —dijo Riudavets, con escasa naturalidad.

Estuvimos vigilando cerca de una hora, sin que nadie llegara ni se fuera del almacén. Ante la entrada de la nave había dos furgonetas y cuatro coches. Una de las furgonetas era de carga, la otra, me chocó, de pasajeros. Los coches eran grandes y relativamente potentes. Destacaba un Lexus deportivo. Mientras daba cuenta de mi sándwich, me pregunté quiénes estarían dentro y qué estarían haciendo. El Lexus, ¿sería de Stefan o de otra persona? ¿Era Stefan el jefe o un subalterno? Recordé la conversación que había tenido con Catalina Iliescu. Ella se refería a alguien que se había vuelto loco y ante quien pedía al hombre que intercediera. Esto, como la respuesta de Stefan, *no puedo ayudarte*, me inclinaba a pensar que el jefe era otro. Pero no era un argumento definitivo. Y en todo caso, tampoco me servía para descartar que el Lexus fuera suyo. Desde donde estábamos no podíamos ver las matrículas de los coches, pero se me ocurrió enviar a alguien para que las anotara, y ya que parecía que íbamos a tener tiempo, comprobarlas. Se lo comenté a Riudavets, que no sólo estuvo de acuerdo, sino que añadió:

—Coño, eso lo teníamos que haber hecho lo primero.

Envió a su subordinado a cumplir la misión. Apenas acababa de bajar del coche cuando se abrió la puerta principal. De ella salieron dos hombres, uno sobre los veintiocho o veintinueve años y el otro cercano a los cuarenta. El más joven se parecía enormemente a la fotografía que Riudavets traía consigo. Se entretuvieron junto al Lexus. Al mayor se le veía muy irritado. Para cerciorarnos, le pedí a Chamorro:

—Dale un toque al móvil. Sólo uno.

Chamorro marcó el número de Stefan. El hombre más joven se llevó la mano al bolsillo del pantalón y sacó su teléfono.

—Es él, Riudavets. Sólo son dos. Vamos por ellos.

El mosso evaluó la situación, y convino conmigo:

—Sí, no tenemos gente para seguirlos a ambos en condiciones.

—Avisa a los otros y diles que estén pendientes, que vamos a identificarlos —le pedí a Chamorro—. Y tú y Tena, cubridnos sin que os vean.

Nos bajamos del coche. Riudavets hizo señas al hombre de su equipo para que nos cubriera desde la izquierda. Chamorro se situó a nuestra espalda y Tena se abrió a la derecha. Cuando los demás estuvieron en posición, el jefe de los mossos y yo avanzamos hacia la entrada. Desde la valla hasta el lugar donde seguían departiendo los dos hombres, pronto oímos que en un idioma extraño, había unos quince metros. Atravesarlos requería decisión y calma. Se supone que un policía ha de reunir ambas cosas, pero también lleva en el pecho, como cualquiera, una máquina de bombear que en instantes como aquél tiene la enojosa costumbre de ponerse a trabajar a un ritmo endiablado.

—Saca tu placa —le susurré a Riudavets—, estamos en tu nación.

—Muy gracioso, tío. La saco, pero tú quédate dos pasos atrás y ojo.

—Por supuesto.

Antes de bajar del coche, había tenido la precaución de montar la Walther. Hay pirados que la llevan siempre con una bala en la recámara, pero por mucho que el manual asegure que es muy difícil que se dispare accidentalmente, a mí una pistola que no tiene seguro convencional me impone lo suficiente como para ser más precavido. Tampoco soy Billy the Kid, ni tengo ganas de serlo. De hecho, las pocas veces que le pongo la bala lo hago con una sensación desagradable: como si algo no fuera como debe, como si los acontecimientos me arrastraran en lugar de controlarlos yo, que se supone que es mi obligación y para lo que debería estar capacitado como investigador criminal.

De todos modos, me dije que teníamos nada menos que nueve personas competentes cubriéndonos las espaldas. El riesgo estaba controlado, aquello no era ninguna insensatez. Lo que importaba era mantener la sangre fría, el pulso firme y los sentidos bien alerta.

Nos vieron venir cuando estábamos a unos ocho metros. Interrumpieron bruscamente la conversación y dieron medio paso hacia el coche. Riudavets echó mano a su cartera. Yo a la culata de la Walther, por si las moscas. Pero nos dejaron llegar sin moverse. Dijo Riudavets:

—Buenos días.

—Hola —dijo el mayor—. ¿Desean algo?

En la ese se le advirtió el acento. Tenía una mirada áspera.

—Mossos d'Esquadra —dijo Riudavets, mostrando la placa, y dirigiéndose al más joven, dijo—: ¿Es usted Stefan Gheorgiu?

—Sí —respondió, adhiriéndose imperceptiblemente al Lexus.

—Tiene que acompañarnos.

—¿Por qué?

—Ahora le explicaremos. Y usted —le dijo al de más edad—, ¿puede dejarme ver su documentación?

—¿Para qué? Soy un empresario con todos los papeles en regla.

—Entonces no debe importarle enseñármelos.

Fue en ese momento cuando cometí el error. Pendiente como estaba de los dos rumanos, que a cada segundo me iban pareciendo más peligrosos y más al borde de saltar, perdí de vista la puerta. De pronto, oí una estridente voz femenina que chillaba a mi espalda:

—¡Guardia Civil, tire el arma o disparo!

Tanto Riudavets como yo, instintivamente, reaccionamos agachándonos. Eso nos salvó de recibir la bala que una décima de segundo después silbó a unos centímetros de nosotros y se clavó en una de las furgonetas. Luego sonaron otros dos tiros muy seguidos, pero éstos no vinieron por nosotros. Oímos un grito masculino y cuando me volví hacia el lugar del que provenía vi al hombre que nos había disparado desde la puerta caer rodando como un fardo. Entre tanto, los dos rumanos habían arrollado a Riudavets y echaban a correr hacia la calle. Le ayudé a incorporarse y salí tras ellos. En la acera se encontraron con que alguien les cortaba el paso. Chamorro, desencajada, les gritó:

—Al suelo, cabrones, si no queréis que os reviente.

Ella y un mosso los estaban encañonando. Pero aquellos dos tipos eran de cuidado o creían que ya no tenían nada que perder. Stefan introdujo la mano bajo su pantalón y el otro se buscó la axila. El gesto les salió caro. Stefan recibió dos balazos en las piernas, disparados por mi compañera. Al otro le tocaron en suerte otros dos tiros, uno del mosso, igualmente en las piernas, y uno mío, en el hombro al que podía dispararle con la máxima diagonal posible, para no poner en peligro a mis compañeros. No es de buen gusto darle a alguien por la espalda, pero la situación justificaba no andarse con remilgos. Los dos se fueron a tierra antes de poder sacar las pistolas que llevaban, y entre los cuatro que estábamos allí, incluyendo a Riudavets, que llegó tras de mí, los desarmamos y los esposamos sin pararnos a comprobar la gravedad de sus heridas. Riudavets estaba totalmente fuera de sí:

—Joder, qué hijos de puta. *Hosti*, están locos o qué.

—No sé, ahora veremos —dije, jadeante.

A Riudavets le sonó entonces el móvil.

—Es Asensi —explicó, mientras lo atendía—. Que tres tíos han ido a salir por el muelle de carga y que cuando les han dado el alto han vuelto a meterse dentro. Me cago en todo, esto es un desastre.

—A ver —dije—, ahora es cuando no podemos amontonarnos. Chamorro, pide que nos manden tres ambulancias, y un par de furgonetas de GRS. No le quitéis ojo a la puerta. Voy a ver a los demás.

Tena se había ocupado de acercarse a desarmar al pistolero al que había abatido. Aunque no hacía mucha falta. Los dos proyectiles que le había clavado en el costado lo habían dejado listo en el acto.

—Me lo he cargado, mi sargento —dijo, trémula.

—Me has salvado la pelleja, muchacha. Ya juraré ante Dios y el diablo que no tuviste más remedio que tumbar a este bicho. Ven.

La aparté de allí y me fui a buscar a Rubio.

—¿Cómo ha sido? —preguntó mi colega.

—Nada, hemos tenido la puta suerte de revolver un nido de alacranes —expliqué—. Pero todos los buenos estamos bien, y los malos que han asomado el hocico, neutralizados. Que nadie se mueva de sus puestos. No sabemos los que pueden estar ahí dentro ni si están armados. He pedido que nos manden a los GRS por si hay que hacer un asalto a las malas. Mientras tanto, vigilando y sin ofrecer blanco.

—Si hay que hacer un asalto, habría que llamar a los de la UEI.

—Como ya imaginas, eso se me escapa. Lo que podemos hacer ya es asegurar el perímetro, y para eso me valen los GRS. Voy a llamar a mi comandante y que lo decida él. A ver cómo le cuento que de repente y sin avisarle nos hemos metido en Iwo Jima. Espero que me crea cuando le jure que creía que íbamos a hacer una identificación rutinaria. Porque, visto objetivamente, la hemos jodido bien, compañero.

—Quién lo iba a saber.

Le arreé un puñetazo a una farola. Me hice daño.

—Me cago en la puta, le he pegado un tiro a un tío y por poco no me he llevado yo otro. Hacía quince años que no me pasaba. Y entonces era un novato y estaba en la guerra. Pero ahora se supone que tengo el conocimiento y la experiencia para no meterme en una así...

—Ya está, a cualquiera puede pasarle.

—En fin —inspiré hondo—. Pues eso, todos firmes en sus puestos.

Volví junto a Riudavets. Estaba, si cabe, más nervioso.

—No sé a ti, pero a mí me va a caer una bronca de tres mil pares de narices —dijo—. No tengo más remedio que llamar a mis jefes.

—Yo también. Ya nos lameremos las heridas mutuamente.

—*Collons*, quién iba a imaginarse...

—Espérate, y a ver lo que queda todavía dentro.

Recuerdo la media hora siguiente como una locura absoluta. Hablé con el comandante Pereira, con el capitán Cantero, con la juez. A todos tuve que convencerles de que no acababa de comerme un revuelto de hongos alucinógenos. Después de eso, reaccionaron bien. Cantero se ocupó de que el coronel jefe de la comandancia hablara con el responsable de los mossos en Barcelona y organizara en forma regular la coordinación que Riudavets y yo habíamos montado al estilo guerrilla. Pereira movilizó a nuestra unidad de intervención, con la aquiescencia del jefe de los mossos, que reconoció nuestra mayor experiencia en la materia. La juez, pasada la reacción inicial de estupor y espanto, me ratificó su confianza. Llegaron las ambulancias y se llevaron a los heridos, convenientemente custodiados. Y en seguida hubo alrededor de la nave más guardias y mossos que bañistas un agosto en Benidorm. Las riendas de la operación las tomaron los expertos de ambos cuerpos en aquella clase de crisis. Con un megáfono intimaron a los que estaban dentro a salir con las manos en alto y todo lo habitual en estos casos. Durante veinte minutos no hubo ninguna respuesta. Al fin, se abrió la puerta y, en lugar de lo que todos esperábamos, salió un grupo de muchachas muy jóvenes y casi histéricas. Nuestros GRS y los antidisturbios de los mossos se hicieron cargo de ellas. Algún GRS parecía llevar de la mano una Barbie, por la desproporción de tamaño corporal. Andarían todas entre los dieciséis y diecinueve años.

Cinco minutos después, salieron cinco hombres con las manos en la cabeza. Formaban un grupo desparejo. Había dos jóvenes y muy altos, con aspecto de extranjeros, y otro de unos cincuenta años, también con pinta foránea. Los dos últimos que salieron iban tan cabizbajos que me costó al principio saber cómo eran. Pero cuando me fijé un poco mejor, me quedé de piedra. Uno de ellos llevaba ropa de macarra, iba algo desaseado y le distinguí dos pendientes de aro en las orejas. El otro era alguien a quien ya había visto antes. El inspector Cruz.

—Eh, Riudavets —dije, sin salir aún del todo de mi pasmo—. Una pregunta un poco idiota. ¿Tú sueles comer roscón de Reyes?

—No. Aquí no hay demasiada costumbre.

—Pues si lo haces, no aprietes mucho al cortar, no vayas a dar con la sorpresa. Hemos tenido un tino del carajo. ¿Ves a ese tío?

—Sí.

—Es un madero. Vete a saber lo que nos va a salir de aquí.

Cuando comprobamos su identidad, descubrimos que también el de los pendientes era policía. Y cuando por fin irrumpimos en el almacén, las sorpresas fueron en aumento. Parecía un estudio de cine o televisión, lleno de decorados que simulaban diversos ambientes. Un hospital, un gimnasio, un aula, un salón de estar, un dormitorio... Había cámaras, ordenadores, copiadoras de cedés y deuvedés. Lo que grababan ya no nos sorprendió tanto. Esa tarde se lo enseñamos a la cabo primero Jimena, nuestra especialista de Sitges. Con ira contenida, declaró:

—Por mucho que vea, nunca terminaré de habituarme. ¿Y sabe lo que le digo? Aparte de cerdos son unos ratas. Les consta que es mucho más seguro grabarlas allí, en sus países, donde pueden tener a sueldo a la policía, si quieren. Pero si se las traen aquí también las rentabilizan ofreciéndolas para uso directo. Así las exprimen doblemente.

—Eso parece —dije—. Pero no sobrevalores la diferencia entre sus países y éste. Porque aquí también tenían polis en nómina.

—No me lo recuerde. Cruz... Todavía estoy alucinando.

—Es normal, hay un porcentaje estadístico, no falla. De los que vivimos junto a la raya, unos cuantos la tienen que cruzar.

Jimena apretó los dientes. Noté la tensión de sus músculos faciales.

—Lo que más me joroba es cómo le di la razón, cuando nos preguntó, mi sargento. Pero en el primer reportaje no había nada. Lo que yo no sabía era lo que preparaban para el segundo. Y tampoco en los papeles que me mandaron... En fin, no sé cómo explicarle, a mí ninguno de esos nombres me decía nada. No puedes conocer a todos los que están metidos en este negocio. Pero a él sí que le decían, claro.

—Por desgracia —asentí—. No creas que no pienso en que yo le dejé esos papeles a Cruz, o que no me acuerdo, al pensarlo, de esa pobre chica a la que vi anoche en el depósito de Gerona.

Pudimos interrogar al inspector Cruz y al otro esa misma noche, cuando Riudavets hubo acabado con ellos. Los vimos en las dependencias de los Mossos d'Esquadra porque así lo habíamos pactado, porque un trato es un trato y sobre todo porque nuestros superiores respectivos se mostraron también de acuerdo en organizarlo así. Antes de entrar con ellos, le pregunté a Riudavets cómo se habían portado con él. En su semblante extenuado se dibujó una sonrisa amarga.

—Vamos a ver, primero siempre las malas noticias —dijo—. Ya te aviso que el de los pendientes es un hijo de mala madre que no va a venirse abajo ni aunque lo infles a palos con un bate de béisbol.

—Qué mal concepto tienes de mí —protesté—. ¿Me crees capaz de eso?

—Es una forma de hablar, hombre. Pero ahora viene la parte buena: Cruz tiene familia y está acojonado vivo. Conmigo se ha desmoronado. Dice que a Catalina se la cargó el armario ese al que le dio pasaporte tu legionaria. Y por el arma que le intervinimos y las heridas de la difunta, es muy posible que mañana la prueba balística me cierre el caso. Te debo una, Vila, así que sólo espero que lo tuyo se resuelva también. Si te fías de mí y me admites una sugerencia, ve por Cruz, que está blandito. Y creo que sabe que lo gordo le espera contigo. De lo de Catalina Iliescu, espera librarse. Pero lo de Neus lo ve algo más crudo.

Hice caso de su consejo. Pedimos que nos trajeran primero a Cruz. Nos metimos con él Chamorro y yo. Esta vez no le dejé a mi compañera el peso del interrogatorio. Aquel individuo era todo mío:

—Nos volvemos a ver, inspector —le dije, a modo de saludo—. Pero me temo que en circunstancias un poco menos distendidas.

—Sí, desde luego —repuso, tratando de sonreír.

—No vamos hacer mucho teatro, ¿de acuerdo? Sólo queremos saber si estás dispuesto a colaborar o si tenemos que colgarte la conspiración para el asesinato con las pruebas que tenemos. Podemos vincularte con los rumanos y a los rumanos con el crimen. Podemos vincularte con tu compañero y a tu compañero con la trampa en que cayeron Neus y el pobre muchacho al que utilizasteis para desactivarla.

—No sé si creer que no vas de farol en algo de eso —me desafió.

—Elige, ¿en qué voy de farol?

—Pues mira, así a bote pronto, no estoy yo tan seguro de que podáis conectar a mi compañero con nada.

—¿Eso crees? Te demostraré cuánto te equivocas. Uno, el chaval le recuerda bastante bien, y confío en que le identificará en la rueda de reconocimiento. Dos, tu compañero era tan chulo como para llamarle desde una cabina al lado de la jefatura superior. Y tres: es tan imbécil como para tener todavía guardada en la cartera la tarjeta de un móvil prepago con el que habló con Vinuesa y Stefan. Y eso es sólo una parte de lo que le hemos encontrado ahí. Esa cartera es oro molido.

En la última frase si había algo de farol. Pero en lo demás, incluida la tarjeta del teléfono móvil, mis cartas eran sólidas. Cruz titubeó.

—También te imaginarás, y si no, yo te lo cuento, que mis jefes han hablado con tus jefes —añadí—. Y no sólo no les han pedido que te tratemos con la menor delicadeza, sino que han hecho más bien al revés. Me temo que no eras muy popular, y que en asuntos internos habían empezado a llenar una carpeta con sospechas sobre ti. De hecho, serán los que vengan detrás de nosotros a charlar contigo. Hoy no vas a aburrirte.

Ahora sí que estaba hundido, Cruz. Podía haber tenido la debilidad de corromperse, pero no era tan obtuso como para no darse cuenta de que tenía que empezar a achicar agua si no quería ahogarse.

—De acuerdo —dijo—. Ya veo que habéis currado, no voy a haceros perder el tiempo ni a perderlo yo. Quiero salir limpio de las dos muertes. Acepto que me caiga lo demás, que me echen, etcétera.

Sopesé con escepticismo su oferta.

—Vaya, que espléndido. Echado, considérate ya. Y del cohecho y de la complicidad en lo de las chicas no te libra ni Dios. En cuanto a salir limpio de las muertes, tendrás que contarme algo que me guste. Algo que me convenza de que eres inocente. Esfuérzate, por favor.

—A la puta se la cargaron ellos por su cuenta, para darle una lección. Ya se lo he contado antes al mozo de cuadra.

—No creo que le guste que le llames así.

—¿Acaso te vas a chivar?

—Por qué no. Soy más amigo suyo que tuyo.

—Bueno, lo que te decía. Lo de esa chica fue algo entre ellos. Descubrieron que era la fuente de Neus y se la cobraron.

—Me pregunto cómo lo descubrieron.

—Pues no sé, la gente habla.

—Ya, y otra gente recibe papeles sobre los que a lo mejor no guarda la confidencialidad debida. Sigue, anda. Pero no vas muy bien.

—Vale. Yo les di el nombre. Pero no para que la mataran, joder.

—Ya deberías saber con quién te jugabas los cuartos. ¿Y Neus?

—Mira, mi compañero y yo montamos lo de las fotos. Lo que le contó al soplagaitas del novio, eso era lo que habíamos acordado con los rumanos para que

Neus dejara de meter las narices donde no debía. Yo estaba convencido de que con eso iba a bastar, de que podía resistirse a las amenazas, pero no aguantaría el tiro de verse convertida en pasto de los programas basura. Hasta teníamos tocado ya a un intermediario de los que les venden el material a las teles. Él te lo confirmará.

—Seguro que no tiene otro deseo, ahora mismo, si es que existe.

—Que sí existe, coño. Te digo dónde podéis encontrarlo.

—Vale, sí, luego. ¿Y qué más pasó?

—Pues nada, que al día siguiente me entero de que el demente ese, Nicolae, el jefe, al que cogisteis con Stefan, en vez de hacer las fotos, le había encargado a uno de los suyos que cosiera a Neus a puñaladas, con el cálculo de que se lo colgaríais al amante. Me llamó el muy cretino por la mañana temprano, presumiendo de haber montado el crimen perfecto y de haberse desembarazado de la cotilla para siempre. Yo le dije entonces que la había cagado; que si se le antojaba bien podía amenazar, pegar palizas, cortar dedos o incendiar casas, que eso, si no se resolvía en seguida, se pudriría bajo el polvo de los archivos; pero que aquí los homicidios son otra cosa, que se investigan y no se sueltan así como así, ni tampoco se les da la primera explicación que viene al caso. Y mira por dónde, el tiempo se lo ha venido a demostrar.

Crucé una mirada con Chamorro. Tenía cierta consistencia. Aunque habría que oír la versión de los otros, cuando se repusieran de las heridas. No le auguraba a Cruz un futuro demasiado apetecible.

—¿Y qué era, lo que había averiguado Neus? —pregunté—. ¿Por qué era tan importante apartarla, por qué acabar matándola?

—Lo de la muerte fue un calentón de ese borrico, ya te lo he dicho. No hacía falta, ni muchísimo menos hacía falta, me cago en… Pero sí, se había convertido en un dolor de muelas. Un día la vieron con otra periodista sacando fotos frente al portal de uno de los pisos donde se alojaban las chicas. Hubo que levantarlo a toda hostia, como te imaginarás. Ahí fue donde la amenazamos por primera vez, para ver si se rajaba. Pero tres días después se plantó en otro de los pisos con un cámara y la tía loca, con sus santos huevos, llamó a la puerta. Otro albergue que hubo que desmantelar a la carrera. Ahí fue donde comprendimos que tenía buena información y que había que pararla.

—¿Y nadie pensó en localizar a la fuente?

—Vaya si lo pensaron. Pero no hubo forma. Quién iba a imaginar que era Catalina Iliescu. A mí, que vi el reportaje, en ningún momento se me ocurrió que la zorra que hablaba con voz de *cyborg* y la jeta a cuadritos era ella. La novia, o para ser más exactos, una de las novias de Stefan. Me contaron que antes de matarla les confesó que lo había hecho por resentimiento. Que le había empezado a dar información a Neus para hundirle el negocio a Nicolae. Y la verdad es que todo cuadra. Nicolae era un animal. Un día en una fiesta se la llevó por banda de mala manera. Con la venia de Stefan, sí. Pero a ella no le preguntó. Menudo es, como para pedirle a nadie permiso para eso.

Me tomé unos segundos para terminar de ensamblar todas las piezas en mi mente. Tal vez estaba decorándolo un poco para minimizar su responsabilidad, pero la estructura general de la historia era coherente consigo misma y con los restantes elementos de que ya disponíamos, los papeles de Neus, la conversación grabada a Cata. Le hice una seña a Chamorro y ella asintió en silencio. Nos podía valer.

—Muy bien, Cruz —concluí—. Nos arreglaremos con esto, de momento. Piensa si se te ocurre algo más que nos pueda ayudar. Y si no surge nada que nos lo dificulte, intentaremos que salgas de ésta lo menos jodido posible. Pero cuenta ya con que jodido vas a salir. No has tenido mucho ojo para elegir tus amistades en los últimos tiempos.

—Ya. A mí me lo vas a decir.

—¿Desde cuándo estabas conchabado con los rumanos?

—Permíteme que sobre aquello que no sabes me abstenga de darte demasiados detalles —repuso, con una sonrisa cínica—. Tengo que jugar mi única carta, la bendita presunción de inocencia. Digamos que tenía algún trato con ellos, ya que eso no voy a poder negarlo.

—Vale. Sólo era por intentar entender por qué seguiste relacionándote con esa chusma, y por qué los lanzaste contra la chica, cuando ya te constaba que habían sido capaces de asesinar a una persona.

—Yo no los lancé. Sólo les di el nombre.

—Búscate argumentos para convencer al tribunal sobre tus verdaderas intenciones. Yo me limitaré a consignar los hechos.

Cruz me observó con rencor.

—¿Tanto te cuesta entenderme, sargento? ¿Vas a decirme que nunca has tenido ninguna tentación? ¿Que siempre te has mantenido limpio de polvo y paja, conformándote con tu sueldo y con las patadas en el culo que te dan después de usarte para limpiar la pocilga?

La pregunta, inevitablemente, me hizo recordar algunas cosas. Momentos, rostros, borrosas emociones. Pero me limité a responder:

—No te confundas, Cruz. Ni soy la clase de tipo que le cuenta su vida a cualquiera, ni eres a quien elegiría para contársela.

Pedimos que lo devolvieran a su celda y que nos trajeran al compañero. El otro policía, de apellido Ganivet, resultó ser la fiera imbatible que nos había anticipado Riudavets. Era el subordinado de Cruz y diez años más joven, pero quizá por inconsciencia, o quizá por carácter, se mostró inasequible a nuestras embestidas. Probé a acorralarlo con las pruebas que le conectaban con Vinuesa y con la celada de Zaragoza, con Stefan y con el resto de los rumanos. Todo fue en balde. Durante una hora de interrogatorio, tan sólo se dignó decir:

—No os voy a ahorrar el trabajo. Ya no tengo nada que perder.

Traté también de explicarle que no era así, y de invitarle a seguir el ejemplo de su superior. Pero ni por ésas. Al final, miré el reloj, vi que eran las diez y media de la noche y me dije que estaba hasta el gorro de jugar a policías. Llamé a los mossos y pedí que se lo llevaran.

Me quedé a solas en la habitación con Chamorro. La observé. Por fin dejé que mis labios se relajaran. Ella se echó entonces a reír.

—*Game over* —sentencié—. No me lo creo, Virgi.

—Pues créetelo. Y no lo has hecho mal, si puedo opinar.

—No sé, tengo mis reparos. Demasiados raspones. El único consuelo es que el Rey Rojo ya no le soñará aventuras siniestras a ninguna Alicia indefensa. Antes de que se me olvide, tengo que llamar a cierta juez de instrucción y decirle que voy a poner en la calle a un hombre.

CAPÍTULO 20

LA REINA SIN ESPEJO

Ni Vinuesa ni su abogado formularon la menor protesta por las cerca de cuarenta y ocho horas que lo tuvimos detenido. Tampoco juzgué necesario pedirle disculpas cuando lo soltamos, como me enseñaron a hacer siempre que cometo una equivocación, porque con su comportamiento me había puesto muy difícil obrar de otro modo y porque no dejaba de recordar que de no haber mediado su torpe codicia (y su deslealtad hacia Neus) tal vez nada de aquello habría sucedido. Ni siquiera fui demasiado amable al emplazarlo para el día siguiente a la rueda de reconocimiento en la que esta vez sería él quien observara y Ganivet uno de los que se ofrecieran a su escrutinio. No es que me sienta muy orgulloso al recordar esta frialdad por mi parte; de hecho empecé a arrepentirme de mi dureza cuando lo vi llegar a la mañana siguiente, quince minutos antes de la hora a la que le habíamos citado, a las dependencias de los Mossos donde se practicaría la diligencia. Aunque se había afeitado y se había cambiado de ropa, Luis Fernando Vinuesa ofrecía todo el aspecto de un hombre roto y atormentado.

Me lo llevé a tomar un café, con ánimo de darle un

poco de amparo y tratar de infundirle las energías que necesitaría para enfrentarse y señalar con el dedo al hombre que lo había metido en la ratonera. Mis esfuerzos por sacar conversación no fueron muy fructíferos y tampoco insistí mucho. Hay ocasiones en que uno no necesita que le hablen, y mucho menos hablar. Sólo al final, ante la taza vacía y mientras yo pagaba la cuenta, aquel hombre reunió fuerzas para decir algo:

—Sepa, sargento, que yo voy a ser el primero que tardaré mucho en poder volver a mirarme a la cara sin que me entren arcadas.

Había en sus palabras una mezcla de convicción, autodesprecio y lástima de sí mismo que no me era en absoluto desconocida.

—Tampoco persevere en eso —le aconsejé—. Flagelándose no va a devolverle la vida a nadie. Trate de hacer la suya, que es la que ahora tiene entre manos, lo mejor que pueda de aquí en adelante.

La rueda de reconocimiento nos la habían preparado nuestros anfitriones, que también habían suministrado el personal. A Ganivet le habían hecho quitarse los pendientes (la alternativa era perforarles las orejas a los mossos acompañantes) pero aun así era el que tenía una pinta más acanallada de todo el conjunto. Los demás vestían mucho mejor y estaban más limpios. Antes de que entrara el testigo, la juez que dirigía esta vez la diligencia examinó el grupo y dijo:

—¿No pueden traer a algunos con peor facha? Ahí canta mucho.

Riudavets se fue entonces a hacer un par de llamadas para movilizar a unos cuantos de los suyos cuya apariencia resultara más adecuada al caso. Mientras esperábamos, el sargento Rubio observó:

—De todos modos, en las grandes ciudades os sobran los recursos. Recuerdo yo una rueda que hicimos en un pueblo pequeño. Les pido a los guardias del puesto que nos la monten y cuando viene el testigo va y suelta: «Pues tiene que ser el cuatro, porque el primero es el panadero, el segundo el de la tienda de ultramarinos, el tercero el del bar...» Te puedes imaginar cómo se descojonaba el abogado.

Pero el abogado de Ganivet no tuvo motivos para reírse. En la segunda intentona, su defendido estaba rodeado de mossos de la unidad antidroga, con los que no podía decirse que desentonara en exceso, y entre los que el testigo le señaló a la primera y sin ningún género de dudas. La juez le puso a prueba, como era su obligación, pero Vinuesa, como si estuviera pagando alguna deuda, repitió muy firme:

—El número cinco. Seguro. Lo digo aquí y donde haga falta.

Ésta podría decirse que fue nuestra última actuación relevante en el caso Neus Barutell. Con ella cerrábamos el círculo de nuestras pesquisas. A partir de aquí hubo bastante burocracia, por las complejidades del sistema judicial y la propia del caso, en el que al final habían acabado confluyendo un sinfín de delitos (homicidios, cohecho, explotación sexual de menores, atentado a la autoridad) sobre los que tenían competencia jueces de tres provincias y en los que de una u otra manera interveníamos tres cuerpos de seguridad diferentes. Pero lo fundamental de nuestro asunto ya estaba resuelto, aunque la trama de corrupción policial y tráfico y prostitución de menores todavía daría algún trabajo a quienes tenían la responsabilidad de investigarla. Lo único que nos quedaba era contrastar las huellas dactilares de la casa con las de los rumanos, cosa que hicimos con resultado negativo (no eran tan aficionados como para dejarlas), y tratar de hallar el arma homicida, algo de lo que finalmente hubimos de desistir. En cuanto fue posible interrogarlos, Stefan y Nicolae coincidieron en cargar la ejecución de las dos muertes a su compatriota caído en el tiroteo, y en señalar a Cruz y a Ganivet como inductores. Lo segundo no parecía muy creíble, pero lo primero, visto el potencial ofensivo que había mostrado el difunto durante nuestro breve encuentro, resultaba harto verosímil. Asumimos, pues, que el conocimiento exacto de lo acaecido aquella noche en la casa, así como el del lugar donde se había deshecho del cuchillo, se los había llevado el malogrado matón a la tumba.

Durante los dos días que aún pasamos en Barcelona, aparte de hacer un montón de papeleo, también me tocó terminar de convencer a mis jefes de que la batalla campal de Gavá había sido un accidente impredecible, y la colaboración informal con los Mossos la manera más sensata y eficaz de obtener una información que de otro modo habríamos recibido mucho más tarde y a la que le habríamos podido sacar mucho menos partido. Mi comandante me aceptó con reservas lo primero, pero respecto de lo segundo me advirtió que a mi regreso a Madrid tendría que explicárselo despacio, porque los responsables de la comandancia se le habían quejado de mi peculiar manera de entender la autonomía operativa. Eso me llevó a una intensa campaña con el capitán Cantero para tratar de persuadirle de que si no le había avisado era porque la cosa había surgido sobre la marcha y porque creía que íbamos a hacer una identificación sin mayores problemas, de alguien a quien en ese momento sólo considerábamos un posible testigo. La propia presencia de dos de sus hombres en la operación, le argumenté, probaba mi falta de malicia, porque no iba a ser tan idiota como para pretender ocultarle algo en lo que me acompañaban dos guardias a sus órdenes. Cantero no era mal tipo y me consta que acabó creyéndome e intercediendo por mí. Pero no me extenderé más sobre estas miserias que padezco como miembro subalterno de un cuerpo jerarquizado y militar, porque siempre que trato con ellas me acuerdo de esos olímpicos detectives de las novelas que hacen lo que se les pone en las narices sin rendir nunca cuentas a nadie y me siento como un paria.

A propósito de cuentas, más grato resultó rendírselas a mi presunta jefa suprema, la autoridad judicial encarnada en esta historia por la juez sustituta Carolina Perea. La llamé varias veces para informarla con detalle de cómo se iba desarrollando el final de la investigación, en la que por razones de distancia ella intervenía sólo en modo remoto. Ni siquiera podía llevarle aún a los imputados, porque dos de ellos, los rumanos, estaban en el hospital, y otros dos, los policías, tenían que responder previamente, ante otros dos jueces en Barcelona y Gerona, de los crímenes por los que habían sido detenidos in fraganti.

—De buena gana me iría para allá —me dijo la juez, en una de estas conversaciones—, pero tengo demasiado lío aún con el aterrizaje como para dejar mi juzgado. De todos modos, espero que venga usted por aquí cuando puedan traerme a los angelitos. Sólo le conozco como una voz en la línea telefónica y me gustaría hacerlo personalmente.

—Si usted lo ordena, señoría, allí estaré —respondí, dándole en mi pensamiento a la frase un sentido distinto al oficial y evidente.

—Tampoco se trata de eso, hombre.

—Si no lo ordena, dependeré de lo que me manden mis jefes.

—De acuerdo. Entonces lo ordenaré.

Su risa la hacía parecer mucho más joven, mucho menos juez, y en resumen algo que por mi bien debía evitar, razoné al reparar en ello. Al final, según ella quiso, la acabé viendo en persona: era una cuarentona flaca y pelirroja llena de energía y con una perturbadora luz clara en la mirada. Y tuvo su interés conocerla, pero ése es otro cuento.

El último día de nuestra estancia en Barcelona era un viernes. Aunque rematamos los asuntos oficiales por la mañana, no nos pusimos en camino hacia Madrid porque los compañeros sugirieron ir a cenar para celebrarlo antes de deshacer el equipo. Le propuse a Riudavets que se uniera a la fiesta con su gente y se mostró conforme. Quedamos a las nueve y media en un restaurante gallego que conocía Robles, en la calle Margarit con el Paralelo. A las cinco yo ya había hecho mi maleta y pensé que podía aprovechar la tarde para liquidar un par de tareas extraoficiales que aún tenía pendientes. Llamé a Chamorro:

—Virginia, me cojo el coche. ¿Te importa ir con Rubio y Tena al restaurante y que yo me reúna allí con vosotros?

—No. ¿Puedo preguntar adónde vas o es personal?

—Es personal, pero puedes. Voy a devolverle unos papeles a Altavella y a contarle todo antes de que termine de leerlo en los periódicos.

—Ya. Bueno, para eso sois amigos, ahora.

—No seas cáustica, Vir.

—No, si me parece muy bien. Es muy correcto por tu parte. Aunque me permito recordarte que conmigo no estás siendo tan correcto.

—¿Eh? ¿Por?

—Me prometiste algo, pero ya veo que lo has olvidado. Es lo que hace la costumbre, al final todo se relaja y hasta se olvidan las promesas.

Percibí la ironía en su tono. Pero también resquemor.

—Lo confieso. No recuerdo qué es lo que te prometí.

—Me ibas a llevar al Tibidabo.

—Es verdad. Soy un impresentable. Hagamos una cosa. A eso de las ocho paso a recogerte por aquí. Subimos al Tibidabo y de ahí vamos al restaurante. Llegaremos un poco justos, pero que nos esperen.

—No sé si aceptar. He tenido que recordártelo.

—Sé magnánima. Mi cabeza ha estado muy atareada estos días.

—Claro, y además empiezas a estar mayor. Vale, a las ocho.

Altavella me recibió esta vez en su terraza. Hacía

una tarde espléndida: despejada, tibia y sin una gota de aire. La vista de la ciudad a la suave luz vespertina era apacible y reconfortante. Nos sentamos a la mesa donde habíamos desayunado el día de mi primera visita y el escritor me ofreció beber algo. No estaba de servicio. Acepté.

—Pensé que iba a rechazarlo —dijo—. Celebro que no sea así, porque me apetece beber y me fastidia hacerlo solo. ¿Le gusta el vino?

—Sí.

—¿Alguna preferencia?

—La que usted tenga.

Palmira, de pie junto a la mesa, aguardaba. Altavella resolvió:

—Algo fresco. Un blanco, Palmira, en un cubo con hielo.

No soy demasiado partidario del vino blanco, pero, como sucede con todo, hay vinos blancos y vinos blancos y ya puede suponerse que Altavella no elegía para surtirse en la parte mediocre de la gama. No quise mirar de dónde era, y él tampoco me lo dijo; me limité a saborearlo y disfrutarlo y a creer por un segundo que mi vida era realmente aquello: estar sentado en aquella azotea, paladeando aquel caldo excelente en compañía de un tipo que salía en las enciclopedias y al que se veía deseoso de complacerme. Consideré que debía ganármelo.

—Señor Altavella, una vez más debo darle las gracias por su hospitalidad. No quiero robarle más tiempo del indispensable...

—Por favor, no mida tanto mi tiempo —protestó—. Malgástelo, así contribuirá a alimentar mi ilusión de que aún me queda mucho.

—Valoro su generosidad. Pero entienda que no me aproveche de ella. Como le digo, vengo con un objetivo. O mejor, con dos. El primero es contarle, ahora que podemos reconstruirlo razonablemente, lo que creemos que le sucedió a su esposa, y a manos de quién.

—Le agradezco que tenga esa deferencia.

De nuevo, al relatarle todo lo que habíamos averiguado, junto con las suposiciones que nos ayudaban a rellenar los huecos en la secuencia de los hechos, sentí la presión de estarle narrando algo a quien había hecho de ello su oficio, y debía notar, incluso aunque se empeñara en lo contrario, cualquier incoherencia, cualquier torpeza por mi parte a la hora de presentar los acontecimientos y sus causas. Altavella me escuchó sin despegar los labios, con una atención y una emoción que pude notar que iban intensificándose por momentos. Traté de ser cuidadoso con los aspectos más sensibles, pero sin incurrir para él en arreglos demasiado compasivos, que pudiera juzgar como una falta de fe en su capacidad para hacerse cargo de los avatares terribles o absurdos de una historia como aquélla, donde no escaseaban precisamente. Una vez que hube concluido mi resumen, el escritor observó:

—Es curioso, cómo a menudo en la vida las cosas suceden por razones distintas de las que creen tener quienes las desencadenan.

—¿A qué se refiere?

Altavella había emitido su veredicto con notable rapidez. Pero necesitó unos segundos de reflexión para hallar la forma de explicarlo.

—Me refiero a que estoy seguro de que esos canallas creyeron estar decidiendo el final de Neus, cuando me parece que lo que en realidad condujo a ese desenlace fue algo muy diferente. Que fue Neus la que se sirvió de ellos para romper la baraja. Verá, desde fuera, alguien podrá juzgar que la fama y el éxito la habían vuelto tan soberbia y estúpida como para perder el discernimiento y la sensación de peligro. Les ocurre a otros, sin duda, pero ella era mucho más inteligente que todo eso. Tuvo que percatarse del riesgo. Y siguió adelante. Como debió de percatarse de que aquel muchacho empezaba a fallarle, y en vez de largarlo, decidió entregarse cada vez con más ahínco y convertirlo con su sola voluntad en lo que él no era ni podía llegar a ser jamás.

—No sé qué decirle. Usted la conocía mejor que yo.

—¿Sabe? Es que le escuchaba contar la historia y no podía evitar juzgarla con la deformación del novelista. Uno de esos rumanos la mató, otro lo decidió, los policías corruptos les ayudaron a hacerlo, sabiendo o no que estaban participando en un asesinato, eso me da igual. Pero por aparatosa que sea la etiqueta que la ley les adjudique finalmente, me resulta imposible considerarlos protagonistas de nada. Lo mismo que a ese chico, el que estaba con ella aquella última noche. Son unos secundarios instrumentales, del mismo modo que nadie consideraría protagonista de la epopeya del almirante Nelson al tirador que tuvo la fortuna de meterle un balazo en la columna en la batalla de Trafalgar. Fue Nelson el que planteó, decidió y acometió esa batalla, sabiendo que se jugaba la vida de sus hombres y también la suya.

Aunque el ejemplo sonaba algo grandilocuente, en cierto modo no dejaba de resultar oportuno y ajustado. La insistencia temeraria de Neus en revolver el avispero era algo que requería una interpretación, y tampoco yo estaba ya en condiciones de sumarme a la primera conjetura que pudiera sugerir el estereotipo de la famosa endiosada. No después de haber leído sus notas íntimas y sus cartas de amor.

—Neus tenía mucho sentido literario —añadió Altavella—. Era siempre mi primera lectora, y no sabe usted cuánto me aportaba. Si ella misma no escribía era porque no le daba la gana, porque prefería leer y hacer de eso un arte tan refinado y exquisito, o más, que la creación. Por eso escogió una metáfora tan precisa como la del Rey Rojo de *A través del espejo* para designar al enemigo al que se exponía. Es muy posible que todo lo que pasa en ese libro sea un sueño del Rey Rojo. Creo que la mayoría de los lectores adultos de Carroll lo acabamos pensando, y Neus hasta lo dejó escrito, para que no quedara ninguna duda. Pero una vez dicho eso, y adjudicado al Rey Rojo el poder absoluto de deshacer la partida entera con sólo despertar, ¿quién es él? Nadie, un bulto inmóvil en medio del tablero por el que Alicia avanza hasta coronarse reina. ¿Qué es lo que importa, la mente dormida que sostiene el sueño, o la niña curiosa y sublime que lo vive y juega a descifrarlo?

La pregunta tenía la miga suficiente como para dejar que fuera el silencio quien se ocupara de ella. La mención del Rey Rojo me recordó que no sólo había ido allí para hacerle un resumen informativo.

—También he venido esta tarde por otra razón. Para devolverle algo que le pertenece, creo. —Y saqué de mi macuto el libro de McGrath.

—Ah, no tenía que haberse preocupado. ¿Lo leyó?
—Lo hojeé.
—Quédeselo.
—No puedo. Está subrayado por ella. Y le traigo algo más.

Saqué el bloc con la reproducción del cuadro de Hopper. Altavella lo cogió y se quedó mirándolo durante un momento.

—*Nighthawks*, las aves nocturnas —dijo—. Una bestia, este Hopper, para retratar la soledad. Debería estar prohibido mostrarla así a todos los públicos. Los americanos censuran la pornografía, que suele ser algo tan inofensivo, y dejan pasar en cambio mazazos como éste.

—Tiene algo escrito en la primera hoja —creí que debía advertirle.

Abrió el bloc y leyó. Después lo releyó al menos cuatro o cinco veces. O eso deduje, porque durante cerca de un minuto no levantó la vista del papel. Al fin cerró el pequeño cuaderno, lo dejó con mucho cuidado sobre el libro y se echó hacia atrás. Tomo su copa de vino y le dio un largo sorbo. Lo mismo hice yo. Hasta vaciar la mía.

—Es una situación algo más que embarazosa, sargento —dijo—, leer esto en su presencia y saber que usted lo ha leído.

—Disculpe. No quería ocultárselo. Y menos aún quedármelo. No hace falta para acreditar lo que a la justicia le importa, y creo que si ese bloc pertenece ahora a alguien, ese alguien sólo puede ser usted.

—No sé si está en lo cierto. A lo mejor es de ese L., ya que fue el último hombre que la hizo estremecerse. Pero me pone en la necesidad de explicarle algo. Llámelo narcisismo, vergüenza, como quiera.

—No tiene que explicarme nada. Ni a mí me pagan por juzgarle.

—Me apetece, sargento. Usted ha resultado ser un policía muy poco convencional. Déjeme que yo sea poco convencional también. Además, me parece un hombre de quien uno puede fiarse. No me cuesta serle franco. Creo que Neus se equivoca ahí. Ella me gustaba, y me gustaba de veras. Y la admiraba, como ya nunca creo que pueda admirar a nadie más. No sé a usted, pero a mí claro que me gustan las mujeres. Me gusta esa sintonía feroz que tienen con la naturaleza, esa profundidad que nos vuelve a nosotros toscos y banales en comparación, esa abnegación continua que convierte nuestros tesones efímeros y nuestros heroísmos ocasionales en vanos volatines de payasos de circo. Y me gusta su belleza, esa delicada composición de formas frente a la que un cuerpo masculino no tiene más encanto que una tuerca. Y Neus, en todos esos sentidos, era la más alta representación de la femineidad que a este pobre payaso que le habla le ha sido dado tener jamás entre sus dedos. Lo que ocurre es algo más triste. Que hay algo en nosotros, no sé si en todos, pero al menos en mí, que nos mantiene siempre divididos. Por cada átomo de voluntad que uno pone en construir y en creer, surge como una fuerza de reacción otro de signo contrario que le lleva a destruir y escapar. Yo llegué a desarrollar la lucidez y la fuerza suficientes para saber que nunca podría abandonarla. Pero no pude dejar de mirar siempre a otro lado, porque tampoco pude dejar de tener la sensación de que me faltaba algo que estaba en otra parte. No sé si estoy siendo capaz de hacerme entender. Tampoco sé si le importa mucho o me está tolerando el desahogo por simple amabilidad.

En ese momento, en mi cerebro se juntaban demasiadas ideas, recuerdos y emociones como para acertar a distinguir si lo que acababa de decirme era un discurso inteligible y sólido o una mera cortina de humo tras la que intentaba justificarse. Tampoco podía dirimir quién tenía razón, si Neus o él. Vagamente intuía que cada uno la tenía de una forma diferente, en un plano de la realidad inasequible al otro. Acaso sea siempre ésa la fisura, no ya entre un hombre y una mujer, sino entre dos seres humanos cualesquiera. Pero yo sólo soy un tipo que cumple el encargo de tratar de enfrentar a los homicidas con las consecuencias legales de sus actos, y por lo general me va bien no creerme capacitado para hacer mucho más. Como tampoco quería ser maleducado, me procuré una hábil salida por la tangente:

—Mientras le escuchaba, me he acordado de un libro. Si me permite la pedantería de recomendarle otra lectura, desde mi ignorancia, a alguien como usted, le aconsejo que lo lea. Es la *Autobiografía psíquica* de Hermann Broch. Supongo que al autor lo conoce. Yo sólo he leído de él ese libro, luego lo intenté con *La muerte de Virgilio*, que por lo visto es una obra maestra, pero me quedé dormido varias veces y no pude pasar de la página cincuenta, tal vez le parece un sacrilegio.

Altavella sonrió abiertamente.

—No, no me lo parece. Yo lo acabé sólo por esnobismo.

—El libro del que le hablo es muy distinto. Tampoco es demasiado ameno, pero hace un autoanálisis interesante. Se diagnostica a sí mismo como neurótico incurable y examina su relación con las mujeres, que responde a ese esquema que describía usted hace un momento. También él se sentía dividido y nunca le parecía tener la mujer ideal, sino mujeres que la representaban parcialmente y de las que no era capaz de desprenderse, pero con las que jamás podía contentarse. A ratos resulta bastante enfermizo en sus razonamientos, pero en medio del revoltijo de tortuosas disquisiciones psicoanalíticas acaba aferrándose por encima de todo a un concepto más sencillo y positivo.

—¿Cuál?

—El de esperanza. Viene a decir, quizá lo estoy deformando algo, que la esperanza es el motor básico de las personas. Y que su ética personal, que le permite la infidelidad y la hipocresía, le prohíbe socavar la esperanza ajena. Su meta es alimentar y nunca destruir la esperanza de las mujeres con las que se relaciona. En tanto lo consigue, soporta su infelicidad y su trastorno. Pero en fin —me sentí de pronto fuera de lugar—, no sé por qué le cuento todo esto. Me parece que es hora de que me vaya, antes de que se me escapen más inconveniencias.

—No, no crea que lo son —dijo, indulgente—, aunque si me paro a meditar sobre lo que dice me temo que debo sospechar que me está diagnosticando una neurosis. También buscaré ese libro. Sólo hay una cuestión que me intriga, si puedo ser yo ahora un poco cotilla.

—Usted dirá.

—¿Qué le lleva a leer esos libros, y a recordarlos tan bien? Si no le entendí mal, reniega usted de su carrera de Psicología.

Era perspicaz, Altavella. Traté de desviar el disparo.

—La psicología como campo de conocimiento me parece apasionante. De lo que reniego es de la seudociencia que suele ocultarse bajo ese nombre, y de quienes contrabandean ideología, la que sea, llamando anormales a quienes simplemente no ven la vida como ellos o proponiendo pautas que son morales y no científicas. La moral es cuestión de cada uno, a mi entender, y un catedrático de Harvard no tiene más entidad a esos efectos que un pescadero o una barrendera.

—No me refería a nada de eso. Y usted lo sabe.

Analicé la situación. Hablando de moral, allí tenía un dilema de esa índole. ¿Era lícito eludir, tratándole como un idiota, a un hombre que se había sincerado conmigo y había respetado mi inteligencia?

—El libro de Broch me lo recomendó un amigo de la carrera que siguió con el negocio de la Psicología —respondí—. Y le hice caso y lo leí, y lo recuerdo tan bien, como usted dice, por razones personales. Tampoco es ningún secreto de estado. Hace años me apunté la proeza de arruinar un buen matrimonio, con una estupenda mujer. Desde entonces, me cuesta sentirme con derecho para comprometer a otra.

No sé por qué llegué tan lejos. Acaso fue por culpa del vino. Lo que sí sé es que Altavella no esperaba tanto. Me miró con simpatía.

—Ahora veo que usted nos entiende —concluyó—. Me alegra, de veras, que todo esto haya estado en sus manos, y no en las de otro.

—Por mis manos sólo ha pasado el trabajo policial —aclaré—. Lo otro es cosa suya, de ustedes dos, y crea que como tal lo respeto.

—Gracias. Pero no se sienta abrumado por conocer la parte oscura. Neus y yo también fuimos muy felices. No imagina cuánto.

Me impresionó advertir cómo las lágrimas le anegaron entonces la mirada. Pero Altavella era un hombre ducho en las cosas grandes y pequeñas de la vida. No se precipitó a enjugarse los ojos. Continuó así, quieto, hasta que la leve brisa que había empezado a soplar se los secó. Seguro que no era la primera vez que recurría a ese truco.

Esa tarde todavía me dio tiempo a hacer una tontería más. En el recuerdo he tratado de achacarla igualmente al vino compartido con Altavella en su terraza, pero puede que ésa sea una de las chapuceras excusas que uno busca para relevarse de la culpa por aquello que en el fondo sabe inexorable conforme a su naturaleza.

Localicé la cafetería sin esfuerzo. Tantas veces había ido allí, en el año siguiente a que todo saltara en pedazos. Podría haberse dado la coincidencia de que ella tuviera el día libre, pero no fue así. La vi a través de la cristalera. Ahora tendría poco más de treinta años, calculé, y se había vuelto más grave, mucho más medida en todos sus movimientos. Casi no perduraba en ella más que un ligero rastro de la antigua muchacha en la que me había extraviado y encontrado a la vez. De aquella que me había enseñado los versos de Estellés, y su sentido:

> *El nostre amor és un amor brusc i salvatge,*
> *i tenim l'enyorança amarga de la terra...*

Estuve allí, en la acera, durante un buen rato, observándola. Había pasado el tiempo suficiente, tal vez, como para que no resultara sólo doloroso y destructivo entrar a hablar con ella, pedirle que me pusiera un café, preguntarle por su vida y contarle lo que de la mía podía decirle. A lo mejor se habría alegrado de verme, como yo, confusamente, me alegraba de verla. Ni siquiera aquella tarde, en que cargaba con la plena conciencia de todo lo que con ella se me había roto para siempre, dejaba la visión de su rostro de arrancarme una sonrisa.

Al final me marché, sin saludarla y sin reaparecer por tanto en su horizonte, donde ya habría otras nubes y otros soles que reclamaban su atención. Duele constatar que algo que ha sido tuyo, o así lo creíste, ya sólo puedes abordarlo como extranjero, y que no hay mejor manera de probarle tu afecto que apartándote hacia la penumbra. Desarma pensar que poco a poco resbalas, así, hacia la penumbra de todo.

* *Nuestro amor es un amor brusco y salvaje, / y sentimos una añoranza amarga de la tierra...*

Se me ocurrió que llegado a aquel punto, y puesto que el error ya estaba cometido, no había nada mejor que pudiera hacer que ir a buscar a Chamorro para cumplir mi promesa y subirla al Tibidabo. Las páginas amarillas de la memoria hay que alternarlas con hojas azules de futuro, porque como llegó a comprender incluso un sujeto tan desvalido y fúnebre como Hermann Broch, no existe, ni puede inventarse, otra forma de vivir. Traté por tanto de restarle importancia a la caravana de salida de fin de semana que me tocó sufrir antes de llegar a la comandancia, y cuando a las ocho y cuarto vi esperándome ante el pabellón a una Chamorro algo irritada por el retraso, pero luminosa y arreglada para la ocasión, me dije que merecía la pena haber soportado el atasco. Para apaciguarla, improvisé una declaración exculpatoria:

—Perdona, el tráfico, estaba fatal.

—Vale, no importa, ya lo imaginé.

Nos costó mucho menos entrar de nuevo en la ciudad. Tras un rato de serpentear por la estrecha carretera que conducía hasta el Tibidabo, aparcamos cerca de la cumbre, junto al parque de atracciones.

—Aquí está —dije—. Como ves la iglesia es un espantajo, y el parque de atracciones a mí siempre me recuerda esas películas de miedo donde un payaso sádico persigue a los niños para torturarlos y dejar luego sus cadáveres abandonados al pie de la noria. Pero ahí abajo está Barcelona, y es una ciudad que vale la pena mirar. Toda tuya.

—Cómo eres —dijo Chamorro—. Relájate, hombre. Será una horterada, será más original la vista del otro día, pero a mí me apetecía y has tenido el detalle de traerme. ¿Por qué no te olvidas de todas tus manías y disfrutas un poco del panorama, antes de que tengamos que salir de nuevo zumbando para no llegar demasiado tarde a la cena?

—De acuerdo. Lo retiro todo. Esto es precioso y voy

a dejar que me fascine por una vez. Sabes por qué se llama Tibidabo, ¿no?

—Pues no.

—Coño, yo creía que eras católica. Por aquello de cuando el demonio tienta a Cristo en el desierto, y desde una atalaya le promete darle todo lo que ve si se pone a su servicio. *Tibi dabo*: te daré, en latín.

—Ah. Es que yo de latín, poco.

—Así va el mundo, con esa ignorancia de la cultura clásica y de la historia sagrada, incluso entre las chicas formales como tú.

—Ya ves —rió—. Es una vergüenza.

Contemplamos el paisaje. Para mi gusto, aquella vista era demasiado lejana. Se perdían los detalles de la ciudad y de los barrios, que se convertían en una mancha apenas matizada por la cuadrícula de las calles. Pero al anochecer resultaba más aparente. No hay ciudad que no se vea hermosa y limpia de noche, por sucia y ruin que sea de día.

—¿Puedo decir algo? —preguntó Chamorro.

—Sería la primera vez que te lo impidiera.

—Te he visto un poco raro, desde que llegamos aquí.

—Soy un poco raro.

—Más de lo habitual.

—Esto ha sido duro. Ha habido que fajarse, para sacarlo adelante.

—Ya lo sé. Estaba allí, te recuerdo.

—Pues eso, sería el cansancio.

Chamorro guardó silencio, como para dejarme reflexionar mejor.

—¿Está todo bien? —dijo.

—Claro. Más o menos. Como siempre.

—¿También conmigo?

—Por supuesto. De ti no tengo queja. Todo lo contrario, lo que empiezo a tener es miedo de que asciendas y de no encontrar a nadie tan bueno para reemplazarte. Voy a echarte de menos, cuando te vayas.

—No voy a irme a ninguna parte, de momento.

—Tendrás que buscar tus oportunidades, como todo el mundo.

—Oye, Rubén.

—Dime —la invité, sin tenerlas todas conmigo.

—¿Qué te pasó aquí? —me soltó, a quemarropa.

Me mantuve con la vista al frente, procurando parecer impertérrito.

—Te lo contaré algún día, Virginia. Pero ese día no va a ser hoy.

Mi compañera asintió, pensativa.

—Como quieras. No es por fisgar. Es porque me preocupo por ti.

—Así lo entiendo. Pero hoy no quiero remover nada. Admira esto y luego vamos a cenar y emborracharnos, que nos lo hemos ganado.

—Me parece buena idea. ¿Quién conducirá de vuelta?

—Tú. Quiero ver cómo lo haces borracha.

—Con prudencia. Igual que estando sobria. ¿Acaso lo dudabas?

—Ni por un momento, Vir. Ni por un momento.

Cuando llegamos al restaurante gallego, que se llamaba O Meu Lar y habían cerrado para nosotros, el resto de la banda ya estaba allí. Con los del equipo, los que se habían sumado de la comandancia (el capitán Cantero, el teniente Vendrell y el subteniente Robles), la cabo primero Jimena, Riudavets y Asensi y cinco más de los suyos, se había juntado allí una mediana y ruidosa multitud. Fue Robles, genio y figura, quien nos vio llegar y se adelantó a darnos la bienvenida:

—Hombre, el gran Ruphert Belalugosi y su bella ayudante Virginia. Ya empezábamos a creer que os lo habíais montado y que debíamos apañarnos sin vosotros. ¿O es que te has perdido por el camino?

—No, no me he perdido, Robles. No esta vez.

—Es que de joven se perdía siempre —explicó—. Un desastre.

—Ya lo superé, gracias a ti.

El subteniente me abrazó efusivamente. Una vaharada de su aliento me reveló que ya llevaba un par de vinos encima. Como poco.

—Ven acá, que estás hecho un monstruo. En semana y media has acabado con la mitad de la delincuencia de la ciudad. Incluyendo a los más peligrosos de todos, los que se camuflan en la pasma.

—No te pases, Robles —le corrigió el capitán Cantero.

—¿Acaso no es verdad? —dijo, afectando inocencia.

Me senté en la barra junto al subteniente y le señalé la copa.

—¿Qué es ese tintorro que bebes?

—Qué tintorro. Rioja, reserva.

—Pídele a tu amigo el jefe de esto que me ponga otra, anda.

Apenas tuve la copa en la mano, le propuse un brindis:

—Por las cagadas compartidas.

—Bueno —se encogió de hombros—, si no se te ocurre nada mejor...

—Creo que es lo que toca —y añadí, bajando la voz—: Al final fui.

—¿Y qué? —preguntó, con los ojos encendidos.

—Y nada. La vi y ni siquiera entré. Estaba guapa. Parecía irle bien.

—Mejor así. Acuérdate de aquello de las estatuas de sal.

—Con todo, Robles, cuando miro para atrás veo que he tenido suerte. Que hemos tenido suerte, tú y yo. Podríamos estar como...

—Calla, gilipollas. Pues claro que tenemos suerte. Y lo que hay que hacer es aprovecharla. Por todos los que no la tienen.

—Estamos de acuerdo.

—Enhorabuena —dijo—. Y la cabeza alta, siempre, que puedes llevarla.

Comimos y bebimos más de lo que aconsejaba el

sentido común. Incluso Riudavets se dejó llevar y acabó pidiéndole a Tena que cantara *El novio de la muerte*, cosa que la guardia, bastante cargada también, hizo a voz en grito. Al borde de las lágrimas atacó ese pasaje que dice:

> *Y al regar con su sangre la tierra ardiente,*
> *murmuró el legionario con voz doliente...*

No sé por qué, en ese preciso instante me acordé de Neus. Su muerte no había tenido nada que ver con la que recreaba la canción, y la rancia épica guerrera que inspiraba la letra le era tan ajena como a mí. Pero me conmovió sentir cómo palpitaba la fe, una fe que yo no podría nunca profesar, en el canto de aquella muchacha arrebatada por el vino. Al final, discurrí entonces, lo único sabio es creerse algo y entregarle el corazón. Ni siquiera importa que tenga mucho sentido, porque nadie sabe para qué estamos aquí. Eso fue lo que Neus perdió, y con ello se le vino abajo el sueño y acabó siendo menos que el peón que había sido, como todos, en la casilla de salida. Así fue como conoció, y no pudo resistir, la soledad inmensa y definitiva de la reina sin espejo.

Getafe-Valverde del Hierro – Barcelona,
1 de septiembre de 2004 – 27 de julio de 2005.
Île de Ré, agosto de 2005.

Agradecimientos

En primer lugar, a mis lectores de guardia: Carlos Soto, Juan José Silva, Manuel Silva y Laure Merle D'Aubigné. También a mis no menos generosos y no menos lúcidos lectores editoriales, Joaquim Palau, Lydia Díaz, Pilar Lucas y Malcolm Otero, que aparte de leer y defender como siempre mis libros esta vez me asesoraron sobre el uso de la lengua catalana.

A Ana Arvizu debo agradecerle, además de su lectura, su disponibilidad para hacerme de chófer y desafiar al volante cualquier obstáculo en una intrépida expedición al cementerio de Collserola.

Vaya también mi gratitud para Carles Quílez, María Antonia de Miquel, José Luis Sánchez, Mercedes Abad, Álvaro Ardévol y Hernán Migoya, atentos anfitriones barceloneses a quienes importuné durante mis viajes a la ciudad en la preparación de esta novela, y que, cada uno por su lado y desde su sensibilidad particular, me aportaron elementos valiosos para escribirla. Igualmente agradezco a Carlos Creuheras y a Jesús Badenes las facilidades proporcionadas a estos efectos. Cuento por otra parte entre mis apoyos sobre el terreno a Elena Ramos, con quien compartí una inolvidable excursión al Tibidabo en su noble y esforzado vehículo. Tendría que consignar además, y especialmente, los nombres de otras personas, guardias civiles, policías y mossos d'esquadra que me ilustraron sobre la compleja realidad policial catalana. Omito mencionarlos por razones de discreción y sigilo, y porque me enseñaron que la confianza que los demás depositan en uno hay que esforzarse por honrarla siempre. Reciba pues anónimamente cada uno de ellos mi reconocimiento, ya que ellos saben quiénes son. Incluyo aquí, con la misma cautela, a mis amigos guardias y policías de Madrid que se dejan molestar con regularidad por este moscón empeñado en aprender pormenores de su oficio. Afortunadamente la amistad ya nos excusa de mayores ceremonias y protocolos.

Marga Guillén se avino a darme pistas útiles sobre actuaciones procesales a distancia en el marco de la jurisdicción penal y me regaló de propina su amabilidad y alguna jugosa anécdota personal reciclada como anécdota de personajes en la novela. Catalina Iliescu Gheorghiu me proporcionó una ayuda irremplazable con el rumano y me prestó su hermoso y eufónico nombre para que se lo adjudicara a un personaje desdichado, lo que seguramente tiene un doble mérito.

Por último, mi gratitud para los muchos lectores de Bevilacqua y Chamorro que con su insistencia y cariño fueron decisivos para que llegara a cometer esta cuarta novela de la pareja, y en especial a aquellos que comparecen regularmente en el foro de Internet creado por Rubén Lamas (cito su nombre en representación de todos para no olvidarme a nadie). Pido al lector defraudado, en todo caso, que no los juzgue responsables. La culpa de los errores es toda mía.